»Stadt der Träume« ist der erste Teil der Caldwell-Saga über das Schicksal einer Reedereifamilie im Kalifornien der Jahre 1898 bis 1926.

Über die Autorin:
Aufgewachsen in Deutschland, studierte Kate O'Hara Germanistik sowie Theater-, Film- und Fernsehwissenschaft. Nach dem Studium war sie als freie Journalistin für den Rundfunk sowie für Tageszeitungen und Zeitschriften tätig. Sie veröffentlichte zahlreiche Kurzgeschichten und Reportagen als Reiseschriftstellerin und wanderte in den 90er-Jahren in die USA aus, wo sie heiratete und die amerikanische Staatsbürgerschaft annahm. Sie arbeitete viele Jahre als Musik- und Reisejournalistin für Printmedien und den Rundfunk, bevor sie sich dem historischen Roman widmete.

Kate O'Hara

STADT DER TRÄUME

Roman

Besuchen Sie uns im Internet:
www.knaur.de

Originalausgabe November 2019
Knaur Taschenbuch
© 2019 Knaur Verlag
Ein Imprint der Verlagsgruppe
Droemer Knaur GmbH & Co. KG, München
Alle Rechte vorbehalten. Das Werk darf – auch teilweise –
nur mit Genehmigung des Verlags wiedergegeben werden.
Redaktion: Susanne Wallbaum
Covergestaltung: Alexandra Dohse / grafikkiosk.de
Coverabbildung: Ildiko Neer / Arcangel; Busà Photography /
gettyimages; Shutterstock Images und PPP / Max Croy
Satz: Daniela Schulz, Rheda-Wiedenbrück
Druck und Bindung: CPI books GmbH, Leck
ISBN 978-3-426-52326-1

Für H in Liebe.
You are the wind beneath my wings!

Und für James Glenville,
mit dem in London alles begann.

Dennoch

Es lehrt mich das Leben
darin keine Dinge
die qualvoller sind
als Liebe

die brennenden Schmerzen
der lähmende Kummer
die ersticken erdrücken
mein Herz

mir endlos verwehren
befreiend zu atmen
mich hindern wie Fesseln
am Gehen

doch müsst ich entscheiden
ganz ohne zu leben
so wählte ich doch
die Liebe

Lukas Emmanuel Wiemer, *Lyrische Abenteuer II*

PROLOG

1898

Nichts liebte Harriet Caldwell so sehr wie den lärmenden, quirligen Hafen, vor allem den sichelförmigen Bogen der zahllosen Landungsbrücken von North Beach. Wie die Füße eines Tausendfüßlers ragten die vorspringenden Piers der Waterfront in die kalten Fluten der San Francisco Bay. Der Hafen war ein Ort, dessen Magie mit Händen zu greifen war und der alle Sinne betörte. Harriet ergriff jede Gelegenheit, ihren Vater in sein Kontor am Ende der Vallejo Street zu begleiten, wo, nur einen Steinwurf entfernt, die Schiffe der Caldwell Shipping Company an der gleichnamigen Pier anlegten.

Evelyn Caldwell missbilligte die Ausflüge in die Niederungen der gewöhnlichen Leute, wie sie die Hafenbesuche ihrer Tochter zu nennen pflegte, aufs Schärfste. Eine solch widernatürliche Neigung, ganz zu schweigen von der Verfehlung, ihr immer aufs Neue nachzugeben, schicke sich nicht für eine junge Dame von Stand und werde noch ihren guten Ruf gefährden.

Zum Glück sah der Vater das völlig anders und ließ sich durch die Vorhaltungen der Mutter nicht davon abhalten, seine Tochter gelegentlich mitzunehmen. Zwar hegte Harriet seit Langem den Verdacht, dass es ihm dabei weniger darum ging, ihr einen Herzenswunsch zu erfüllen, als vielmehr darum, der Mutter ihre Grenzen aufzuzeigen, aber das änderte nichts daran, dass sie ihm dankbar war und jede Minute mit ihm an der Waterfront genoss. Es machte ihr auch nichts aus, dass er ihre Gegenwart im Kontor manchmal völlig zu vergessen schien. Vielleicht nahm er sie ja doch wahr, irgendwie im Hintergrund, und sah nur keinen Grund, ihretwegen seine Arbeit zu unterbrechen. So genau wusste sie es nicht, und letztlich war es auch egal, solange sie nur in seiner Nähe sein durfte. Deshalb hütete sie sich, ihn anzusprechen oder sonst wie Aufmerksamkeit zu erregen, und so konnte es geschehen, dass sie stundenlang hinter seinem schweren Schreibtisch mit den messingbeschlagenen Kanten in der Ecke saß, während er Papiere studierte, mit kratzender Feder Eintragungen in dicke ledergebundene Rechnungsbücher vornahm und mit Cecil Slocum, dem Prokuristen und strengen Herrscher über die Buchhaltergehilfen an ihren Stehpulten vorn in der Schreibstube, geschäftliche Belange besprach. Für diese besonderen Stunden hatte sie unter dem Ohrensessel aus seegrünem Leder ein Buch mit spannenden Geschichten versteckt.

An diesem frühen Aprilmorgen jedoch hielt es Harriet nicht im Kontor, auch ihr Buch lockte sie nicht. Wobei sie nicht wusste, was ihr mehr zusetzte: die bedrückende Gewissheit, dass sie schon in wenigen Wochen in ein vornehmes Mädchenpensionat an der Ostküste verbannt sein würde, die Wolken beißenden Zigarrenrauchs, die unter den rußgeschwärzten Deckenbalken durch den Raum waberten, oder die haarsträubenden Anekdoten ihres Vaters. Er hatte die drei Eigner eines zum Verkauf stehenden Dreimasters zu Besuch, was ihn veranlasst hatte, eine Flasche Kognak zu entkorken, die Kiste mit seinen guten Zigarren herumgehen zu lassen und Geschichten aus seinem abenteuerlichen Leben zum Besten zu geben. Ganz in seinem Element, schwelgte er in Erinnerungen an jene Zeit, als er mit seinem ersten Schiff, dem Schoner *Sansibar*, die Meere befahren und sich auf manche riskante Unternehmung eingelassen hatte. Und Onkel Henry, achtzehn Jahre jünger als der Vater und damals als junger Bursche an seiner Seite, gab fröhlich die Stichworte. Der Vater wusste auch nach fast zwei Jahrzehnten an Land noch Seemannsgarn zu spinnen wie kaum ein anderer.

Harriet hatte von den Abenteuern, die der Vater und Onkel Henry in der Südsee und anderswo bestanden hatten, in den dreizehneinhalb Jahren ihres Lebens schon zu oft gehört, um ihnen noch etwas abgewinnen zu können. Zudem wollte sie endlich den Clipper namens *Davenport* sehen, der an der Pacific Street Pier vertäut lag. Diesen schnittigen Dreimaster wollte der Vater kaufen. Die fünf Schoner und zwei Raddampfer, aus denen die recht betagte Flotte der Caldwell Shipping Company zurzeit bestand, waren vorwiegend im Küstenhandel eingesetzt. Wobei die Raddampfer ausschließlich den Sacramento, den American und den San Joaquin River befuhren, die schiffbaren Flüsse des Hinterlands. Mit dem Clipper, der aus einer angesehenen Werft in Maine stammte und ein echter Downeaster mit mächtigem Frachtraum war, wollten der Vater und Onkel Henry nun endlich im großen Stil in den lukrativen Überseehandel mit Südamerika und Australien einsteigen. Nach dem Kauf sollte er auf *Samoa* umgetauft werden, denn die Namen aller Schiffe der Caldwell Shipping Company fingen nach alter Tradition mit einem S an und trugen den Namen einer Insel.

Niemand achtete auf Harriet, als sie sich durch die Hintertür aus dem verräucherten Kontor schlich. Dort, in der Seitengasse, stand die väterliche Kutsche an dem Eisenring festgebunden, der oben an der Ecke zum Pier aus dem Mauerwerk der Hauswand ragte. Magnus Magnussen, ihr schwedischer Kutscher, hatte der Rotfuchsstute den Hafersack vors Maul gehängt. Er selbst wartete drüben in »Callahan's Tavern« darauf, dass seine Dienste wieder gebraucht wurden. Vermutlich tunkte er seinen Walrossbart mittlerweile schon in den Schaum von seinem zweiten Humpen Bier.

Fahl milchige Nebelschleier trieben träge durch die Sackgasse, die nur wenige Meter hinter ihr vor den beiden Backstein-Lagerhäusern der Caldwell Shipping Company endete. Der Nebel fühlte sich an wie feuchter Atem auf dem Gesicht. Augenblicklich fiel

Harriets Hoffnung, freie Sicht auf den Dreimaster unten am Pier zu haben, in sich zusammen wie Hefeteig in kalter Zugluft. Die beschlagenen Fenster des Kontors und das beständige dumpfe Tuten der Nebelhörner, das ihr wie ein Chor verlorener Seelen vorkam, hatten also doch nicht getrogen!

Enttäuscht blieb sie oben an der Ecke stehen, neben der Rotfuchsstute Becky, deren Kiefer träge Hafer zermahlten, und überlegte, ob sie sich auf die Pier hinauswagen sollte. Was gefährlich werden konnte, denn bei dem wallenden Nebel, der zudem dichter zu werden schien, vermochte sie keine zehn Schritte weit zu sehen. Statt wie an klaren Tagen in beiden Richtungen der Waterfront einen Wald aus Masten, Schornsteinen und Dampfkränen sowie ein manchmal geradezu ameisenhaftes Menschengewimmel vor Augen zu haben, sah sie jetzt nur hier ein Stück Bugspriet, dort einen halben Schornstein und an anderer Stelle den erstarrten Arm eines Ladebaums verloren aus der Nebelsuppe ragen.

Unschlüssig blickte sie in das milchige Treiben und rang mit sich, ob sie sich wirklich trauen sollte, als plötzlich wütendes Geschrei zu hören war. Es kam aus der Richtung der südlich liegenden Landungsbrücken, von der Broadway oder der Pacific Pier. Der Nebel dämpfte alle Geräusche wie eine Wand aus Watte, deshalb verstand sie zunächst nicht, was die rauen Männerstimmen riefen. Doch sie wurden schnell lauter, kamen näher, und dann war ihr zorniges Gebrüll selbst im Nebel nicht mehr misszuverstehen.

»Verdammte Austernräuber!«

»Wir kriegen euch, ihr dreckiges Pack!«

»Zum Teufel, haltet die Austernpiraten!«

»Ich mach euch fertig! Ihr plündert nicht noch einmal unsere Austernbänke, darauf könnt ihr Gift nehmen!«

Kaum hatte Harriet begriffen, wem die Männer auf den Fersen waren, tauchten vor ihr zwei Gestalten aus den Nebelschwaden auf. Junge abgerissene Burschen in fadenscheinigen halblangen Hosen, mit einem Strick als Gürtel und nacktem, braun gebranntem Oberkörper. Sie mochten sechzehn, siebzehn sein. Der eine hatte dunkles Haar, kraus wie Putzwolle, dem anderen quoll eine wild zerzauste weizenblonde Mähne unter der Schirmmütze aus bunten Flicken hervor. Der Krauskopf humpelte auf dem rechten Bein, blieb wenige Schritte vor der Gasse stehen und fasste sich mit schmerzverzerrtem Gesicht an den Knöchel. Beide keuchten vor Anstrengung. Ein hastiger Wortwechsel entspann sich zwischen ihnen.

»Los, weiter, Lenny!«, drängte der Bursche mit der Flickenkappe und packte den Humpelnden am Arm.

»Verdammt, ich kann nicht mehr. Es tut höllisch weh!«

»Warte, bis uns die Fischer erwischen!«

»Mann, ich kann wirklich nicht, Frankie! Sieh zu, dass wenigstens du mit heiler Haut davonkommst!«

»Spinnst du? Kommt nicht infrage!«

Inzwischen polterten schwere Stiefel bedrohlich laut über die dicken Planken. Die Verfolger waren nahe. In ein paar Sekunden war das Schicksal der beiden besiegelt.

Harriet überlegte nicht lange. »Hey, ihr da!«, machte sie sich mit einem lauten Flüstern bemerkbar. »Hier in der Kutsche könnt ihr euch verstecken!«

Die beiden jungen Männer fuhren herum, ergriffen die Chance auf Rettung ohne Zögern, kamen zu ihr in die Gasse gelaufen und sprangen in die Kutsche. Selbst Lenny schaffte die wenigen Schritte in Windeseile, wenn auch mit zusammengebissenen Zähnen.

»Los, runter mit euch! Auf den Boden!«, raunte Harriet, folgte ihnen geschwind und dachte noch früh genug daran, den Kutschschlag nicht mit einem lauten Knall zu schließen, sondern leise ins Schloss zu ziehen. Sie rutschte auf die Bank in Fahrtrichtung, stellte ihre Füße, die in geschnürten Stiefeletten steckten, auf den

Rücken von einem der Austernpiraten, schob eiligst das Fenster im Kutschschlag nach unten und beugte sich scheinbar neugierig hinaus.

Keine Sekunde zu früh.

Am Eingang zur Gasse erschienen die Verfolger der Austernräuber. Vier atemlose kräftige Fischer in derbem Zeug und klobigen Stiefeln, die ihnen die Verfolgung nicht leichter gemacht hatten. Sie hielten Prügel in den schwieligen Fäusten, und das Verlangen nach blutiger Gewalt sprang ihnen förmlich aus den Augen.

»Verdammt noch mal! Ich habe sie doch gerade noch gesehen!«, brüllte einer der Männer.

»Wenn Sie die beiden Galgenstricke meinen, die sind hier runter, Mister!«, rief Harriet ihnen zu und deutete in Richtung der Lagerhäuser. »Dahinten gibt es eine schmale Brandgasse zwischen den Gebäuden. Der eine hat bös gehumpelt und richtig gejammert. Der kommt bestimmt nicht mehr weit, den kriegen Sie noch!«

Die erbosten Fischer stießen ein hastiges Danke hervor, rannten die Gasse hinunter und verschwanden einer nach dem anderen in dem Durchgang, der gerade so breit war wie das Kreuz eines kräftigen Mannes.

»So, die Luft ist rein!« Harriet drückte den Schlag auf und kletterte über die am Boden kauernden Gestalten hinweg aus der Kutsche. Das prickelnde Vergnügen, die Fischer an der Nase herumgeführt und etwas ganz und gar Unschickliches, ja Verbotenes getan zu haben, verflüchtigte sich schnell. Plötzlich wollte sie nichts mehr, als dass die beiden sich so schnell wie möglich davonmachten. Nicht auszudenken, was geschah, wenn Magnus sie mit diesen abgerissenen Dieben in der Kutsche erwischte, ganz zu schweigen von ihrem Vater und Onkel Henry! Verrückt, auf was sie sich da spontan eingelassen hatte! Was war bloß in sie gefahren? Mit Enttäuschung, weil sie nun doch keinen Blick auf die

Davenport hatte werfen können, oder purer Langeweile war ihr Verhalten wohl kaum zu entschuldigen.

Die Austernpiraten kletterten aus der Kutsche. »Mann, das war Rettung in höchster Not! Dafür hast du was gut bei mir, Süße«, sagte der Krauskopf mit verlegenem Grinsen. »Aber das mit den Galgenstricken hättest du dir sparen können, okay? Und von wegen ich habe gejammert! Da musst du dich verhört haben.«

»Die Süße kannst du dir sonst wohin stecken, Lenny Wer-auch-immer!«, erwiderte Harriet scharf, was den Burschen auflachen ließ. »Und ob du gejammert hast! Und jetzt verschwindet!«

Lenny verzog bloß das Gesicht und humpelte davon.

»Heilige Waschküche, wenn du das nicht geschickt eingefädelt hast, will ich nicht länger Frank heißen!«, sagte der andere, der umwerfend blaue Augen hatte, bewundernd und tippte mit zwei Fingern an den Schirm seiner Mütze. Dabei fiel Harriet eine dünne, sichelförmige Narbe auf, die links an seiner Stirn unter dem Haaransatz hervortrat und daumenlang in Richtung Ohr lief. »Du hast echt Mumm, Kleine! Tausend Dank!« Damit folgte er seinem Komplizen und war schon an der Ecke, als er abrupt stehen blieb, sich umdrehte und wieder auf sie zukam.

»Was ist? Hast du was vergessen?«, fragte Harriet ungehalten und schaute unwillkürlich ins Innere der Kutsche, ob ihm da vielleicht etwas aus der schäbigen Hose gefallen war.

»Ja, das hier!«

Und bevor Harriet wusste, wie ihr geschah, hatte er ihr Gesicht in beide Hände genommen und ihr einen Kuss auf den Mund gedrückt. Die Berührung seiner warmen Lippen, sanft und innig zugleich, wirkte wie ein Stromschlag, der jäh durch ihren Körper jagte.

»Wenn du das nicht verdient hast, dann weiß ich auch nicht!« Er lachte sie an mit seinen blauen Augen, zog an einem ihrer Zöpfe und rannte davon.

Sprachlos, empört über die Unverschämtheit, die sich dieser dahergelaufene Kerl herausgenommen hatte, und zugleich verstört von der Wirkung des Kusses, taumelte sie einen Schritt zurück und schlug die Hand vor den Mund, was jedoch nicht mehr viel nützte. Kurz suchte sie nach einer passenden Beschimpfung, die sie ihm nachrufen konnte, doch noch bevor sie sich halbwegs gefasst hatte, war er schon um die Ecke und im Nebel verschwunden.

⊰⊱

Ein kurzes Zittern ging durch den Rumpf des Raddampfers, als sich die beiden seitlichen Schaufelräder in Bewegung setzten. Laut rauschte das schäumende Wasser durch die mächtigen Radkästen. Schwerfällig schob sich die *Eureka* aus dem Hafen von Sausalito, doch dann nahm sie rasch Fahrt auf. Bald pflügte die Fähre kraftvoll durch die dunklen Fluten der Bay und nahm unter bewölktem Himmel Kurs auf das nur wenige Meilen entfernte Lichtermeer, mit dem sich die hügelige Skyline von San Francisco bei Einbruch der Dunkelheit schmückte. Eine frische Brise war aufgekommen und setzte den Wellen kleine weiße Kämme auf.

Arthur Caldwell stand, die Beine leicht gespreizt und die linke Hand auf dem Rücken, in Lee auf dem hell erleuchteten, aber fast menschenleeren Oberdeck und rauchte eine Zigarre. Sobald er Schiffsplanken unter den Füßen hatte, brauchte er freien Himmel über sich und unbehinderten Blick auf das Meer, auch wenn es in diesem Fall nur die San Francisco Bay war. Und bei diesem verfluchten Wetter, das so unverhofft umgeschlagen war, hielt es ihn erst recht nicht unter Deck!

Mit seinen bald sechzig Jahren war Arthur Caldwell durchaus noch eine stattliche und respektgebietende Erscheinung. Er hielt sich gerade wie ein Mastbaum und straffte die immer noch breiten Schultern wie ein Gardesoldat. Das schwarze, leicht gewellte Haar hatte nichts von seiner Fülle verloren, wenn es auch mittlerweile von einigem Grau durchzogen war. Was ebenso für seinen stets sorgfältig gestutzten Vollbart galt, der ein kantiges Gesicht mit energischen Zügen und klaren Augen einrahmte.

Besorgt blickte der Reeder hinüber nach Alcatraz, wo der aufziehende Nebel schon nach den Gebäuden der zum Militärgefängnis umgebauten Zitadelle griff. Die felsige Insel lag noch eine gute Meile voraus, aber so wie er die Lage einschätzte, würden die herantreibenden Nebelbänke sie verhüllen, noch bevor die *Eureka* sie an Steuerbord passiert hatte.

Arthur wünschte, er hätte im Haus seiner Schwester früher und energischer zum Aufbruch gedrängt. Jetzt blieb nur zu hoffen, dass sie das andere Ufer noch erreichten, bevor jeglicher Schiffsverkehr zum Erliegen kam. Lautlos und geisterhaft waren die Nebelschwaden über den dunklen Pazifik herangejagt, kaum dass die Caldwells an Bord der Fähre gegangen waren, hatten die vorspringenden Landzungen des Golden Gate überrollt und breiteten sich nun in Windeseile in der weitläufigen Bay aus. Schon setzten die ersten Nebelhörner ein.

Harriet hatte, als sie zu ihrem Vater auf das zugige Vorderdeck trat, weder Augen für den Nebel noch Ohren für das vielstimmige, warnende Tuten. Sie wurde von ganz anderen Sorgen gequält. Mechanisch zog sie den wollwarmen Umhang fester um ihre Schultern. Wohlweislich hatte sie ihn zu dem Besuch bei Tante Dorothy in Sausalito mitgenommen. Es war Anfang Mai, aber selbst im Sommer konnte man an der Bay innerhalb eines Tages alle vier Jahreszeiten erleben.

Es war spät geworden bei Tante Dorothy, sogar reichlich spät. Eigentlich hatten sie bei Einbruch der Dämmerung schon wieder in San Francisco sein sollen, in ihrem Haus am Telegraph Hill, aber Dorothy, seit Jahren verwitwet, ohne eigene Kinder und in letzter Zeit gesundheitlich in bedenklicher Verfassung, hatte sie

17

einfach nicht gehen lassen wollen. Wie hatte sie geweint, als sie erfuhr, dass sie ihre Nichte nun so lange nicht mehr sehen würde! Fast hätte Harriet mit ihr geweint. Und zum Weinen war ihr noch immer zumute.

Kurz rang sie mit sich, dann fasste sie sich ein Herz. Einmal, und waren die Chancen auch noch so gering, musste sie noch versuchen, ihren Vater anderen Sinnes werden zu lassen. Ihr blieben keine drei Tage, und in der Zeit würde sich zu Hause kaum noch einmal eine Gelegenheit ergeben, ihn so wie jetzt ganz für sich zu haben. Vielleicht war es ein Wink des Schicksals, dass die Mutter wegen ihrer Migräne nicht mit zu Tante Dorothy gekommen war. Abgesehen davon, dass sie auf deren Gesellschaft noch nie etwas gegeben hatte.

Sie räusperte sich und legte ihrem Vater in einer bittenden Geste die Hand auf den Unterarm. »Vater, muss es denn wirklich sein, dass ich …« Weiter kam sie nicht.

»Fang nicht wieder davon an, Harriet!«, rief er unwirsch. »Die Angelegenheit ist entschieden! Du gehst nach Boston auf dieses Pensionat, so wie es seit Jahr und Tag ausgemacht ist. Ich habe es deiner Mutter versprochen. Sie will, dass du die bestmögliche Erziehung erhältst, und das englische Institut von dieser Madame Worchester genießt nun mal einen exzellenten Ruf. Eines Tages wirst du stolz darauf sein, die Ausbildung dort absolviert und …« Er zögerte kurz und zuckte dann wie entschuldigend mit den Achseln, als wiederhole er nur etwas, und das auch noch ohne große Überzeugung. »… nun ja, und dort deinen gesellschaftlichen Schliff bekommen zu haben.«

Harriet verzog das Gesicht, als habe sie in eine Zitrone gebissen. Das mit dem »englischen Institut« war eine fixe Idee ihrer Mutter, die eine geborene Chadwick war, in England geboren und die ersten neun Jahre ihres Lebens in London aufgezogen. In ihren Augen war Kalifornien, das sein stürmisches Wachstum dem Goldrausch von 1848 / 49 und den späteren Ölfunden im Süden verdankte, noch immer überwiegend von halben Barbaren bevölkert. Für sie war die englische Kultur das Maß aller Dinge. Hörte man sie darüber reden, konnte man meinen, ihre Familie habe im huldvollen Schatten des königlichen Hofes gelebt. Wobei sich für Harriet oft die Frage stellte, die keiner auszusprechen wagte: warum dann die Chadwicks London so Hals über Kopf verlassen und sich in Boston niedergelassen hatten. Eine katastrophal verlaufene Börsenspekulation und einige ungedeckte Schecks waren dafür wohl ausschlaggebend gewesen, jedenfalls hatte Harriet das einer Bemerkung ihres Vaters entnommen, die sie aufgeschnappt hatte, als ihre Eltern sich einmal heftig gestritten und sich allein gewähnt hatten. Warum die Mutter bei ihrer Verherrlichung der englischen Kultur und Gesellschaft ausgerechnet einen Mann von der Westküste, also in ihren Augen einen halben Barbaren, geheiratet hatte, ließ sich schon leichter erklären. Jedenfalls hatte der Vater in jenem Streit der Mutter vorgehalten, dass er die mit Abstand beste Partie gewesen sei, die sich ihr und ihrer Familie geboten habe. Und bevor er aus dem Zimmer gestürmt war, hatte er noch gerufen, seiner Erinnerung nach hätten die Chadwicks sich damals nicht im Mindesten daran gestoßen, dass er all die unbezahlten Rechnungen in Boston nicht mit englischen Pfund, sondern mit harten amerikanischen Golddollar beglichen habe.

»Aber warum Boston? Warum ausgerechnet ein Institut an der Ostküste?«, beklagte sich Harriet. »Weißt du, wie weit das ist? Bestimmt fünftausend Meilen!«

»Ach was, es sind gerade mal dreieinhalbtausend«, erwiderte er und blickte erneut nach Alcatraz hinüber. Inzwischen befanden sie sich auf gleicher Höhe mit der Insel, deren massiger, bebauter Felsbuckel hinter den Nebelschwanden kaum noch zu sehen war. »Und mit der *Southern Pacific* bist du bequem in gerade mal viereinhalb Tagen in Boston. Früher hat so eine Reise über den Kontinent viele Wochen gedauert! Ganz zu schweigen von einer Schiffsreise um Kap Horn! Da war man Monate unterwegs und setzte zudem noch sein Leben aufs Spiel!«

Was für ein Trost!

»Jonathan musste aber nicht auf so ein Internat, wo einem die feinen englischen Manieren beigebracht werden! Damit ist er wohl schon zur Welt gekommen«, bemerkte Harriet bissig und kämpfte gegen die Tränen an. Jonathan war ihr sechs Jahre älterer Bruder, der seit letztem Jahr drüben in Berkeley studierte. Obwohl er nach allem, was er ihr bei seinen Stippvisiten zu Hause erzählte, offenbar viel öfter auf dem Tennisplatz, der Jagd, einer Regatta oder einer Bergtour in der Sierra anzutreffen war als in seinen betriebswirtschaftlichen Vorlesungen. Aber als Stammhalter und Mutters angehimmelter Goldjunge brauchte er, egal was er anstellte oder unterließ, keine Vorhaltungen, geschweige denn eine Verbannung ans andere Ende des Kontinents zu befürchten. Dagegen konnte der Nachzügler in der Familie, ihr kleiner Bruder Elliot, gerade erst vier geworden, ein stiller Träumer und das genaue Gegenteil von Jonathan, mit dieser grenzenlosen Nachsicht nicht rechnen. Das war für Harriet schon jetzt offensichtlich.

Arthur lachte kurz auf. »Nein, dagegen spricht wohl einiges, und dem Himmel sei Dank dafür! Aber das ist ja auch was anderes. Er ist nun mal ein Mann und wird eines Tages die Firma übernehmen«, sagte er in versöhnlichem Ton. »Und du sollst einmal die Wahl haben und eine blendende Partie machen, weshalb deine Mutter …« Er brach ab, als das Tuten eines Nebelhorns von einem Augenblick auf den anderen seinen Klang veränderte. Eben noch hatte es sich angehört wie aus einiger Ferne, und nun, mitten im gedehnten Warnton, schien es plötzlich erschreckend nahe, so als sei das dazugehörige Schiff binnen Sekunden aus Nordwest herangejagt. In Wirklichkeit hatte die lang gestreckte Landmasse der Insel das Tuten eines Dampfers, der Alcatraz zur gleichen Zeit auf der Westseite passierte, stark gedämpft, wodurch der täuschende Eindruck von Ferne entstanden war.

»Gütiger Gott!«, rief Arthur und ließ vor Schreck die Zigarre fallen, als die *Eureka* aus dem Windschatten der Insel glitt und im selben Augenblick an Steuerbord der schwarze, hoch aufragende Keil eines Frachters mit zwei mächtigen Schornsteinen durch die Nebelbank schnitt. Mit schäumender Bugwelle lief der stählerne Koloss auf Kollisionskurs mit der Fähre.

Auf beiden Schiffen jaulten die Sirenen auf. Der Kapitän der *Eureka* warf das Ruder herum, sodass sich der Raddampfer scharf auf die Backbordseite legte. Aus dem Maschinenraum kam ein schrilles Kreischen.

Arthur packte seine Tochter mit beiden Armen, taumelte mit ihr von der Reling weg und rief ihr etwas zu, doch irgendwie erreichten seine Worte sie nicht. Sie hörte nur das durchdringende Schrillen und Heulen der Dampfsirenen, das Kreischen der Maschine, das hohle Klappern des Schaufelrads an Steuerbord, das sich bei der heftigen Neigung nach Backbord aus dem Wasser hob und die feuchte Luft peitschte – und sah entsetzt, wie der massige Bug des Frachters, von Nebelfetzen umwirbelt, direkt auf sie zuhielt.

Einige Herzschläge lang sah es so aus, als hätte auch der Kapitän des Frachters das Steuerruder noch früh genug herumgeworfen, um die Kollision zu verhindern. Es sah aus, als werde er haarscharf an der *Eureka* vorbeischrammen und sie mit einem Scheuern von Bordwand an Bordwand glimpflich davonkommen lassen. Aber es sollte nicht sein. Im letzten Moment rammte der Frachter die Fähre doch noch am Bug, ließ an Steuerbord die Reling splittern und drückte ein Stück Bordwand oberhalb der Wasserlinie ein. Dann rauschte er vorbei und ließ, relativ unbeschadet, die Fähre in seinem Heckwasser tanzen.

So verhältnismäßig gering der Schaden nach der kurzen Kollision auch war, der Stoß hatte gereicht, um Harriet und ihren Vater auf dem krängenden Deck rücklings gegen die Backbordreling zu schleudern. Der Aufprall jagte Arthur einen stechenden Schmerz durch Rücken, Schultern und Arme. Noch im Stürzen suchte er verzweifelt, Harriet festzuhalten, doch sie wurde ihm wie von einer unsichtbaren Gewalt aus den Armen gerissen und in die See katapultiert.

Die pechschwarze Kälte, die Harriet jäh umschloss und in die Tiefe zerrte, drang ihr ins Mark wie ein scharfer Dorn, der zugleich wie Feuer brannte. Schwer wie Blei hing der Wollumhang an ihr und wurde zum Komplizen des eisigen Wassertods, der sie tief unten in der schlammigen ewigen Kälte des Grundes haben wollte.

Panik erfasste sie und raubte ihr für einen Moment jeden klaren Gedanken. Sie wollte schreien, vermochte dem womöglich tödlichen Impuls jedoch zu widerstehen. Dann übertönte eine innere Stimme den Tumult der Todesangst: Ich kann schwimmen! Ich werde nicht ertrinken! Ich muss nur die Ruhe bewahren und nach oben kommen!

Zum Glück hatte sie schon mit sechs Jahren schwimmen gelernt, am Pazifik, in der prächtigen, mit Glaskuppeln überdachten Sutro-Badeanstalt bei Land's End. Jonathan hatte hartnäckig und unnachgiebig darauf bestanden, sonst hätte er sie nicht mit zum Segeln genommen.

Statt sich der Panik auszuliefern, zerrte sie sich das Cape vom Leib, trat wild um sich und streckte sich der rettenden Oberfläche entgegen. Gottlob hatte sie bei dem Sturz ins Wasser ihre Schuhe verloren. Das Kleid und die Unterröcke, mit Wasser vollgesogen, machten ihr es schon schwer genug, sich nach oben zu kämpfen. Sie musste alle Kraft zusammennehmen, um dem tödlichen Sog in die Tiefe zu entkommen. Wäre jetzt Winter gewesen und sie hätte mit zugeknöpftem Mantel und festen Schnürstiefeln an Deck gestanden, wäre sie wohl verloren gewesen.

Eine Welle schwappte ihr ins Gesicht, als sie auftauchte und zu früh den Mund öffnete, um gierig nach Luft zu schnappen. Sie schluckte ordentlich Wasser, bekam einige Spritzer in die Luftröhre und glaubte erneut, ersticken zu müssen. Würgend, hustend und wie wild spuckend trat sie auf der Stelle Wasser. Ihre Augen brannten und tränten vom Salzwasser, während sie sich hin und her warf und nach der Fähre suchte. Sirenengeheul, gellende Rufe und einige wüste Verwünschungen schallten über das Wasser. Endlich entdeckte sie durch den Tränenschleier die Lichter des Raddampfers und den nachtschwarzen Umriss des Frachters, der sich vor die beleuchtete Waterfront von San Francisco schob und seine Fahrt in Richtung Oakland unbeirrt fortzusetzen schien, als habe der Zusammenstoß nicht stattgefunden oder als sei er keiner weiteren Beachtung wert.

Und dasselbe tat die *Eureka!*

Die Fähre drehte nicht bei, schlug keinen scharfen Bogen und ließ auch den Scheinwerfer auf dem Dach des Ruderhauses nicht kreisen, um nach ihr zu suchen! O Gott, hatte denn niemand bemerkt, dass sie über Bord gegangen war? Und ihr Vater? Lag er vielleicht bewusstlos an Deck, oder war er womöglich auch in die See geschleudert worden? Was, wenn niemand an Bord ihren Sturz bemerkt hatte?

Wieder stieg panische Angst in ihr auf. Die Fähre entfernte sich immer weiter, die Lichter wurden kleiner und kleiner. Harriet schrie um Hilfe und schwamm der *Eureka,* deren Umrisse immer mehr zusammenschrumpften, nach. Bis ans Ufer war es noch gut eine Meile. Zu weit, selbst für eine gute Schwimmerin. Mit all den Kleidern am Leib und bei dem eisigen Wasser schaffte sie das niemals. Ihre Hände und Arme waren schon jetzt erschreckend taub.

Harriet schrie und schrie in Todesangst, in grenzenloser Verzweiflung und mit aller Kraft ihrer Lungen. Wild klatschten ihre Arme auf das Wasser.

Den dunkelgrauen Schatten, der schräg hinter ihr aus der Dunkelheit heranschoss, sah sie nicht. Doch dann hörte sie kehlige Rufe, die Aufforderung, doch um Gottes willen Ruhe zu bewahren, und warf sich in der kabbeligen See herum. Die Gewissheit, gerettet zu sein, erfasste sie wie eine warme innere Woge, als sie das flache, offene Fischerboot mit geblähtem Groß- und Vorsegel wie aus dem Nichts kommen sah. Gleich würde es bei ihr sein!

Kräftige Männerhände zogen sie an Bord der Sloop. Triefnass und nach Atem ringend, sackte sie vor dem Mast zusammen, stammelte Worte des Dankes und schlug zitternd die Arme um ihre Schultern. Ihr war kalt, und sie fror erbärmlich in der steifen Brise, aber was machte das schon? Sie war gerettet, dem Himmel und den beiden Fischern sei Dank!

»Da! Jetzt haben die Idioten auf der Fähre endlich bemerkt, dass jemand über Bord gegangen ist!«, hörte sie einen ihrer Retter abfällig sagen. »Der Kahn dreht bei. Hoffe, da springt 'ne fette Belohnung raus!«

»Abwarten. Ich übernehme das Ruder. Zünd du die Laterne an, damit wir ihnen ein Zeichen geben können und nicht wie die Blöden hinter ihnen herkreuzen müssen!«, rief der andere und drehte das offene Boot wieder in den Wind, um möglichst schnell zur Fähre zu kommen.

»Ach, das können wir uns sparen! Die schmeißen bestimmt gleich ihren Scheinwerfer an, und dann reicht Winken mit dem alten Lappen hier! Na, was sag ich? Da tanzt der Kegel ja schon!«

Harriet stutzte. Die Stimmen kamen ihr bekannt vor. Oder irrte sie sich? Konnte das wirklich sein? War ein so unglaublicher Zufall möglich? Mit klammer Hand wischte sie sich das Gewirr nasser

Strähnen aus dem Gesicht und versuchte, in der Dunkelheit Einzelheiten auszumachen.

Sie setzte sich auf und spähte angestrengt in die Gesichter ihrer beiden Retter, die sie für gewöhnliche Fischer gehalten hatte. »Seid ... seid ihr das?«, fragte sie zögernd und noch immer außer Atem. »Die beiden ... Austernräuber? Lenny und Frank?«

Kaum war die Frage heraus, glitt schon der Lichtkegel des Scheinwerfers über die Sloop hinweg, brach seine tastende Wanderung ab, kehrte mit einem Ruck zu ihr zurück und hielt das Boot mit seinem gleißenden Schein fest. Jubel tönte vom Deck der Fähre herüber. Eine kräftige Stimme übertrumpfte alle anderen. Es war die Stimme ihres Vaters, der ihren Namen rief. Er lebte also, Gott sei Dank! War nicht über Bord gegangen und hatte sich offenbar auch nicht schwerwiegend verletzt, so laut, wie er ihren Namen brüllte!

»Mensch, Frankie! Wenn das nicht die Kleine mit den schwarzen Zöpfen und den grünen Katzenaugen ist, die uns da vor Wochen in ihrer Kutsche versteckt hat!«

»Tatsächlich! Ich fass es nicht!«

Harriet starrte genauso ungläubig zurück. Sie waren es wirklich, der Bursche mit dem Krauskopf und sein Freund, der freche Kerl mit der blonden Mähne und der Narbe oben links auf der Stirn, der sich damals die Unverschämtheit herausgenommen hatte, ihr einen Kuss auf den Mund zu drücken! Er saß hinten an der Ruderpinne.

»Na, wenn das kein gutes Zeichen ist! Ausgerechnet diese Kleine haben wir aus der Bay gefischt«, rief er vom Heck des Bootes, schob sich die Schirmmütze in den Nacken und lachte vergnügt. Ja, er zwinkerte ihr sogar zu, als teilten sie ein amüsantes Geheimnis!

»Jede Wette, Kumpel!«, rief der andere zurück. »Das wird bestimmt 'ne verdammt erfolgreiche Nacht!«

Harriet, hin- und hergerissen zwischen altem Groll und Dankbarkeit, wusste nicht, was sie sagen sollte. Und dann waren sie auch schon bei der Fähre und drehten bei.

»Damit sind wir dann ja wohl quitt, was, Süße?«, sagte Lenny mit breitem Grinsen, als Harriet schon mit einem Fuß in der Strickleiter stand, die an der Bordwand bis zu ihnen ins Boot herabbaumelte.

»Nein«, erwiderte Harriet, drehte sich zu dem Blonden, der die Strickleiter auf der anderen Seite straffhielt, und versetzte ihm eine schallende Ohrfeige. »Jetzt sind wir quitt!«

ERSTER TEIL

1903

1

Harriet saß im luxuriösen Pullman-Salonwagen des *Overland Limited* an ihrem angestammten Fenstertisch und griff nach der Zeitung, die sie sich bei ihrem kurzen Aufenthalt in Sacramento vom Zugpersonal der *Southern Pacific* hatte besorgen lassen. Doch sie las nicht wirklich, wie sie auch den Tee auf dem mit weißem Damasttuch gedeckten Tisch nicht anrührte. Während der letzten Stunden der langen Reise wollte sie ungestört ihren Gedanken nachhängen. Und damit sich keiner auf den Platz ihr gegenüber setzte und sie sich zu einer Unterhaltung genötigt sah, hatte sie ihre Reisetasche aus schwerem Gobelinstoff aus ihrem Schlafwagenabteil mit in den Salonwagen genommen und demonstrativ auf den freien Sitz gestellt.

Unter dem gleichmäßigen Rattern der Räder und Singen der Schienen zog die weite Ebene des San Joaquin Valley mit seinem fruchtbaren Farmland an ihrem Fenster vorbei. Damit war sie schon so gut wie zurück in ihrem geliebten San Francisco, dem Goldenen Tor der Welt, wie der Vater Stadt und Bay zu nennen pflegte. Was zählten da die paar Stunden, die noch bis zu ihrem Eintreffen im Hafen von Oakland blieben, und die kurze Fährüberfahrt ans andere Ufer? Umso weniger, als diesmal kein Zug wartete, der sie nach zwei, drei Wochen Urlaub zurück nach Boston und in das englische Zuchthaus brachte, das sich *Madame Worchester's Institute for Young Ladies* nannte. Sie hatte es vom ersten Tag an gehasst. Denn um ein Zuchthaus im wahrsten Sinne des Wortes hatte es sich gehandelt. Fast fünf Jahre hatte sie dort zugebracht, eine einzige Zeit stillen Leidens.

Zehn Mal, jeweils fünf Reisen nach Osten und fünf nach Westen, hatte Harriet den gewaltigen Kontinent mit der *Southern Pacific* überquert. Zum Glück in der Ersten Klasse und rund um die Uhr umsorgt vom legendären Pullman-Personal, dessen exklusiver Service in den Pullman Palace Waggons dem eines 5-Sterne-Hotels in nichts nachstand. Ihr Schlafwagenabteil war ein wahrer Traum aus fein geschnitztem und vergoldetem Nussbaumholz, geätztem und bemaltem Tafelglas und versilberten Metallbeschlägen. Vor dem Fenster hingen schwere Damastvorhänge, der Waschtisch bestand aus feinstem Marmor, und der Rahmen des Spiegels darüber war vergoldet. Die Sitze waren dick mit Plüsch gepolstert, der Fußboden mit einem kostbaren Brüsseler Teppich belegt und die gewölbte Decke im Stil eines Freskos in Gold, Smaragdgrün, Karminrot, Azurblau und anderen prächtigen Farben wunderbar bemalt. Und genauso prunkvoll waren auch Speise- und Salonwagen.

Mehr als einen Heimatbesuch im Jahr, im Sommer oder zu Thanksgiving, hatte ihre Mutter weder für wünschenswert noch für finanziell vertretbar gehalten. Ihr Vater hatte sich aus jeder Diskussion zu diesem Thema herausgehalten. In solche »Frauenangelegenheiten« mische er sich prinzipiell nicht ein, hatte er einmal und abschließend erklärt. Stets hatte eine Gouvernante, auf der West-Ost-Route vermittelt von der Eisenbahngesellschaft und auf den Fahrten nach Westen von Madame handverlesen, sie auf der viereinhalbtägigen Zugfahrt begleitet, damit ihr guter Ruf keinen Schaden nahm.

Diesmal jedoch war der alten Ziege bei der Wahl der Gouvernante eine kapitale Fehleinschätzung unterlaufen – und zum ersten Mal war Harriet dem hageren Besen aufrichtig dankbar. Denn ihr leicht lispelnder Chaperon Polly Stricker, schon gute sieben, acht Jahre jenseits der dreißig und mit dem Liebreiz einer Mottenkugel gesegnet, hatte sich anders als all die anderen ältlichen Gouvernanten nur zu gern schon in Chicago von ihr auszahlen lassen. Was weniger an dem Scheck gelegen hatte als an dem etwas eulengesichtigen Vertreter für Gardinenstoffe und Polsterbezüge, der Ende fünfzig und seines langjährigen Witwertums überdrüssig schien und Polly schon am ersten Abend im Salonwagen dezent den Hof gemacht hatte. An seinem Arm hatte Polly den Zug in Chicago verlassen, zusätzlich zum Scheck auch noch fast den halben Erlös des Rückfahrtickets in ihrem mit Rosen bestickten Handbeutel. Die andere Beinahe-Hälfte hatte Harriet für sich beansprucht. Ihr Schlafwagenschaffner hatte sich gegen eine zehnprozentige Beteiligung schon in Detroit um die Erstattung des Fahrpreises gekümmert.

Am liebsten hätte Harriet Madame Worchester all das in einem hämischen Brief unter die spitze Nase gerieben, aber den Gedanken hatte sie sogleich verworfen, denn sie hätte sich damit nur ins eigene Fleisch geschnitten und sich eine Menge Ärger mit ihrer Mutter und womöglich sogar ihrem Vater eingehandelt. Ganz abgesehen davon, dass sie ihr das erschlichene Geld natürlich weggenommen hätten. Und dieses hübsche kleine Bündel Scheine behalten zu können war ihr doch wichtiger als die Genugtuung, Madame Worchester eins auszuwischen und sie um ihren guten Ruf bangen zu lassen. Sie hatte noch nie wirklich eigenes Geld besessen – abgesehen von den paar Silbermünzen Nadelgeld, die ihr monatlich für kleine persönliche Ausgaben zur Verfügung standen.

Harriet hatte geglaubt, dass sie ihre letzte Reise zurück in die Heimat mit einem Gefühl unsäglicher Erlösung, ja geradezu Glückseligkeit antreten würde. Endlich entkommen dem viktorianisch strengen Reglement, der formellen, affigen Geziertheit, den endlosen Unterrichtsstunden in den tausend Facetten steifer Etikette, dem seichten, überdrehten, ewig gleichen Geplapper über Nichtigkeiten und dem Klatsch der anderen Mädchen, von denen ihr in all der Zeit nicht eine wirklich zur Freundin geworden war. Und nicht zuletzt dem affektierten britischen Akzent der vertrockneten Worchester-Ziege entkommen!

Das Gefühl, ihre Freiheit wiedergewonnen zu haben, hatte sie durchaus, aber von Glückseligkeit konnte keine Rede sein. Vielmehr war sie bedrückt, voller Unruhe und Sorge, und dazu kamen noch eine kräftige Portion Unverständnis sowie Groll und Bitterkeit. Vor sechs Tagen, drei Monate vor dem für ihre Rückkehr eigentlich geplanten Termin, war in Boston ein Telegramm aus San Francisco eingetroffen. Die aus wenigen dürren Worten bestehende Nachricht hatte ihr alle Vorfreude geraubt. Ihr Vater hatte am Ostersonntag einen schweren Schlaganfall erlitten. In ihrer Bestürzung und Sorge war ihr gar nicht gleich zu Bewusstsein gekommen, dass nicht ihre Mutter, sondern Onkel Henry das Telegramm aufgegeben hatte. Und zwar nicht am Ostersonntag oder am darauffolgenden Morgen, sondern erst am Mittwochabend, drei ganze Tage nach dem Hirnschlag!

Andererseits – dass man es nicht für nötig befunden hatte, sie umgehend von einem erschreckenden Ereignis in der Familie zu unterrichten, war keine neue Erfahrung. Sie hatte schon einmal solch ein Telegramm von Madame Worchester ausgehändigt bekommen, begleitet von salbungsvollen Worten, die wohl so etwas wie Trost hatten darstellen sollen. Das war Ende Juni 1898 gewesen, wenige Wochen nach ihrem Eintreffen in Boston; die Nachricht vom Tod ihres Bruders Jonathan. Abgeschickt fünf Tage nachdem er bei der Besteigung einer steilen Felswand in den Yosemite-Bergen tödlich abgestürzt war! Fünf Tage! Als habe man sie im fernen Boston völlig vergessen und sich erst am Vorabend der Beerdigung ihrer erinnert. Der Tod des Bruders, den sie geliebt und von Kindesbeinen an angehimmelt hatte, hatte ihr fast das Herz zerrissen, und die Wunde war selbst jetzt nur schwach vernarbt. Dass sie aber derart vergessen worden war, hatte ihr eine ganz andere, nicht weniger tiefe Verletzung zugefügt, die vermutlich nie heilen würde.

Harriet wischte sich im Schutz der Zeitung die Tränen aus den Augenwinkeln und blickte aus dem Fenster. Überrascht stellte sie fest, dass der Zug das San Joaquin Valley längst hinter sich gelassen hatte und die bescheidenen Bergzüge der Diablo Range erklomm. Jetzt war es bis zum Fährhafen von Oakland nicht mehr weit.

Sie bezahlte den unberührten Tee, ließ den ungelesenen *Sacramento Daily Record* sowie ein angemessenes Trinkgeld auf dem Tisch zurück und begab sich in ihr Schlafwagenabteil, um die letzten Vorkehrungen für ihre Ankunft zu treffen. Natürlich hatte sie ihrer Mutter die Uhrzeit ihres Eintreffens in Oakland gekabelt. Ein Bediensteter der Eisenbahn hatte in Sacramento das knappe Telegramm, zwölfeinhalb Cent pro Wort, entgegengenommen und für sie aufgegeben. Aber sie wäre jede Wette eingegangen, dass nicht ihre Mutter sie dort am Fährhafen erwartete, sondern bestenfalls Onkel Henry.

2

Unter sonnig klarem Himmel fuhr der *Overland Limited* in den Oakland Pier Terminal ein. Zu beiden Seiten der Bahnstation am Ende der weit ins Wasser ragenden Landungsbrücke lagen Fährschiffe vertäut, bereit, die Passagiere nach San Francisco, Sausalito, San Mateo, Napa und zu anderen Ortschaften der Bay Area zu bringen.

Unter heftigem Zischen und Schnaufen und dicke Dampfwolken ausstoßend kam der Zug zum Stehen. Gefolgt von einem Pullman Porter, der sich ihres Gepäcks angenommen hatte, trat Harriet hinaus auf den überdachten Perron ihres Waggons. Sofort fiel ihr Blick auf Onkel Henry.

Der Bruder ihres Vaters lehnte an einem der geriffelten moosgrünen Stahlträger, auf denen das verglaste Dach der Bahnstation ruhte. Er rauchte eine Zigarette und studierte eine Wettzeitung, das kleinformatige Blatt wie üblich auf der halben Seite der Länge nach gefaltet. Und obwohl sie nicht mit ihrer Mutter gerechnet hatte, versetzte es ihr einen feinen Stich, ihn allein dort stehen zu sehen – sosehr sie ihn auch mochte.

Henry Caldwell war ein stets tadellos gekleideter, attraktiver Mann von vierundvierzig Jahren; kräftig, wenn auch nicht so groß gewachsen und breitschultrig wie Harriets Vater. Anstelle eines Vollbartes pflegte er einen Schnäuzer mit kurzen hochgezwirbelten Enden. Der Zwirbelbart gab seinem eher runden Gesicht eine leicht spöttische Note, die gut zu seinem unbeschwerten Wesen passte – wie auch zu seiner Neigung, nicht immer salonfähige, scharfzüngige Bemerkungen fallen zu lassen. Das dunkle und mit Pomade geglättete Haar trug er in der Mitte gescheitelt. Und natürlich war er wie aus dem Ei gepellt. Im Gegensatz zu seinem Bruder, der sich auch nach Jahrzehnten als Reeder noch ausschließlich in das schwere schwarze oder marineblaue Wolltuch kleidete, das ein Kapitän auf See trug und das dort auch geboten war, liebte er alles Modische. So steckte er, obwohl es bis Mai noch einige Tage hin war, schon jetzt in einem hellen Sommeranzug mit cremefarbener Seidenweste und porzellanblauem Krawattentuch, das mit einer perlenbesetzten Krawattennadel festgesteckt war. Und der Homburg auf seinem Kopf hatte natürlich eine zum feinen Anzug passende Farbe.

Nun, auch wenn die Ausgaben dafür sicher nicht unerheblich waren, konnte Onkel Henry sich die elegante Garderobe leisten. Immerhin war er an der Caldwell Shipping Company, die einen guten Profit abwarf, zu einem Viertel beteiligt. Außerdem hatte er wohl bei seinen Pferdewetten eine glückliche Hand, jedenfalls hatte sie das ihren Kutscher Magnus Magnussen einmal sagen hören.

»Gütiger Gott, wer ist denn diese bezaubernde junge Dame?«, rief er neckend, und ein strahlendes Lächeln trat auf sein Gesicht, als er sie entdeckte. Schnell ließ er das Wettblatt in der Innentasche seines Jacketts verschwinden, schnippte die Zigarette in den Gleisschotter unter den Waggon und nahm Harriet in die Arme. »Himmel, ich erkenn dich ja gar nicht wieder! Was ist denn aus meiner kleinen Nichte mit dem Grübchen und den braven Zöpfen geworden?« Er blinzelte, als traue er seinen Augen nicht. »Du siehst umwerfend aus! Und so erwachsen!«

Sie lachte und gab ihm einen Kuss auf die Wange. »Onkel Henry, du alter Schmeichler! Das Grübchen ist doch noch da, wo es immer war!«

Henry trug gern dick auf. Aber er hatte sie zwei Jahre nicht gesehen. Bei ihrem letzten Besuch zu Hause war er wochenlang in Mexiko gewesen und hatte sich um die schwere Havarie eines ihrer Schiffe gekümmert, vor allem darum, mit den korrupten örtlichen Behörden die Schuldfrage zu regeln. In diesen zwei Jahren hatte sie zweifellos die letzten mädchenhaften Züge abgelegt und sich zu einer jungen Frau entwickelt. Ihr Reisekostüm mit der doppelten Knopfreihe mochte aus Tweed sein, hochgeschlossen bis zum samtschwarzen Stehkragen und von unauffälliger taubengrauer Farbe, weil im Haus von Madame ausschließlich Kleidung in schicklich gedeckten Tönen erlaubt war und jegliches Quäntchen nackte Haut streng verpönt, aber es zeigte doch unübersehbar ihre inzwischen sehr weibliche Figur mit einer Taille, die auch ohne Korsett auskam.

»Das ›alt‹ verbitte ich mir!«, gab er zurück und drohte ihr augenzwinkernd mit dem Finger. »Sag mir lieber, wann du mit mir ausgehst und ich mit dir angeben kann. Ich nehm dich mit in meinen Club! Sie werden dich für meine neueste Eroberung halten und vor Neid platzen!«

Harriet errötete. Das Kompliment mochte von gutmütiger, scherzhafter Natur sein, besaß aber doch auch eine etwas schlüpfrige Note. Eben typisch Onkel Henry! Ihre Mutter hätte ihn empört zurechtgewiesen, von Tante Ida ganz zu schweigen. Seine Frau hätte ihm den Kopf abgerissen. Seit sie nach der Geburt ihres Sohnes Guy, ihres ersten und einzigen Kindes, dermaßen in die Breite gegangen war, dass kein noch so eng geschnürtes Korsett das Matronenhafte ihrer einst ranken Gestalt verbergen konnte, reagierte sie auf Bemerkungen, die er über die körperlichen Vorzüge anderer, vor allem sehr junger Frauen machte – und sei es auch nur im Spaß –, äußerst empfindlich.

»Das wirst du schön bleiben lassen, sonst rede ich mal ein Wort mit Tante Ida!«, drohte sie in ihrer Verlegenheit.

»Da sei der Himmel vor!«, rief er und setzte eine zerknirschte Miene auf. »Willst du, dass ich den Rest meiner Erdentage in einem Büßergewand verbringen muss?«

Harriet stellte sich ihn in einem kratzigen Büßerhemd vor und wollte schon losprusten, doch das Lachen blieb ihr im Hals stecken. Plötzlich schämte sie sich des fröhlich frechen Wortwechsels. Wie geschmacklos angesichts der traurigen Umstände, die sie nach San Francisco zurückgeholt hatten! Was, wenn ihr Vater noch einen Schlag erlitten hatte und nicht mehr lebte? Aber nein, das war unmöglich! Dann wäre selbst Onkel Henry nicht in einem hellen Sommeranzug erschienen und hätte derart pietätlos gescherzt!

Er spürte den jähen Umschwung ihrer Gefühle und sagte schnell: »Verzeih, mein Kind, das war wohl alles etwas unpassend. Im ernsten Fach habe ich mich schon immer schwergetan, und ich wollte dir auch nur für einen Augenblick das Herz ein wenig leichter machen.« Ungeduldig schaute er sich um. »Aber sag mal, wo ist denn deine Gouvernante? Die lässt sich ja reichlich Zeit!«

»Auf die brauchen wir nicht zu warten. Ich habe sie schon in Sacramento entlassen und entlohnt«, log sie.

Er runzelte die Stirn. »So, so! Das schickt sich aber nicht! Deiner Mutter wird das gar nicht gefallen. Du weißt doch, wie sie in diesen Dingen ist!«

Ja, unerträglich gestrig! Als lebten wir nicht in einem neuen Zeitalter!, hätte Harriet am liebsten geantwortet, doch stattdessen sagte sie: »Die Gouvernante hat in Sacramento Verwandtschaft, und da konnte ich einfach nicht so sein. Es muss ja keiner erfahren. Du wirst mich doch nicht anschwärzen, oder, Onkel Henry?« Sie schenkte ihm ein um Nachsicht flehendes Lächeln.

Henry seufzte. »Nun ja, das behalten wir wohl besser für uns«, sagte er schließlich, und Harriet gab ihm zum Dank einen weiteren Kuss auf die Wange, was ihn sichtlich versöhnte. »Na, dann lass uns mal an Bord gehen.« Er bedeutete dem Pullman Porter, ihr Gepäck auf den Raddampfer *Amador* zu bringen, der nur ein Dutzend Schritte entfernt seine Gangway ausgebracht hatte, und bot Harriet den Arm.

Sie nickte, lächelte schwach und legte ihre Hand in seine Armbeuge. »Wie geht es meinem Vater?«

Er gab einen schweren Seufzer von sich. »Nun ja, es war wohl ein schwerer Schlag. Arthur hat eine halbseitige Lähmung davongetragen und traurigerweise auch die Sprache verloren. Ich meine, er gibt Laute von sich, aber das Gebrabbel ist vollkommen unverständlich«, berichtete er, während sie an Bord der Fähre gingen. »Aber das kommt vielleicht wieder, sagen die Ärzte. Man muss abwarten und das Beste hoffen.« Er hatte schon Fahrscheine gelöst und entlohnte den Gepäckträger mit einem Vierteldollar, was auch typisch für ihn war. Jeder andere hätte es bei zehn Cent belassen, und das wäre mehr als angemessen gewesen.

Harriet hielt es in den geschlossenen, rauchgeschwängerten Aufenthaltsräumen nicht aus und stieg hinauf auf das offene Promenadendeck, während Onkel Henry sich darum kümmerte, dass ihr Gepäck sicher verschlossen wurde. Dort oben konnte sie frei atmen und das Panorama ihrer geliebten Stadt am Golden Gate betrachten – die malerischen und teils steilen Anhöhen, gekrönt von prächtigen Villen und vereinzelten Wolkenkratzern –, und die im Sonnenlicht glitzernde Bay endlich wieder vor sich zu sehen schenkte ihr ein wenig Trost.

Auf dem Wasser herrschte der vertraute rege Verkehr: Lotsenboote, Zollkutter, Segelschiffe aller Art und Größe, Fischerboote, plumpe Kohlenfrachter, Lastkähne, Passagierdampfer, bullige Barkassen, Ausflugsboote und private Jachten sowie die allgegenwärtigen Raddampfer der Fährunternehmen zogen ihre Bahnen über die weite, sonnenflirrende Fläche der San Francisco Bay.

Vor dem Hintergrund der dunkelgrünen Bergzüge des Marin County, die am gegenüberliegenden, nördlichen Ufer hinter Sausalito aufragten, entdeckte Harriet vier hochbordige chinesische Dschunken. Sie segelten auf südöstlichem Kurs. Die mit Dutzenden Bambusstangen verstärkten drachenblutroten Segel, die wie riesige rechteckige Tücher von den Querrahen herabfielen, leuchteten weithin im Sonnenschein. Die Dschunken trugen, wie alle Boote der Chinesen, auf jeder Bugseite ein aufgemaltes Auge. »No eyes, no see where boat goes!«, lautete die allseits bekannte und an der Waterfront oft spöttisch zitierte Begründung der Chinesen für ihre Dschunkenaugen. Die vier Schiffe hielten auf China Cove zu, eine von gut zwanzig Siedlungen der chinesischen Krabbenfischer, die sich auf der Nordseite der Bay angesiedelt hatten und ihre Häuser mit Vorliebe auf Pfählen bauten.

Die *Amador* legte ab, und die vorgelagerte Insel Yerba Buena schob sich zwischen die Fähre und die Dschunken. Dafür tauchten schräg voraus ein halbes Dutzend *Feluccas* auf, traditionelle italienische Fischerboote. An Bug und Heck spitz zulaufend wie der Schnabel eines Adlers und überwiegend in Hellblau gehalten, der Farbe der Jungfrau Maria, tanzten die schmalen, offenen Boote, das dreieckige, hennagefärbte Lateinersegel in der frischen Brise prall gefüllt, über die Wellen.

Harriet hatte diese waghalsigen Fischer, von denen es in San Francisco eine gute Hundertschaft gab, schon als Kind bewundert, segelten sie doch in ihren winzigen Nussschalen bei Nacht und so gut wie jedem Wetter bis zu den Farallons hinaus, einer Gruppe nackter Felseninseln und scharfer Klippen dreißig Meilen vor den Landenden des Golden Gate. Die Indianer hatten der Felsgruppe inmitten der See den Namen »Inseln des Todes« gegeben, und das aus gutem Grund. Gewöhnlich kehrten die Feluccas kurz nach Sonnenaufgang mit ihrem Fang in ihren angestammten Hafen, die Fisherman's Wharf am North Beach, zurück.

Wie vertraut und lieb ihr der Anblick der kleinen, pfeilschnellen Boote, ja selbst der Dschunken und übel rußenden Frachter und Fähren war! Wie sehr sie all das – diese Vielfalt an Farben, Menschen aus aller Herren Länder, Betriebsamkeit, Geräuschen und Gerüchen – während all der Jahre im abgeschiedenen Zuchthaus von Madame vermisst hatte! Und nun musste sie ein schlechtes Gewissen haben, weil sie beim Anblick der Stadt und des bunten Treibens auf der Bay solch unbändige Freude empfand.

Ihre stille, zwiespältige Betrachtung der Szenerie fand ein Ende, sobald Onkel Henry sich wieder zu ihr gesellte. Er senkte den Kopf, um sich im Windschutz seines Homburgs eine Zigarette anzuzünden, und kam dann ungefragt wieder auf seinen Bruder zu sprechen.

»Zumindest ist er seit gestern zu Hause. Im Krankenhaus können sie nichts mehr für ihn tun, sagen sie. Er ist auf den Rollstuhl angewiesen und muss …« Er räusperte sich und fuhr mit einem Anflug von Verlegenheit fort: »… nun ja, in allen alltäglichen menschlichen Bedürfnissen und Belangen des Lebens betreut werden.« Er wedelte mit der Zigarette in der Hand durch die Luft. »Also beim Waschen, Anziehen, Essen und so weiter.«

Harriet verstand schon, worauf er anspielte.

Er schien ihre Gedanken und die Frage, die ihr auf der Zunge lag, aber nicht über die Lippen kam, zu erraten, denn er lachte trocken und schüttelte den Kopf. »Nein, natürlich nicht von deiner Mutter, Gott bewahre! Sie hat eigens einen Hausdiener eingestellt, einen tüchtigen Mann, wie mir scheint, der auch etwas von Sprachtherapie nach so einem Schlag verstehen soll. Aber der Gute hat einen harten Job, um den ich ihn nicht beneide. Du kennst ja deinen Vater. Wenn er etwas auf den Tod nicht ausstehen kann, dann ist das, von anderen abhängig zu sein. Und Jähzorn ist ihm auch nicht gerade fremd. Diese Fähigkeit hat er jedenfalls nicht verloren!«

»Wie … kommt meine Mutter mit der Situation klar?«, fragte sie beklommen, um sich vorbereiten zu können auf das, was sie zu Hause erwartete.

»Deine Mutter?« Er verzog das Gesicht. »Die trägt noch immer ausschließlich Witwenschwarz. Vorsorglich, könnte man sagen, wenn man ihr Böses wollte und es nicht besser wüsste«, sagte er bissig. »Entschuldige, aber bei aller verständlichen Trauer um ihren Goldjungen: Jonathan ist jetzt bald fünf Jahre tot! Da ist es wohl langsam an der Zeit, die Trauerkleidung abzulegen und sich auf seine anderen Pflichten zu besinnen.«

Was Harriet sofort an ihren kleinen Bruder denken ließ. »Wie hält sich Elliot?«

Henry zuckte die Achseln. »Der macht wie immer alles mit sich selber aus. Na ja, wer grundsätzlich übersehen wird, sich nie beklagt und nichts erwartet, kann wenigstens auch nicht enttäuscht werden.«

Die scheinbar gefühllosen Worte versetzten ihr einen Stich. Aber so zynisch die Bemerkung auch klang, sie beschrieb doch bestürzend treffend, welche Rolle ihr kleiner Bruder in der Familie spielte und schon immer gespielt hatte: die des stillen, verträumten Kindes, das immer im Schlagschatten der älteren Geschwister stand, nie Probleme machte und nie den geringsten Versuch unternahm, auf sich aufmerksam zu machen oder sich irgendwie in Szene zu setzen. Es war, als befinde Elliot sich nicht mit ihnen auf der Bühne, auf der sich das bewegte Familienleben abspielte, sondern sitze verloren unten im Zuschauerraum und verfolge das Geschehen auf der Bühne des Lebens schweigend. Aber das durfte nicht so bleiben!

Indes wuchs vor ihnen das Hauptgebäude der Fähranleger von San Francisco in den Himmel. Der Terminal lag am Ende der Market Street, mitten im Bogen der Waterfront. Täglich liefen die Flotten qualmender Fährdampfer von mehr als einem Dutzend Unternehmen die Landungsbrücken an, und viele der Raddampfer hatten hier ihre Heimatpier. Aus dem fast zweihundert Yards langen Gebäude ragte in der Mitte über dem Eingangstor ein Uhrenturm auf wie ein südländischer Campanile. Tatsächlich war er dem Giralda-Turm der Kathedrale von Sevilla nachempfunden.

»Und was macht meine kleine Schwester?«

»Ashley? Schwer zu sagen. Die ist mit ihren vier Jahren wohl noch zu klein, um richtig zu verstehen, was eurem Vater widerfahren ist und welche Konsequenzen das für euch alle hat. Aber um Ashley würde ich mir die geringsten Sorgen machen. Die Kleine weiß, was sie will, und sie weiß sich zu behaupten. Enttäuscht also weiterhin alle Erwartungen.« Er zog an seiner Zigarette und warf ihr einen Blick zu, der dem beißenden Sarkasmus seiner Worte entsprach. »Ich glaube, deine Mutter wünschte, sie würde mehr nach Elliot kommen – wo der Nachzügler sich schon nicht als neuer Goldjunge entpuppt hat.«

»Onkel Henry, wie kannst du so etwas sagen? Ich weiß, du liebst es, bissige Bemerkungen zu machen, aber das geht wirklich zu weit!«, entgegnete Harriet, wenn auch ohne Nachdruck. Denn ganz so falsch lag ihr Onkel mit seiner Einschätzung nicht. Die Mutter hatte fest mit einem weiteren Sohn gerechnet, und dementsprechend groß war die Enttäuschung, ja Verbitterung gewesen, dass es »nur« ein weiteres Mädchen geworden war.

»Wirklich?«, fragte er trocken. »Mit fast vierzig noch einmal ein Kind zu bekommen war deiner Mutter schon peinlich genug, das kannst du mir glauben. Darüber haben die Leute sich schon ordentlich das Maul zerrissen. Aber wenn der Nachzügler ein kraftstrotzender, in die Welt stürmender Junge wie Jonathan gewesen wäre, hätte sie die konsternierten Blicke und das Getuschel gewiss leichter ertragen.«

Sie biss sich auf die Unterlippe und schwieg, während die *Amador* ihre Geschwindigkeit drosselte und die Besatzung unten Vorkehrungen für das Anlegemanöver traf.

»Egal, es ist, wie es ist«, sagte Onkel Henry in einem Ton, als sei er des Themas überdrüssig, und schnippte die Kippe ins Hafenbecken. »Für uns alle wird sich jetzt vieles ändern, und wir müssen den bitteren Tatsachen ins Auge sehen. Insbesondere ist es jetzt wichtig, dass die Firma durch die Handlungsunfähigkeit deines

Vaters keinen Schaden nimmt und die Geschäfte ungestört weitergehen. Vor allem, weil unsere Flotte dringend modernisiert werden muss. Mit den Raddampfern ist kein großer Profit mehr zu machen, die hätten wir schon vor Jahren abstoßen müssen. Auch wird es höchste Zeit, die Zahl unserer Segelschiffe zu reduzieren und auf Frachter mit Maschinenkraft umzusteigen. Aber all das soll dich nicht beunruhigen, mein Kind.« Er tätschelte ihren Arm. »Ich werde die Leitung der Firma übernehmen und mich um alles kümmern. Nicht, dass ich mich in diesen schwierigen Zeiten darum reiße, aber es wird mir nun mal nichts anderes übrig bleiben.« Noch einmal tätschelte er sie und lächelte sie an.

Harriet aber war sich nicht sicher, ob dieses Lächeln sie aufmuntern sollte, ja, ob es überhaupt ihr galt. Flüchtig zog sie die Möglichkeit in Betracht, dass sein Lächeln vielleicht einen völlig anderen, sehr eigennützigen Grund hatte, doch diesen unschönen Gedanken schob sie sofort beiseite. Der Moment der Irritation verflog und machte wieder der bangen Frage Platz, was sie wohl zu Hause erwartete.

3

Frank Maynard und Lenny Gabrelli saßen im »Cobweb Palace«, rauchten selbst gedrehte Zigaretten aus billigem mexikanischem Tabak und feierten ihr Wiedersehen nach über zweieinhalb Jahren bei scharfem Mescal. Sie schwelgten in Erinnerungen an die Zeit, als sie noch mit ihrer Sloop *Bay Runner* nachts auf Austernraub gegangen waren.

Abe Warners Taverne, seit Jahrzehnten von der Waterfront nicht mehr wegzudenken, hatte einmal anders geheißen, doch an den einstigen Namen erinnerte sich längst keiner mehr. Abe war ein abergläubischer Mann. Er hegte die feste Überzeugung, dass es großes Unglück brachte, eine Spinne zu töten. Dementsprechend dicht hingen die Spinnweben zwischen den rußgeschwärzten Deckenbalken, und in den Ecken spannten sich riesige Netze, wahre Wunderwerke silbriger Fallenstellerei. Niemand wagte nach einer der Spinnen zu schlagen oder auch nur einen alten, staubbedeckten Faden wegzuwischen. Beim alten Abe gab es nämlich nicht nur die beste Muschelsuppe der Stadt, sondern das »Cobweb Palace« fungierte auch als Nachrichtenbörse. Wer in keiner Gewerkschaft war, hinterließ hier Nachrichten für Freunde, die keinen festen Wohnsitz hatten. Auf diese Weise hatten auch Frank Maynard und Lenny Gabrelli einander wiedergefunden. Lenny hatte sich nach dem Verlust ihres Bootes überstürzt aus dem Staub gemacht, hatte erst eine Saison in Alaska bei einem Lachsfischer gearbeitet und war dann zwei Jahre auf einem britischen Getreideclipper auf der Australien-England-Route gesegelt. Dass er nach San Francisco zurückgekehrt war, hatte Frank erst einige Tage zuvor von Abe erfahren.

»Weißt du noch, wie dieser Kerl da in der Bucht aus dem Boot gesprungen und auf uns zugestürzt ist?« Lenny kippte seinen Mescal hinunter und gab der Bedienung ein Zeichen, ihnen nachzuschenken. »Mann, der hatte 'ne Faust wie 'ne Abrissbirne!«

»Mir hätte es schon gereicht, mit einem in Zeitungspapier gewickelten Bleirohr eins übergezogen zu bekommen. Aber du hast recht, der hätte es nicht mit herausgeschlagenen Zähnen und gebrochenen Rippen gut sein lassen«, sagte Frank und nickte. »Der hatte blanke Mordlust in den Augen.«

Zu ihrem Glück war der Kerl im weichen Ufersand gestolpert und beim Sturz mit dem Kopf auf ein baumstammdickes Stück Treibholz geschlagen. Er war benommen liegen geblieben, und seine nachstürmenden Gefährten hatten sich erst vergewissert, dass er nicht ernstlich verletzt war, bevor sie ihnen nachgesetzt hatten. Die paar Sekunden hatten Lenny und ihm gottlob gereicht, um ins Ufergebüsch zu flüchten und sich im Schutz der Dunkelheit in Sicherheit zu bringen.

Es war immer riskant gewesen, sich in meist mondlosen Nächten oder bei dichtem Nebel an die Austernbänke anzuschleichen, in dicken Stiefeln durch höllisch scharfkantige Muscheln zu waten, die Jutesäcke hastig mit Austern zu füllen und wieder zu verschwinden. Mehrmals in den drei Jahren ihrer Raubzüge waren sie den lauernden Wachen und den Schrotflinten ihrer Verfolger nur knapp entkommen. In jugendlicher Überheblichkeit hatten sie nicht wahrhaben wollen, dass die Falle früher oder später zuschnappen würde. Irgendwann endete auch die längste Glückssträhne. Obwohl, selbst auf ihrer letzten Raubtour war das Glück noch ein gutes Stück auf ihrer Seite gewesen. Denn dass sie in der Nacht, als die *Bay Runner* in Flammen aufging, mit heiler Haut davongekommen waren, grenzte schon an ein kleines Wunder. Was auch für die Tatsache galt, dass sie den Rest der Schulden, die sie für das Boot gemacht hatten, zwei Monate vorher beglichen hatten.

Verrückt, welche Risiken sie eingegangen waren! Aber was hätte er anderes tun sollen, damals, als er mit vierzehn im Hafen von San Francisco vom Güterzug gesprungen war und nicht gewusst hatte, wie es mit ihm weitergehen sollte? Immerhin hatte er hundertdreißig Dollar in der Tasche – und das Glück gehabt, auf Lenny zu stoßen. Der hatte die *Bay Runner* aufgetrieben, aber selbst für eine so betagte, schon wurmstichige Sloop hatte sein Geld nicht gereicht. So hatte Lenny sich bei einem Kredithai, den er aus seinem Viertel in Little Italy kannte, hundertfünfzig zusätzliche Dollar geliehen, und sie waren mit der *Bay Runner* unter die Austernpiraten gegangen. Denn mit ehrlicher Arbeit hätten sie den Kredit bei den Wucherzinsen im Leben nicht rechtzeitig abbezahlt.

»Irgendwann habe ich wieder ein Boot«, sagte Frank in wehmütiger Erinnerung an ihre wilden Jahre auf der Bay. Wie frei sie sich damals trotz aller Not und Gefahr gefühlt hatten – und tatsächlich gewesen waren! »Dann aber mit allem Drum und Dran, mit richtiger Kajüte und so.«

»Ah, da geht die Sonne auf!«, rief Lenny mit fröhlichem Augenzwinkern, als die Bedienung mit der Flasche kam und schwungvoll ihre Gläser auffüllte. Er angelte sich das braune Reispapier und drehte ihnen zwei neue Zigaretten.

»Und was hast du jetzt vor?«, fragte Frank, als der Vorrat an gemeinsamen Erinnerungen erschöpft war. »Heuerst du bald wieder an?«

»Nee, ich muss hier erst mal meine Peilung finden. Außerdem habe ich jemanden kennengelernt, der mir eine Stelle bei der Fischereipolizei besorgen kann. Vielleicht kann er dich auch da unterbringen. Mann, das wär doch was! Dann wären wir wieder zusammen, so wie früher, Frankie!«, rief Lenny begeistert. »Wir könnten 'ne ruhige Kugel schieben und hätten massig Zeit für 'n paar Nebengeschäfte. Ich hab in der Richtung schon 'n paar gute Ideen.«

Frank Maynard lachte und schüttelte den Kopf. »Nimm's mir nicht krumm, aber die Fischereipolizei ist nun wirklich nichts für mich. Das wäre auch zu komisch, wir beide nun auf der Seite des Gesetzes!« Auf den zweiten Teil von Lennys Vorschlag ging er erst gar nicht ein, wollte er ihn doch nicht vor den Kopf stoßen, indem er sagte, dass sein Bedarf an riskanten Geschäften ein für alle Mal gedeckt sei.

»Da ist was dran!«, räumte Lenny mit breitem Grinsen ein. »Sag mal, ich hab gehört, du warst 'ne ganze Weile Fuhrmann für 'ne Sägemühle unten am China Basin und bist dann auf deine alten Tage unter die Samariter gegangen?« Wieder schwenkte er sein leeres Glas in Richtung der Bedienung, einer drallen Rothaarigen.

Frank zuckte die Achseln. »Der Mann lag auf der Landstraße nach San Mateo mit Achsenbruch im Graben. Es hat fürchterlich geregnet. Außerdem hatte er einen üblen Husten und konnte sich kaum auf den Beinen halten. Nur ein gewissenloser Schweinehund hätte ihn da sich selbst überlassen!«

»Und jetzt arbeitest du für diesen Juden? Hätte nie gedacht, dass du mal unter die Schausteller gehst, und dann auch noch mit 'nem Hebräer!«

Der abfällige Ton gefiel Frank nicht. »Mir ist's wurscht, an welchen Gott einer glaubt oder nicht glaubt, Lenny. Und Ezra Silverman ist kein Schausteller. Außerdem ist er 'ne ehrliche Haut und zahlt einen guten Lohn. Sein Geschäft ist die Kinematografie.«

»Was soll das denn sein?«, fragte Lenny verständnislos. »So was wie Wahrsagerei?«

Frank lachte und schüttelte den Kopf. »Das Wort kommt aus dem Griechischen, *kínema* bedeutet so viel wie ›Bewegung‹ oder ›Erschütterung‹«, erklärte er. »Und *gráphein* heißt ›schreiben‹ oder ›beschreiben‹. Alles zusammen ergibt das Wort Kinematografie. Und das steht für diese neue Technik: *Movies,* die Aufnahme und

Wiedergabe von bewegten Bildern. Wobei Ezra sich auf das Vorführen von solchen bewegten Bildern beschränkt.«

Lenny zog eine säuerliche Miene. »Mann, ich vergesse doch immer wieder, dass du aus 'nem verdammt studierten Haus kommst!«

»Was mich nicht davor bewahrt hat, regelmäßig mit Vaters Gnadenstock durchgeprügelt zu werden, hundertdreißig Dollar in unseren gemeinsamen Pott zu werfen und mit dir zusammen Austernräuber zu werden. Außerdem hatte ich bis vor Kurzem auch keinen Schimmer von der Sache«, erwiderte Frank in dem Versuch, die Spitze seines alten Freundes abzubiegen. Dass diesem der Begriff Kinematografie nichts sagte, obwohl die Erfindung von Thomas Edison so neu nun auch nicht mehr war, und dass er noch nie einen Fuß in ein Nickelodeon gesetzt hatte, war nicht weiter verwunderlich. Der Freund hatte sich nie für solche Dinge interessiert; lieber hatte er seine Zeit beim Karten- und Würfelspiel in Spelunken oder mit leichten Mädchen verbracht und am allerliebsten die eine Schwäche mit der anderen Neigung verbunden. Daran hatte sich offenbar nichts geändert.

»Okay, ich mein ja nicht, dass du nicht in Ordnung bist«, versicherte Lenny schnell. »Ich kapier nur immer noch nicht, was genau du bei diesem Juden machst.«

»Wir führen an wechselnden Orten solche bewegten Bilder vor. Dafür mietet Ezra für ein, zwei Tage irgendwo ein leer stehendes Ladenlokal, einen Schuppen, eine Lagerhalle oder so was in der Art. Manchmal, wenn wir in einer Gegend nichts Passendes finden, bauen wir auch ein Zelt auf«, erklärte Frank mit der Begeisterung eines Mannes, der Freude an seiner Arbeit hat und nur zu gern darüber spricht. »Ja, und dann geben wir da mehrmals am Tag unsere Vorstellungen. Die dauern jeweils eine halbe Stunde, manchmal auch vierzig Minuten. Wir zeigen nämlich immer sechs, manchmal sogar sieben *One reeler* pro Vorstellung, egal, wie lang …«

»*One reeler?*«, brummte Lenny, nicht wirklich interessiert, und versuchte, die Aufmerksamkeit der Rothaarigen mit dem aufreizend tief ausgeschnittenen Mieder endlich auf sich und sein leeres Glas zu ziehen. »Was soll denn das nun wieder sein?«

»So werden die Filme in der Branche genannt, weil der dünne, am Rand perforierte Film immer genau auf eine Metallspule passt. Ezra sagt, der *One reeler,* der Ein-Spuler mit tausend Fuß Länge, ist seit einiger Zeit der Standard in der Filmindustrie«, erklärte Frank und verkniff sich den Zusatz, dass die kurzen *One reeler* nach Ezras Überzeugung schon bald viel längeren Filmen weichen würden. Stattdessen fuhr er mit einigem Stolz fort: »Ich stehe übrigens seit ein paar Wochen hinter dem Kinetoscope. Das ist das Gerät, mit dem die Filme abgespielt und auf eine helle Fläche, am besten eine Leinwand, geworfen werden.« Er war versucht, hinzuzufügen, dass er nicht nur hinter dem Kinetoscopen stand, sondern die kurzen Stummfilme auch mit Geräuschen begleitete. Er hatte immer einen Tisch mit einer ganzen Reihe von Hilfsmitteln wie Tröte, Blechrassel, Trillerpfeife, Handsirene, Triangel, Kuhglocke und Ähnlichem neben sich stehen, mit denen er für dramatische Toneffekte sorgte. Aber er wollte sich nicht Lennys Gespött aussetzen.

»Klingt ja irre aufregend«, murmelte dieser, doch seine gelangweilte Miene sagte etwas ganz anderes.

»Du musst unbedingt mal kommen. Eine Vorstellung kostet übrigens nur einen Nickel. Alle in dem Geschäft nehmen denselben Preis, aber bei uns kriegst du für deine fünf Cent auch was geboten! Bei Ezra Silverman ist eine Vorstellung nämlich immer eine Mischung aus was Lustigem, bei dem du dich kranklachst, liebesschmachtenden Melodramen, die vor allem bei den Frauen auf die Tränendrüsen drücken, und am Schluss irgendwas mit 'ner Menge Action und Spannung. Bei uns kommst du natürlich kostenlos rein. Heute findest du uns im Mission District, auf der Valencia Street, auf dem freien Platz gleich hinter der *Mission Brewery.*«

Lenny hatte kaum hingehört, denn nun endlich kam die Bedienung zu ihnen an den Tisch. »Das wurde aber auch Zeit, wir sitzen hier übel auf dem Trocknen, Herzchen!«

Frank legte schnell die Hand über sein leeres Glas. »Ich muss passen, sonst fall ich gleich vom Kutschbock. Außerdem muss ich los. Giovanni Scalesi wird schon auf mich warten.«

Verwundert hob Lenny die Augenbrauen. »Der Bestatter Scalesi? Was hast du denn mit dem zu schaffen?«

»Wir brauchen für unsere Vorstellungen Klappstühle oder Bänke. Und die leihen wir uns meist für einen halben Tag von örtlichen Leichenbestattern, weil die ihre Beerdigungen ja fast alle vormittags haben«, erklärte Frank. »Danach steht ihre Bestuhlung nutzlos rum. Wir brauchen sie erst am Nachmittag und zahlen eine hübsche Leihgebühr für die paar Stunden. So ist uns beiden geholfen, denn wir müssen nicht ständig hundert oder mehr Stühle mit uns rumschleppen. Scalesi macht uns zurzeit das beste Angebot.«

»Hey, lass mal deine paar Kröten stecken, das geht heute auf mich. Ich hab 'ne fette Heuer an Land gebracht. Darin macht die Rechnung hier nicht mal 'ne Delle!«, sagte Lenny großspurig, als Frank zur Geldbörse griff und seinen Anteil am Mescal zahlen wollte. »Sag mir lieber, wo du untergekommen bist, damit ich weiß, wo ich dich erreichen kann.«

»Ich teile mir mit Ezra eine kleine Dachwohnung in der Bryant Street, unten zwischen 18th und 17th Street«, sagte Frank und nannte ihm die Hausnummer.

»Mann, da wohnt ihr aber ganz schön weit *south of the slot*«, sagte Lenny in einem Ton, der nicht weit von Häme entfernt war. »Fällt für euch bei dem Geschäft nicht mehr ab, dass ihr da unten hausen müsst?«

»Südlich der Spalte« hieß im Volksmund das Stadtgebiet südlich der Market Street, wobei mit der Spalte der meilenlange stählerne

Schlitz in der Straßenmitte gemeint war, unter dem das unablässig surrende Kabel für die Cable Cars verlief. Ein weites Netz dieser Linien, betrieben von einer ganzen Reihe von Unternehmen, durchzog ein großes Gebiet der Stadt mit ihren teils steil an- und absteigenden Hügeln. Die Market Street, die die Stadt vom Fähr-Terminal bis an den Fuß der Twin Peaks diagonal durchschnitt, war eine der Hauptverkehrsadern. Zugleich stellte sie eine gesellschaftliche Trennlinie dar. Nördlich der Market Street befanden sich das Handels- und Finanzzentrum von San Francisco, die vornehmen Einkaufsstraßen, die Hotelpaläste, Opernhäuser, teuren Restaurants und natürlich die gutbürgerlichen Wohngebiete, wobei der Nob Hill und Teile des Russian Hill den prunkvollen Villen der Millionäre vorbehalten waren. In diesem Teil der Stadt gab es zwar auch kleine anrüchige Enklaven wie Chinatown, Little Italy oder das verruchte Viertel der Barbary Coast, aber im Großen und Ganzen lebte man dort auf mehr Raum, besser und sicherer, und dort konzentrierte sich das Geld, das so reichhaltig durch San Francisco floss.

Dagegen hatten sich *south of the slot* die schmutzige, stinkende und lärmende Industrie mit ihren rauchenden Schloten sowie allerlei Kleinbetriebe und dubiose Geschäftsleute angesiedelt. Dort wohnten ein Großteil der Arbeiterschaft von San Francisco und das Heer der Einwanderer, die ums tägliche Überleben kämpften und sich mit einer billigen Unterkunft in einer der zahllosen düsteren Mietskasernen zufriedengeben mussten. Schulter an Schulter wie Männer in schäbigen grauen Mänteln reihten sich diese einen Häuserblock nach dem anderen dicht aneinander.

»Ezra will es so, und so übel haben wir es gar nicht getroffen. Außerdem sind wir nie lange da; wir sind ja ständig unterwegs.« Frank tat die Häme mit einem Schulterzucken ab. »Wo bist du denn untergekommen?«

»Im ›Journey's End‹ oben an der Grant Street.«

»Klar doch, mitten im Rotlichtviertel«, bemerkte Frank, den das nicht überraschte. In unmittelbarer Nähe der Absteige, in der Lenny sich einquartiert hatte, befanden sich die Spielhöllen und Bordelle.

Lenny grinste breit. »Ich hab eben gern kurze Wege.«

Frank lachte pflichtschuldig. Schließlich tauschten sie einen kräftigen Händedruck und versicherten einander, dass sie in Kontakt bleiben würden, doch als Frank das »Cobweb Palace« verließ und in den frischen, klaren Tag hinaustrat, war er bedrückt. Und er wusste auch, was ihn deprimierte. Nämlich die Gewissheit, seinen Jugendfreund nicht wiedergefunden, sondern längst verloren zu haben.

4

In der Halle des Terminals strömten die Fahrgäste wie zwei kraftvoll aufeinanderstoßende Flüsse von den Fährdampfern weg und zu ihnen hin. Harriet am Arm und einen Gepäckträger im Gefolge, bahnte Onkel Henry sich energisch einen Weg durch die Menschenmenge. Mit seinem Spazierstock, dessen silbernes Griffstück eine Weltkugel mit Kontinenten aus Rubinen war, verscheuchte er jeden, der ihnen den Weg versperrte oder sie von der Seite zu schneiden versuchte.

Harriet nahm an, dass ihr Onkel an einem so milden Tag mit seinem schmucken Einspänner oder einer Mietkutsche gekommen war. Die cremefarbene Bahn der *Market Street Cable Railway*, die direkt vor dem Gebäude ihre Wendeschleife hatte, zog sie gar nicht in Betracht. Onkel Henry verabscheute die körperliche Nähe anderer Menschen, insbesondere solcher aus den unteren Schichten. Das hatte er mit ihrer Mutter gemein. Doch als sie auf den Vorplatz traten, steuerte er zu ihrer Verblüffung auf ein kardinalrotes offenes Automobil mit schwarzer Lederpolsterung, weißen Reifen, erhöhter Rückbank und einem Ledertop zum Schutz gegen Regen und Sonne zu.

Harriet machte große Augen. »Sag nicht, das ist deiner, Onkel Henry!«, rief sie. Automobile galten zwar nicht mehr als seltene, wundersame Maschinen, bei deren Auftauchen die Menschen auf der Straße zusammenliefen, um in bewunderndes Staunen oder furchtsame Verwünschungen auszubrechen, aber ein alltäglicher Anblick im Straßenverkehr waren sie wiederum auch nicht.

Er strahlte vor Besitzerstolz. »Und ob das meiner ist! Man gönnt sich ja sonst nichts«, sagte er, zwirbelte seine rechte Bartspitze und zwinkerte vergnügt. »Na, wie gefällt er dir?« Und noch bevor sie antworten konnte, sprudelte er weiter: »Das ist ein Ford, *Model A Tonneau,* brandneu aus der Fabrik. Hat mich mit allem Drum und Dran stolze neunhundertfünfzig Dollar gekostet. Der Wagen hat unglaubliche acht Pferdestärken unter der Haube und bringt es auf flacher Strecke auf über dreißig Meilen die Stunde!«

Harriet staunte nicht schlecht. Aber mehr darüber, dass ihr Onkel sich so eine Anschaffung – der Preis entsprach fast dem Jahressalär eines Kapitäns – leisten konnte. Im Kontor hatte sie einmal gehört, dass die Caldwell Shipping Company ihren Kapitänen um die hundert bis hundertzwanzig Dollar im Monat zahlte.

»Ich hoffe, du willst mir nicht gleich beweisen, dass er auch wirklich so schnell fahren kann!«

Er lachte, während er dem Gepäckträger eine Münze zusteckte. »Keine Sorge, ich habe nicht vor, mit dir ein Rennen zu fahren. Ich bring dich schon heil nach Hause.« Damit öffnete er ihr den Türschlag, warf mit der Kurbel den Motor an, was einiger Versuche und Kraftanstrengungen bedurfte, und rutschte, als der Motor schließlich stotternd ansprang, schnell hinters Lenkrad.

Und er hielt Wort. Fuhr gemächlich an und genoss die Blicke, die er mit dem leuchtend roten Automobil auf sich zog. Er hatte den Ford erst seit einigen Tagen, gab sich jedoch den Anschein, die Ruhe und Gelassenheit in Person und im Umgang mit dem Gefährt äußerst erfahren zu sein. Wie aufgeregt er in Wahrheit war, zeigte sich jedoch schon, kaum dass sie ein kurzes Stück die Market Street hochgefahren waren.

Ein Pferdefuhrwerk, von zwei kräftigen Braunen gezogen und die ganze Ladefläche mit Klappstühlen vollgestellt, kam rechterhand aus einer Seitengasse und rumpelte schräg vor ihnen über das Kopfsteinpflaster. Zwischen ihnen und dem klobigen Fuhrwerk war reichlich Platz, doch Onkel Henry trat erschrocken auf die Bremse und betätigte die blecherne Tröte.

»Hast du keine Augen im Kopf, du Dämlack?«, rief er empört.

Worauf der blonde Mann auf dem Kutschbock ihm einen mitleidigen Blick zuwarf, mit einer lässigen Bewegung zur Peitsche griff und den langen Lederriemen in seine Richtung fliegen ließ. Mit einem Laut des Erschreckens duckte Henry sich hinter die niedrige Frontscheibe, was vollkommen unnötig war. Die Peitsche des Fuhrmanns knallte zwar wie ein Pistolenschuss, sprang jedoch schon ein gutes Stück vor dem Kühler des Automobils zu ihm zurück. Unter schallendem Lachen setzte der Fuhrmann seine Fahrt quer über die Market Street fort.

Henry richtete sich wieder auf und rückte verlegen seinen Homburg zurecht. »Unverschämter Kerl! Was man sich von diesem Gesindel nicht alles bieten lassen muss!«

Harriet, die sich ein Lachen verkneifen musste, sah dem Mann nach. Irgendwie kam er ihr bekannt vor. War es das Gesicht oder sein Lachen, das in ihr eine Erinnerung zu wecken schien? Aber sie verwarf den Gedanken. Fuhrleute gehörten nicht zu ihrem Bekanntenkreis. Was sie eigentlich bedauerte, schienen sie doch ein interessantes Leben zu führen und überall hinzukönnen – ganz im Gegensatz zu ihr, deren Leben so streng reglementiert und eingezwängt war.

Onkel Henry wollte schon in die California Street abbiegen und dann die Montgomery zu ihrem Haus am Fuß des Telegraph Hill entlangfahren, als Harriet ihn spontan bat, den Umweg über die Waterfront zu nehmen.

»Aber gern doch, mein Kind.«

Harriet wünschte, er würde nicht ständig »mein Kind« zu ihr sagen. Auch wenn es bestimmt nicht bös gemeint war, störte die Herablassung, die gönnerhafte Bevormundung, die darin mitschwang, sie doch. Immerhin war sie eine junge Frau von achtzehn Jahren! In dem Alter war ihre Mutter schon verheiratet und mit ihr schwanger gewesen. Nicht, dass sie vorhatte, es ihr nachzumachen. Gott bewahre! Aber sie war nun mal kein kleines Mädchen mehr und wollte auch nicht wie ein solches behandelt werden, bei allem gebotenen Respekt. Nur war jetzt wohl nicht der passende Augenblick, dies Onkel Henry mitzuteilen, ohne ihn zu verletzen.

Er fuhr nicht schneller als ein Pferdefuhrwerk im Zuckeltrab. Was ihr ganz recht war. Wie auch der Umstand, dass er zu angespannt war, um sich mit ihr zu unterhalten. So hatte sie Zeit und Ruhe, die einzigartige Atmosphäre der Waterfront, die sie immer wieder faszinierend fand, in sich aufzusaugen und ihre bangen Befürchtungen für eine kurze Weile in den Hintergrund zu drängen.

Trotz des Umwegs trafen sie viel zu früh für Harriets Geschmack am Fuß des Telegraph Hill ein, wo an der Ecke Montgomery und Union Street ihr Elternhaus stand, ein stattliches zweieinhalbstöckiges Gebäude im georgianischen Stil mit großen, lichten Zimmern. Kein Palast, aber doch eine respektable Residenz, die vom beachtlichen Geschäftserfolg ihres Besitzers kündete. In Anbetracht der zentralen Lage war das zum Haus gehörige Gartengrundstück, das auf der Rückseite von hohen Buchsbaumhecken umschlossen war, von beachtlicher Größe. Im Vorgarten stand der alte Kirschbaum in voller Blüte.

Feiner Dampf waberte unter der Haube hervor, als Onkel Henry am Straßenrand hielt und den Motor abstellte. »Es kann doch nicht sein, dass der Kühler nach der kurzen Fahrt schon überhitzt ist!«, grollte er, sprang aus dem Wagen und machte sich an den ledernen Schnappverschlüssen der Motorhaube zu schaffen. »Geh schon mal ins Haus! Sie warten alle sehnsüchtig auf dich. Ich muss erst einmal einen Blick auf den verfluchten Radiator werfen!«

Harriet bezweifelte, dass sie von allen und dann auch noch sehnsüchtig erwartet wurde. Auf Elliot allerdings traf es zu. Er war der Erste, der sie begrüßte. Und mit welch stürmischer Wiedersehensfreude! Ihr kleiner Bruder ließ das Buch, das er in Händen hielt, fallen und flog ihr förmlich in die Arme, kaum dass sie die Haustür aufgemacht und das Foyer betreten hatte.

»Endlich bist du wieder da!«, stieß er hervor und drückte sich mit seinem ganzen schmächtigen Körper an sie. »Ich bin ja so froh! Ich hab schon den ganzen Morgen nach dir Ausschau gehalten!«

»Ich bin auch froh, Elliot! Komm, lass dich anschauen, Bruderherz!« Sie hielt ihn an den knochig dürren Schultern und trat einen halben Schritt zurück. »Du bist ja ein ordentliches Stück gewachsen! Du wirst noch mal so groß wie der Vater!« Sie übertrieb, weil sie wusste, wie gut ihm Lob tat, genau genommen jede Art von liebevoller Beachtung. In Wahrheit war ihr Bruder mit seinen neun Jahren noch immer ein eher schmächtiger Junge mit schmalem, blassem Gesicht und weichen Zügen. Von der Mutter hatte er das nussbraune, leicht lockige Haar geerbt sowie die bernsteinfarbenen Augen und die seidigen langen Wimpern, für die so manche Frau Gott weiß was gegeben hätte.

Er lächelte, aber es war ein Lächeln, das allein ihrer verzeihlichen Lüge galt. Sie sah ihm an, dass er sehr wohl wusste, wie wenig er mit ihrem Vater gemein hatte und dass er niemals dessen Statur und respektgebietendes Auftreten haben würde.

Sie bückte sich nach dem Buch, das er in seiner Freude fallen gelassen hatte. Es war ein Roman, *Fünf Wochen im Ballon* von Jules Verne. »So dicke Bücher liest du schon?«

Er nickte, und nun lag eine Spur von Stolz in seinem Blick. »Ich mag lange Geschichten. Je länger sie sind, desto länger kann man in ihrer Welt leben. Und diese Reise in dem Ballon ist unglaublich spannend!« Doch schon bei den nächsten Worten erlosch der Glanz. »Ich wollte Vater daraus vorlesen, aber er hat mich gleich wieder weggeschickt.«

Dass der Vater ihn nicht weggeschickt, sondern seinen Gehstock nach ihm geschmissen hatte, weil er ihn nicht im Zimmer haben wollte, kam Harriet erst viel später zu Ohren.

Als Edna Higgins, die stämmige und resolute Köchin und Haushälterin, zu ihnen in die Eingangshalle geeilt kam, um Harriet warmherzig wie immer zu begrüßen, huschte Elliot wie ein Schatten davon. Edna hatte das neue irische Kinder- und Hausmädchen Caitlin mitgebracht, das der Mutter auch zeitweise als Zofe zu Diensten sein musste. Caitlin war siebzehn, ein wortkarges, plumpes und gänzlich reizlos wirkendes Geschöpf. Was Harriet nicht verwunderte, denn die Mutter duldete unter ihrem Dach kein weibliches Personal, das mit körperlichen Reizen gesegnet war. Allerdings sollte sie bald feststellen, dass Caitlin nicht nur tüchtig war, sondern auch gewissenhaft und zuverlässig – und aufgeweckter, als es den Anschein hatte. Ihr brauchte man nichts zweimal zu sagen.

Auch der langjährige Kutscher und Hausdiener Magnus Magnussen zeigte sich kurz, um sie zu Hause willkommen zu heißen und zusammen mit Caitlin das Gepäck nach oben in ihr Zimmer zu bringen.

Indessen wartete die vierjährige Ashley auf einer der unteren Treppenstufen darauf, dass Harriet zu ihr kam. In ihrem rosafarbenen Kleidchen und mit den weißen Schleifen im blond gelockten, kunstvoll frisierten Haar sah sie aus wie eine zu groß geratene, kostbare Porzellanpuppe. Dazu passte auch das makellose Gesicht mit den rosigen, puttenhaft vollen Wangen und hell leuchtenden Augen.

Harriet ging zu ihr, um sie in ihre Arme zu schließen, doch die Kleine sperrte sich und begrüßte sie mit den Worten: »Mach mir nicht mein Haar durcheinander!«

»Na, wenn das deine größte Sorge ist, Schwesterchen!«

Mit einer Mischung aus Herausforderung und Angst sah Ashley zu ihr auf. »Sag, dass alles wieder gut wird!«

»Du meinst, mit Vater?«

»Ja, was denn sonst?«, gab Ashley unleidlich zurück. »Versprich es! Dass alles wieder gut wird mit Papa und so wie früher!«

Harriet seufzte. »Ich wünschte, ich könnte dir das versprechen. Aber leider kann ich das nicht! Ob und wie schnell Vater wieder gesund wird, können zurzeit noch nicht einmal die Ärzte sagen, wie Onkel Henry …«

Ashley setzte die Trotzmiene auf, die sie so gut beherrschte, und fiel ihr ins Wort. »Ich will es aber! Du musst es versprechen!«, rief sie mit bebender Unterlippe und ballte die kleinen Hände zu Fäusten, wie es ihre Art war, wenn sie ihren Willen nicht bekam.

»Ich verstehe dich ja, Liebes.« Es kostete Harriet Mühe, geduldig zu sein mit der Schwester, die nicht nur aufreizend altklug, sondern auch unerträglich herrisch sein konnte. »Aber ich kann dir doch nichts versprechen, das zu erfüllen nicht in meiner Macht steht. So ein Schlaganfall ist eine böse Sache, aber noch ist es viel zu früh, um …«

»Du willst es bloß nicht!«, fuhr Ashley zornig dazwischen. »Warum bist du so gemein? Geh doch zurück nach Boston!« Damit wirbelte sie herum, warf den Kopf in den Nacken und stürmte die Treppe hinauf. Augenblicke später knallte oben am Ende des Flurs ihre Zimmertür.

Harriet nahm den Wutanfall nicht allzu ernst. Nicht lange, und ihre kleine Schwester würde sich an sie schmiegen, der Liebreiz in Person sein und sich gar nicht mehr daran erinnern können oder wollen, dass sie etwas so Dummes und Verletzendes gesagt hatte. Aber dieser Empfang hob ihre Stimmung auch nicht gerade.

Onkel Henry kam, sich die Hände an einem Putzlappen abwischend, ins Haus und sagte: »Der Deckel vom Radiator war nicht richtig festgeschraubt«, als sei das für Harriet von ebenso großem Interesse.

Sie ging nicht darauf ein. »Ist mein Vater oben in seinem Zimmer?«

»Nein, er wollte nicht im Schlafzimmer eingeschlossen sein. Da hätten Magnus und dieser Jenkins, sein Betreuer, ihn ja dauernd im Rollstuhl die Treppe hoch- und runtertragen müssen. Nicht gerade ein Spaß, und zwar für keinen von ihnen«, sagte Henry. »Deshalb hat er sich hier unten einquartiert, drüben im Kartenzimmer, seinem Lieblingszimmer.«

Sie nickte und dankte ihm noch einmal fürs Abholen. Mit bangem Herzen ging sie den Gang hinunter, der am großen Salon und dem Speisezimmer mit der Tafel für zwanzig Personen vorbeiführte. Dann stand sie vor der hohen, halb verglasten Flügeltür zum Kartenzimmer, dem privaten Heiligtum ihres Vaters.

Ein kurzes Zögern, ein tiefes Durchatmen – schließlich klopfte sie und trat ein, sobald sie einen herrischen gutturalen Laut hörte und als »Herein!« deutete.

Das Kartenzimmer, noch um einiges geräumiger als der Salon oder das Speisezimmer, wurde seinem Namen gerecht. Die Wände waren bedeckt von handkolorierten Seekarten in schweren Rahmen. Die Mehrzahl war dem gewaltigen Pazifik gewidmet, zeigte die kartografierte Südsee mit ihren Inselgruppen in großer Detailfülle. Aber auch das Südchinesische Meer und der Indische Ozean waren gut vertreten. All diesen nautischen Karten sah man ihre jahrelange Benutzung auf See und bei jedem Wetter an. Auf vielen fanden sich handschriftliche Einträge in Form von Positionsmarkierungen und kryptischen Abkürzungen.

Deckenhohe Bücherregale aus dunkler Eiche füllten die schmalen Stellen zwischen den gerahmten Seekarten. Über dem Kamin aus schwarzem Marmor hing ein Ölgemälde, ein Seestück. Es zeigte den Schoner *Sansibar,* mit dem der Vater den Grundstein zu seiner Flotte gelegt hatte, vor Kap Horn in stürmischer See hoch am Wind. Vor den Karten der Sandwichinseln thronte ein schwerer, in Messing gefasster Schiffskompass auf einem Gestell. Auf der gegenüberliegenden Seite des Raums lagen vor der Seekarte, die den Hafen von Yokohama und die dortigen Küstengewässer zeigte, auf einem mit schwarzem Filz bespannten Beistelltisch zwei

Sextanten. Ein ehemaliger Kapitänsschreibtisch mit Rolltop, rechts und links davon passende Aktenschränke, ein Drehstuhl mit Armlehnen sowie zwei alte Ledersessel vervollständigten die Einrichtung des Kartenzimmers, das Arthur Caldwell zu Hause auch als Büro diente.

Zumindest hatte Harriet den Raum so in Erinnerung. Doch nun standen im hinteren Teil, unweit der seeblauen Samtvorhänge der Fenster zum Garten hin, auch noch ein schlichtes Einzelbett sowie ein Toilettenstuhl, wenn auch durch zwei Paravents abgeschirmt.

Ihr Vater saß, bekleidet mit einem nachlässig geschlossenen Morgenmantel aus schwarzer, gesteppter Chinaseide, im Rollstuhl. Vor ihm stand ein Notenständer mit einem aufgeschlagenen Buch. Es war eine Sprachfibel mit großer Schrift. Ein hagerer Mann Mitte dreißig, bei dem es sich um den Betreuer und Sprachtherapeuten Jenkins handeln musste, tippte, als sie eintrat, gerade mit einer Art Dirigierstab auf eine Zeile in dem Buch.

Harriet wurde es flau im Magen. Das Haar des Vaters, das ihr entschieden grauer vorkam als bei ihrem letzten Besuch, wirkte ungekämmt, und sein Bart musste dringend gestutzt werden. Doch ein regelrechter Schock traf sie und ließ sie zusammenfahren, als er sich mit einem unnatürlichen Ruck zu ihr umdrehte und ihr seine rechte gelähmte Körperhälfte präsentierte. Das Auge tränte unter dem tief herabhängenden Lid, am schlaff herunterfallenden Mundwinkel, der ihm einen irgendwie zurückgebliebenen, bösartigen Ausdruck verlieh, hing ein Speichelfaden, und die rechte Hand baumelte mitsamt der abgesackten Schulter neben dem Rollstuhl, als gehöre sie nicht zu dem schwer getroffenen Körper. Dagegen umklammerte seine Linke Hand den Gehstock mit umso mehr Kraft.

Harriet schluckte schwer. »Mein Gott, was … was machst du für Sachen, Vater!«, murmelte sie und beugte sich zu ihm hinunter, um ihn zu umarmen – ohne jedoch zu wissen, wie sie das anstellen sollte. Der Betreuer ihres Vaters sagte etwas. Ob er sie begrüßen oder sich ihr vorstellen wollte, hätte sie hinterher nicht zu sagen vermocht. Sie registrierte ihn und die Tatsache, dass er etwas sagte, nur mit dem Unterbewusstsein. In dem Augenblick war es, als existiere er überhaupt nicht.

Denn bevor sie sich noch weit genug hinunterbeugen konnte, um dem Vater die Arme um den halb gelähmten Körper zu legen, rammte der ihr den plumpen Gummipropfen seines Krückstocks vor die Brust und stieß sie von sich. Dabei gab er bellende, schlurrende Laute von sich.

Harriet stolperte rückwärts und wäre gestürzt, wenn sie nicht gegen einen der schweren Ledersessel getaumelt wäre. Entsetzt über die Reaktion ihres Vaters, gewann sie ihr Gleichgewicht mühsam zurück. Seine unverständlichen Laute wurden zu einem wahren Gebrüll. Zugleich holte er aus und fegte mit dem Krückstock die Sprachfibel von dem Notenständer, der nach einem zweiten wütenden Hieb krachend zu Boden stürzte.

»... besser, Sie kommen später noch einmal, Miss«, hörte sie den Fremden sagen, dann wankte sie wie betäubt aus dem Kartenzimmer, das noch immer vom Gebrüll ihres Vaters erfüllt war – und lief ihrer Mutter in die Arme.

Man sah Evelyn Caldwell die einstige Schönheit noch an, auch wenn alles an ihr eine geradezu hoheitsvolle Trauer zum Ausdruck brachte, die von nichts und niemandem gemildert werden konnte und bis ans Ende ihrer Tage ihr Leben bestimmen würde. Natürlich trug sie Schwarz, ihre Garderobe kannte gar keine andere Farbe. Das Taftkleid mit dem spitzenbesetzten Kragen, von einem der besten Schneider der Stadt ihr auf den Leib geschneidert, war ein Gedicht. Die Rüschen und Paspeln hätte jede Witwe von San Francisco vor Neid erblassen lassen. Wie üblich hatte sie ihr Gesicht leidensbleich gepudert und das herrliche Haar, von einem

Netz aus hauchzarter schwarzer Spitze bedeckt, zu einem strengen Dutt frisiert.

»Schön, dass du da bist«, sagte sie reserviert, wie es ihre Art war. Ihre Umarmung war wie gewohnt kurz und effizient. Sie gab Harriet noch nicht einmal einen flüchtigen Kuss auf die Wange, sondern küsste die Luft daneben. »Dass du den Debütantinnenball letztes Jahr in Boston wegen dieser unseligen Kopfgrippe verpasst hast, hat mich ja gehörig verstimmt. Bei all den Kosten und Mühen, dir dort zu einer guten Partie zu verhelfen! Ich war dir lange gram deswegen, aber nun stellt es sich geradezu als Segen heraus, dass du noch nicht unter der Haube bist! Dein Platz ist hier, das ist wohl vorbestimmt. Du wirst dich um deinen Vater kümmern müssen!«

Harriet versagte die Stimme. Sie hätte auch nichts zu sagen gewusst. In ihr kroch die würgende Ahnung hoch, dass sie es im öden Pensionat von Madame Worchester vielleicht gar nicht so schlecht gehabt hatte – im Vergleich zu dem Albtraum, der sie hier erwartete!

5

Frank Maynard hielt schon die Handsirene für die spannende Verfolgungsszene bereit. Damit endete nicht nur der letzte Film, sondern auch ihre letzte Abendvorstellung in Alameda, ein paar Meilen südlich von Oakland. Der leer stehende Lagerschuppen neben dem Werftgelände war selbst bei der späten Filmvorführung bis auf den letzten Stuhl besetzt. Dabei hatte es an diesem Abend davor schon zwei ebenso gut besuchte Vorstellungen gegeben.

Die Luft im Bretterschuppen war erfüllt von Tabakqualm, Schweiß und anderen üblen Gerüchen und dementsprechend zum Schneiden dick. Wie immer ging es während der Filmvorführung hoch her. Kinder streunten durch die Reihen, Mütter stillten ihre schreienden Babys, es wurde gegessen, geraucht, vernehmlich ausgespuckt und laut geredet.

Das Publikum bestand aus einfachen Arbeitern, überwiegend Einwanderern, die der englischen Sprache noch nicht mächtig waren. Ungeniert redeten sie miteinander und kommentierten, was sie sahen. Mit den in den Stummfilmen kurz eingeblendeten Schrifttafeln, den Zwischentiteln, die Erklärungen zur Handlung enthielten, konnten sie so wenig anfangen wie mit den Hinweisen, die Frank als Ansager auf der kleinen Bretterplattform hinter dem Projektor von sich gab.

Kurzum, es war eine völlig normale Vorstellung. Was auch für das Flimmern und gelegentliche Rucken des Films sowie für die Sprünge galt, mit denen der Projektor in schöner Regelmäßigkeit Bilder überging. Aber kein Zuschauer dachte daran, sich zu beschweren. Viel zu sehr waren sie fasziniert von dem, was da so unfassbar lebensecht und zum Greifen nah vor ihnen über die Leinwand flimmerte. Dass der dünne Zelluloidfilm an diesem Abend nur zweimal gerissen war, stellte eher eine erfreuliche Ausnahme dar. Das Flicken war eine lästige Angelegenheit, die Präzision und Schnelligkeit erforderte, daher war Frank froh, dass es auch bis zum Ende bei diesen zwei Unterbrechungen blieb.

Sichtlich widerwillig erhoben sich die Leute von den harten Klappstühlen. Das Stimmengewirr schwoll schlagartig an, als wäre ein Damm gebrochen, und mit der typischen staunenden Miene und vor Aufregung glänzenden Augen strömten die Leute aus dem Mief des Lagerschuppens hinaus in den warmen Juliabend.

Kaum hatten die Letzten das Gebäude verlassen, klatschte Ezra Silverman in die Hände. »In Almeda ist es wirklich prächtig gelaufen. Nicht ein leerer Stuhl, bei keiner einzigen Vorstellung!«, sagte er und ging Frank beim Einklappen und Zusammenstellen der Stühle zur Hand. Der Projektor musste erst abkühlen, bevor Frank ihn in die mit Filz ausgelegte Passform der Transportkiste legen konnte. »Das war mal wieder gute Arbeit, Frank!«

Frank freute sich über das Lob. Was er Ezra jedoch noch höher anrechnete, war der Umstand, dass der es nicht bei netten Worten beließ, sondern seine Wertschätzung auch in barer Münze ausdrückte. Erst zwei Tage zuvor hatte er seinen Wochenlohn erhöht, und das gleich um stolze drei Dollar!

Ezra war in Ordnung. Nein, mehr als nur in Ordnung! Er gab ihm das Gefühl … nun ja, nicht gerade ein gleichberechtigter Partner, aber doch weit mehr als nur ein anstelliger Handlanger zu sein. Es verband sie längst mehr als die gemeinsame Arbeit. Ezra war ein gewiefter Bursche und alles andere als rührselig, aber dass er ihn ins Herz geschlossen hatte, stand außer Frage. Und es beruhte auf Gegenseitigkeit. Ja, Frank mochte den kauzigen Kerl, der ihm vom Aussehen her wie eine Mischung aus dem biblischen Hiob und einem römischen Cäsaren vorkam.

Ezra Silverman war Ende fünfzig, reichte Frank gerade mal bis zur Schulter und hatte den knochig hageren Körper eines Asketen; dabei war er durchaus ein guter Esser. Die scharf geschnittene Nase in seinem hohlwangigen Gesicht hatte etwas von einem Bugspriet. Ein schmaler Streifen Haar verlief um den ansonsten kahlen Kopf wie ein welker grauer Lorbeerkranz. Die Brille mit den dicken Gläsern ließ Ezra aussehen wie eine Eule. Manche hielten ihn deswegen für begriffsstutzig, eine Fehleinschätzung sondergleichen. Ezra Silverman besaß einen scharfen Geist und eine nicht weniger scharfe Zunge.

Frank schätzte sich glücklich, bei ihm Arbeit gefunden zu haben, eine Arbeit, die ihm ausnehmend gefiel und zudem gut bezahlt wurde. Außerdem war Ezra ein umgänglicher Mann, was die tägliche Arbeit und ihr Zusammenleben auf kleinstem Raum betraf; nur was seine Vergangenheit anging, war er verschlossen wie eine Auster. Dass er an der deutsch-polnischen Grenze aufgewachsen, mit sechzehn nach Amerika gekommen und Jude war, jedoch nie eine Synagoge besucht hatte, war alles, was er bisher über sich preisgegeben hatte. Wobei die osteuropäische Herkunft schon an seinem schweren Akzent zu erkennen war, den er nie abgelegt hatte, obwohl er fließend Englisch sprach.

Einmal hatte Frank auf die beiden goldenen Eheringe an Ezras Finger gedeutet und gefragt, seit wann seine Frau tot sei. Worauf Ezra mit einem mühsamen, bitteren Lächeln geantwortet hatte: »Erinnerungen sind wie Geschosse, mein Junge. Manche zischen vorbei und erschrecken nur. Andere reißen dich in Stücke.« Damit hatte er unmissverständlich klargemacht, dass dieses Thema tabu war.

»Du hast dir den freien Tag morgen redlich verdient«, sagte Ezra, steckte sich einen seiner fürchterlich stinkenden Stumpen an und musste auch gleich husten. »Mit den neuen … neuen Filmen gehen wir für ein paar Tage … zurück nach San Francisco und grasen dann das … andere Ufer ab. Waren schon lange nicht mehr in der Gegend um Sausalito und im Napa Valley bei den Weinbauern.«

»Du solltest die Finger von diesen Dingern lassen, Ezra! Die bringen dich noch um!«

Ezra zuckte die Achseln, während er würgend in sein kariertes Taschentuch spuckte. »Das Glück kennt keine Günstlinge, mein Sohn«, sagte er mit einem schiefen Grinsen, als der Hustenanfall sich gelegt hatte.

Frank rümpfte die Nase. »Ganz abgesehen davon, dass der Qualm von deinen Stumpen alles andere als ein Wohlgeruch ist.«

»Nebbich!«, sagte Ezra nur und winkte fröhlich paffend ab. »Mir schmeckt's, und zudem hält das Zeug allerlei Ungeziefer fern.«

Kopfschüttelnd trug Frank die ersten Klappstühle hinaus zum Fuhrwerk. Er verstand nicht, dass Ezra diese billigen Stumpen qualmte, wo die Filmvorführungen doch ein so einträgliches Geschäft waren. In der Regel gaben sie täglich drei, manchmal auch vier oder fünf Vorstellungen. Bei einem Nickel Eintritt pro Kopf brachte eine Vorstellung im Schnitt vier Dollar in die Kasse. Das ergab eine Wocheneinnahme von mindestens hundert Dollar, aber meist kamen sie auf satte hundertzwanzig. Da blieb selbst nach Abzug seines Lohns und all der anderen Kosten noch ein hübscher Batzen Geld übrig. Warum also leistete Ezra sich nicht Zigarren von guter Qualität für zehn Cent das Stück?

Aber er verstand so manches nicht, was Ezra betraf. Etwa, dass er darauf beharrte, alle paar Tage den Standort zu wechseln, obwohl die Nachfrage nach weiteren Vorstellungen noch längst nicht gestillt war. Und der Rätsel waren noch mehr.

Während der ersten Monate ihrer Zusammenarbeit hatte er keine Sekunde darüber nachgedacht, warum Ezra Silverman so rastlos von einem Ort zum anderen zog, gerade in San Francisco nie länger als zwei Tage hintereinander blieb, obwohl die Nachfrage dort am größten war, und warum er alle vier Wochen ohne nähere Erklärung am frühen Morgen mit seinen Filmen im Koffer verschwand und gegen Mittag mit sechs, sieben neuen Filmen zurückkehrte. Aber jetzt, nach mehr als sieben Monaten, beschäftigte ihn diese Frage. Immer öfter grübelte er, warum Ezra sich so benahm, als sei er auf der Flucht. Fürchtete er, von Verfolgern gestellt zu werden, wenn er länger an einem Ort blieb? Aber wer sollten diese Verfolger sein? Und warum erwähnte er weder den Namen seines Filmlieferanten noch den Ort, an dem er sich mit ihm traf? Ezra tat so geheimnisvoll, als handele es sich bei diesem Geschäft alle vier Wochen um ein gefährliches, konspiratives Treffen zweier Spione!

So beschloss Frank, als Ezra am nächsten Morgen mit dem Filmkoffer aus dem Haus ging, ihm heimlich zu folgen. Er wollte endlich wissen, was es mit der Sache auf sich hatte. Ezra ging die Bryant Street zum Franklin Square hoch und stieg dort in eine Mietdroschke, sodass auch er schnell in eine springen musste, um ihn nicht aus den Augen zu verlieren. Bei dieser Ausgabe blieb es nicht, denn Ezra ließ sich zum Fähranleger bringen und setzte mit der *Amador* nach Oakland über. Frank schaffte es gerade noch mit an Bord und hielt sich während der Überfahrt im stickigen Unterdeck versteckt. Im Hafen von Oakland winkte Ezra die nächste Droschke heran, was Frank ebenfalls zu einer weiteren Ausgabe zwang. Die Fahrt endete auf der 16th Street vor einer ansehnlichen Pension. Das Haus im Stil einer spanischen Hazienda besaß eine überdachte, umlaufende Veranda mit einladenden Schaukelstühlen und lag gegenüber dem Eisenbahndepot der *Southern Pacific*. Eine kleine Parkanlage mit einigen Bäumen trennte die Häuserzeile mit der Pension von der Bahnstation.

Frank stieg auf der anderen Seite der Grünanlage aus und sah gerade noch, wie Ezra mit dem Koffer im Haus verschwand. Er verbarg sich im Schatten einer alten Lebenseiche, spähte zur

Pension hinüber und überlegte, was er tun sollte; er konnte Ezra ja schlecht folgen und sich in der Pension nach ihm erkundigen.

Gerade als er sich damit abfinden wollte, dass er einfach nicht mehr über die geheimnisvollen Touren seines Arbeitgebers herausfand, kam dieser wieder aus dem Haus – ohne Koffer, dafür aber in Begleitung eines kräftig gebauten Mannes Anfang bis Mitte dreißig in Knickerbockers mit Schottenmuster. Dazu trug der Fremde unter einer Weste mit demselben Schottenmuster ein kragenloses helles Hemd. Breite rotbraune Koteletten umrahmten sein kantiges Gesicht. Die beiden Männer lachten und machten es sich auf der schattigen Veranda in Schaukelstühlen bequem. Augenblicke später servierte ihnen ein Dienstmädchen Getränke. Beim Anblick der großen Gläser wurde Frank bewusst, wie durstig er war, doch er harrte aus, während die Männer auf der Veranda sich sichtlich angeregt unterhielten. Zu seiner Erleichterung brauchte er nicht länger als eine halbe Stunde hinter dem Baum auszuharren. Dann erhob sich der Mann in den wadenlangen Hosen, begab sich ins Haus und kam kurz darauf mit Ezras abgeschabtem Filmkoffer zurück. Ezra leerte sein Glas, erhob sich und steckte dem anderen etwas zu, das wie ein Umschlag aussah und zweifellos Geld enthielt.

Frank hatte genug gesehen. Er beeilte sich, zum Droschkenstand vor der Bahnstation zu kommen. Den Händedruck, den Ezra mit seinem Filmlieferanten zum Abschied tauschte, beobachtete er schon durch das Fenster einer Droschke. Er versprach dem Kutscher zehn Cent extra zum Fahrpreis, wenn er ihn möglichst schnell zur Landungsbrücke der Fähren nach San Francisco brachte. Er hoffte, ein Boot früher auf der anderen Seite der Bay zu sein als Ezra, doch diese Hoffnung erfüllte sich nicht. Notgedrungen trieb er sich noch eine gute halbe Stunde im Hafen herum und machte einige kleinere Besorgungen, bevor er in ihre Wohnung an der Ecke 17th und Bryant Street zurückkehrte.

Ezra saß am Tisch in der kleinen Küche, die ihnen zugleich als Wohnzimmer diente, da die beiden anderen Räume gerade groß genug für je eine Bettstelle waren. Er hatte seine Lesebrille tief auf dem Zinken sitzen und machte mit angespitztem Bleistiftstummel Eintragungen in sein Rechnungsbuch.

»Ich hab dir von dem neuen Händler oben an der Mariposa Street *gefilte Fisch* mitgebracht«, sagte Frank und legte die in Wachspapier eingewickelte Spezialität auf das Blech neben dem Spülbecken. Plötzlich fühlte er sich in Ezras Gegenwart beklommen, und fast schämte er sich, dass er ihm nachspioniert hatte.

Ezra hob den Kopf und lächelte ihn über den Rand der Brille hinweg an. »Wie nett, dass du an meine kleinen Vorlieben denkst, mein Junge. Du überraschst mich immer wieder«, sagte er mit einem spöttischen Unterton.

Nun wurde Frank wirklich unbehaglich zumute. Er winkte verlegen ab. »Ach, ist doch nicht der Rede wert.«

»Und?«, fragte Ezra, zog die Augenbrauen hoch und sah ihn erwartungsvoll an.

»Was, und?«

»Na, bist du jetzt schlauer?«

Eine schreckliche Ahnung befiel Frank, und das Blut schoss ihm heiß ins Gesicht. »Wie … wie meinst du das?« Er stellte sich dumm, obwohl er im selben Augenblick wusste, dass alles Leugnen sinnlos war.

»Ich meine, ist deine Neugier jetzt gestillt?«, erkundigte sich Ezra mit süffisanter Heiterkeit in Stimme und Blick. »Weißt du jetzt, was du wissen wolltest, mich aber nicht zu fragen gewagt hast? Nun sag schon, haben sich die Kosten für Fähren und Droschken gelohnt?«

Frank hatte das Gefühl, ausgelacht zu werden. Sein Gesicht brannte wie Feuer, und er wünschte, der Boden möge sich unter ihm auftun und ihn verschlingen. Stammelnd und mit vor Scham erstickter Stimme versuchte er sich an einer Entschuldigung, einer Erklärung, warum er ihm gefolgt war.

Schon nach wenigen Worten brachte Ezra ihn zum Schweigen, indem er gebieterisch die Hand hob. Dann befahl er ihm, die Flasche mit dem guten Whisky zu holen und ihnen beiden ein Glas einzuschenken. »Und nicht zu knapp!«

Tief beschämt und zugleich verstört tat Frank wie geheißen. Einen kräftigen Schluck Whisky konnte er in jedem Fall gebrauchen, egal, was ihn danach erwartete! Und das konnte nichts Gutes sein, hatte er doch das Gefühl, einen unverzeihlichen Vertrauensbruch begangen zu haben.

»So, runter damit!«, sagte Ezra, kippte den scharfen Whisky auf einen Zug hinunter, schüttelte sich und bedeutete Frank, der seinem Beispiel bereitwillig gefolgt war, ihnen ein zweites Mal einzugießen. »Okay, und jetzt setz dich und frag endlich, was du wissen willst und was dich schon seit Langem umtreibt, wenn ich das richtig mitbekommen habe!«

Frank war froh, sich setzen zu können. Verlegen wich er Ezras Blick aus, während er sich eine Zigarette angelte und nach den richtigen Worten suchte. »Na ja, erst hat es mich überhaupt nicht interessiert. Und eigentlich geht es mich ja auch nichts an. Aber mit der Zeit … ich meine, da macht man sich doch so seine Gedanken«, begann er und zog nervös an der Zigarette. »Irgendwann habe ich mich doch gefragt, warum wir nirgendwo länger als ein, zwei Tage bleiben und warum du alle vier Wochen mit dem Koffer losziehst, um neue Filme zu besorgen. Dabei habe ich doch im *Examiner* und auch im *Chronicle* Anzeigen von Firmen gelesen, die hier in San Francisco Filme verleihen.«

»Du meinst die New Liberty Film Company und Capital Pictures Exchange, nicht wahr?«

Frank nickte. »Ja, die bieten doch ständig neue Filme an. Ich versteh auch nicht, warum wir so unstet durch die Gegend ziehen.

Nicht, dass ich daran etwas auszusetzen hätte!«, beteuerte er hastig. »Aber warum tust du dir das an, wo es um deine Gesundheit nicht gerade zum Besten steht? Du hast doch bestimmt genug Geld zusammen, um hier in der Stadt einen eigenen festen Laden für Filmvorführungen zu eröffnen, so ein Nickelodeon. Es gibt ja schon einige in San Francisco, und ich bin sicher, da ist noch Platz für mehr!«

»Das ist so klar wie Gin!«, erwiderte Ezra trocken. »Ein Nickelodeon an der richtigen Stelle läuft garantiert gut, wenn man es richtig macht. Dabei ist das, was wir jetzt erleben, erst der bescheidene Anfang! Ich sage dir, das Filmgeschäft wird einmal ein Riesending!«

»Und warum machst du dann kein Nickelodeon auf? Bist du vor irgendwem auf der Flucht?«, platzte es Frank heraus.

Ezra lachte kurz und grimmig. »In gewisser Weise schon, aber nicht so, wie du vermutest.«

»Sondern?«

Ezra antwortete mit einer Gegenfrage. »Schon mal was vom Edison Trust gehört?«

Frank schüttelte den Kopf. »Was soll das sein? Hat es mit Thomas Edison zu tun?«

»Das hat es in der Tat«, bestätigte Ezra, und sein verdrossener Ton verriet, dass er dem Mann, der stets als Amerikas genialster Erfinder gerühmt wurde, alles andere als freundlich gesinnt war. »Edison hat ja nicht nur die Glühbirne und den Phonographen erfunden, sondern noch vieles andere. Wobei nicht er allein das Genie hinter all diesen Erfindungen ist, ganz und gar nicht! Vielmehr unterhält er in Menlo Park bei New York ein großes Erfinderlabor. Da arbeiten Dutzende hervorragende Ingenieure und Tüftler an neuen Technologien. So war es auch nicht Edison selbst, sondern sein Chefingenieur William Dickson, der 1891 den Kinetografen erfunden hat, also die erste Filmkamera.«

»Schön und gut, aber was hat das mit dir und deinem Geschäft zu tun?«, wollte Frank wissen. »Vor allem damit, dass wir mindestens alle zwei Tage den Standort wechseln?«

»Mehr als mir lieb ist!«, versicherte Ezra knurrig. »Aber um das zu verstehen, musst du mehr über diesen feinen Gentleman Edison und seine Geschäftspraktiken wissen. Also üb dich ein bisschen in Geduld, okay?«

Frank verzog das Gesicht zu einem Grinsen und machte sich daran, noch einmal nachzuschenken. »Ich bin ganz Ohr!«

Ezra nahm ihm die Whiskyflasche ab, kaum dass er den Boden seines Glases mit der bernsteinfarbenen Flüssigkeit bedeckt hatte, und fuhr fort: »Am Anfang hat Edison von der Erfindung seines Cheftüftlers nicht viel gehalten. Er war sogar stinksauer, dass Dickson für die Entwicklung des Geräts so viel von seinem Geld ausgegeben hat. Jedenfalls gab er dem Kinetografen keine Zukunft und hat deshalb auch das Patent nicht in Europa angemeldet. Das hätte ihn bloß hundertfünfzig Dollar gekostet, aber er hielt das für sinnlos hinausgeworfenes Geld.«

»Schätze mal, das hat er schnell bereut!«

»Das kannst du wohl sagen!«, versicherte Ezra. »Ob er mit seinem Patent drüben durchgekommen wäre, steht auf einem anderen Blatt, denn die Europäer haben zu der Zeit auch schon an solchen Apparaturen gebastelt. Jedenfalls hat der Bursche schnell gemerkt, wie verrückt die Leute nach den kurzen Filmen sind und wie viel Geld damit zu machen ist. Und gerissen, wie er ist, hat Edison zusammen mit einigen anderen Inhabern technischer Patente, die in der Filmindustrie eine wichtige Rolle spielen, einen Verband gegründet, die Edison Film Company.«

»Und das ist der Trust!«

Ezra nickte. »Sozusagen. Ich nenne es das Syndikat, so wie manche chinesische Banden, der irische Mob in New York oder die Mafia-Gangster ihre Vereinigungen nennen!«

Frank zog die Brauen hoch. »Willst du damit sagen, dass Edisons Patentfirma eine verbrecherische Organisation ist?«

Ezra machte ein finsteres Gesicht und nahm einen Schluck Whisky, als müsse er einen bitteren Geschmack hinunterspülen. »Nein, aber allzu viel fehlt dazu nicht! Die Edison Film Company ist nämlich ein gottverfluchter Krake, der alle Bereiche der Filmindustrie an sich reißt, nach Gutdünken kontrolliert und mit seinen hohen Lizenzgebühren stranguliert. Egal, was du tun willst, immer bist du davon abhängig, dass du vom Syndikat eine Lizenz bekommst und die hohen Gebühren zahlst. Ob du Rohfilmmaterial, eine Kamera oder einen Projektor kaufen, einen Film drehen oder vorführen oder ein Nickelodeon eröffnen willst, immer musst du Knebelverträge unterschreiben, und das Syndikat kassiert dreist bei dir ab! Ohne eine Lizenz von der Edison Film Company – und diese Lizenzen sind verdammt teuer – läuft im Filmgeschäft gar nichts!«

Frank machte ein verständnisloses Gesicht. »Wie, du kannst ohne eine Lizenz keinen Film zeigen und keinen Projektor kaufen?«

»Nein, kannst du nicht, jedenfalls nicht legal. Für Kameras, Projektoren und Filme sind wöchentliche Gebühren fällig, und das geht ganz schön ins Geld. Die Filmhersteller und Verleihfirmen dürfen ihre Filme natürlich auch nur an lizenzierte Nickelodeons herausgeben. Außerdem schreibt das Syndikat mittlerweile schon vor, welche Filme man drehen darf und wie lang sie sein sollen«, fuhr Ezra fort und hieb mit der Faust auf den Tisch, dass die Gläser klirrten. »Ich bin doch nicht *meschugge,* dass ich mich so tyrannisieren lasse!«

»Mann, das ist ja ein Ding! Das habe ich nicht gewusst!«, stieß Frank hervor.

»Ich sag dir, das verdammte Syndikat ist ein geldgieriger Krake, der seine schmierigen Tentakel überall hat. Ein unersättlicher Blutsauger!«, wetterte Ezra. »Es gibt natürlich den schwarzen

Markt, der von europäischen Lieferanten mit Kameras, Projektoren und Rohfilmmaterial versorgt wird. Ohne den hätten die unabhängigen Produzenten überhaupt keine Chance. Aber das Angebot deckt den Bedarf bei Weitem nicht und schützt einen schon gar nicht vor den Spionen sowie den Klagen und den teuren Prozessen, mit denen die Edison Film Company einen überzieht!«

»Also eigentlich müsstest du für die Filme, die wir zeigen, wöchentlich eine Lizenzgebühr an das Syndikat zahlen?« Es war eine rhetorische Frage.

Ezra nickte und kämpfte mit einem trockenen Hustenreiz. »Und für den Projektor! Ich habe ja nichts gegen faire Preise, so wie die unabhängigen Filmproduzenten sie nehmen und wie ich sie Byron zahle. Aber ich lasse mich nicht ausnehmen wie eine Weihnachtsgans!«

»Und dagegen kann man nichts tun?«

Ein kummervoller Ausdruck trat auf Ezras Gesicht, und seine Stimme verlor mit einem Mal alle Kraft, geriet ins Stocken und wurde fast zu einem Flüstern. »Man kann versuchen … ihnen die Stirn zu bieten … Aber das ist eine riskante Sache … und manchmal … manchmal zahlt man dafür einen hohen Preis, ja, einen zu hohen.« Ein wässriger Glanz legte sich über seine Augen, und er schluckte. Dann aber ging ein Ruck durch seinen hageren Körper, und seine Stimme gewann wieder an Festigkeit. »Es gibt die Unabhängigen, die als Filmproduzenten und Besitzer von Nickelodeons den Kampf gegen die Monopolstellung der Edison Film Company aufgenommen haben und vor Gericht gehen. Aber das ist ein Kampf wie David gegen Goliath, und solche Kämpfe gehen selten so aus wie in der Bibel, sonst gäbe es wohl die Redensart nicht. Edison und seine Geschäftsfreunde sind reich und haben großen politischen Einfluss. Also ob die Anti-Trust-Klage, die von den Unabhängigen eingereicht worden ist, jemals durchkommt und das Syndikat zerschlagen wird, steht in den Sternen.«

»Zum Teufel, das ist ja glatte Erpressung!«, rief Frank, der Ezras Wut und Abscheu nicht nur verstand, sondern voll und ganz teilte.

»So, jetzt weißt du, warum ich ständig den Standort wechsle und kein Nickelodeon eröffne. Nicht einen Cent wird diese *Mischpoke,* dieses Lumpenpack vom Syndikat, von mir bekommen, das habe ich mir geschworen!«

Frank nickte und wünschte, er hätte schon viel früher den Mut gefunden, einfach zu fragen, statt Ezra hinterherzuspionieren. »Und dieser Mann auf der Veranda in Oakland …«

»… heißt Byron Adelson und ist ein alter Freund. Er nennt sich Filmmakler und betreibt einen von der Edison Film Company nicht lizenzierten Filmverleih«, erklärte Ezra. »Er wird von den unabhängigen Produzenten an der Ostküste mit Filmen versorgt und bedient hier an der Westküste seinen festen Kundenstamm. Ich zahle Byron einen fairen Preis, mit dem alle Parteien gut leben können.« Abrupt erhob er sich, nahm den Korken und hieb ihn so hart in den Flaschenhals zurück, als wolle er zugleich einen Schlusspunkt unter dieses Thema setzen. »Okay, das ist alles, was es dazu zu sagen gibt, Frankie-Boy. Dabei wollen wir es belassen. Wir haben heute noch einiges zu tun!«

6

So geht das nicht weiter, Evelyn! Ich beklage mich nicht über die viele Arbeit, aber ich bin es verdammt noch mal leid, mich unter diesen Umständen für die Firma aufzureiben!«, stieß Henry zornbebend hervor. Schon seit einer ganzen Weile machte er im Salon seinem Ärger mit zunehmender Erregung Luft. Dabei tigerte er auf dem prächtigen Perserteppich von einem Fransenende zum anderen und wedelte wie ein Ankläger vor Gericht mit einem Bündel Papiere in der hoch erhobenen Rechten.

Harriet hielt sich still im Hintergrund. Auch wenn sie ahnte, dass es sinnlos war, darauf zu hoffen, dass sie nicht in diese Angelegenheit hineingezogen wurde. Die letzten Monate hatten ihr, was das anging, jegliche Illusion genommen. Wenn jemand in diesem von Verbitterung, Aggressionen, Selbstmitleid und Wutausbrüchen erfüllten Haus andauernd zwischen die Fronten geriet, dann war sie das. Und das deprimierende Gefühl, in dieser Atmosphäre gegenseitiger Schuldzuweisungen und Unversöhnlichkeit aufgerieben und langsam, aber unweigerlich aller Lebensfreude beraubt zu werden, lastete mit jedem Tag schwerer auf ihr. Dasselbe galt für ihre Ohnmacht und die an Verzweiflung grenzende Ungewissheit, wie es bloß weitergehen sollte.

»Henry, bitte mäßige deinen Ton!«, sagte Evelyn indigniert. Steif wie eine Statue stand sie am Kamin. Ihre gespitzten Lippen und der frostige Blick verrieten, wie sehr es sie empörte, die Zielscheibe seines Ärgers zu sein. »Was liegst du mir schon wieder damit in den Ohren? Mach das gefälligst mit deinem Bruder …«

Henry fiel ihr ins Wort. »Herrgott noch mal, verstehst du denn nicht, dass die Geschäfte weiterlaufen müssen? Hast du mal auf den Kalender geschaut? Wir haben Mitte September, zum Teufel! Seit fast fünf Monaten ist unsere Reederei ohne wirkliche Führung. Ich tue ja, was ich kann, ich reibe mich für die Firma auf. Nicht, dass ich mich über die Arbeit beklage, aber ich brauche endlich volle Entscheidungsfreiheit!«

»Slocum …«, setzte Evelyn zu einer Erwiderung an.

Henry verdrehte die Augen und würgte seine Schwägerin schroff ab. »Gütiger Himmel, begreif doch endlich! Slocum hat Prokura, aber die ist begrenzt, nämlich auf das Tagesgeschäft. Aber wenn es darum geht, die beiden Raddampfer zu verkaufen und unsere Flotte endlich um einen Dampfer zu erweitern, hat der verknöcherte alte Kerl nichts zu sagen!«

»Das ist noch lange kein Grund, ausfällig und vulgär zu werden!«, verwahrte sich Evelyn und reckte das Kinn.

»Hör doch mit dem vornehmen Getue auf, Schwägerin!«, fauchte Henry zurück. »Es geht um das Geschäft, von dem wir alle leben – und das bislang wohl nicht schlecht! Aber die Firma läuft auf Grund, wenn sich die Dinge nicht bald ändern, lass dir das gesagt sein! Wenn dir also daran liegt, dass du auch künftig deine teuren Schneiderinnen ins Haus bestellen kannst und dass auch all die anderen Rechnungen bezahlt werden, dann sorg gefälligst dafür, dass Arthur diese Papiere unterschreibt! Ich brauche endlich freie Hand, zum Teufel, sonst garantiere ich für nichts!« Damit knallte er die halb zerknüllten Papiere vor Evelyn auf den Kaminsims und stürmte mit hochrotem Kopf aus dem Salon.

Evelyn zuckte zusammen wie unter einem Schlag, warf den Kopf zurück und zog scharf die Luft ein, das Gesicht ein Ausdruck grenzenloser Entrüstung. Wie ein Fisch auf dem Trocknen öffnete und bewegte sie den Mund, während sie vergebens nach Worten suchte, die ihrer Empörung gerecht würden. Dann fuhr sie zu Harriet herum und fixierte sie.

»Du hast gehört, was dein Onkel gesagt hat! Kümmere dich

darum, dass dein Vater die Papiere unterschreibt! Er soll endlich Vernunft annehmen und den Tatsachen ins Augen sehen: dass er ein Krüppel ist und die Firmenleitung seinem Bruder übertragen muss, ob es ihm nun passt oder nicht!«

»Aber wieso glaubst du, dass Vater ausgerechnet auf mich ...«, versuchte Harriet einen hilflosen Einwand.

»Ich will kein Aber hören!«, schnitt Evelyn ihr das Wort ab, nahm die Papiere vom Kaminsims und drückte sie ihr grob in die Hände. »Kannst du dich nicht endlich mal nützlich machen? Und streng dich gefälligst an!« Damit rauschte sie, begleitet vom lauten Rascheln teuerster schwarzer Seide, ebenso erregt aus dem Salon wie kurz zuvor Henry.

Sprachlos sah Harriet ihrer Mutter nach. Sie sollte sich endlich einmal nützlich machen? Was für eine Ungerechtigkeit! Nein, was für eine bodenlose Frechheit! Wer kümmerte sich denn seit ihrer Rückkehr bei Tisch und anderen Gelegenheiten um den Vater? Doch wohl sie! Gut, in Mister Whitmans Verantwortung lag die Sprach- und Bewegungstherapie, und er besorgte das tägliche Waschen, Kämmen und Rasieren sowie das An- und Auskleiden, was ihr Vater ohnehin niemals einer weiblichen Person erlaubt hätte, geschweige denn seiner eigenen Tochter.

Mister George Whitman war nun schon Vaters dritter Betreuer und Therapeut in einer Person. Leider hatte auch er bislang keine nennenswerten Erfolge erzielt. Zwar war die Lähmung leicht zurückgegangen, aber der Vater litt weiterhin unter einer erheblichen Geh- und Sprachbehinderung. Nach wie vor war er auf den Rollstuhl angewiesen. Auch mit der Gehhilfe, einem soliden Bambusgestell auf vier Rädern, schaffte er ohne kräftigen Beistand keine fünf Schritte. Ähnlich niederschmetternd waren die geringen Fortschritte in Bezug auf sein Sprachvermögen. Keine zwei Dutzend Worte brachte er so über die verzogenen Lippen, dass man ihn verstand – vorausgesetzt, man hatte sie vorher oft genug gehört und sich auf der Schiefertafel bestätigen lassen, was sie bedeuten sollten.

Dass der Vater kaum Fortschritte machte, lag zu einem Gutteil an ihm selbst, darin stimmte Mister Whitman mit seinen Vorgängern überein. Er war sich selbst im Weg mit seiner Starrköpfigkeit, seinem verbohrten männlichen Stolz und dem daraus resultierenden Widerwillen dagegen, sich von einem Fremden, einem klugscheißerischen Städter, etwas sagen und vorschreiben zu lassen – und dann auch noch ständig vor dessen Augen zu versagen, indem er immer wieder kraftlos wegsackte oder ein so einfaches Wort wie »Treppe« auch nach dem zwanzigsten Versuch nicht verständlich aus dem schiefen Mund bekam. Statt entschlossen und mit aller Willenskraft den langen, harten Kampf mit seinen Behinderungen aufzunehmen, suhlte er sich in seinem Leid, verfluchte sein Dasein als Krüppel, verlangte alle paar Tage, man solle ihm seinen Revolver zurückgeben, damit er sich eine Kugel in den Kopf schießen könne, und ließ seine flammende Wut auf das ungerechte Schicksal an seinen Mitmenschen aus. Wie die Dinge standen, würde auch Mister Whitman diese Tyrannei nicht mehr lange aushalten und wie Mister Jenkins und die anderen beiden demnächst die Flinte ins Korn werfen. Es war, als liege ein Fluch auf ihrem Haus!

Harriet kämpfte mit dem Zorn, der in ihr brannte und ihrer Mutter galt. Wann ließ sie sich denn noch unten bei ihnen blicken? Doch nur noch zu den Mahlzeiten und manchmal nicht einmal dann! Die meiste Zeit verschanzte sie sich oben in ihrem Schlafzimmer und dem angrenzenden kleinen Privatsalon, angeblich von Migräne und anderen Unpässlichkeiten zu absoluter Zurückgezogenheit und Stille gezwungen. Auch verbrachte sie oft Stunden damit, ihre umfängliche Korrespondenz mit alten Bekannten in Boston und sogar einigen Freundinnen aus ihrer Londoner Zeit zu pflegen. Wehe, jemand wagte ihre Ruhe zu stören! Und wenn sie sich nicht in ihr Reich im oberen Stockwerk zurückzog, war sie außer Haus, traf sich mit ihren wohlhabenden Freundinnen vom spiritistischen Zirkel und nahm an Séancen teil. Sie war fest davon überzeugt, mithilfe eines Mediums Kontakt zum Jenseits und damit zu Jonathan aufnehmen zu können. Für nichts sonst interessierte sie sich; für nichts anderes hatte sie Zeit oder Geduld.

»Also bleibt auch das jetzt noch an mir hängen!«, murmelte Harriet bitter, warf einen Blick auf Onkel Henrys Vertragsentwurf zur Übertragung der uneingeschränkten Firmenleitung, gab einen tiefen Seufzer von sich und brachte die Papiere zu ihrem Vater ins Kartenzimmer.

Er saß in seinem Rollstuhl vor dem Kaminfeuer, während sich Mister Whitman hinter den Wandschirmen zu schaffen machte. Sie kam gar nicht dazu, ihm gut zuzureden. Er riss ihr die Papiere mit der Linken, mit der er auf einer Schiefertafel einigermaßen deutlich zu schreiben gelernt hatte, aus der Hand, knüllte sie in der Faust zusammen und schleuderte sie in die prasselnden Flammen. Dabei funkelte er sie an, als hätte sie sich, indem sie die Schriftstücke überbrachte, des Verrats an ihm schuldig gemacht, und stieß etwas hervor.

»Was sagst du? Nur über deine Leiche?«, vergewisserte sie sich.

Er nickte heftig, gab einen lang gezogenen grunzenden Laut von sich, den sie als ein »Ja, verdammt!« zu erkennen gelernt hatte, und stieß die Blätter mit dem Krückstock noch tiefer in die Flammen.

In stummem Zorn verließ Harriet das Zimmer.

Arthur hatte mit seinem Rollstuhl schon so manches Möbelstück ramponiert und in Anfällen ohnmächtiger Wut mehrfach Dinge mit seinem Stock zerschlagen, darunter eine recht kostbare Bodenvase in der Halle, einen venezianischen Spiegel sowie das Glas einer Vitrine. Von den vielen Schiefertafeln gar nicht zu reden.

An diesem Abend bekam er einen Tobsuchtsanfall, als er, schon reichlich angetrunken, bei Tisch nach mehr Wein verlangte, den Evelyn ihm verwehrte, indem sie Caitlin herrisch anwies, auf gar keinen Fall eine weitere Flasche zu öffnen.

»Er ist schon betrunken genug. Dem werden wir nicht noch Vorschub leisten!«, sagte sie, als sitze ihr Mann nicht am Tisch oder sei nicht imstande, sie zu verstehen.

Arthur geriet außer sich. Unter wüstem, unverständlichem Gebrüll ließ er seinen Krückstock mitten auf die Tafel niedersauen und zertrümmerte Porzellanteller und Schüsseln sowie Kristallgläser und ein Blumengesteck. Zwischen Glas- und Porzellanscherben flogen Gemüse, Fleischstücke und Bratensoße nach allen Seiten.

Ashley, zu Tode erschrocken, schrie auf, brach in Tränen aus, stieß im Aufspringen ihren Stuhl um und rannte laut heulend aus dem Speisezimmer.

Elliot schluckte heftig, wurde blass wie Kalk, wischte sich mehrere Erbsen vom Gesicht und beugte sich hastig vor, um Glassplitter und Porzellanscherben aufzusammeln.

Caitlin stand mit aufgeklapptem Mund an der Anrichte und rührte sich nicht.

Evelyn zuckte kurz zusammen, hatte sich jedoch sofort unter Kontrolle und bedachte ihren tobenden Mann mit einem langen eisigen Blick. Dann tupfte sie sich mit der Serviette die Mundwinkel ab, wischte Spritzer von Bratensoße von ihrem Kleid, legte das Tuch ohne Hast neben die Scherben ihres Tellers und erhob sich mit würdevoller Haltung und versteinertem Gesicht.

»Richte Miss Higgins aus, dass ich die Mahlzeiten fortan oben in meinem Zimmer einnehme«, sagte sie im Hinausgehen beiläufig zu Caitlin, und dann zog die Tür hinter sich ins Schloss.

In dieser Nacht kam Elliot wieder zu Harriet ins Zimmer geschlichen. Sie hatte schon damit gerechnet und hob die Daunendecke an. Schweigend schlüpfte er zu ihr unter die Decke und schmiegte sich an sie. Lange lagen sie schweigend in der Dunkelheit.

»Wir sind alle Vaters Gefangene, nicht wahr?«, flüsterte er irgendwann.

Die Klarheit, mit der ihr Bruder die Situation erkannte, erschütterte sie mehr noch als die Hoffnungslosigkeit in seinem Ton. Sie kämpfte mit den Tränen. Gern hätte sie gesagt, dass auch der Vater gefangen sei, und zwar in einem Kerker, den er zum größten Teil selbst um sich, ja, um sie alle errichtet habe, aber wo hätte da der Trost gelegen?

7

In dem schlauchförmigen Ladenlokal flimmerte die letzte Szene der Rolle über die Leinwand. Darin wollte sich der gehörnte tumbe Ehemann mit der Teigrolle auf den Liebhaber seiner Frau stürzen, stolperte jedoch über einen vollen Putzeimer, glitt der Länge nach über den eingeseiften Boden und geriet am Ende der Rutschpartie mit dem Gesicht in ein weiches Stück Schmierseife. Frank unterstrich das Missgeschick des Tollpatschs, indem er dazu die Kuhglocke schwang, und wie nicht anders erwartet, brach das Publikum in schadenfrohes Gelächter aus. Es war eine Filmvorführung wie unzählige andere: einfache Leute auf harten Holzbänken oder Klappstühlen, kein einziger Platz frei, der Raum erfüllt von Lärm, Gestank und Rauchschwaden.

Jetzt kam nur noch die zehnminütige Rolle mit dem Banküberfall und der Flucht mit Schießerei, dann hatten sie die letzte Vorstellung hier im Arbeiterviertel Potrero Hill unweit des Islais Creek Channel hinter sich.

Frank, der sich schon auf das erste kühle Glas Bier freute, wartete auf seinem Podest hinter dem Projektor darauf, dass Ezra ihm die gerade abgespulte Rolle abnahm und die Spule mit dem Banküberfall anreichte. Der Film mit der Ehebrecher-Komödie musste erst einmal abkühlen; nach der Vorstellung würde Frank ihn und die vier anderen Rollen zurückspulen.

Die Leute lachten noch immer. Sie waren an Pausen zwischen den einzelnen Stummfilmen ebenso gewöhnt wie an das Flackern der schwarzen Balken, das bei nicht eingelegtem Film über die Leinwand zuckte. Auch schenkten sie dem heftigen Husten, das plötzlich von hinten kam und in Würgen und Keuchen überging, keine Beachtung. Lautes Furzen, Husten und Niesen, geräuschvolles Nasehochziehen und Auf-den-Boden-Spucken waren in diesen Nickel-Vorstellungen ganz gewöhnliche Beigeräusche.

Frank jedoch fuhr alarmiert zu Ezra herum. Er hörte das Scheppern einer Metallspule, die vor ihm auf das Podest knallte. Vor Schreck hätte auch er beinahe die Filmrolle fallen lassen, als er sah, wie Ezra sich am Boden krümmte und sein Husten und Würgen mit einem Taschentuch zu ersticken suchte.

Er sprang vom Podest und kniete sich zu ihm. »Um Himmels willen, was hast du? Kriegst du keine Luft?«, rief er bestürzt.

Ezra machte eine abwehrende Bewegung und zeigte hoch zum Projektor. »Geht … geht … gleich wieder!«, stieß er mühsam hervor, das Taschentuch immer noch vorm Mund. »Leg … leg den Film ein! Die Leute … haben dafür … bezahlt!«

»Bist du sicher, dass ich nicht …«

»Nun … mach schon!«, fiel Ezra ihm ins Wort. »Die Show … muss weitergehen! Los, hoch … mit dir! Bin gleich … gleich wieder okay … bestimmt!«

Widerstrebend tat Frank wie geheißen. Er hob die Filmrolle auf, fädelte den Streifen ein und brachte die Vorstellung zu Ende. Dabei blickte er immer wieder besorgt zu Ezra hinüber, der hinten in der dunkelsten Ecke auf einem Schemel hockte, sich immer wieder unter heftigem Husten krümmte, schließlich aber zu ruhigem Atem kam.

Wie berechtigt seine Sorge war, begriff Frank nach der Vorstellung. Ezra versuchte, das vollgespuckte Taschentuch vor ihm zu verbergen, war jedoch nicht schnell genug.

»Mein Gott, das ist ja voller Blut!«, rief Frank. »Du hast was an der Lunge, du musst dringend zum Arzt!«

»*Nebbich*! Das ist einfach Nasenbluten!«, versuchte Ezra sich herauszureden. »Und jetzt lass uns unsere Sachen zusammenpacken, damit du rechtzeitig zu deiner *Schickse* kommst! Die Kleine ist bestimmt ein *scheyn Medele,* nicht wahr? Aber lass dich bloß nicht zu früh an die Kette legen! Warte auf die Richtige, die dir im Leben nicht den Weg verstellt, sondern ihn mit dir geht!« Er zwinkerte Frank zu.

»Du wirst hier heute Abend keinen Finger rühren, und morgen geht es zum Arzt!«, gab dieser entschlossen zurück. »Also lenk nicht ab, okay? Außerdem ist das mit Lucy nichts Ernstes.« Was der Wahrheit entsprach. Er hatte mit der Tochter des Wirts angebändelt, dessen Kneipe am Franklin Square er gelegentlich auf ein Bier oder etwas Stärkeres aufsuchte. Lucy war hübsch, hatte die richtigen Rundungen an den richtigen Stellen und gab sich alles andere als prüde. Aber er spürte schon, dass sie anfing, konkrete Pläne für eine Zukunft zu schmieden, in der er sich nicht sah. Da war es wohl klüger, rechtzeitig den Absprung zu finden und auf die lustvollen Freiheiten, die Lucy ihm so großzügig gewährte, zu verzichten.

Aber Frank kam an diesem Abend nicht mehr dazu, auf ein Bier aus dem Haus zugehen. Kaum waren sie zurück in ihrer kleinen Wohnung, erlitt Ezra eine weitere schwere Hustenattacke. Und diesmal war es offensichtlich, woher das Blut kam.

Wochenlang hatte Ezra ihm weisgemacht, bloß von einem lästigen, aber harmlosen Reizhusten geplagt zu sein. Nun fiel diese Lüge in sich zusammen wie ein Kartenhaus. Das viele Blut zeigte erschreckend deutlich, wie schwer erkrankt er war. Und er erkannte, wie sinnlos es war, Frank jetzt noch etwas vormachen zu wollen.

»Ja, es ist die verdammte Lunge, die ich Stück für Stück ausspucke, und das nicht erst seit heute«, sagte er, als er sich von der Attacke erholt und einen kräftigen Schluck Whisky aus ihrer Gemeinschaftsflasche genommen hatte. »Du bist nicht aus Zuckerwatte, also lass uns *Tacheles* reden, mein Junge. Bei mir laufen die letzten Fuß Film ab!«

»Was redest du da für einen Unsinn!«

»Es ist aber so! Wir sind alle mal dran, und ich kann mich nicht beklagen. Für mein Leben braucht man jedenfalls mehr als eine Spule, und es gibt nicht viel, was ich im Rückblick bereue«, sagte Ezra mit einem schwachen Lächeln. »*Invictus arduis!* Weißt du, was das heißt? In der Not unbesiegt! Darauf kommt es an! Leben ist immer Scheitern, mein Lieber. Es kommt darauf an, *wie* man scheitert, hörst du? Scheitern mit Haltung! Und mich hat das verfluchte Syndikat nicht in die Knie gezwungen.«

»Zum Teufel, hör auf mit diesem düsteren Gerede!«, beschwor Frank ihn verstört.

»Mach dir nichts vor, Junge! Ich hab nicht mehr lange, und daran kann kein Arzt was ändern! Also erspar mir das hohle Geseiber von so einem *Schmock!* Das ist rausgeschmissenes Geld, und du weißt, wie sehr ich sinnlose Vergeudung hasse!«

Doch das hielt Frank nicht davon ab, einen Arzt kommen zu lassen, nachdem Ezra sich weiterhin standhaft geweigert hatte, seinen Fuß in eine Arztpraxis oder gar in ein Krankenhaus zu setzen.

Widerwillig ließ Ezra sich untersuchen, und das auch nur, weil Frank ihn händeringend darum bat, aber das hinderte ihn nicht daran, die Untersuchung mit bissigen Kommentaren zu begleiten.

»Also, wie viel Zeit geben Sie mir noch?«, fragte er schließlich unverblümt, nachdem der Arzt ihm die Lunge abgehört, seinen Brustkorb abgeklopft und einen langen Blick auf die vollgespuckten Taschentücher geworfen hatte. »Zwei, drei Wochen? Was meinen Sie, schaff ich's noch bis zu Jom Kippur, oder liege ich dann schon unter der Erde?«

Der Arzt, ein sehniger, gebeugter Mittvierziger mit dem blassen, sorgengrauen Gesicht eines überarbeiteten Mannes, der zu viel Elend sah und zu wenig Leid lindern konnte, war offensichtlich an direkte Fragen gewöhnt, denn er drückste nicht lange herum. »Jom Kippur ist dieses Jahr am dreißigsten September, also in gut zwei Wochen, richtig?«, fragte er, zu Ezras Überraschung mit den jüdischen Feiertagen bestens vertraut. Und als dieser das Datum bestätigte, sagte er so geradeheraus, wie Ezra gefragt hatte: »Jom Kippur wird wohl noch drin sein, aber Chanukka werden Sie nicht mehr erleben.«

Frank, mühsam um Fassung ringend, begleitete den Arzt zur Tür. Er machte sich nicht die Mühe, ihn darüber aufzuklären, dass Ezra nicht sein Vater war, obwohl es ihn sehr berührte, dass der Mann ihn für den Sohn hielt.

»Hier, besorgen Sie Ihrem Vater Laudanum in starker Dosierung. Das wird bald das Einzige sein, was gegen die Schmerzen hilft, vor allem wenn die Erstickungsanfälle beginnen«, sagte der Arzt, drückte ihm ein Rezept in die Hand, nahm die bescheidene Konsultationsgebühr entgegen und eilte, die abgeschabte Ledertasche unterm Arm, das nach Kohl, Schweiß, Bohnerwachs und Urin riechende Treppenhaus hinunter.

Drei Wochen später setzte Frank unter einem stahlblauen Oktoberhimmel mit dem Filmkoffer nach Oakland über und machte auf der Veranda der Pension im Hazienda-Stil die persönliche Bekanntschaft von Byron Adelson, der sich betroffen anhörte, was Frank ihm mitzuteilen hatte.

»Er quält sich sehr«, schloss Frank, der das Gefühl hatte, in den vergangenen drei Wochen um Jahre gealtert zu sein. Wobei es ihm nicht das Geringste ausmachte, Ezra zu pflegen, wie er zu seiner eigenen Verwunderung festgestellt hatte. Was ihn viel mehr quälte, war die Ohnmacht im Angesicht des Leidens. Denn Ezra war ihm viel mehr ans Herz gewachsen, als ihm bis dahin bewusst gewesen war. »Aber lange wird es nicht mehr dauern. Es geht dem Ende zu.«

»Ist er bei Bewusstsein?«

»Ja, zumindest dann und wann für eine Weile. Meist dämmert er dahin; das ist auch das Laudanum. Aber ohne das Zeug würde er sich noch viel mehr quälen.«

»Ich muss ihn noch einmal sehen und kann hoffentlich mit ihm reden. Wir kennen uns zu lange, als dass ich ihn einfach so gehen lassen könnte. Wenn Sie nichts dagegen haben, komme ich gleich mit«, sagte Byron Adelson bedrückt.

Er traf seinen alten Freund bei klarem Bewusstsein an, und für eine knappe Dreiviertelstunde ging es Ezra gut genug, um mit ihm über alte Zeiten zu sprechen. Frank ließ die beiden allein; er wollte ihnen durch seine Gegenwart keine kostbare Zeit rauben; sie sollten nicht das Gefühl haben, ihn in ihr Gespräch einbeziehen oder ihm etwas erklären zu müssen.

»Schicken Sie mir ein Telegramm, wenn er es hinter sich hat«, bat Byron, als Ezra nach einem blutigen Erstickungsanfall wieder in gnädiger Laudanum-Umnachtung versank, und notierte auf einer Visitenkarte, unter welcher Adresse er während der nächsten zehn Tage zu erreichen sein würde.

Vier Tage später gab Frank das Telegramm auf.

8

Natürlich kam es im Haus der Caldwells ausgerechnet dann zum großen Knall, als die Mutter wieder einmal an einer Séance teilnahm und bei schummrigem Kerzenlicht mit den Geistern der Totenwelt zu reden versuchte und nicht einmal Miss Higgins ihr Beistand leisten konnte, weil sie ihren freien Tag hatte. So musste Harriet ein weiteres Mal als Blitzableiter herhalten! Und was für ein Einschlag es war!

Sie hatte sich zwei mühselige Nachmittagsstunden um ihre kleine Schwester gekümmert und kam gerade die Treppe herunter, um Caitlin zu rufen, als das Gebrüll ihres Vaters durchs Haus scholl. Es folgten ein Scheppern, das entfernt nach zersprungenem Glas oder Porzellan klang, sowie ein empörter Aufschrei. Gleich darauf wurden die Türen zum Kartenzimmer so heftig aufgestoßen, dass sie ganz aufflogen und unter bedrohlichem Klirren der Bleiglasscheiben gegen die Wände knallten.

George Whitman, hochrot im Gesicht und flammenden Zorn in den Augen, stürmte in den Gang. Fast hätte er Harriet, die, von dem Geschrei alarmiert, aus der anderen Richtung angelaufen kam, umgerannt. Es gelang ihnen gerade noch, einen Zusammenstoß zu vermeiden.

»Jetzt reicht's! Das ist ja wohl der Gipfel der Unverschämtheit!«, tobte der Angestellte und funkelte sie an, noch ehe sie fragen konnte, was denn geschehen sei. Aber das war auch nicht nötig. Das Taschentuch, das er sich links an die Stirn presste, sowie der winzige Blutfaden, der darunter hervor und über seine Wange lief, vermittelten ihr eine Ahnung von dem, was zwischen ihm und ihrem Vater vorgefallen sein musste. »Er kann mir doch nicht die

Schiefertafel an den Kopf werfen! Ich habe ja so manches geschluckt, aber das lasse ich mir nicht gefallen. Von keinem, Miss Harriet! Auch nicht von Ihrem Vater! Hier, sehen Sie!« Er lüftete das Taschentuch kurz und gab den Blick auf eine kleine Platzwunde frei.

Ihr sank das Herz. »Um Gottes willen, Mister Whitman! Bitte lassen Sie uns in Ruhe …«

Doch er war nicht zu stoppen in seinem Zorn. Er setzte seinen empörten Wortschwall nicht nur fort, sondern redete sich immer mehr in Rage. »Der Mann ist nicht nur jähzornig und bar jeder Selbstbeherrschung, er ist auch gewalttätig! Eingewiesen gehört er! Was ich mir in diesem Haus habe bieten lassen müssen, ist ungeheuerlich! Ich habe Erfahrung in meinem Beruf und eine Reputation, die ich mir von Ihnen nicht ruinieren lasse! In diesem Tollhaus bleibe ich nicht eine Minute länger! Ich kündige und verlange meinen ausstehenden Lohn, und zwar auf der Stelle. Und dann rufe ich die Polizei und erstatte Anzeige! Jawohl, das wird ein Nachspiel haben, und das wird nicht gemütlich für Sie, das verspreche ich Ihnen!« So ging es in einem fort. Atemlos, schrill, der Hysterie nahe. Bis ihm für einen Moment die Luft ausging.

Endlich kam Harriet zu Wort und konnte sich für das unentschuldbare Verhalten ihres Vaters entschuldigen, und zwar mit unzähligen Wiederholungen. Sie betete eine ganze Litanei von Entschuldigungen herunter. Mit Engelszungen redete sie auf den Mann ein und flehte ihn händeringend an, von einer Anzeige abzusehen und einer gütlichen Einigung zuzustimmen. Was er zunächst strikt von sich wies. Er wollte, dass die Polizei ins Haus kam. Es fehlte nicht viel, und sie wäre vor ihm auf die Knie gefallen.

Hinterher wusste sie selbst nicht mehr, wie sie es schließlich geschafft hatte, ihm die Polizei auszureden und damit den Skandal zu verhindern, den eine solche Anzeige zweifellos nach sich gezogen hätte. Dass sie ihm eine Entschädigung in Höhe eines Monatslohns zusätzlich zu seinem noch ausstehenden Lohn versprochen hatte, mochte dabei ausschlaggebend gewesen sein. Was ihr jedoch nicht erspart blieb, war die Demütigung, ihm einen Schuldschein ausstellen zu müssen, weil er auf ihr Wort allein nicht vertraute. Ihr Gesicht brannte vor Scham, als er ihr auch noch diktierte, was genau auf dem Schuldschein zu stehen hatte.

Als George Whitman seine Sachen gepackt und mit der Miene des triumphierenden Märtyrers das Haus verlassen hatte, lag die nächste beschämende Aufgabe vor ihr, nämlich der Anruf bei der Personalvermittlung. Sie wusste, dass sie nicht warten konnte, bis die Mutter nach Hause kam und sich der Angelegenheit annahm. Der Vater brauchte einen Betreuer, und das nicht erst morgen! Und so verbrachte sie die nächste halbe Stunde damit, die Besitzerin der Agentur von dem prekären Vorfall und Mister Whitmans fristloser Kündigung in Kenntnis zu setzen. Was noch der einfache Teil des Telefonats war. Erheblich mehr Überwindung und Mühe kostete es sie, die Agenturbesitzerin durch kniefälliges Bitten und Beschwören dazu zu bringen, den Namen Caldwell nicht von ihrer Klientenliste zu streichen, sondern ihnen einen neuen, vierten Betreuer zu schicken, was sie letztlich auch tat – wenn auch zu einem weitaus höheren Preis.

»Mister Baldwin ist aber endgültig der Letzte, den ich Ihnen schicke! Guten Tag!« Nach dieser eisigen Versicherung hängte sie ein, ohne eine Erwiderung abzuwarten.

Harriet zitterte am ganzen Leib vor Scham, Wut und ohnmächtigem Aufbegehren. Sie war am Ende ihrer Geduld. Elliot hatte völlig recht! Während die Mutter tat, wonach ihr der Sinn stand, waren ihre Geschwister und sie Gefangene des Vaters! Selbst Miss Higgins, Magnus und Caitlin genossen zehnmal mehr Freiheit als sie, denn sie konnten jederzeit gehen und sich eine andere

Anstellung suchen, ein Haus, in dem die Atmosphäre nicht von Tyrannei vergiftet war.

Aber so konnte es ... nein, so durfte es nicht weitergehen! Das war kein Leben!

Ein Gedanke, der ihr im ersten Moment wahnwitzig erschien, stach plötzlich wie ein scharfer Dorn durch den Tumult ihrer Gefühle. Sie war entsetzt über sich selbst. Hinter ihrer Stirn jagten sich die Gedanken, lagen miteinander im Widerstreit. Einen Augenblick rang sie mit ihrer Angst, mit den inneren Warnungen, die wie Alarmsirenen schrillten. Was, wenn sie einen schrecklichen Fehler beging und eine Katastrophe heraufbeschwor?

Aber dieses Leben ist doch schon jetzt eine Katastrophe! Wie könnte es denn noch schlimmer werden?, meldete sich eine andere innere Stimme mit der Kraft der Verzweiflung und verdrängte alle Bedenken. Sie würde es tun! Was sonst konnte den fürchterlichen Bann, der ihrer aller Leben vergiftete, brechen? Es war ihre einzige Hoffnung. Und was hatte sie auch zu verlieren? Nichts! So wollte sie jedenfalls nicht weiterleben, um keinen Preis!

Als der Vater zum ersten Mal angedeutet hatte, er wolle sich lieber erschießen als den Rest seines Lebens im Rollstuhl verbringen, hatte die Mutter seinen Revolver und die Munition aus dem Kartenzimmer geholt. Harriet wusste, wo in ihrem Privatsalon sie die Waffe und die Patronen weggeschlossen hatte und in welcher Schublade der Schlüssel zu ihrem Sekretär lag.

Harriet raffte ihre Röcke und eilte nach oben.

Als sie kurz darauf wieder herunterkam, durch den Flur eilte und ins Kartenzimmer stürmte, verriet alles an ihr, das Hämmern ihrer Absätze auf dem Parkett, das durchgedrückte Kreuz und die blitzenden Augen, welch unbändiger Zorn in ihr tobte. Den Revolver in ihrer Hand verbarg sie unter einer Leinenserviette.

Ihr Vater saß im Rollstuhl und starrte mit verkniffener Miene hinaus in den Garten, wo das welke Laub von den Bäumen fiel.

Der Anblick seiner gebeugten Gestalt versetzte ihr einen Stich. Er hatte in den vergangenen Monaten viel Gewicht verloren, und weil er sich weigerte, einen Schneider ins Haus zu lassen oder neue Sachen von der Stange anzuziehen, schlotterte die Kleidung nur so um seinen einst so stattlichen Körper.

Harriet wehrte sich gegen das Mitleid, das sich ihrer zu bemächtigen und ihren Plan zum Scheitern zu bringen drohte. Grob riss sie ihren Vater im Rollstuhl vom Fenster weg und drehte ihn zu sich herum, dann fiel sie ohne Vorrede über ihn her.

»Und? Bist du stolz auf deine Heldentat?«, herrschte sie ihn an und öffnete ihrem angestauten Zorn die Schleusen. »Prächtig hast du das hingekriegt! Nun hält es auch der dritte Betreuer nicht mehr hier aus. Aber weißt du was? Mister Whitman, Mister Farlow und Mister Jenkins sind nicht die Einzigen, die dein Selbstmitleid und deine Tyrannei nicht mehr ertragen können. Wir, deine Kinder, sind es auch leid, von der Mutter ganz zu schweigen!«

Verstört und fassungslos blickte er sie an, den Mund halb geöffnet. Dann flammte Jähzorn in ihm auf. Sein Blick wurde wütend, und er wollte ihr in die Rede fahren.

Doch Harriet ließ es nicht zu. »Nein, du wirst mir jetzt zuhören!«, verlangte sie. »Ich bin es leid zu kuschen, als hätte ich nach allem, was du uns antust, kein Recht, dir meine Meinung zu sagen! Aber genau das tue ich jetzt, und du hörst zu! Du bist nicht nur halbseitig gelähmt und sprachbehindert, sondern auch blind und taub für alles, was nicht dich betrifft! Weißt du überhaupt, dass Ashley Angst vor dir hat, dass sie anfängt zu stottern und wieder fast jede Nacht einnässt? Natürlich weißt du es nicht, weil dich das Elend, das du deiner Familie bereitest, nicht interessiert! Dass Elliot immer stiller und magerer wird und sich wie eine Schnecke verkriecht, bekommst du ebenso wenig mit. Wie es mir bei alldem geht, daran verschwendest du natürlich auch keinen Gedanken. Warum solltest du auch, nicht wahr? Du bist ja vollauf damit beschäftigt, dein bitteres Schicksal zu beklagen und alle anderen im Haus zu tyrannisieren!«

Sprachlos starrte er sie an.

»Was habe ich dich früher bewundert, Vater!«, fuhr sie mit einem bitteren Auflachen fort. »Für deine Kraft, deinen Mut und all die haarsträubenden Abenteuer und Gefahren, die du mit Onkel Henry gemeistert hast. Ja, ich war sehr stolz auf meinen Vater, den weit gereisten, erfolgreichen Reeder Arthur Caldwell, der an der Waterfront und auch sonst in der Stadt von allen respektiert wird. Nie hätte ich geglaubt, dass ich mich einmal für dich schämen müsste, doch jetzt tue ich es. Du lässt mir keine Wahl! Denn statt Hilfe anzunehmen und alle Willenskraft darauf zu verwenden, dass du wieder besser gehen und sprechen lernst, bejammerst du dich und wütest gegen jeden und alles. Weißt du, was du geworden bist, Vater? Ein Schwächling! Ein Feigling!«

Totenbleich und wie versteinert saß der Vater da. Unter den Worten, die wie Keulenschläge auf ihn niedergingen, schien er in seiner viel zu großen Kleidung noch mehr zu schrumpfen.

»Wenn der Wind am stärksten tobt, muss der Kapitän an Deck stehen! Wie oft hast du deine Geschichten mit diesen Worten beendet! War das nicht immer dein Credo? Und hast du es nicht auch immer so gehalten? Wo ist dieser unbeugsame Mann geblieben, Vater? Der Mann, den nichts schreckte und der sich selbst vom schlimmsten Sturm nicht in die Knie zwingen ließ? Wo ist der Arthur Caldwell, der in einem fürchterlichen Sturm wochenlang vor Kap Horn gekreuzt ist, weil er einfach nicht daran dachte, sich geschlagen zu geben und umzudrehen? Der Mann, der den Kampf gegen den Sturm am Ende für sich entschieden hat?«

Sie kämpfte gegen das Zittern an, das ihren Körper befiel. Es war, als zöge sich ihr Brustkorb zusammen, während zugleich die Kraft aus ihren Beinen wich. Dazu wallte Übelkeit in ihr auf. Alles in ihr sträubte sich gegen die Härte und Unversöhnlichkeit, die sie ihm vorspielte. Es fiel ihr schwer, die Festigkeit ihrer Stimme zu bewahren. Alles in ihr schrie danach, sich dem drohenden Zusammenbruch nicht länger zu widersetzen, sondern sich dem Weinen und der Verzweiflung zu überlassen. Aber sie durfte der Schwäche nicht nachgeben! Sie musste es zu Ende bringen!

»Oder waren das alles nur erfundene Geschichten? Offenbar! Denn statt den Kampf gegen deine Behinderungen aufzunehmen wie der Mann, der einmal nach diesem Credo gelebt hat, gibst du dich auf. Und damit nicht genug. Du willst es dir sogar noch einfacher machen und dir eine Kugel in den Kopf schießen. Was aus uns wird, ist dir gleichgültig. Also gut, du sollst deinen Willen bekommen.« Sie ließ die Serviette fallen, hob den Revolver an, hielt ihm den Lauf an die Schläfe und spannte den Hahn. »Sag mir, ob ich für dich abdrücken soll. Denn vermutlich fehlt dir selbst dazu noch der Mut!«

Die Augen des Vaters weiteten sich ungläubig. Der Laut des Erschreckens, der ihm entfuhr, war zugleich ein scharfes Einatmen.

Im nächsten Moment zog Harriet die Waffe zurück. »Aber nein! So leicht mache ich es dir nicht«, sagte sie und meinte plötzlich, ein Geräusch an der Tür zu hören. Doch als sie einen kurzen Blick über die Schulter warf, sah sie nur den halbdunklen Flur jenseits der weit offenen Türen. Dass sich am Durchgang ein Schatten aus dem Dämmerlicht löste, bekam sie nicht mit, geschah das doch erst, als sie sich wieder ihrem Vater zugewandt hatte. »Diesen letzten feigen Akt musst du selbst begehen. Es ist nur eine Kugel in der Trommel, also sieh zu, dass du es richtig machst! Mit links kann man sich genauso gut erschießen wie mit rechts. Das wirst du ja wohl noch schaffen, oder?« Sie setzte eine angeekelte Miene auf, warf ihm die Waffe in den Schoss und drehte sich abrupt um. Sie wollte weg von ihm, bevor sie zusammenbrach.

Doch da schoss sein linker Arm vor. Seine Hand bekam ihr bauschiges Kleid zu fassen und versuchte sie festzuhalten. Ein lang gezogenes Schluchzen kam aus seiner Kehle.

»Lass mich los!«, rief sie und versuchte sich loszureißen, obwohl sie sich gar nicht wirklich von ihm befreien wollte.

Er hielt sich verzweifelt fest und fiel vornüber aus dem Rollstuhl. Der Revolver polterte unter ihm zu Boden, doch selbst im Stürzen ließ er ihr Kleid nicht los.

»Harriet! Geh … nicht! … Bitte! Hilf … mir!«, stieß er unter Schluchzen flehend hervor. Die Worte kamen wie gewohnt schlurrend aus seinem Mund, als seien Vokale und Konsonanten zusammengeschmolzen und bis auf ein Minimum abgeschliffen, aber für Harriets Ohr waren sie in ihrer Bedeutung deutlich.

Augenblicklich brach in Harriet der letzte Widerstand gegen die Liebe zu ihrem Vater zusammen. Sie sank neben ihm zu Boden. »Verzeih mir!«, sagte sie mühsam mit erstickter Stimme.

Er kroch näher zu ihr heran, barg seinen Kopf in ihrem Schoß, griff nach ihrer Hand und presste sie an seine Brust, als fürchte er, sie könnte sich doch noch losreißen und ihn verlassen. Die Tränen liefen ihm nur so über das Gesicht, während er am ganzen Leib zitterte wie Espenlaub.

Noch nie hatte Harriet ihren Vater weinen sehen. Nun weinten sie zusammen, als wollten sie die ganze Welt mit ihren Tränen tränken. Und ihr war, als kehre mit jeder Träne, die sie vergossen, während sie so eng umschlungen am Boden kauerten, ein Stück Hoffnung zu ihnen zurück.

9

Am Tag von Ezra Silvermans Beerdigung trug der Himmel Trauer. Dunkel und tief hing die Wolkendecke über dem Friedhof und vergoss einen sanften, feinen Nieselregen. Auch der berüchtigte Nebel von San Francisco machte seine Aufwartung, indem er zarte Schleier über das Gräberfeld des Mission Cemetery schickte. Zwei Krähen, das Gefieder so schwarz wie die Kleidung der Totengräber, hockten auf dem Giebel eines benachbarten Mausoleums und schauten herüber, als der schlichte Sarg in die frisch ausgehobene Grube hinabgesenkt wurde.

»Die Totengräber der Lüfte«, murmelte Byron und deutete mit einem flüchtigen Lächeln zu den Krähen. »Das hätte Ezra gefallen. Eine Szene ganz nach seinem Geschmack. Die hätte er irgendwo eingebaut.«

Frank fand die Bemerkung äußerst merkwürdig, doch jetzt war nicht der rechte Moment, ihn zu fragen, was er damit meinte.

»Der Herr hat's gegeben, der Herr hat's genommen«, sagte der grauhaarige Rabbiner mit sonorer Stimme. »Der Name des Herrn sei gelobt.«

Ezra war beim ersten Licht des Tages gestorben, und Franks Telegramm hatte Byron Adelson zwei Stunden später in San José erreicht. Schon am frühen Nachmittag war der Filmmakler bei ihm in der Bryant Street eingetroffen.

Ezra war zwar kein strenggläubiger Jude gewesen, hatte weder den Sabbat heiliggehalten noch die Synagoge besucht, aber sein Glaube war ihm doch wichtig gewesen. Deshalb nahm Byron es in die Hand, den toten Freund nach den Vorschriften ihres Glaubens auf die Beisetzung vorzubereiten.

Frank hatte Ezra schon die Augen geschlossen, Byron bedeckte das Gesicht mit einem weißen Tuch. Dann zündeten sie neben dem Kopf des Toten eine Kerze an. Byron sprach ein jiddisches Gebet, und dann öffnete er das Fenster, damit die Seele den Leib verlassen konnte. Es gab keinen Gebetsmantel, in den sie Ezra hätten hüllen können, daher begnügten sie sich mit einem weißen Bettlaken. Dann riss Byron sein Hemd am Saum ein und tat dasselbe bei Frank.

»Und was bedeutet das?«

»Der *k'ria* – der Riss – weist auf den Riss im Herzen der Hinterbliebenen hin.«

Das Bild bewegte Frank tief, denn es entsprach genau dem Schmerz, den er empfand – einen brennenden Riss im Herzen. Erst jetzt kam ihm zu Bewusstsein, wie nahe sie einander gestanden hatten und wie viel der eulengesichtige Mann mit dem welken Lorbeerkranz um den kahlen Schädel ihm bedeutet hatte.

Er berührte den Riss in seinem Hemd, als der Rabbiner jetzt aus dem Talmud zitierte: »Sieh auf drei Dinge, und du wirst nie fehlschlagen im Leben: Wisse, woher du kommst und wohin du gehst und vor wem du einst wirst Rechenschaft ablegen müssen.«

Als die Erdklumpen auf den Sarg polterten, flatterten die beiden Krähen auf und flogen laut krächzend davon. Ein Händedruck, ein kurzes Wort des Dankes und ein Umschlag mit einer Spende für die jüdische Gemeinde, den der Rabbiner mit wohlgefälligem Nicken entgegennahm, dann waren die Totenfeier und Beisetzung von Ezra Silverman auch schon vorbei.

»Lassen Sie uns einen auf Ezra trinken, bevor ich den Zug zurück nach San José nehme«, schlug Byron vor und hob die Holzkiste auf, mit der er angereist war und die er auch zum Friedhof mitgenommen hatte. Sie war etwa so groß wie ein kleiner Reisekoffer und verfügte über mehrere Metallverschlüsse, einen Ledergriff und zusätzlich einen breiten ledernen Tragriemen. Auf der

Vorderseite prangte eine ovale Messingplakette mit dem einge-prägten Schriftzug *Société Pathé Frères – Paris.* Frank nahm an, dass der Holzkoffer wichtige Filmrollen enthielt, die Byron nicht aus den Augen lassen wollte. »Ich brauche jetzt einen kräftigen Drink.«

»Sie nehmen mir das Wort aus dem Mund«, sagte Frank.

In unmittelbarer Nähe des Friedhofs fanden sich eine ganze Rei-he Kneipen und Wirtshäuser, die mit dem Tod sichtlich gute Ge-schäfte machten. Die beiden betraten ein respektables Wirtshaus und setzten sich an einen Ecktisch mit Bank. Sie bestellten Whis-ky, der ihnen in anständiger Qualität gebracht wurde, tranken auf Ezra Silverman, orderten einen zweiten Drink und steckten sich Zigaretten an.

»Leider habe ich nicht viel Zeit, deshalb will ich gleich zur Sache kommen«, sagte Byron und wuchtete den Holzkoffer auf die Bank. »Das hier ist Ezras Vermächtnis an Sie, Frank. Ich habe es seit einigen Jahren bei mir in Verwahrung. Jetzt gehört es Ihnen.«

»Und was soll das sein?«, fragte Frank verwirrt. Ezra hatte ihm schon zwei Tage vor seinem Tod den Schlüssel zu seinem Schließ-fach bei der Wells-Fargo-Bank in die Hand gedrückt. Er hatte ihn erst nicht annehmen wollen, denn er glaubte zu wissen, dass er dort eine beachtliche Menge Geld finden würde, und darauf hatte er kein Anrecht. Immerhin hatte Ezra ihm schon das Fuhrwerk mit den beiden Braunen sowie das schwarze Zelt und die beiden Projektoren hinterlassen. Aber Ezra hatte darauf bestanden, dass er den Schlüssel nahm. Und nun kam Byron Adelson mit diesem wundersamen Holzkoffer, der Ezras Vermächtnis enthalten sollte!

»Das Kostbarste, was Ezra geblieben ist, als er vor fünf Jahren in Chicago alles verloren hat und an die Westküste geflohen ist, um hier noch einmal ganz von vorn anzufangen«, sagte Byron mit einem bitteren Lächeln, öffnete die Metallverschlüsse und klappte den mit Gummistreifen abgedichteten Deckel auf.

Stirnrunzelnd starrte Frank auf den klobigen, kastenförmigen Apparat, der neben einer Metallschatulle von der Größe einer Zigarrenkiste in mit schwarzem Filz gepolsterten Passformen lag. Dann bemerkte er die Kurbel und das kurze Messingrohr mit der Linse, das mittig aus der Flachseite des Apparats ragte, und plötzlich beschlich ihn eine Ahnung. »Ist es das, was ich vermute? Eine Filmkamera?«

Byron lachte kurz auf und nickte. »Eine französische Kamera von den Brüdern Pathé. Sie ist ein kleines Vermögen wert und die einzige Kamera, die Ezra damals hat retten können.«

»Retten wovor oder vor wem?«

»Vor dem Schlägertrupp des Syndikats, der sein Filmstudio in Chicago überfallen und alles kurz und klein geschlagen hat.«

Frank sah ihn ungläubig an. »Ezra hatte ein Filmstudio? Er hat Stummfilme hergestellt?«

»Ja, er war unabhängiger Filmproduzent, und zwar einer von den Mutigen, die sich dem Monopol des Syndikats lautstark widersetzt haben. Bis auf diese Pathé haben die bezahlten Schläger seine gesamte Ausrüstung zerstört und am Schluss auch noch die Halle abgefackelt.«

Verstört schüttelte Frank den Kopf. Jetzt verstand er auch, was Byron auf dem Friedhof über die beiden Krähen gesagt hatte. »Aber davon, dass das Syndikat gewaltsam gegen unabhängige Filmproduzenten vorgeht, hat er mir gar nichts erzählt!«, sagte er bestürzt.

»Er wollte wohl nicht darüber reden, und das aus gutem Grund«, erwiderte Byron mit ernster Miene. »Er hat damals nicht nur seine Ausrüstung und das Filmstudio verloren, sondern auch seine Frau. Martha. Sie hat sich bei dem Tumult an den Scherben eines zertrümmerten Scheinwerfers verletzt. Daran ist sie zwar nicht gestorben, aber an der Blutvergiftung, die sie sich dabei zugezogen hat und die zu spät behandelt wurde. Er ist nie darüber hinweggekommen und wollte danach auch keine Filme mehr drehen.«

»Gütiger Gott!« Ein Schauer lief Frank über Arme und Rücken. »Sind die Täter wenigstens gefasst und vor Gericht gestellt worden?«

»Nein, die sind genauso schnell wieder abgetaucht, wie sie über Ezras Crew hergefallen sind. Diese Dreckskerle sind bestens organisiert, die kriegt man nicht zu fassen. Abgesehen davon versucht das ja auch keiner ernsthaft.«

»Aber wie kann das sein? Das sind doch Kriminelle!«

Byron zuckte die Achseln. »Auf diesem Auge sind die Gesetzeshüter blind, Frank. Da ist einfach zu viel Geld im Spiel. Zu viel Politik. Edison tut zwar so, als habe er damit nichts zu tun, aber diese Überfälle sind sehr wohl von der Edison Film Company organisiert. Und dass Schlägertrupps Studios von Unabhängigen überfallen oder deren Filmsets bei Außenaufnahmen, wo sie alles kurz und klein schlagen und Schauspieler und Kameraleute verprügeln, ist längst keine Seltenheit mehr. Auf der Lohnliste des Syndikats stehen Dutzende von Spionen; die haben nichts anderes zu tun, als in den großen Städten der Ostküste nach Leuten zu suchen, die mit nicht lizenzierten Kameras, Projektoren und Rohfilm aus Europa arbeiten oder Handel treiben. Wer als Unabhängiger Außenaufnahmen machen will, muss schon ganz schön findig sein, um all den Spionen und Schlägern ein Schnippchen zu schlagen. Da wird die Kamera in einem Schrank oder einem Fass auf einem Wagen versteckt, und der Schrank oder das Fass hat ein Loch für die Linse. Und ständig muss man Ausschau halten und zur Flucht bereit sein.«

Frank konnte kaum fassen, was er hörte.

»Aber lassen wir das Thema«, sagte Byron nach einem langen Seufzer. »Erzählen Sie mir lieber, was Sie jetzt vorhaben, Frank. Wie ich das so sehe, stehen Sie an einer wichtigen Wegkreuzung Ihres Lebens. Also, was werden Sie tun?«

»Damit, meinen Sie?« Frank deutete auf die Filmkamera und

lachte ratlos. »Ich weiß wirklich nicht, wieso Ezra dachte, sie wäre bei mir in guten Händen.«

»Er hat große Stücke auf Sie gehalten und mehr in Ihnen gesehen als einen Filmvorführer und talentierten Ansager. Er meinte, Sie hätten den Blick und das Gespür für das, was einen guten Film von einem schlechten unterscheidet.«

»Ich weiß nicht«, sagte Frank verlegen.

»Ich bin sicher, Sie finden heraus, wohin die Leidenschaft Sie zieht.« Byron zwinkerte ihm zu und schloss den Kamerakoffer. Dann warf er einen Blick auf seine Taschenuhr. »So, ich muss los, sonst verpasse ich meinen Zug. Es bleibt bei unserer Abmachung, richtig?«

Frank nickte. Er würde weiterhin Filme von ihm beziehen.

»Gut, dann sehen uns wie gewohnt in Oakland, immer am ersten Montag des Monats, das nächste Mal also am zweiten November«, sagte Byron, legte Geld für die Zeche auf den Tisch und reichte Frank die Hand. »Machen Sie's gut! Bin gespannt, was Sie mir im November erzählen!«

10

Harriets Vorhaltungen und die gemeinsam vergossenen Tränen hatten ihren Vater zwar nicht unmittelbar vom Saulus zum Paulus werden lassen, aber die Veränderung, die nach jenem Nachmittag mit Arthur vor sich ging, war doch erheblich. Oft genug übermannte ihn noch ohnmächtiger Zorn über seine Behinderungen; dann reagierte er gereizt und wurde auch mal laut. Doch die Wutanfälle und gewaltsamen Ausbrüche, die zuvor an der Tagesordnung gewesen waren, blieben aus.

Während der ersten Tage hatte Harriet das Gefühl, alle im Haus hielten mit ihr den Atem an und warteten angespannt darauf, dass der Vater in die Rolle des Wüterichs zurückfiel und wieder mit seinem Stock auf Möbel und Geschirr einschlug. Es war wie ein Tanz auf dem Vulkan.

Der Vater hatte sie angefleht, sie möge ihm helfen, besser sprechen zu lernen und neuen Lebensmut zu finden. Sie kam dem nach, indem sie fortan täglich mehrere Stunden mit ihm übte. Es war eine mühsame Angelegenheit, die ihnen beiden viel Geduld und Kraft abverlangte. An manchen Tagen graute ihr schon morgens beim Erwachen vor den quälend langen Stunden der Sprachübungen, aber sie gab der Versuchung, sich unter einem Vorwand davor zu drücken, nicht ein einziges Mal nach.

Dass Arthur nicht nur seine Selbstbeherrschung zurückgewann, sondern allmählich auch spürbare Fortschritte machte, war jedoch nicht allein ihr Verdienst, bei Weitem nicht. Vielmehr war die Tatsache, dass er trotz der Mühsal nicht rückfällig wurde und die Hoffnung nicht aufgab, vornehmlich Ernest Baldwin zu verdanken. Der neue Betreuer war Ende dreißig und hatte mit seiner bulligen Gestalt, dem Stiernacken, den großen, kräftigen Händen und dem fleischig roten Gesicht etwas von einem grobschlächtigen Metzger an sich. Dabei hätte sein Wesen in keinem größeren Gegensatz zur äußeren Erscheinung stehen können, war er doch die Sanftmut in Person und ein Mann von unerschütterlicher Ruhe und Gelassenheit. Und er besaß nicht nur eine geradezu engelhafte Geduld, sondern auch einen feinen Humor, der nie auf Kosten anderer ging.

Während schon nach wenigen Tagen ein allgemeines Aufatmen durch das Haus am Telegraph Hill ging, traute Evelyn dem Frieden nicht. Sie weigerte sich standhaft, zu den Mahlzeiten an den Tisch im Speisezimmer zurückzukehren. Zu sehr hatte sie Gefallen daran gefunden, oben für sich allein zu speisen.

Am Ende zwang Harriet sie dazu. Es war das erste Mal, dass sie es wagte, ihrer Mutter die Stirn zu bieten. Ihrem Vater ins Gewissen zu reden war ihr leichter gefallen; die schiere Verzweiflung hatte ihr geholfen, so schonungslos mit ihm umzugehen. Sich gegen ihre Mutter aufzulehnen kostete sie erheblich mehr Mut, und wie nicht anders erwartet, stieß sie bei ihr auf eine Mischung aus Empörung und scharfer Zurechtweisung.

Doch Harriet ließ nicht locker. »Ach, du willst ja gar nicht bei uns sein, selbst wenn Vater zahm wäre wie ein Lamm!«, platzte es aus ihr heraus. »Damit man für dich wichtig wird, muss man ja wohl erst tot sein!«

Die Ohrfeige kam umgehend.

»Was nimmst du dir heraus?«, fauchte Evelyn. »Hast du diese Respektlosigkeit in Boston gelernt?«

Harriet hielt sich die brennende Wange, doch der Zorn in ihr loderte stärker als das Feuer auf der Haut. »Du warst es doch, die mich auf dieses altmodische Pensionat mit seiner falschen englischen Tünche abgeschoben hat! Ich hätte das nicht gebraucht, um zu wissen, dass man als Ehefrau und Mutter Pflichten hat!«, rief sie. »Und die beschränken sich nicht darauf, ein Kindermädchen einzustellen, die besten Schneiderinnen zu beschäftigen und von einer lächerlichen spiritistischen Sitzung zur anderen zu laufen! Wie kannst du so einen Humbug überhaupt ernst nehmen? Aus dem Totenreich spricht keiner, auch nicht zu dir, Mutter!«

Wieder flog Evelyns Hand hoch. »Das ist ja wohl der Gipfel!«, schrie sie und sog scharf die Luft ein.

Harriet fing den Arm ihrer Mutter ab und hielt ihn am Handgelenk fest. »Wag es nicht noch einmal, mich zu schlagen!«, stieß sie hervor, am ganzen Leib zitternd, aber fest entschlossen, sich dieser Tyrannei nicht länger zu beugen. »Und spar dir deine selbstgerechte Entrüstung! Die verfängt bei mir längst nicht mehr! Ruf dir lieber in Erinnerung, dass du einen neunjährigen Sohn und eine vierjährige Tochter hast, die still leiden, ohne dass du es auch nur zur Kenntnis nimmst! Eine Schande ist das. Vielleicht erinnerst du dich auch daran, dass du bei deiner Eheschließung geschworen hast, in guten wie in schlechten Zeiten zu deinem Mann zu stehen. Also stiehl dich nicht feige aus der Verantwortung!« Damit stieß sie den Arm der Mutter grob von sich.

Fassungslos und bleich wie Kreide starrte Evelyn ihre Tochter an. »Geh mir aus den Augen!«, zischte sie schließlich.

»Ja, Mutter, mach es dir nur weiterhin bequem und überlass anderen, was deine Aufgabe ist. Es scheint ja in der Natur der Chadwicks zu liegen, vor den eigenen Pflichten davonzulaufen!«, erwiderte Harriet mit Tränen in den Augen. »Aber wenn du gelegentlich wieder mit Jonathan plauderst, frag ihn doch mal, ob er stolz darauf ist, dass du lieber mit einem Toten redest als mit seinem Vater und seinen Geschwistern, die noch leben!«

Damit verließ Harriet den Privatsalon ihrer Mutter. Sie wusste, dass zwischen ihnen etwas unwiderruflich zerbrochen war. Aber so schmerzlich diese Gewissheit auch war, sie bereute nicht, was sie gesagt und ihr vorgeworfen hatte. Die Mutter hatte sie nie so etwas wie Liebe spüren lassen. Und wenn sie vielleicht auch die stille Hoffnung gehegt hatte, ihrer Mutter eines Tages näherzustehen und ihre Zuneigung zu erringen, hatte sie doch immer gewusst, dass diese Sehnsucht sich nie erfüllen würde. Die Liebe ihrer Mutter hatte allein dem Goldjungen Jonathan gegolten und sich im Leben wie im Tod in seiner Vergötterung erschöpft. So war es immer gewesen, und so würde es auch fortan sein.

Immerhin saß Evelyn am Abend wieder unten bei ihnen am Tisch, mit verkniffener Miene und noch wortkarger als sonst, aber sie war da. Ihrer ältesten Tochter begegnete sie mit eisiger Missachtung. Sie schenkte ihr nicht einen Blick, ignorierte jede ihrer Äußerungen und sprach sie kein einziges Mal an. Sie behandelte sie wie Luft.

Aber damit konnte Harriet leben. Entscheidend für sie alle, insbesondere für Elliot und Ashley, war allein der Umstand, dass sie sich durchgesetzt und ihre Mutter wieder an den gemeinsamen Tisch gebracht hatte. Und wenn es zehnmal ein Pyrrhussieg war.

11

Frank verhandelte mit dem Besitzer des Mietstalls über den Preis für das Fuhrwerk und die beiden Braunen, und sie wurden sich schnell einig. Frank strich das Geld ein, und mit dem Verkauf war die Entscheidung gefallen. Er würde nicht wie Ezra von Ort zu Ort ziehen und in kurzzeitig angemieteten Räumen oder im Zelt Stummfilme vorführen. Sein Herz hing an San Francisco. Hier hatte er mit vierzehn Jahren seine Freiheit gewonnen. Als er mit Lenny auf Austernraub gewesen war, hatte er einmal einen Seemann sagen hören: »San Francisco ist die Stadt am Goldenen Tor der Welt!« Mit der Zeit hatte er erfahren, dass die Seeleute der Bay die Stadt untereinander immer so nannten, und hatte sich dieser Ansicht begeistert angeschlossen. Wenn es einen Ort gab, an dem er sein Glück machen konnte, dann war es diese Küste. Hier, an der schimmernden Bay, und nirgendwo sonst wollte er leben. Deshalb würde er hier sein Nickelodeon eröffnen!

Er hatte sich die Entscheidung nicht leicht gemacht. Nach Ezras Beerdigung hatte er sich Zeit gelassen, um sich die nächsten Schritte gründlich zu überlegen. Dass er im Schließfach der Wells-Fargo-Bank zweitausenddreihundert Dollar vorgefunden hatte, kleine Noten, säuberlich mit Gummibändern zu Bündeln von je hundert Dollar zusammengefasst, hatte ihm die Entscheidung eher schwerer als leichter gemacht. Denn mit solch einer Summe, die gut und gern dem vier- bis fünffachen Jahreslohn eines Arbeiters entsprach, boten sich ihm eine ganze Reihe von Möglichkeiten. Nach dem Verkauf von Fuhrwerk und Gespann hatte sich diese Summe noch um vierhundertachtzig Dollar erhöht. Außerdem besaß er zwei Projektoren und die französische Pathé-Kamera, die laut Byron zusammen rund tausend Dollar wert waren.

Doch es ging nicht allein darum, was er mit dem vielen Geld anfangen sollte. Dass er im Filmgeschäft bleiben wollte, stand jedenfalls fest, aber ob er sich auf das Risiko eines Nickelodeons einlassen sollte, wollte gut überlegt und kritisch abgewogen sein. Er hatte Byrons Warnung nicht vergessen. Unter Umständen bekam er Ärger mit Edisons Syndikat, wenn er in der Stadt blieb und seine Filme weiterhin von unabhängigen Produzenten bezog. Aber letztlich ließ er sich davon in seinem Entschluss, ein eigenes unabhängiges Geschäft in der Stadt zu eröffnen, nicht beirren.

Mehrere Tage streifte Frank durch San Francisco und sah sich nach einem geeigneten Lokal mit guter Laufkundschaft um. Dabei beschränkte er sich auf die Viertel südlich der Market Street; in dieser Gegend kannte er sich aus. Außerdem waren diese Bezirke erheblich dichter bebaut und bewohnt als die nördlich der Spalte; hier befanden sich die Wohnviertel der Einwanderer.

Am nordöstlichen, hafennahen Ende der Folsom Street, wo sich besonders viele Gewerbebetriebe angesiedelt hatten, wurde er schließlich fündig. Dort hatte der Inhaber einer Stoffhandlung mit angeschlossener Polsterei sein Geschäft im Erdgeschoss eines fünfstöckigen Mietshauses aufgegeben.

Als Frank am frühen Morgen die Fremont Street herunterkam und nach rechts in die Folsom Street einbog, kratzte der Hausbesitzer schräg gegenüber gerade mit einer Rasierklinge den Firmennamen seines letzten Mieters von der Fensterscheibe. Dabei schimpfte der untersetzte, kräftig gebaute Mann, ein Mittfünfziger mit schütterem rotbraunem Haar, leise vor sich hin.

Frank wusste sofort, dass dies der ideale Ort für sein Nickelodeon war. Von seinen stundenlangen Erkundungsgängen her kannte er diesen Teil der Straße wie seine Westentasche. In unmittelbarer Nähe des Ladenlokals gab es eine Bäckerei, zwei Lebensmittelgeschäfte, eine Eisenwarenhandlung und einen Schuster. Im benachbarten Hinterhof hatte eine Fassbinderei ihre Werkstatt, zwei Häuser weiter ratterten die Maschinen einer Blechstanzerei, und nur ein Stück die Straße hinunter in Richtung Hafen nahm eine Konservenfabrik einen halben Häuserblock ein. Dazu die vielen mehrstöckigen Mietshäuser. Hier gab es zu allen Tageszeiten und auch am Abend jede Menge Laufkundschaft!

»Entschuldigen Sie, Mister …?«, sprach Frank den Hausbesitzer an und zog höflich die Schirmmütze vom Kopf.

»Malone … Patrick Malone«, brummte der Mann, dem man die irische Abstammung ebenso ansah wie anhörte, warf ihm einen Blick über die Schulter zu und kratzte grimmig weiter an der Scheibe herum.

»Ich nehme an, Sie sind der Hausbesitzer, Mister Malone?«

»Als ich letztes Mal meine Steuern bezahlt habe, war ich es noch! Ich denke, ich bin es noch immer, solange mich dieses Mieterpack nicht in den Ruin treibt!«, kam es bissig zurück. »Und wer sind Sie?«

Frank stellte sich vor und fragte: »Wird der Laden frei?«

»Wonach sieht es denn aus?«, blaffte Patrick Malone. »Dieser Mistkerl Henderson hat Laden und Werkstatt über Nacht leer geräumt und sich mit seiner Xanthippe und dem Rotzbalg aus dem Staub gemacht! Der Lump wusste genau, dass wir gestern zu unserer kranken Tochter mussten und die Nacht außer Haus waren!«

»Darf ich mich einmal in den Räumen umsehen?«

Der Mann hielt im Kratzen inne, musterte ihn abschätzig und wusste nicht recht, ob er dem Misstrauen und oder seinem jäh erwachten Geschäftssinn den Vorrang geben sollte: »Sie suchen ein Ladenlokal?«

»So ist es.«

Ein weiterer skeptischer Blick traf Frank. »Aber bei mir gibt es keinen Kredit!«

»Darauf bin ich auch nicht angewiesen.«

Die Miene des Hausbesitzers hellte sich auf. »Na, dann! Nur zu, nur zu! Sehen Sie sich um! Bessere Räumlichkeiten als meine finden Sie nirgendwo!«

Frank nahm den Laden und den sich anschließenden Raum, der bisher als Werkstatt oder Lager gedient hatte, in Augenschein. Und was er sah, gefiel ihm ausnehmend gut. Ausreichend Platz für das, was ihm vorschwebte!

Patrick Malone war ihm gefolgt. »Und, junger Mann? Was sagen Sie?«, fragte er erwartungsvoll. »Erstklassiges Ladenlokal in erstklassiger Lage, nicht wahr?«

Frank wiegte bedächtig den Kopf. »Ich bin interessiert, sofern wir uns über den Mietpreis einigen können.«

»Hundertzwanzig im Monat, junger Freund«, kam es wie aus der Pistole geschossen. »Und damit mache ich Ihnen einen Vorzugspreis, weil Sie der Erste sind, der anfragt. Also greifen Sie zu. Es wird nicht lange dauern, bis andere Interessenten kommen, und dann geht der Laden an den Meistbietenden!«

Frank verkniff sich ein spöttisches Lachen. Der Mann hielt ihn offenbar für einen Grünschnabel, dem er eine überhöhte Miete aufschwatzen konnte. »Nun, die leer stehenden Geschäfte, die es an der Folsom Street schon gibt, scheinen nicht gerade Trauben von Interessenten anzulocken, die sich gegenseitig überbieten wollen«, erwiderte er trocken und zählte drei Läden auf, die auf Mieter warteten, für ein Nickelodeon jedoch ungeeignet waren. »Aber für achtzig Dollar im Monat hätten Sie einen neuen Mieter, Mister Malone.«

Der Hausbesitzer machte ein verblüfftes Gesicht, schnaubte dann und spielte den Empörten, als habe Frank ihm ein unsittliches Angebot unterbreitet. Allerdings überzog er nicht und vermied es, allzu grob zu klingen, denn er begriff, dass sein Gegenüber sich nicht übers Ohr hauen ließ und bestens informiert war.

Es ging also darum, einen Preis auszuhandeln, mit dem sie beide gut leben konnten.

Nach einigem Hin und Her machte Frank sein letztes Angebot: hundert Dollar Monatsmiete bei vierteljährlicher Vorauszahlung. Und damit der Hausbesitzer sah, dass er flüssig war, zog er eine Geldrolle hervor und schälte dreihundert Dollar von ihr ab. »Mietvertrag für ein Jahr mit einer Option auf fünf weitere! Falls Sie damit nicht einverstanden sind, bin ich nicht Ihr Mann!«

Mit einem anerkennenden, rauen Lachen nahm Patrick Malone die Geldscheine und bekräftigte ihre Abmachung mit einem festen Handschlag. »Teufel auch, vor Ihnen muss man auf der Hut sein, Mister Maynard!«

Frank grinste. »Das Kompliment kann ich uneingeschränkt erwidern, Mister Malone. Und bitte Frank, wenn es Ihnen nichts ausmacht.«

»Mit Vergnügen! Nennen Sie mich Paddy, junger Freund!« Er schlug Frank jovial auf die Schulter und nahm ihn mit hinauf in seine Wohnung, um den Mietvertrag und eine Quittung für die dreihundert Dollar auszustellen.

Frank ließ die Räume gründlich säubern und einige geringfügige Umbauten vornehmen, dazu gehörten der nach hinten offene Verschlag für den Vorführer an den beiden Projektoren und ein mit fabrikneuer Leinwand bespanntes Gestell. Weiter kaufte er hundertzwanzig Stühle aus zweiter Hand. Die Ausgabe für einen Maler ersparte er sich. Er übernahm es selbst, Wände, Boden und Decke mit einem neuen, hellen Anstrich zu versehen.

An einem regnerischen Samstagnachmittag, anderthalb Wochen nach Unterzeichnung des Mietvertrags, nahm sein Nickelodeon an der Folsom Street den Betrieb auf. Fast hätte er die Eröffnung verschieben müssen, weil das bestellte Ladenschild noch nicht fertig war. Gegen drei wurde es endlich geliefert. Es trug die schwungvolle Aufschrift: *Maynard's Nickelodeon – Filmvorführung zu jeder vollen Stunde von 16 Uhr – 21 Uhr! – Eintritt 5 Ct.*, wurde über dem Eingang angebracht und reichte über die gesamte Hausfront. Zusätzlich wurden zu beiden Seiten des Eingangs Staffeleien mit Werbeschildern desselben Inhalts aufgestellt.

Mit einem flauen Gefühl im Magen wartete Frank auf Besucher. Unruhig ging er hinter der offenen Tür auf und ab und rauchte eine Zigarette nach der anderen.

Paddy Malone war fast genauso aufgeregt wie er. »Hoffentlich haben Sie sich nicht bös verkalkuliert, junger Freund!«, sorgte er sich zwanzig Minuten vor der ersten Vorstellung, als erst sieben Leute an der provisorischen Kasse ihre fünf Cent entrichtet hatten. »Es würde mir verdammt leidtun, wenn Sie nicht auf Ihre Kosten kommen und schon bald wieder schließen müssen!«

»So viel Sorge um mein Wohlergehen treibt mir gleich die Tränen in die Augen«, sagte Frank gallig. Er hatte Mühe, die Fassung zu bewahren. Es war kurz vor vier, als er die Ladentür verriegeln und nach hinten zu seinen dreizehn Besuchern gehen musste, um mit der ersten, knapp vierzigminütigen Vorstellung zu beginnen.

»Dreizehn Besucher! Wenn das mal kein böses Omen ist!«, murmelte Paddy.

Frank presste die Lippen zusammen und spürte ein ekliges Würgen in der Kehle. Dreizehn lausige Besucher! Fünfundsechzig Cent Einnahme! Und das bei hundertzwanzig Sitzplätzen an einem Samstagnachmittag mit reichlich Betrieb auf den Straßen! Was für eine Blamage! Wie gut, dass Ezra das nicht erlebte!

Er hatte einen sauren Geschmack im Mund und meinte, sich jeden Moment erbrechen zu müssen. Den Brechreiz bekämpfte er, indem er sich hastig eine Zigarette ansteckte. Als er die erste Spule einfädelte, zitterten seine Hände. Zum Glück siegte irgendwann die Routine über die unterschwellige Panik, mit seinem Unternehmen grandios zu scheitern.

Die Angst, sich verkalkuliert zu haben und auf einen kostspieligen Reinfall zuzusteuern, erwies sich als unbegründet. Die 17-Uhr-Vorstellung ließ mit knapp dreißig Besuchern zwar noch nicht die Kasse klingeln, machte jedoch durchaus Hoffnung. Auch die beiden folgenden Vorstellungen waren, was die Einnahmen anging, nicht die Renner, aber die beiden Abendvorführungen waren gut besucht, die letzte sogar fast ausverkauft.

»Na, das lässt sich ja doch ganz gut an!«, gratulierte Paddy Malone nach der letzten Vorstellung und unterbrach Frank beim Ausfegen. Er hatte zwei Gläser und eine Flasche irischen Malt Whisky aus seiner Wohnung geholt, um mit ihm auf die Geschäftseröffnung anzustoßen. Frank hatte noch keine Zeit gehabt, Kassensturz zu machen, und daher nur eine grobe Ahnung, wie viele Besucher er gehabt hatte. Dagegen wusste sein Vermieter die Zahl auf den Kopf genau.

»Dreihundertdreiundfünfzig!«, verkündete er und goss großzügig ein. »Das macht siebzehn Dollar und fünfundsechzig Cent! Wahrlich kein übler Verdienst für den ersten Tag, was? Aber wenn es so weitergeht, werden Sie bald Hilfe brauchen, und gutes Personal geht immer ins Geld.«

Verblüfft sah Frank ihn an. »Ihre Zahl stimmt nicht ganz«, sagte er. »Eigentlich müssten dreißig Cent mehr in der Kasse sein! Ich hatte nämlich dreihundertneunundfünfzig Besucher!«

Paddy schüttelte heftig den Kopf. »Nein, nein, da irren Sie sich! Ich habe genau gezählt, Frank! Es waren dreihundertdreiundfünfzig, keine Seele mehr und keine weniger! Das kann ich notfalls beschwören!«, beharrte er, beinahe gekränkt, weil Frank seine Zahl anzweifelte.

Der schmunzelte. »Und was ist mit Ihnen, Paddy? Haben Sie denn nicht in jeder Vorführung gesessen? Nicht, dass ich Ihr Geld genommen hätte, aber ein Stuhl mehr war doch in jeder Vorstellung besetzt, oder etwa nicht?«

Paddy errötete. »Teufel auch, da haben Sie recht. Also gut, hier kommen die dreißig Cent, die ich Ihnen schulde!«, rief er und füllte Franks Glas bis zum Rand mit seinem besten irischen Whisky. Lachend stießen sie auf den Erfolg an.

Auf dem kurzen Weg nach Hause in die Bryant Street schwebte Frank wie auf Wolken, woran der Alkohol und die Müdigkeit nach der tagelangen Sorge und Anspannung ihren Anteil hatten. Er war noch keine dreiundzwanzig und schon Besitzer eines eigenen Nickelodeons!

12

Keiner war dankbarer als Harriet, dass der Frieden im Haus hielt und ihr Vater sich endlich damit abgefunden hatte, dass selbst kleinste Fortschritte mit eiserner Ausdauer und Willenskraft erkämpft werden mussten. Wobei von einem Frieden mit ihrer Mutter nicht die Rede sein konnte. Zwischen ihnen herrschte eher so etwas wie ein feindseliger Waffenstillstand, auch wenn die Mutter sich dies in der Öffentlichkeit nicht anmerken ließ, sondern ihre Unversöhnlichkeit hinter einer perfekten Maske der Verbindlichkeit verbarg. Aber so schmerzlich diese Zerrüttung auch war, Harriet konnte damit besser leben als mit der unerträglichen Situation vor ihrer Auseinandersetzung.

Was ihr dagegen sehr zu schaffen machte, war Ashleys Verhalten. Von heute auf morgen hatte die kleine Schwester ihr die Zuneigung entzogen. Sie wollte sich nicht mehr von ihr die Haare bürsten oder die Zöpfe flechten lassen. Sie verbannte Harriet von ihrer Bettkante und zog sich die Decke über den Kopf, wenn Harriet ihr vorlesen wollte. Dabei hatte sie bislang nichts lieber gehabt, als vor dem Einschlafen Geschichten zu hören. Vor allem aber weigerte sie sich, von ihrer großen Schwester in die Arme genommen zu werden.

Als Harriet es doch einmal tat, trat Ashley wild nach ihr und trommelte mit ihren kleinen Fäusten auf sie ein. Dazu schrie sie in einem fort: »Ich hasse dich! Ich hasse dich! Ich hasse dich!«

Harriet beschwor sie, doch mit ihr zu reden und ihr zu sagen, was sie denn bloß getan habe, um auf einmal so hässlich behandelt zu werden, aber was sie auch versuchte, Ashley schwieg, funkelte sie zornig an, riss sich los, sobald Harriet sie festzuhalten versuchte, und rannte weg. Und wie sehr sie sich auch das Hirn zermarterte, sie fand keine Erklärung für Ashleys plötzliche Feindseligkeit.

Elliot fand das Verhalten seiner kleinen Schwester nicht im Mindesten bemerkenswert. »Nimm dir das doch nicht so zu Herzen. Du weißt doch, wie Ash ist! Die hat mal wieder einen Rappel. Mich hasst sie auch immer mal wieder, wenn ihr was nicht in den Kram passt. Dann lässt man sie besser schmollen, Schwesterherz. Die kriegt sich schon wieder ein!«

Und ihr Bruder behielt recht, zumindest teilweise. Mit der Zeit legte sich Ashleys offen zur Schau getragene Abscheu tatsächlich. Stück für Stück ließ sie Harriet wieder an ihrem Kleinmädchenleben teilhaben, nahm hier und da schwesterliche Gefälligkeiten an und erlaubte ihr schließlich auch wieder, sie zu umarmen. Dabei verstand sie sich hervorragend darauf, Harriet spüren zu lassen, dass sie ihr all das aus reiner Großherzigkeit gewährte und dass Harriet diesen Edelmut eigentlich nicht verdient hatte. Die schwesterliche Liebe und Herzlichkeit, die sie früher verbunden hatte, kehrte nie vollständig zurück.

Zum Glück hatte Harriet während der Zeit, in der Ashley sie wie eine Aussätzige behandelte, nicht die Muße, sich den ergebnislosen und daher völlig sinnlosen Grübeleien über das Warum allzu lange hinzugeben. Vor allem anderen galt ihr Denken und Handeln dem Ziel, ihrem Vater dabei zu helfen, seine Behinderungen so schnell wie möglich zu überwinden und wieder selbstständig zu werden. Eines Morgens fiel ihr spontan etwas ein, das ihrem Vater auf diesem langen und mühseligen Weg Auftrieb geben konnte.

Unter dem Vorwand, eine alte Freundin in der Washington Street besuchen zu wollen, verließ sie das Haus. Doch als sie in der Kutsche saß, trug sie Magnus auf, sie nicht in die Stadt, sondern zum Kontor am Hafen zu bringen. »Das behalten Sie bitte für sich, Magnus! Ich plane nämlich eine Überraschung für meinen Vater!«

Der Walrossbart verzog sich mit dem breiten Grinsen ihres langjährigen Kutschers und Hausdieners. »Ich wüsste nicht, warum ich das Kontor erwähnen sollte. Wir waren in der Washington Street und nirgendwo sonst, Miss Harriet!«, versicherte er augenzwinkernd und fuhr an.

Mit der Kutsche waren es nur wenige Minuten. Als sie an der Vallejo Pier eintrafen, ragte der chromblitzende Kühler von Onkel Henrys knallrotem Automobil aus der Sackgasse zu den Lagerhäusern. Seinen angestammten Stellplatz belegt zu sehen, und das auch noch von einer lärmenden, stinkenden Benzinkutsche, missfiel Magnus sichtlich.

Harriet teilte sein Missfallen, wenn auch aus anderen Gründen. Sie sah sich einen Augenblick in der Gasse bei der Seitentür um, nickte zufrieden und begab sich ins Kontor.

Es war ein großer offener Raum mit einer schweren Balkendecke; das obere Stockwerk diente als Lagerraum für besonders wertvolle Waren. An der Vorderfront des Kontors ragte vor einer Ladeluke ein mächtiger Vierkantbalken mit Flaschenzug aus dem Giebel. Durch die verhältnismäßig kleinen vergitterten Bleiglasfenster, die rechts und links neben dem Eingang zur Waterfront hinausgingen, fiel selbst an sonnigen Tagen wenig Tageslicht; für die nötige Helligkeit sorgte ein Kranz von vier Gasleuchten mit ziselierten Glaszylindern unter der Decke. Sie warfen ihr Licht auf die vier Stehpulte der Schreiber und Buchhalter in der Mitte des Raums, den erhöhten, kanzelartigen Sekretär des Prokuristen Cecil Slocum sowie zwei schwere Faktoreitische, die zwischen brusthohen Aktenschränken an den fensterlosen Seitenwänden standen und fast immer von ausgerollten Seekarten bedeckt waren. Des Weiteren gab es einen Chronometer und ein Barometer, beide in solides Messing gefasst und aus der Manufaktur einer renommierten Londoner Firma stammen, ein Korkbord, an das Telegramme und andere Meldungen geheftet wurden, sowie einen gusseisernen Kohlenofen.

Das Büro des Vaters nahm das hintere Drittel des Raums ein, abgetrennt durch hüfthohe Wände aus dunklem Holz und klare Fensterscheiben, die oberhalb der Trennwände in breite Holzrahmen eingefügt waren. So hatte er von seinem Platz hinter dem schweren Schreibtisch aus freie Sicht auf seine Angestellten und alles, was sich im vorderen Teil tat. Wollte er seinerseits ungestört sein, brauchte er nur die Bambusjalousien vor den Scheiben zuzuziehen.

Hinter dem Schreibtisch ihres Vaters saß Onkel Henry, was ihr ebenso missfiel wie Magnus der Anblick seines Automobils in der Seitengasse. Bislang hatte er sich nur selten im Kontor blicken lassen, worüber sich ihr Vater oft genug beklagt hatte. Und hatte er doch einmal eine Aufgabe übernommen, die Büroarbeit erforderte, hatte er es vorgezogen, diese bei sich zu Hause zu erledigen.

Natürlich sagte ihr der Verstand, dass er sich als Anteilseigner und Bruder nun einmal um die Firma kümmern musste, solange der Vater dazu nicht in der Lage war, aber ihn dort sitzen zu sehen löste doch heftigen Widerwillen in ihr aus. Und irgendwie störte sie sich daran, dass er in letzter Zeit nicht mehr wie ein Dandy dem letzten Schrei der Mode folgte, sondern sich in seriöses dunkles Tuch kleidete. So verrückt es auch sein mochte, die äußerliche Wandlung des Onkels zum konservativen Geschäftsmann weckte Argwohn in ihr.

Cecil Slocum, der pedantische Prokurist, war bei ihrem Onkel im Büro. Steif wie ein Ladestock, also in seiner gewohnten Haltung, stand er neben ihm am Schreibtisch und deutete mit knappen Gesten auf Papiere, die vor Onkel Henry lagen. Sein Kneifer mit den kleinen runden Gläsern saß wie eine Klammer auf seiner schmalen Nase. Fuchsrote Koteletten, die nach oben hin in das Zimtbraun seines dünnen Haupthaars übergingen, betonten ein schmales, blasses Gesicht mit wachsamen Augen, hohlen Wangen und einem spitzen Kinn, das auf einem stets hohen, steifen

Hemdkragen ruhte. Eine zimtbraune Augenbraue hatte Cecil Slocum immer hochgezogen, als rechne er jeden Moment damit, in einem der Frachtmanifeste oder Geschäftsbriefe auf einen Fehler zu stoßen. Es hieß, Slocum schlafe sogar mit einer hochgezogenen Augenbraue, aber einen Beweis hatte dafür noch keiner gebracht. Harriet hatte keine Ahnung, wie alt der Prokurist war. Der Mann schien irgendwie zeitlos, er konnte ebenso gut fünfzig wie Mitte dreißig sein.

Überrascht schauten die beiden Männer auf, als sie plötzlich in der Tür stand. »Miss Harriet, welch angenehme Überraschung, dass Sie uns mit Ihrer Gegenwart beehren!«, sagte Slocum mit der ihm eigenen Förmlichkeit und deutete eine Verbeugung an, die der Ladestock in seinem Rückgrat in engen Grenzen hielt.

»Ist etwas mit meinem Bruder?«, erkundigte sich Henry, ohne jedoch besorgt zu klingen. Vielmehr hatte Harriet den Eindruck, als bemerke sie an ihm so etwas wie erregte Erwartung.

»Ganz im Gegenteil, Vater macht gute Fortschritte«, antwortete sie und wandte sich an den Prokuristen. »Ich möchte Sie etwas fragen, Mister Slocum.«

»Bitte, nur zu, fragen Sie, Miss Harriet!« Er spitzte die Lippen und blickte sie über seinen Kneifer hinweg freundlich an.

»Wäre es möglich, eine Rampe zu bauen, die in der Gasse zur Seitentür führt, sodass man ohne große Anstrengung mit einem Rollstuhl ins Kontor kommt?«

Slocum überlegte kurz und wiegte dann bedächtig den Kopf. »Das ließe sich gewiss machen, Miss Harriet.«

Henry stutzte und runzelte die Stirn. »Was soll das werden, Harriet? Ich glaube nicht, dass mein Bruder sich im Rollstuhl eine Rampe hinaufquälen wird, und das auch noch in aller Öffentlichkeit!« Heftig schüttelte er den Kopf, um dann jedoch einen jovialen Ton anzuschlagen. »Das mag ja alles gut gemeint sein. Aber mit so einer Sache würdest du meinen armen Bruder nur beschämen und Erwartungen wecken, die er zurzeit auf keinen Fall erfüllen kann, vielleicht auch nie. Dein Vater braucht Ruhe. Und Gott allein weiß, ob er den Anstrengungen und Anforderungen eines Geschäftslebens jemals wieder gewachsen sein wird!« Erneut und nun mit kummervoller Miene schüttelte er den Kopf. »Also ich halte das für keine gute Idee!«

»Ich schon, Onkel Henry!« Harriet war sicher, dass ihr Vater weiteren Lebensmut zurückgewinnen würde, wenn es ihm wieder möglich war, hier im Kontor zu sitzen – und sei es auch nur ab und an für ein, zwei Stunden. Darum war sie fest entschlossen, sich nicht von ihrem Onkel eines anderen belehren zu lassen. Sie wandte ihm demonstrativ den Rücken zu und fragte: »Und wie lange würde es dauern, so eine Rollstuhlrampe bauen zu lassen, Mister Slocum?«

Ein winziges Lächeln zuckte um die Mundwinkel des Prokuristen. »Nun, die paar Balken und Bretter, die dafür vonnöten sind, dürften schnell zusammengezimmert sein.«

Harriet fiel ein Stein vom Herzen. »Dann könnte ich schon am Samstagnachmittag mit meinem Vater kommen?«

Slocum nickte und erlaubte sich jetzt ein ganzes Lächeln. »Das lässt sich durchaus machen.«

»Wunderbar! Dann möchte ich, dass Sie den Bau der Rampe sofort in Auftrag gehen!«, rief Harriet und wollte ihm schon danken.

Henry kam ihr zuvor. »Darf ich fragen, wer für die Kosten dieser baulichen Maßnahme aufkommt?«, fragte er kühl und fügte mit bissigem Unterton hinzu: »Ich nehme doch nicht an, dass der gute Slocum das aus eigener Tasche zu zahlen gedenkt, oder?«

Slocum seufzte. »Nun ja …«, sagte er und bedachte Harriet mit einem bedauernden Blick. Selbst wenn er einen Hang zur Großzügigkeit gehabt hätte, was so gar nicht in seinem pedantischen Wesen lag, hätte er die Kosten nicht übernommen. Denn damit hätte er sich über die unmissverständlichen Wünsche des Mannes hinweggesetzt, der womöglich sein künftiger Arbeitgeber war, und seine Anstellung riskiert.

»Das dachte ich mir!«, sagte Henry mit grimmiger Zufriedenheit. »Und ich habe nicht die Absicht, diese Verschwendung von Firmengeldern mit meiner Unterschrift zu sanktionieren, liebes Kind! Also vergessen wir diesen Unsinn schnell wieder.«

Sie bedachte ihren Onkel mit einem ärgerlichen Blick. »Das kommt überhaupt nicht infrage!« Dann fuhr sie zu Slocum herum. »Wie viel wird so eine Rampe kosten?«

»Nun ja, ich schätze, nicht mehr als …«, setzte Slocum an.

Henry fiel ihm hastig ins Wort. »Das kann sich schnell auf zehn, zwölf Dollar belaufen!«, erklärte er und warf dem Prokuristen einen warnenden Seitenblick zu.

Zehn, zwölf Dollar für ein paar Dutzend Bretter, Balken und Nägel – das kam Harriet schon reichlich überzogen vor, aber sie dachte nicht daran, sich mit ihrem Onkel über die tatsächlichen Kosten zu streiten. Stattdessen zuckte sie die Achseln und sagte, an Slocum gewandt: »Gut, dann bezahle ich die Rampe eben von meinem Geld!«

Henry machte ein ungläubiges Gesicht, dann lachte er kurz auf und fragte: »Von welchem eigenen Geld, Mädchen?«

Harriet setzte eine kühle Miene auf, obwohl ihr Herz vor Aufregung wild schlug. So ganz nutzlos waren die Jahre bei Madame in Boston doch nicht gewesen. Zumindest hatte man ihr dort beigebracht, wie man in unerfreulichen Situationen Haltung bewahrte und sich einen würdevollen Abgang verschaffte.

»Ich glaube nicht, dass ich dir darüber eine Erklärung schuldig bin, Onkel Henry! Es soll genügen, wenn ich sage, dass ich über genug eigenes Geld verfüge, um diese Rampe zu bezahlen. Und ich nehme nicht an, dass du mich im Beisein von Mister Slocum der Lüge bezichtigen willst, oder?« Und ohne eine Antwort abzuwarten, verkündete sie dem Kontorvorsteher: »Was immer die

Rampe kostet, Sie bekommen den entsprechenden Betrag von mir, Mister Slocum. Sie haben das Wort einer Caldwell! Einen guten Tag, die Herren!« Und mit dem herrlichen Gefühl, Onkel Henry in die Schranken gewiesen und einen kostbaren Sieg errungen zu haben, verließ sie das Kontor.

13

Das Nickelodeon lief von Tag zu Tag besser. Doch mit der Zahl der Besucher wuchs auch die Erkenntnis, dass er die Arbeit auf Dauer nicht allein bewältigen konnte. Nach jeder Vorstellung musste der Raum ausgefegt werden. Manchmal lagen dann noch schwelende Kippen oder Zigarrenstumpen am Boden. Außerdem mussten die Stühle wieder in Reih und Glied aufgestellt und hier und da abgeputzt werden, weil jemand Kaugummi ans Holz geschmiert oder den Sitz sonst wie verschmutzt hatte. Das konnte er nicht nach jeder Vorstellung allein bewältigen. Er brauchte auf jeden Fall jemanden, der das übernahm und vor Beginn der Vorstellung hinten für Ordnung sorgte, während er vorn den Eintritt kassierte. Allein schon um die dreisten unter den Besuchern davon abzuhalten, in der Kabine auf dem Podest herumzuschnüffeln und sich an den Projektoren zu schaffen zu machen. Ebenso wenig konnte er die Filmrollen unbeaufsichtigt dort liegen lassen. Und über kurz oder lang würde er einen Vorführer brauchen, der ihn ablösen konnte, denn er spielte mit dem Gedanken, schon am Vormittag mit den Vorstellungen zu beginnen. Spätestens dann war diese Ein-Mann-Show nicht mehr durchzuhalten. Paddy wollte ihm helfen, geeignetes Personal zu finden. Er hatte schon mehrere vertrauenswürdige Personen im Auge, natürlich alle aus seiner weitläufigen Verwandtschaft.

Diese und andere Überlegungen beschäftigten Frank, als er an jenem Donnerstag schon um kurz nach eins die Tür zu seinem Nickelodeon aufschloss. Am Abend zuvor hatte er nach der letzten Vorstellung für das Ausfegen, Putzen und Neuaufstellen der Stühle besonders lange gebraucht. Darüber hatte er ganz vergessen, die Filme zurückzuspulen. Das musste er jetzt nachholen, und dann mussten sie abkühlen. Denn das Zelluloid war nicht nur zerbrechlich, sondern auch leicht entzündbar.

Im verhängten Schaufenster verkündete ein Schild in großer und fetter Schrift: Geschlossen! Allerdings vergaß er, die Ladentür hinter sich abzuschließen. Daher hörte er beim lauten Sirren der Filmspulen in der Vorführkabine nicht, dass jemand das Nickelodeon betreten hatte. Erst als lautes Poltern von umstürzenden Stühlen durch den Raum hallte, wurde ihm bewusst, dass er nicht allein war. Er nahm an, dass sein Vermieter ihn hatte kommen sehen und nun mit ihm über die Verwandten reden wollte, die sich eine Anstellung bei ihm erhofften.

»Himmel, passen Sie auf, wohin Sie treten, Paddy!«, rief Frank, trat aus dem mit schwarzem Stoff bespannten Bretterverschlag und lief geradewegs in eine Faust mit aufgesetztem eisernem Schlagring.

Der Hieb brach ihm die Nase, riss ihm die linke Wange auf und schleuderte ihn rücklings gegen das Gestell mit den beiden Projektoren. Er riss sie mit sich zu Boden. Die metallenen Filmrollen lösten sich aus den Führungen und flogen gegen die Wand. Dabei wickelte sich der Zelluloidstreifen von den Spulen und wurde vom zusammenbrechenden Gestell begraben und zerdrückt. Das Krachen und Scheppern der Geräte, die auf dem Steinboden aufschlugen und schweren Schaden nahmen, bereitete Frank größere Schmerzen als seine Verletzungen.

Stöhnend versuchte er auf die Beine zu kommen, doch da packte ihn jemand an den Füßen und zerrte ihn aus dem Verschlag. Er blickte hoch und sah sich von drei Männern umringt. Sie trugen klobige Stiefel und die derbe Kleidung von Schauerleuten. Zwei hielten Baseballschläger in den groben Händen. Alle drei hatten die muskelbepackte Statur und das narbige Galgengesicht von berufsmäßigen Schlägern, und er wusste sofort, wem er ihren Besuch verdankte.

Sie zerrten ihn hoch. »Zeig uns mal deine Lizenz, Kleiner! Ach so, stimmt, die Kosten hast du dir ja gespart, oder?«, höhnte der Kerl mit dem Schlagring.

»Hören Sie …«, hob Frank an.

Weiter kam er nicht. Eine Faust rammte sich in seinen Unterleib. Er gab einen erstickten Schrei von sich, klappte wie ein Taschenmesser zusammen und ging wieder zu Boden, wo ihn augenblicklich ein Stiefeltritt in die Rippen traf. Ihm war, als höre er seine eigenen Knochen brechen, und ein heißer, brennender Schmerz schoss ihm durch die Brust, als bohre sich ein Messer in seinen Leib. Er rang nach Atem, aber seine Lungen waren wie zugeschnürt.

»Wildern ist bei uns nicht, kapiert?«

Frank krümmte sich unter einem weiteren brutalen Tritt.

»Hier hat alles seine Ordnung!«

»Du zahlst, was alle zahlen, kapiert?«

»Deine Selbstherrlichkeit ist jemandem sauer aufgestoßen, wenn du verstehst, was ich meine!«

Auf jede Warnung folgte ein Tritt oder ein Hieb mit dem Baseballschläger. Er zog Arme und Beine an und versuchte, seinen Kopf zu schützen. Blutrot waberte es vor seinen Augen, während er Stück für Stück von ihnen wegrobbte. Der Schmerz war wie ein Feuer, das auf dem ganzen Körper loderte. Und die Schläge und Tritte nahmen kein Ende.

»Pass auf, wohin du kriechst. Du schmierst ja alles voll mit deinem Blut!«

Wieder ein Tritt, ein Schlag auf den Oberschenkel, höhnisches Gelächter. Die Stimmen der Männer und ihr bösartiges Grölen schienen aus immer größerer Entfernung zu kommen. Ihm war, als falle er haltlos einem schwarzen Feuer entgegen.

»Jetzt hast du's vielleicht kapiert. Besser, du spurst und hältst dich an die Regeln!«

Ein Baseballschläger krachte auf seinen Rücken, ein anderer traf seine Beine. Wimmernd kroch er weiter, ohne sich dessen bewusst zu sein. Er folgte dem Instinkt; sein bewusstes Denken war vom Schmerz längst ausgeschaltet worden.

Die Stimmen erstarben.

Das schwarze, alles verschlingende Feuer jedoch blieb. Er kroch weiter, wollte es hinter sich lassen. Doch dem qualvollen Feuer der Schmerzen entging er nicht, es fraß sich von innen durch seinen Körper. Schließlich kam die Erlösung, das Nichts, das den Schmerz und mit ihm die Welt auslöschte.

14

Von einer Ausfahrt hatte Arthur zunächst nichts wissen wollen. Im Grunde wünschte er sich nichts sehnlicher, als der häuslichen Beschränkung und Abgeschlossenheit einmal zu entkommen, doch sein Stolz verbot es ihm, einzugestehen, wie sehr er darunter litt, nicht im Kontor nach dem Rechten sehen, auf der Pier stehen oder an Bord eines seiner Schiffe gehen zu können, um mit seinen Männern zu reden.

Harriet ahnte, dass ihr Vater ihr etwas vorspielte. Und damit er das Gesicht wahren konnte, wies sie ihn darauf hin, dass das Wetter keine Einwände erlaubte und er auf diese Weise um seine anstrengende nachmittägliche Treppenübung mit Baldwin herumkam. Daraufhin erklärte er sich einverstanden.

»Lässt ja einfach … nicht locker«, brummelte er mühsam und mit noch immer schlurrender Artikulation, die keiner besser verstand als Harriet, auch Mister Baldwin nicht. Immer noch kam es vor, dass er lange nach einem Wort suchte und es dann nicht richtig aussprechen konnte. »Bist wie … wie ein Terror!«

Harriet lachte vergnügt. »Du meinst, wie ein Terrier, ja? Danke für das Kompliment, Vater!«, sagte sie und half ihm aus dem Rollstuhl in die Kutsche. Magnus war eingeweiht. Während der Vater glaubte, Magnus bringe den Rollstuhl zurück ins Haus, hängte der ihn hinten an das Gepäckgestell der Kutsche.

Harriet hatte mit Magnus abgesprochen, dass er sie in einem großen südlichen Bogen zuerst durch die Stadt bis fast zum Fähren-Terminal an der Market Street brachte und dann in gemächlichem Tempo die Waterfront hoch nach North Beach und zum Kontor an der Vallejo Pier fuhr.

Und wie ihr Vater die Fahrt genoss! Sie sah ihm an, wie sehr er die Szenerie an der Waterfront vermisst hatte und nun mit allen Sinnen aufsog wie ein trockener Schwamm. Trotz der kalten Novemberluft musste sie sogar die Kutschenfenster auf beiden Seiten ganz nach unten schieben, aber es machte ihr nichts aus, von kühler Fahrtluft umweht zu werden, ganz im Gegenteil.

Auf der linken Straßenseite der Waterfront, die offiziell East Street North hieß, so aber nur von Auswärtigen bezeichnet wurde, reihten sich über Dutzende Häuserblocks hinweg die von Wind und Wetter gezeichneten Lagerhäuser und Kontore der Reeder, Frachtbroker, Versicherungsagenten, Schiffsausrüster, Fuhrunternehmen, Arbeitsvermittler, Konsularvertretungen und vieler anderer Unternehmen wie die Perlen einer meilenlangen Kette aneinander. Dazwischen drängten sich Werkstätten sowie Seemannsunterkünfte und Wirtshäuser in reicher Zahl und von höchst unterschiedlicher Qualität.

Auf der gegenüberliegenden Seite erstreckte sich entlang der Landungsbrücken ein Wald aus Schornsteinen, Masten, Rahen und aufgerolltem Segeltuch. Die Bugspriete der Segelschiffe, immer noch deutlich in der Mehrzahl, ragten gut über Kopfhöhe weit auf den breiten Plankenweg hinaus, als zielten sie auf das Obergeschoss der Kontore gegenüber. Dabei wies so manche spärlich bekleidete oder barbusige Galionsfigur mit ausgestrecktem Arm auf einen imaginären Horizont.

Es roch nach Teer und frischer Farbe, nach Seetang, Werg und feuchtem Tauwerk, nach Terpentin und Labsal, nach Tabak und Ruß, nach toten Fischen und verfaultem Abfall, nach Getreide, Kohle und fremden Gewürzen, nach Pferdemist, Holz sowie dem Essen der Garküchen und Wirtshäuser und vielem anderen mehr.

Diese mal betörende, mal abstoßende Vielfalt an Reizen für den Geruchssinn fand ihre visuelle Entsprechung in dem einzigartigen bunten Treiben, dem lauten Wogen und Durcheinander von Menschen aller Klassen, aus aller Herren Länder und aller Sprachen.

Es faszinierte Harriet immer wieder, dass so viele unterschiedliche Arbeitsabläufe und Bewegungen zur selben Zeit vonstattengingen, ohne dass jemand für so etwas wie eine Choreografie gesorgt hatte. Dem Auge bot sich ein wüstes Menschengewimmel. Boten hasteten mit Telegrammen, Frachtpapieren und anderen wichtigen Sendungen in alle Richtungen. Hier ein Kapitän, der mit einem Lieferanten lauthals stritt, dort Tagelöhner auf Arbeitssuche. Chinesische Lieferanten mit Spitzhut und lang über den Rücken baumelndem Zopf, über der Schulter das Joch, an dem rechts und links dicke Packen sauberer Wäsche baumelten. Ungeduldige Fuhrleute, die sich mit knallender Peitsche einen Weg zu bahnen suchten. Reiter und Kutschen aller Art. Passagiere, die das Verladen ihres Gepäcks überwachten. Reisende, die sich von Freunden oder Angehörigen verabschiedeten, die einen tränenreich, die anderen lachend und schulterklopfend. Ein wogendes Heer von Matrosen, Schauerleuten und Lastenträgern. Geschäftsleute mit entschlossener Miene und zielstrebigem Schritt, Müßiggänger, fliegende Händler mit ihren Bauchläden, Bettler, herumlungernde Galgenstricke, Zuhälter und Taschendiebe. Seeleute aus aller Welt, Afrikaner, stark wie ein Baum und dunkel wie Ebenholz, blond gelockte Skandinavier, Insulaner aus der Südsee mit verstörenden Tätowierungen auf Gesicht und kahl rasiertem Schädel, schlanke Filipinos in der makellos weißen Uniform der Küchen- und Kabinenbediensteten auf Passagierschiffen. Und dazu das Stimmengewirr, das unablässige Geratter der dampfbetriebenen Kräne, die Fracht auf Schiffe und von ihnen herunterhievten, das Kreischen der Möwen, das Schlagen von Segeltuch, das Ächzen von Rahen, das Surren von Flaschenzügen und das Tuten und Maschinengeratter der Dampfer.

Schließlich gelangten sie an die Vallejo Pier und zum Kontor der

Caldwell Shipping Company. Als Arthur die Rampe sah, die zur Seitentür hochführte, und Magnus den Rollstuhl hervorzauberte, schüttelte er ungläubig den Kopf und drohte Harriet mit dem Finger, aber er lachte.

Harriet brauchte keine Überredungskunst, damit ihr Vater aus der Kutsche kam und sich von Magnus die Rampe hinaufschieben ließ. Was ihr die Freude jedoch gehörig vergällte, war der Auftritt von Onkel Henry. Der stand oben auf der Plattform vor der Tür und blickte, die Daumen in die Taschen seiner taubengrauen Weste gehakt, die pomadisierten Bartspitzen steif nach oben gezwirbelt, unverschämt selbstgefällig drein.

Als Magnus Arthur heranschob, deutete er mit einer großspurigen Geste auf die Rampe und rief: »Na, wie sieht das aus, Captain? Wir haben klar Schiff gemacht! Jetzt hindert dich nichts mehr daran, auf der Brücke mal nach dem Rechten zu sehen!« Als sei das Ganze sein genialer Einfall gewesen.

Hinter ihm trat Slocum aus der Tür, warf ihm einen geringschätzigen Blick zu und begrüßte seinen Arbeitgeber mit der ihm eigenen steifen Förmlichkeit. Nur das Strahlen seiner Augen verriet, wie sehr es ihn freute, Arthur Caldwell zu sehen.

Großspurig riss Henry seinem Bruder die Tür auf und überfiel ihn, kaum dass Magnus ihn ins Kontor geschoben hatte, mit einer Reihe geschäftlicher Nachrichten. Harriet kam es so vor, als wolle der Onkel sich vor ihrem Vater in Szene setzen und ihm mit der beflissenen Aufzählung all dieser Einzelheiten vor Augen führen, wie gut er alles im Griff hatte.

So hörte auch nur sie, die sie mit Slocum die Nachhut bildete, wie der Prokurist leise und wohl zu sich selbst sagte: »Nicht jeder wird durch die Arbeit, die er tut, besser; manche werden auch offensichtlich schlechter.« Überrascht blickte sie sich zu ihm um, doch da war er schon nicht mehr hinter ihr, sondern stand am Stehpult bei einem der Unterbuchhalter.

Arthur rollte in sein Büro, hievte sich, unterstützt von seinem Bruder, in den ledergepolsterten Armstuhl hinter dem Schreibtisch, lehnte sich zurück und sah, wie Harriet fand, zum ersten Mal seit dem Schlaganfall glücklich aus.

Henry nutzte die Gelegenheit, um seinem Bruder endlich die Zustimmung zum Verkauf der beiden Raddampfer abzuringen. Er hatte für die *Shannon* und die *Stewart,* die seiner Überzeugung nach nicht genug Profit einfuhren, schon einen Interessenten gefunden.

»Proff… is… Proff!«, nuschelte Arthur, der in Gegenwart seines Bruders noch weniger zu sprechen gewillt war als sonst. Es hatte den Anschein, als scheue er den Vergleich mit der ungebrochenen Kraft des so viel Jüngeren mehr als alles andere.

»Aber einfach nicht genug für das Kapital, das die Raddampfer binden, Arthur! Ihr Wert beläuft sich auf fast vierunddreißig Prozent des Kapitals, das in unserer Flotte steckt, aber am Gesamtprofit sind sie nur mit lächerlichen zwölf Prozent beteiligt!«, erwiderte Henry und zwirbelte nervös seine Bartspitze. »Damit verschenken wir gutes Geld, Bruder! Wenn wir sie dagegen abstoßen, bevor die Preise für Raddampfer in den Keller gehen, und den Erlös in einen soliden Überseedampfer investieren, wirft das eingesetzte Kapital einen Gewinn ab, der nicht bei miesen zwölf Prozent herumdümpelt! Außerdem ist es höchste Zeit, unsere Flotte allmählich auf Dampfer umzustellen, auch wenn dir darüber das Herz blutet.«

Arthur verdrehte die Augen und bedeutete seinem Bruder, ihm eine Zigarre anzuschneiden und Feuer zu geben. Dazu sagte er etwas, das Henry nicht verstand.

»Vater sagt, die Firma ist mit Segel noch immer gut gefahren, und auf den Meeren sind nach wie vor mehr Segelschiffe als Dampfer unterwegs«, übersetzte Harriet, um dann zur Überraschung beider hinzuzufügen: »Aber vielleicht hat Onkel Henry ja recht; vielleicht ist es besser, die Flotte allmählich auf Dampfer umzustellen. Ich meine, die Vorteile scheinen ja auf der Hand zu liegen.«

Verblüfft ließ Arthur die soeben angepaffte Zigarre sinken, und Henry sah sie an, als habe sie etwas Absurdes gesagt. Dann lachte er, aber auf die humorlose Art: »Was verstehst du schon davon, Kind? Also halte dich da bitte raus, wenn du dich nicht lächerlich machen willst!«

Harriet ärgerte sich über seinen Ton und fühlte sich herausgefordert. »Was ich davon verstehe? Nun, zum Beispiel, dass Segelschiffe aufgrund der Windverhältnisse und Strömungen selten einen direkten Kurs einschlagen können und daher oft große Umwege in Kauf nehmen müssen. So sind es für einen Dampfer von Yokohama nach San Francisco viertausendachthundert Meilen, ein Segelschiff dagegen legt fast siebenhundert Meilen mehr zurück«, redete sie drauflos. »Und während ein Dampfer von Sydney, Australien, mit Kurs Nordost geradewegs über die Samoainseln und Honolulu nach San Francisco dampfen kann, muss ein Segelschiff erst viele Tage lang nach Osten kreuzen, bevor es nach Norden abdrehen und dann über die Gesellschaftsinseln und Tahiti nach San Francisco gelangt. Das ist ein Umweg von fast tausend Meilen. Nicht gerechnet die vielen Tage auf See, die Stürme oder Flauten ein Segelschiff kosten, während sie einem Dampfer vergleichsweise wenig anhaben können.«

Henry, offenbar mehr pikiert als überrascht davon, dass sie ihn mit ihren Kenntnissen dumm dastehen ließ, öffnete den Mund, um etwas zu sagen.

Harriet aber dachte nicht daran, sich jetzt unterbrechen zu lassen; sie vergaß ihre gute Erziehung und redete einfach weiter. »Auch die Kosten für die Mannschaften sind bei Seglern erheblich höher. Während ein Dreimaster von dreitausendfünfhundert Tonnen eine Crew von achtunddreißig Leuten braucht, kommt ein vergleichbarer Frachter mit einem Drittel der Leute aus.« Sie machte eine kurze Pause. »Andererseits verfügen Dampfer über gut dreißig Prozent weniger Frachtraum als Segelschiffe derselben Größe, weil viel Platz für Kohle, Kessel und andere Maschinerie gebraucht wird. Wahrscheinlich werden deshalb noch immer achtundfünfzig Prozent der Tonnage, die unter amerikanischer Flagge verschifft wird, von Segelschiffen transportiert«, fuhr sie fort. »Außerdem müssen Maschinisten deutlich besser bezahlt werden als einfache Matrosen. Andererseits: Für Kohle im Wert von nur dreißig Cent kann ein Dampfer eine Tonne Fracht fünftausend Meilen weit transportieren, und das wiegt die höheren Betriebskosten und andere Nachteile sicher auf.«

Arthur glaubte seinen Ohren nicht zu trauen, und so ging es auch seinem Bruder, wobei der nicht wusste, ob er sich blamiert fühlen und ärgern oder nicht doch besser Harriets Ausführungen zugunsten der Dampfschifffahrt für seine Interessen nutzen sollte. Schließlich bleckte Arthur die Zähne, mit denen er die Zigarre festhielt, und hieb sich mit seiner gesunden Linken vergnügt auf den Oberschenkel.

»Tod und Teufel!«, stieß er hervor, undeutlich für Henry, aber für Harriet gut verständlich. »Woher hast du das alles?«

Sie errötete leicht und zuckte die Achseln. »Du hast so oft mit deinen Kapitänen und mit Slocum und Onkel Henry über all die Sachen gesprochen, und ich habe euch jahrelang zugehört«, sagte sie und deutete auf den abgewetzten Ohrensessel in der Ecke, um dann hastig zu versichern: »Nicht, dass ich euch belauscht hätte! Das hat mich ja gar nicht interessiert. Aber ich kann mir nun mal gut Sachen merken, und ihr habt euch ja oft genug darüber gestritten. Da ist das eben bei mir hängen geblieben.«

Henry blickte sie missmutig an, sagte aber erst einmal gar nichts. Später jedoch, als Arthur nach Magnus rief und sich mit Slocum auf eine kurze Inspektionstour durch die beiden firmeneigenen Lagerhäuser begab, nahm er sie beiseite.

»Also gut, das war keine schlechte Vorstellung, die du da vorhin hingelegt hast!«, sagte er etwas gezwungen. »In deinem hübschen Köpfchen ist offenbar auch Platz für Belange von Bedeutung. Es wäre jedoch weitaus erfreulicher, wenn du das mit Verstand nutzen und zum Besten der Firma einsetzen würdest!«

»Wie meinst du das?«

»Ich habe hier einen unterschriftsreifen Kaufvertrag für die *Shannon* und die *Stewart*«, erklärte er und griff nach einer dünnen Mappe, die auf dem Schreibtisch lag. »Man wird uns für die Raddampfer einen reellen Preis zahlen, Harriet. Aber nicht mehr lange. Das Angebot des Kaufinteressenten gilt nur noch bis zum Ende der Woche, dann sieht er sich anderweitig um. Und ich bezweifle, dass wir jemals wieder so einen guten Preis erzielen werden. Dein Vater will es noch immer nicht wahrhaben, aber der Wind dreht sich in der Schifffahrt – und das nicht erst seit gestern!«

»Das glaube ich dir gern«, sagte Harriet verwirrt. »Aber was hat das mit mir zu tun?«

»Wie es aussieht, hält dein Vater große Stücke auf dich«, sagte er verdrossen, als müsse er sich dieses Eingeständnis regelrecht abringen. »Mach dir das zunutze! Der Handel mit unserem Interessenten darf nicht platzen, hörst du? Wenn wir den in trockenen Tüchern haben, steht dem Kauf eines Überseedampfers nichts mehr im Weg. Und das muss uns gelingen! Wir müssen unsere Flotte umrüsten, sondern läuft die Firma über kurz oder lang auf Grund!« Damit klatschte er ihr die Mappe förmlich vor die Brust. »Also sorg gefälligst dafür, dass er den Vertrag unterschreibt!«

15

Blind kämpfte er sich durch den Nebel. Dickflüssig wie Teer, machte der milchige Schleim jeden Schritt zu einer ungeheuren Anstrengung. Einst hatte er sich auf den Austernbänken bis in die letzte Verästelung ausgekannt, selbst in mondlosen Nächten. Doch diese war ihm fremd, war ein albtraumhaftes Labyrinth, aus dem es kein Entkommen gab. Die Verfolger waren ihm auf den Fersen, und Lenny hatte ihn längst im Stich gelassen. Nackt und barfuß taumelte er über Muscheln, deren scharfe Kanten ihm die Fußsohlen zerschnitten. Den Flintenschuss hörte er nicht, aber er spürte, wie die Schrotladung in seinem Rücken einschlug. Es war, als bohrten sich tausend glühende Messer in seinen Leib. Noch ein paar verzweifelte Schritte, dann hatten sie ihn umstellt. Nun traf ihn brennender Schrot mitten ins Gesicht und riss ihm die Brust auf. Er schrie und stürzte in den Schlamm. Hier würde er verbluten, es sei denn, die hereinlaufende Flut erträumte ihn vorher.

Von irgendwo weit her schwebte eine Stimme heran, weich und sanft wie Daunen. »Hier, trinken Sie! Das ist wichtig, hören Sie? Dann gebe ich Ihnen eine Spritze gegen die Schmerzen.« Etwas schob sich zwischen seine Lippen, und er schluckte lauwarme Flüssigkeit. Der Nebelschleier vor seinen Augen riss kurz auf, und für einen Moment erblickte er einen blendend weißen Engel. Mühsam formte sich in ihm die Frage, seit wann Engel zu stinkenden Austernbänken in der San Francisco Bay hinabstiegen. Er wollte nach dem Namen des Engels fragen, auch wenn er aus irgendeinem Grund schon zu wissen meinte, dass er *Bay Runner* lautete, doch da verblasste das wunderschöne Himmelsgeschöpf schon wieder vor seinen Augen, und mit ihm verschwanden die Schmerzen. Sogar die verfluchte Austernbank sank in tiefdunkles Nichts.

⁂

Als Frank zum ersten Mal von den Schmerzen aus dem Dämmerschlaf in einen wachen Zustand gerissen wurde, wusste er weder, wo er sich befand, noch, was ihm widerfahren war. Es dauerte einige Sekunden, bis die Erinnerung an den Überfall und die Schläger in seinem noch leicht umnebelten Hirn träge ansprang und durch die Mauer pochender Schmerzen in sein Bewusstsein drang.

Seine Hände, die völlig kraftlos schienen und ebenfalls schmerzten, ertasteten einen Verband um seinen Kopf und einen um den Oberkörper. Dann registrierte er, dass er nackt in einem Bett mit geblümter Bettdecke lag. Vor einem schmalen Fenster zu seiner Linken hingen dünne Kaliko-Vorhänge mit aufdringlichem Rosenmuster. Der handbreite Spalt zwischen den Vorhängen sagte ihm, dass es draußen dunkel war; er verriet aber nicht, ob die Nacht erst angebrochen war oder ob es schon auf die Morgendämmerung zuging. Das Zimmer war in gedämpftes Licht getaucht, allerdings nicht in das der nackten Glühbirne, die von der rissigen Decke hing, aber nicht brannte.

Sein Mund fühlte sich ausgedörrt an, pelzig und wie zugeklebt, und seine Blase meldete sich mit heftigem Drang. Er wollte sich aufrichten, doch der Schmerz, der ihm jäh durch die Brust raste, ließ ihn schnell anderen Sinnes werden. »Verdammt!«, stöhnte er.

Hinter ihm regte sich etwas. Es klang nach Stuhlbeinen, die über Dielenbretter schabten. Dem folgte eine überraschte Stimme, die ihm seltsam vertraut war. »Oh, Sie sind wach, Mister Maynard!« Eine Frau, die am Kopfende des Bettes neben einer kleinen, mit einem Tuch abgedeckten Tischlampe gesessen hatte, trat in sein Blickfeld. »Um Gottes willen, bleiben Sie liegen!«

Er sah zu ihr auf und blickte in das hübsche herzförmige Gesicht einer vielleicht zwanzigjährigen Frau. Sie trug die makellos weiße Tracht einer Krankenschwester. Schulterlanges kastanienbraunes Haar wallte unter der gestärkten Haube hervor. Nussbraun waren auch ihre Augen.

»Sie also sind der Engel«, murmelte Frank.

»Ich und ein Engel?« Sie lachte hell und sanft und melodisch. »Na, da sind Sie aber der Erste, der das glaubt! Da spricht wohl eher das Morphium aus Ihnen, das noch in Ihrem Blut schwimmt!«

»Bin ich im Krankenhaus?«

Sie lachte erneut, und hinter ihren vollen Lippen blitzten Zähne, so weiß wie ihre Schwesterntracht. »Nein, Sie sind in meiner Wohnung in der Folsom Street, Mister Maynard. Das heißt, genau genommen liegen Sie im Bett meiner Freundin Lizzy, mit der ich mir die Wohnung teile und die gerade mit ihrem frisch angetrauten Liebsten auf Hochzeitsreise ist. Und mein Name ist Florence Barlow.«

»Ja, aber wie …«, begann Frank verstört und klemmte unter der Decke die Oberschenkel zusammen, um den ansteigenden Harndrang zu unterdrücken. Was zur Folge hatte, dass das Brennen in seinen Beinen noch heftiger wurde, aber der intensive Schmerz war ihm lieber als der quälende Druck in der Blase.

»Wie es kommt, dass Sie Ihre persönliche Krankenschwester haben?«, nahm Florence Barlow ihm das Fragen ab. »Nun ja, ich habe Sie gefunden, als ich vorgestern Mittag von meiner Schicht nach Hause kam. Ich wohne nämlich drei Stockwerke über Ihrem Nickelodeon. Sie lagen direkt hinter der offen stehenden Tür, und wenn ich nicht in einen Kaugummi getreten und stehen geblieben wäre, um den Dreck abzustreifen, hätte ich Sie vielleicht gar nicht bemerkt.«

»Oh …«, presste Frank hervor.

»Mister Malone und sein Schwager haben mir geholfen, Sie nach oben zu tragen. Mister Malone meinte, Sie wären wohl nicht wild darauf, in ein Krankenhaus zu kommen und womöglich der Polizei Rede und Antwort stehen zu müssen. Zum Glück sind Ihre Verletzungen nicht so schlimm, wie es auf den ersten Blick aussah, aber mit drei gebrochenen Rippen, einer gebrochenen Nase, einer bösen Platzwunde am Kopf und Gott weiß wie vielen Prellungen und Blutergüssen ist nicht zu scherzen. Da hat Sie jemand übel zugerichtet, also bleiben Sie um Gottes willen ruhig liegen! Es wird noch Tage dauern, bis Sie aufstehen können, das sag ich Ihnen gleich!«

Frank stöhnte und hatte das Gefühl, dass ihm jeden Augenblick Kopf und Blase platzen würden. »Ich weiß nicht, wie ich Ihnen danken soll, Miss Barlow. Darüber werde ich mir schon noch Gedanken machen. Aber jetzt … jetzt muss ich unbedingt irgendwohin, sonst nässe ich ein!«

»Gütiger Gott, warum haben Sie das nicht gleich gesagt!« Sie bückte sich und zog ein Blechgefäß mit schnabelförmiger Öffnung unter dem Bett hervor. »Hier, eine Ente, da hinein können Sie sich erleichtern. Dann sehen wir auch gleich, ob Sie noch Blut im Urin haben.«

Ungläubig sah er sie an. »Entschuldigen Sie, aber ich kann wirklich unmöglich …«, protestierte er, während ihm vor Verlegenheit das Blut ins Gesicht schoss.

Florence Barlow lachte über seine Schamhaftigkeit. »Nun stellen Sie sich mal nicht so an, Mister Maynard! Was glauben Sie denn, wer Sie ausgezogen, von Kopf und Fuß gewaschen und Ihnen während der letzten Tage die Ente angereicht hat? Kein Grund, sich zu genieren. Ich bin Krankenschwester und mit der männlichen Anatomie ebenso vertraut wie mit der weiblichen. Da gibt es nichts, was mich verlegen machen, erschrecken … oder beeindrucken könnte«, versicherte sie mit einem schelmischen Augenzwinkern. »Also nur Mut! Ich lasse Sie auch allein.«

Hastig und mit hochrotem Gesicht schob er sich das Gefäß zwischen die Beine und stöhnte leise vor Erlösung. Aber danach war ihm alles noch peinlicher, weil er sich nicht aus dem Bett beugen und das Gefäß auf den Boden stellen konnte. Sie musste es ihm abnehmen, und sein Gesicht brannte.

Doch Florence Barlow überbrückte den Moment, indem sie völlig unbeschwert redete: »Nun, das sieht doch nicht schlecht aus. Kaum noch Blut. So, ich bringe Ihnen gleich etwas Hühnerbrühe, damit Sie wieder zu Kräften kommen, und dann gebe ich Ihnen etwas gegen die Schmerzen, aber nicht mehr so viel wie bisher. Ich muss Sie von den starken Betäubungsmitteln der letzten Tage entwöhnen, sonst werden Sie noch Kunde bei den Opiumhöhlen in Chinatown! Und dann muss ich auch los. Um neun beginnt meine Nachtschicht im St. Luke's Hospital. Aber Sie werden die Nacht gut durchschlafen, und morgen geht es Ihnen bestimmt schon viel besser.« Sie brachte die Ente zum Abort, spülte sie aus und stellte sie auf einen Stuhl, den sie nahe ans Bett rückte, damit er sie in Reichweite hatte. Danach machte sie sich in ihrer Kochnische zu schaffen und flößte ihm kurz darauf mit einer Schnabeltasse Hühnerbrühe ein. Auch ließ sie einige Scheiben Zwieback zurück, falls er Hunger bekommen sollte.

»Danke … danke für alles, Miss Barlow«, sagte Frank, dem schon die Lider schwer wurden, bevor sie die Spritze überhaupt gesetzt hatte. Er spürte den Einstich kaum. »Ich habe nie an Engel geglaubt. Aber jetzt weiß ich, dass es sie gibt.« Ihr leises Lachen hörte er noch, nicht aber ihre Erwiderung.

16

Nach der Ausfahrt und dem Besuch im Kontor war Arthur so aufgekratzt gewesen, dass er spontan seinen Bruder mit Frau und Sohn zum Abendessen eingeladen hatte. Es war das erste Mal seit Mitte April, dass es im Haus der Caldwells ein Dinner mit Gästen gab. Miss Higgins und Evelyn schimpften zwar über die vorgeblich viel zu späte Ankündigung, aber die Freude darüber, nach den vielen Monaten gesellschaftlicher Abkapselung endlich wieder festlich decken und Gäste bewirten zu können, überwog schnell, und so machten sie sich eifrig daran, für ein üppiges Dinner an fein geschmückter Tafel zu sorgen.

Henry kam im dunklen Abendanzug, ebenso sein zwölfjähriger pummeliger Sohn Guy, der wie eine jungenhafte Miniaturausgabe des Vaters wirkte, wenn auch noch ohne Zwirbelbart. Tante Ida hatte es sich nicht nehmen lassen, ihre matronenhafte Figur in einen extravaganten Traum aus fliederfarbener Atlasseide zu kleiden. Dass dieser Aufzug weder dem informellen familiären Anlass noch der Jahreszeit angemessen war, schien ihr so wenig bewusst zu sein wie die Tatsache, dass die mit Silberfäden bestickte Schärpe um ihre nicht länger vorhandene Taille wie ein Geschenkband um eine Tonne aussah. Sie hatte reichlich Puder aufgetragen, um die roten Flecken zu überdecken, die in letzter Zeit unvermittelt und zu den unmöglichsten Gelegenheiten auf ihren Pausbacken erschienen. Dabei hätte sie mit gerade mal fünfunddreißig Jahren noch weit von jenen peinlichen Störungen entfernt sein sollen!

Für Harriet und ihre Geschwister hatte Tante Ida nur einen flüchtigen Gruß und die Andeutung eines in die Luft gehauchten Kusses übrig. Kaum dass Caitlin ihr das Cape abgenommen hatte, rauschte sie auf die Schwägerin zu. »Evelyn, lass dich umarmen, meine Liebe! Du weißt gar nicht, wie sehr ich dich bewundere! Wie tapfer du dein schweres Los trägst!« Und während sie sich bei ihr einhakte und mit ihr in Richtung Salon ging, wo Arthur seine Verwandten erwartete, ließ sie sich darüber aus, wie gut es doch sei, dass Arthur ihrem Mann alles Geschäftliche so trefflich beigebracht habe. Ein wahrer Segen sei es in dieser bitteren Zeit schwerster Prüfungen, dass der gute Arthur sich ohne jede Sorge ganz auf seine gewiss noch langwierige Genesung konzentrieren könne, da die Firma ja gottlob in den fähigen Händen ihres Mannes liege.

Indessen zog Guy ein Kartenspiel hervor und nahm Elliot in Beschlag, indem er ihm mit der Herablassung des drei Jahre Älteren seine neuesten Kartentricks vorführte. Elliot heuchelte höflich Interesse, obwohl er sich so wenig daraus machte wie Guy sich aus Büchern. Nur Ashleys Bewunderung war nicht gespielt.

Während alle dem Salon zustrebten, um sich mit einem ersten Drink auf das Essen einzustimmen, hielt Harriet ihren Onkel zurück. »Ich habe was für dich«, sagte sie leise, zog die Schublade einer Kommode auf, die in der schwarz-weiß gefliesten Eingangshalle unter einem fast mannshohen goldgerahmten Spiegel stand, und holte die Mappe mit dem Kaufvertrag hervor. »Du kannst jetzt Ausschau nach einem Dampfer halten, der günstig zu kriegen ist, Onkel Henry!«

Er riss die Augen auf und wollte es erst nicht glauben. »Sag nicht, mein Bruder hat unterschrieben?«, stieß er hervor und fuhr sich nervös mit Daumen und Zeigefinger über seinen Zwirbelschnäuzer, bevor er die Mappe entgegennahm. »Wehe, du erlaubst dir einen Scherz mit mir!«

»Wie könnte ich damit Scherze treiben, wo ich doch weiß, wie wichtig dir diese Angelegenheit ist?«, verwahrte sie sich und gönnte sich ein stolzes Lächeln. »Ja, du hast freie Hand. Auf der

Rückfahrt hat er sich noch heftig gegen den Verkauf gewehrt, aber dann hat er die Fahne gestrichen und den Vertrag unterschrieben.«

Henry strahlte übers ganze Gesicht und klatschte in die Hände. »Das hast du prächtig gemacht! Bist doch ein gutes Mädchen!«, sagte er und tätschelte ihr mit jovialer Onkelhaftigkeit die Wange. »Da hast du dich ja einmal wirklich nützlich gemacht, mein liebes Kind!« Damit ließ er sie in der Halle stehen und beeilte sich, zu den anderen in den Salon zu kommen. Der empörte Blick seiner Nichte entging ihm. Er konnte es nicht erwarten, einen Drink zu ergattern und mit seinem Bruder auf den erfolgreich eingefädelten Verkauf der Raddampfer anzustoßen.

Verärgert folgte Harriet ihm in den Salon. Dabei fasste sie den festen Entschluss, ihrem Onkel bei nächster Gelegenheit das betulich-herablassende »mein liebes Kind« oder »liebes Mädchen« abzugewöhnen.

Später bei Tisch bemerkte sie irgendwann, dass der Blick ihres Vaters nachdenklich auf ihr ruhte. Sie schenkte ihm ein Lächeln. Doch statt es zu erwidern, sah er weiterhin mit reglosem Ernst und leicht gefurchter Stirn zu ihr herüber, was sie irgendwie verlegen machte und auch ein wenig beunruhigte. Denn sein Blick hatte etwas von einer stummen Prüfung, so als suche er etwas in ihr zu lesen, ja, als mache er sich zum ersten Mal wirklich Gedanken über sie.

17

Florence schaute betreten drein. »Das ist ja … unglaublich! Ein Skandal ist das, wenn Sie mich fragen! Und ich dachte, Sie hätten sich mit wer weiß wie zwielichtigen Leuten eingelassen, dass Sie so böse zugerichtet worden sind! Ich wollte Ihnen sagen, Ihr Umgang lasse doch sehr zu wünschen übrig, und Ihnen raten, in Zukunft genauer hinzuschauen, mit wem Sie sich einlassen. Gütiger Gott, das ist mir jetzt aber sehr peinlich!«

»Ich bitte Sie, Florence! Woher hätten Sie wissen sollen, warum dieses Pack über mich hergefallen ist«, beschwichtigte Frank, der ihr gerade erzählt hatte, was es mit dem Überfall auf sich hatte.

Er saß aufrecht in Lizzys Bett, aber nun endlich in seinem eigenen Pyjama. Florence hatte ihm an diesem Tag nach der Arbeit einige Sachen aus seiner Wohnung geholt. In der gleichen Mittagsstunde drei Tage zuvor waren die Schläger über ihn hergefallen, und noch immer fühlte er sich wie durch den Fleischwolf gedreht. Es würde noch ein paar Tage dauern, bis er es sich mit seinen gebrochenen Rippen zumuten konnte, drei Stockwerke hinunterzusteigen, in eine Mietdroschke zu klettern und sich durch das dunkle Treppenhaus in der Bryant Street bis unters Dach zu schleppen. Schon bei dem kurzen Gang zum Abort, der hier in Paddy Malones Mietshaus auf halber Etage lag, musste er die Zähne zusammenbeißen, so weh tat jeder einzelne Schritt.

Nun wurde die Betretenheit von Empörung abgelöst. »Also wirklich! Da schickt man Ihnen solches Lumpenpack auf den Hals, weil Sie nicht an diese Edison-Firma zahlen wollen! Ich hätte nie für möglich gehalten, dass so etwas von unseren Gesetzen gedeckt wird!«

»Wird es ja auch nicht«, sagte er und verzog das Gesicht. »Aber wie soll ich beweisen, wer die Schläger beauftragt hat? Die Hintermänner sind viel zu clever, als dass man sie auf legale Weise belangen könnte. Und ehrlich gesagt habe ich das selbst nicht für möglich gehalten. Das war mein Fehler«, räumte er ein. »Ich war einfach zu blauäugig.«

»Inwiefern?«

Er zuckte die Achseln und griff nach der grünen Schachtel mit Woodbine-Zigaretten, die Florence ihm aus seiner Wohnung mitgebracht hatte. Mit dem besonders würzigen Geschmack dieser englischen Marke hatte Byron ihn vertraut gemacht. »Ich habe nicht damit gerechnet, dass sie gleich so brutal vorgehen würden«, gestand er und dachte zugleich, dass er nach dem, was Byron ihm über Ezras blutige Auseinandersetzung mit dem Syndikat erzählt hatte, eigentlich doch hätte gewarnt sein müssen. »Ich dachte, es würde erst so etwas wie eine Abmahnung und dann vielleicht die Androhung einer Klage geben. Also Zeit und Gelegenheit, um irgendwas mit ihnen auszuhandeln. Aber da habe ich mich wohl verkalkuliert.«

»Und was werden Sie jetzt tun?«

»Ihnen leider noch ein, zwei Tage zur Last fallen, Florence.« Er bedachte sie mit einem schiefen Lächeln, aus dem Hilflosigkeit und Dankbarkeit sprachen.

Schnell nahm sie eine Zigarette aus der Schachtel, die er ihr hinhielt. »Ach was, wie können Sie so etwas sagen? Sie fallen mir ganz und gar nicht zur Last!«, versicherte sie, und dabei überzog eine leichte Röte ihr Gesicht.

Frank gab ihr Feuer, und als sie sich vorbeugte, ihr Gesicht leicht zur Flamme des Streichholzes hinneigte und mit der anderen Hand ihr Haar zurückhielt, dachte er, dass sie wirklich hübsch war und dass diese sanfte Rötung ihr stand. Ihre direkte, temperamentvolle Art gefiel ihm. Und sie machte es ihm so leicht, so als würden sie sich schon ewig kennen. Dabei waren die Umstände doch alles andere als gewöhnlich. »Nun ja, ich mache Ihnen eine Menge Umstände. Und ich wette, Sie müssen sich langsam um Ersatz für Ihre Freundin Lizzy kümmern, die ja wohl nicht mit ihrem Ehemann hier einziehen wird.«

Florence lachte. »Ach, damit habe ich keine Eile. Lizzy hat ihren Anteil bis Jahresende im Voraus gezahlt. Sie war sich nämlich bis zuletzt nicht sicher, ob ihr Jimmy sie auch wirklich heiraten würde. Er ist Vertreter für Arzneien und keine schlechte Partie!« Kaum war ihr das mit der »Partie« herausgerutscht, verwandelte sich ihr zartes Wangenrot in ein dunkles Flammenmeer. Sie sprang auf, wedelte mit der Zigarette durch die Luft und wechselte hastig das Thema. »So, ich setze jetzt Wasser für einen Kaffee auf. Und Sie bleiben hier schön ruhig im Bett, bis ich Sie guten Gewissens gehen lassen kann! Aber Sie haben mir noch immer nicht gesagt, was nun aus Ihnen und Ihrem Nickelodeon werden soll.«

Er lachte trocken. »Das hat mich unser Vermieter auch schon gefragt, und zwar mehr als einmal«, sagte er. Paddy Malone ließ es sich nicht nehmen, jeden Morgen nach ihm zu schauen. Beim ersten Besuch hatte ihm deutlich die Sorge im Gesicht gestanden, dass ihr Mietvertrag platzen könnte und Frank sich womöglich wie der Stoffhändler bei Nacht und Nebel davonstahl. Es hatte einiger Beteuerungen bedurft, um ihn davon zu überzeugen, dass ein Frank Maynard zu seinem Wort stand.

»Und was haben Sie ihm geantwortet?«

Er zuckte die Achseln. »Dasselbe wie jetzt Ihnen: Ich weiß es noch nicht, aber irgendetwas wird mir schon einfallen. Eins ist jedenfalls sicher: Mein Nickelodeon wird wieder aufmachen, und zwar ohne dass ich diese unverschämten Linzenzgelder zahle!« Er dachte nicht daran, vor dem Syndikat zu kapitulieren wie Ezra. Ihm war er es geradezu schuldig, sich nicht auch von diesen Lumpen im feinen Zwirn in die Knie zwingen zu lassen. Aber wie um alles in der Welt sollte er, ein Niemand im Vergleich zu den ebenso mächtigen wie skrupellosen Leuten vom Syndikat, sich gegen sie behaupten?

Nun, Zeit genug, darüber nachzudenken, hatte er. Aber bevor er sich konkrete Gedanken über sein Vorgehen machen konnte, brauchte er eine wichtige Information, und so bat er Florence, ein Telegramm für ihn aufzugeben. Es ging an Byron Adelson. Denn bis zum ersten Montag im Dezember waren es nur noch wenige Tage. Wegen der gepfefferten zwölfeinhalb Cent pro Wort hielt er das Kabel so knapp wie möglich, weil es aber auch nicht wie ein Hilferuf klingen durfte, wurde es schließlich doch drei Worte länger als eigentlich nötig. Nur seine derzeitige Adresse sparte er sich.

```
Überspringe Dezember + stop + Nächster
Treff Januar + stop + Ärger mit Syndikat +
stop + Alles im Griff + stop + Wer hier
Direktor? + stop + Frank + stop +
```

Bereits am nächsten Tag traf die Antwort des Filmemaklers ein. Florence holte das Telegramm nach der Arbeit aus der Bryant Street, wo der Bote der *Western Union* es, wohl nach einigem vergeblichen Klopfen und Hoffen auf ein Trinkgeld, unter seine Wohnungstür geschoben hatte. Es lautete:

```
Statthalter Randell Walsh + stop + Kanzlei
auf California + stop + Vorsicht + stop +
Natter + stop + Beste Wünsche für 1904
+ stop + Byron +
```

»Und was fangen Sie mit dieser Information an?«, fragte Florence, während in ihrer Kochnische der Rest Gemüsesuppe mit Würstchenstücken vom Vortag warm wurde.

»Wenn ich das wüsste, würde ich mich schon um einiges wohler fühlen«, erwiderte er, was nicht ganz der Wahrheit entsprach. Aber noch war der Plan, der sich in seinen stundenlangen Grübeleien allmählich zu formen begann, zu vage und unausgegoren, als dass er mit ihr darüber reden wollte.

Er hoffte, dass Paddy Malone, der ihm jeden Morgen Punkt acht Uhr einen Emaillebecher mit heißem Kaffee und ein dickes Butterbrot brachte, ihm weiterhelfen konnte.

»Heute habe ich ihn uns ein wenig gewürzt«, sagte der Vermieter mit einem fröhlichen Augenzwinkern, als er sich tags darauf wie üblich zu ihm ans Bett setzte.

»Himmel, zwei Tassen von *dem* Kaffee und einem wachsen Flügel!«, rief Frank zu Paddy Malones Vergnügen, nachdem er mit ihm angestoßen, einen guten Schluck genommen, den Whisky geschmeckt und große Augen bekommen hatte. »Wie viel Kaffee hat denn nach dem Würzen noch in den Becher gepasst? Ein Fingerhut voll?«

Paddy Malone lachte stolz und bediente sich bei Franks Zigaretten. »Immerhin haben wir heute den zweiten Advent. Schlimm genug, dass Sie an so einem Tag im Bett liegen müssen.«

»Ja, es wird höchste Zeit, dass ich Miss Barlows guten Ruf nicht noch länger gefährde.«

Der Vermieter winkte ab. »Machen Sie sich mal darüber keine Gedanken, Frank. Ich sorge schon dafür, dass hier im Haus kein dummes Gerede aufkommt. Außerdem haben genug Leute mitbekommen, wie übel man Sie zugerichtet hat; die wissen, dass sich hier in der Wohnung nichts Unsittliches zuträgt.«

Frank dankte ihm und lenkte ihr Gespräch auf seine Entschlossenheit, das Nickelodeon bald wieder in Betrieb zu nehmen. Damit war ihm die ungeteilte Aufmerksamkeit seines Vermieters sicher – und ebenso dessen Hilfsbereitschaft.

»Gern doch!«, versicherte Paddy eifrig, als er ihn bat, sich für ihn umzuhören. »Und wonach?«

»Nun, nach jemandem, der sich beruflich darauf versteht, unauffällig Erkundigungen über fremde Leute einzuziehen und dabei auch an sehr persönliche Informationen zu kommen. Und den Mund muss er natürlich halten können.«

Die Augenbrauen des Vermieters gingen leicht in die Höhe. »Sie meinen so jemand wie die Pinkertons?«

Frank nickte. »Ja, wobei es mir lieber wäre, derjenige würde nicht zur Pinkerton-Detektei gehören«, sagte er, fürchtete er doch deren Nähe zu den Großen und Mächtigen der Geschäftswelt. »Ich brauche einen absolut Unabhängigen, der nicht auf die Idee kommt, zweimal zu kassieren, und mich an die Gegenseite verkauft.«

»Verstehe!«, sagte der Vermieter, was Frank bezweifelte, und machte eine verschwörerische Miene. »Ich höre mich um, wem man in so einer Sache trauen kann!«

Zwei Tage später brachte er ihm einen Namen. »George Cutter ist Ihr Mann, Frank!«, verkündete er und wedelte mit einem Zettel. »Ein Ex-Pinkerton, der auf seine früheren Kollegen nicht gut zu sprechen ist und sich vor ein paar Jahren selbstständig gemacht hat. Er soll gut sein und zäh, aber nicht gerade billig. Hat sein Büro auf der Market Street. Hier habe ich Ihnen alles notiert!« Dazu drückte er Frank den Zettel in die Hand. »Jetzt müssen Sie bloß wieder auf die Beine kommen, im wahrsten Sinne des Wortes, was?« Fragend sah er ihn an.

»Ach, das geht schon wieder ganz gut, Paddy.«

»Ich weiß, meine Frau hat Sie gestern oben auf dem Treppenabsatz gesehen«, sagte der Vermieter. »Sah aber noch reichlich wacklig aus, meinte sie.«

Seit drei Tagen quälte Frank sich, während Florence zur Nachtschicht im St. Luke's Hospital war, alle paar Stunden für ein paar Minuten aus dem Bett und übte sich im Treppensteigen. Es ging, wenn auch mühsam und unter Schmerzen. Es wurde einfach Zeit, dass er Florence von seiner Anwesenheit befreite. Nicht allein, um ihren Ruf zu schützen; sie hatte mehr als genug für ihn getan. Außerdem ertappte er sich in letzter Zeit immer öfter dabei, dass er sie nicht mehr in erster Linie als Krankenschwester wahrnahm. Hatte er sie anfangs nur mit den Augen des hilflosen, von Schmerzen gequälten Patienten gesehen, weckten ihr Anblick und insbesondere ihre Berührungen längst völlig andere Empfindungen in ihm. In letzter Zeit nicht selten sehr eindeutige Regungen, die Florence dank der geblümten Bettdecke bislang gottlob verborgen geblieben waren. Und wenn er die Zeichen richtig deutete, so blühten in ihr umgekehrt ähnliche Gefühle auf.

Er räusperte sich und griff zu seinen Zigaretten. »Es wird aber höchste Zeit, dass ich mein Krankenlager hier abbreche und in meine eigenen vier Wände zurückkehre.«

»Das wäre Miss Barlow vielleicht gar nicht so recht, wenn ich so höre, wie sie von Ihnen spricht«, sagte der Vermieter und bedachte ihn mit einem fröhlich-spöttischen Grinsen. »Also wenn Sie mich fragen, würde die junge Dame Sie am liebsten gar nicht mehr gehen lassen, wenn Sie verstehen, was ich meine.«

Frank verstand sehr wohl und konnte nicht verhindern, dass er verlegen wurde. »Nun, warten wir ab, was die Zukunft bringt, Mister Malone. Aber es wäre nett, wenn Sie mir noch einen großen Gefallen tun könnten.«

»Und der wäre?«

Als Florence von der Arbeit kam, saß er angezogen vorn in der kleinen Wohnstube. Noch bevor sie die sündhaft teuren Blumen aus dem Gewächshaus und die Schachtel mit französischen Pralinen sah, wusste sie, dass der Moment des Abschieds gekommen war. Später würde sie in der Pralinenschachtel auch eine Karte mit der Nachricht finden, dass er ihre Miete für den Januar bezahlt hatte. Was wohl das Mindeste sei, das er für sie tun könne, und dass er ihr niemals, schon gar nicht durch schnödes Geld, angemessen für ihre Fürsorge werde danken können.

Sie schluckte schwer und zwang sich zu einem Lächeln, obwohl ihr vielmehr nach Weinen zumute war. »Du gehst schon?«, fragte sie, und in diesem Moment empfanden sie beide es als ganz selbstverständlich, dass der letzte Rest aufrechterhaltener förmlicher Höflichkeit zwischen ihnen fiel.

»Ich muss, Florence, und es ist auch besser so, für uns beide. Ich habe so einiges zu erledigen. Außerdem bin ich dir lange genug zur Last gefallen.«

»So eine Last könnte ich mein Leben lang tragen«, erwiderte sie leise und mit einem sehnsüchtigen Blick, der an ihren Gefühlen keinen Zweifel mehr ließ.

Er sah sie nur an.

Sie errötete und senkte den Blick. »Mein Gott, was sind die Blumen wunderbar. Ich habe noch nie in meinem Leben Blumen bekommen, und wo doch Winter ist! Und dann auch noch Pralinen. Du musst verrückt sein, so viel Geld auszugeben! Das ist zu viel, das kann ich wirklich nicht ...«

»Ich muss jetzt los, Florence.«

»Entschuldige, natürlich. Und ich kann nicht aufhören zu reden. Wie aufdringlich von mir.« Sie rang sich ein gequältes Lächeln ab. »Komm, ich helfe dir die Treppen hinunter.«

Er schüttelte den Kopf. »Nein, bitte nicht.«

Sie biss sich auf die Unterlippe. »Werden wir uns wiedersehen?«, fragte sie leise und beinahe ängstlich.

»Ja, ganz bestimmt!«, versprach er, ohne zu zögern. »Gib mir nur ein paar Tage.«

Ihr Gesicht leuchtete auf. »So viele du willst!«

Schnell beugte sie sich vor, um ihm einen Kuss auf die Wange zu geben. Er wandte jedoch den Kopf, nahm ihr Gesicht für einen Moment in beide Hände und küsste sie auf den Mund, ein stummes

Versprechen. Rasch gab er sie wieder frei und humpelte mit dem Stock, den Paddy Malone ihm besorgt hatte, hinaus ins dämmrige Treppenhaus.

Am nächsten Tag suchte er George Cutter, den ehemaligen Pinkerton, in seinem Büro an der Market Street auf und beauftragte ihn mit Erkundigungen über Randell Walsh.

»Was genau wollen Sie wissen?«, fragte der Detektiv in geschäftsmäßig-sachlichem Ton und zog einen Schreibblock heran, um sich Notizen zu machen. Er war von schlanker, drahtiger Gestalt, ein Mann mittleren Alters ohne jegliches besondere Merkmal. Schon als Frank sein Büro verließ, konnte er sich nicht mehr an die Züge des Mannes erinnern, weil einfach nichts da war, das sich dem Gedächtnis hätte einprägen können. In diesem Beruf zweifellos von großem Vorteil.

»Alles, was Sie herausfinden können.«

»Interessiert Sie sein berufliches Leben mehr oder sein privates?«, hakte George Cutter nach, um das Feld seiner Ermittlungen einzugrenzen.

»Für mich ist beides von Interesse. Sehen Sie einfach, was Sie innerhalb einer Woche über ihn, seine Arbeit und seine Familie herausfinden können.«

Eine steile Falte bildete sich auf George Cutters Stirn. »Eine Woche? Das ist nicht viel, um sich ein detailliertes Bild von jemandem zu machen«, wandte er ein. »Sie könnten von dem, was ich in dieser Zeitspanne zusammentragen kann, enttäuscht, um nicht zu sagen: unzufrieden sein.«

Frank zuckte die Achseln. »Ich weiß, dass das nicht viel Zeit ist, aber warten wir doch erst einmal ab, was Sie in der Woche zusammentragen. Dann sehen wir weiter.«

»Ganz zu Ihren Diensten«, sagte der Privatdetektiv höflich, nannte seinen Preis für eine Woche Ermittlungstätigkeit und stellte ihm für den im Voraus entrichteten Betrag eine Quittung aus.

Eine Woche später saß Frank, dem das Treppensteigen mittlerweile kaum noch Schmerzen bereitete, wieder in George Cutters bescheidenem Büro. Aufmerksam las er den Bericht des Privatdetektivs, drei auf der Schreibmaschine getippte Seiten.

»Ich habe Ihnen gleich geraten, sich vor allzu hochgespannten Erwartungen zu hüten«, sagte George Cutter mit einem Seufzer, als Frank den Bericht zum zweiten Mal las und hartnäckig schwieg. »Ich habe weiß Gott mein Bestes getan. In einer Woche steigt man nun mal kaum hinter die öffentliche Fassade eines Menschen. Insbesondere dann nicht, wenn er womöglich etwas zu verbergen hat.«

Frank blickte auf und lächelte. »Ihre Sorge ist völlig unbegründet, Mister Cutter. Sie haben gute Arbeit geleistet. Ich habe hier alles, was ich brauche«, sagte er zur freudigen Überraschung seines Gegenübers und tippte auf die Blätter. »Sie sind jeden Dollar, den Sie berechnen, wert!«

Am Abend desselben Tages ging er zum ersten Mal mit Florence aus. Er lud sie zu einer Vaudeville-Vorstellung ins *Columbia Theatre* auf der Powell Street ein. Die Cable Car brachte sie für einen Nickel direkt vor die Tür. Anschließend gingen sie noch auf zwei Cocktails in eine nahe gelegene Bar. Der Kuss zum Abschied vor der Haustür auf der Folsom Street fiel trotz des plötzlich einsetzenden Regens nicht nur reichlich länger, sondern auch sehr viel leidenschaftlicher aus. Florence bat ihn nicht zu sich in die Wohnung, und obwohl er spürte, dass sie seine Erregung teilte, drängte er sie nicht dazu. Er war es ihr schuldig, Geduld zu haben und sie das Tempo bestimmen zu lassen. Außerdem hatte seine Abrechnung mit Randell Walsh Vorrang. Und die Frage, wie er vorgehen sollte, ließ ihm selbst jetzt, da er noch die köstliche Feuchte und Wärme ihrer Lippen schmeckte, keine Ruhe. Denn es ging nicht allein um Rache, sondern um sehr viel mehr.

Auf dem Weg in die Bryant Street bemerkte Frank im gelblichen Schein einer Gaslaterne ein großes Plakat an einer Ziegelmauer. Es war wohl kürzlich erst auf das Mauerwerk geklebt worden, denn an den Rändern quoll noch Kleister hervor und rann über die Backsteine. Das Plakat warb mit Riesenlettern und großen Worten für den Zirkus der *Ringling Brothers,* der zehn Tage lang in der Stadt war und seine letzten Vorstellungen gab, bevor er sich in sein Winterquartier begab.

Frank stutzte, und die Idee, nach der er so lange gesucht hatte, traf ihn wie ein Geistesblitz. Am nächsten Tag sicherte er sich vier Karten, zwei davon für eine der letzten Vorstellungen kurz vor Weihnachten.

18

Die First Pacific Bank, gegründet in den ersten Monaten des Goldrausches von Kalifornien, befand sich seit drei Generationen im Privatbesitz der Familie Shaw, die damit, in Anbetracht der kurzen Geschichte des Bundesstaates, zum alten kalifornischen Geldadel zählte. Seit gut zwanzig Jahren wurde die Bank von Archibald Shaw geleitet, dem mittlerweile vierundsechzigjährigen Enkel des Gründers. Seit nunmehr fast zwanzig Jahren war die First Pacific die Hausbank der Caldwell Shipping Company. Und bis vor einer halben Stunde war Arthur davon ausgegangen, dass diese langjährige Geschäftsbeziehung, die sich als problemlos und lukrativ für beide Parteien bewährt hatte, auch in der Zeit der Umstellung der Flotte von Segelschiffen auf moderne Dampfer fortbestehen würde. Warum auch sollte die Bank auf einmal den Kredit für den Ankauf des Frachters *Lancaster* verweigern, wo doch der Erlös der beiden Raddampfer fast die Hälfte des Kaufpreises deckte und die Geschäfte gut liefen?

Doch Archibald Shaw und sein ältester Sohn, Randolph, gerade vierzig geworden, seit Jahren des Vaters rechte Hand und designierter Nachfolger auf dem Chefsessel, zeigten sich alles andere als bereit, den Ankauf seines ersten Dampfers zu finanzieren. Auch Jordan Shaw, Archibalds zweiter Sohn und elf Jahre jünger als sein Bruder, saß dabei, beteiligte sich aber, anders als Randolph, mit keinem Wort an der seltsam doppelbödigen Unterredung, bei der der Grund, der ihrer Meinung nach eigentlich gegen die Finanzierung sprach, lange nicht zur Sprache kam.

Braun gebrannt wie gerade von einem langen Segeltörn durch die Karibik zurückgekehrt, aber stumm und mit verschlossener

Miene saß Jordan Shaw wie ein Fremdkörper seitlich hinter seinem Vater und seinem Bruder. Was er jedoch mit beiden gemein hatte, waren die elegante Kleidung, die von einem der besten Maßschneider der Stadt stammte, das wellige nussbraune Haar sowie die stattliche Gestalt und die ansprechenden Züge. Nur wer genauer hinsah, bemerkte die rauchgraue Tönung seiner Iris, während die Augen von Vater und Bruder von einem schlichten Braun waren.

Harriet hatte seit dem Moment, da sie ihren Vater in das Direktorenzimmer der First Pacific Bank geschoben hatte, ein ungutes Gefühl. Die Falschheit der Freundlichkeit, mit der sie, der Vater und Onkel Henry von Archibald und Randolph Shaw begrüßt worden waren, schien ihr mit Händen zu greifen. Nur bei Jordan Shaw, der etwas später mit Unterlagen für seinen Vater dazugekommen war, empfand sie das nicht. Allerdings hatte sie das Gefühl, dass in seinem Blick, den sie immer wieder auf sich spürte, etwas Beunruhigendes lag.

Sie wünschte, sie hätte sich nicht überreden lassen mitzukommen. Natürlich hatten Archibald Shaw und sein Ältester indigniert die Brauen hochgezogen, als sie ihnen mitgeteilt hatte, dass sie nicht nur an dieser Besprechung teilnehmen, sondern auch für den Reeder, ihren Vater, reden werde. Arthur hatte darauf bestanden, dass sie und nicht Henry seinen Rollstuhl schob und dass auch sie es war, die für ihn sprach. Noch immer schämte er sich in der Öffentlichkeit seiner schlurrenden, für andere meist unverständlichen Aussprache. Deshalb raunte er ihr zu, was er gesagt wissen wollte; sie fungierte sozusagen als sein Sprachrohr.

»Mein Vater sagt, Ihre Unterlagen über Einnahmen und Ausgaben der Reederei sind leider nicht korrekt«, teilte Harriet dem Bankdirektor mit. »Sie haben in Ihrer Gewinnermittlung für den Frachter viel zu hohe Kosten angesetzt. Allein die Ausgaben für die Besatzung des Schiffes liegen jährlich um mehr als tausendvierhundert Dollar niedriger, als Sie berechnet haben.« Immer wieder legte sie kurze Pausen ein, um sich vom Vater den jeweils nächsten Satz vorsagen zu lassen. »Fast jeder Frachter hat in seiner Crew drei, vier chinesische Seeleute, und die erhalten nicht die durchschnittlichen vierzig bis fünfzig Dollar im Monat, sondern zehn. Was bei vier Chinesen an Bord gegenüber Ihrer Rechnung eine Ersparnis von tausendvierhundertvierzig Dollar pro Jahr ergibt!«

Arthur schnaubte zustimmend. Er saß schräg und mit halb geneigtem Kopf, sodass den drei Shaws hinter dem Schreibtisch seine »gute« Gesichtshälfte zugewandt war.

»Nun ja, nicht immer stehen billige Chinks zur Verfügung«, warf Henry ein, der sich bis dahin selten und dann auch nur mit windelweichen Argumenten zu Wort gemeldet hatte. Auf Harriets ärgerlichen Blick hin zuckte er die Achseln. »Ich meine, wir haben es ja nicht nötig, das unter den Teppich zu kehren, nicht wahr?«

Arthur stampfte ärgerlich mit dem Stock auf und warf die Unterlagen, die Archibald ihm präsentiert hatte, mit der Linken auf dessen Schreibtisch zurück. Harriet beugte sich wieder zu ihm hinunter und brachte ihr Ohr nahe an seinen Mund. Dann sagte sie an Archibald und Randolph Shaw gerichtet: »Außerdem wendet mein Vater ein, dass Ihre Kohleberechnung nicht stimmt. Bei einer durchschnittlichen Geschwindigkeit von neun Knoten werden in den Kesseln nicht siebenundvierzig, sondern nur vierzig Tonnen Kohle verfeuert! Also fast zwanzig Prozent weniger, als von Ihnen kalkuliert!« Sie freute sich, dass ihr Vater damit zum wiederholten Mal unter Beweis gestellt hatte, dass er zwar unter körperlichen Behinderungen, nicht aber unter geistigen Einschränkungen litt. Das hatte er ja wohl eindeutig bewiesen, indem er selbst in langen Zahlenkolonnen versteckte Fehler auf den ersten Blick erkannt hatte.

»Wobei natürlich auch das Wetter eine Rolle spielt, wie viel die Kessel fressen«, relativierte Henry die Zahl sogleich wieder, ohne sich im Geringsten um den wütenden Blick zu kümmern, den Harriet und Arthur ihm zuwarfen. Allerdings bequemte er sich zu dem Zusatz: »Unter dem Strich stehen dennoch solide schwarze Zahlen.«

»Mag sein, aber so kommen wir nicht weiter, Gentlemen!« Archibald Shaw seufzte, schob die Papiere von sich und sagte über die Schulter zu seinem Jüngsten wie zu einem Laufburschen: »Jordan, hol uns mal fünf Brandys und einen Likör für Miss Harriet, die eine so hervorragende Souffleuse abgibt.«

Randolph lächelte herablassend. »In der Tat, geradezu bühnenreif, meine Liebe. Wirklich bewundernswert, wie Sie Ihre Sache machen.«

Jordan verzog das Gesicht, erhob sich und verließ das Direktorenzimmer. Aber nicht er kam mit den Getränken zurück, sondern Archibald Shaws Sekretär. Er brachte den Likör für Harriet, aber nur vier Kristallgläser mit Brandy. Mit Jordan Shaws Rückkehr war also nicht zu rechnen.

Arthur rührte seinen Brandy so wenig an wie Harriet das zierliche Glas mit zuckrigem Orangenlikör. Henry dagegen griff, als Archibald und Randolph ihm zuprosteten, mit einem Achselzucken zum Glas und leerte es auf einen Zug.

»Also gut, die Zahlen sehen vielleicht besser aus, als wir sie hier vorliegen haben, Gentlemen«, räumte Archibald jovial ein und kam endlich zum Kern ihrer Bedenken, »aber von Ihnen kann man das bedauerlicherweise wohl noch nicht sagen, Arthur. Sie machen noch einen sehr angeschlagenen Eindruck, wenn Sie mir die Bemerkung erlauben.«

Randolph nickte mit bedenklicher Miene. »In der Tat! Wir haben die Sorge, dass Sie den Belastungen, die mit dem Erwerb der *Lancaster* und der weiteren Umstrukturierung Ihrer Flotte verbunden wären, nicht gewachsen sein könnten«, sekundierte er seinem Vater mit einem Lächeln, das vorgab, für diese Direktheit um Nachsicht zu bitten. »Da ist die starke Hand eines Steuermannes, der bei Wind und Wetter an Deck steht und auf dessen Belastbarkeit Verlass ist, nun mal unverzichtbar.«

Arthur gab einen gereizten Laut von sich.

Archibald hob beschwichtigend die Hand. »Seien Sie versichert, dass wir bestrebt sind, die verlässliche Hausbank der Caldwell Shipping Company zu bleiben! Wir sind uns der gemeinsamen Vergangenheit bewusst und messen ihr einen hohen Wert bei, was sich nicht zuletzt in der Kreditlinie niederschlägt, die wir einräumen«, beteuerte er mit öliger Treuherzigkeit.

»Der Finanzierung der *Lancaster* stünde auch nichts im Weg«, übernahm Randolph wieder, »wenn wir die Gewissheit hätten, dass die Führung Ihrer Firma in fähigen und belastbaren Händen liegt – etwa in denen Ihres Bruders.«

Henry schaute verblüfft drein und räusperte sich. »Also … davon … davon war bisher noch nicht die Rede!«, protestierte er, wenn auch ohne Nachdruck.

»Auch ich werde den Stab bald an meinen Sohn übergeben, wie es nun mal der Lauf der Welt und kluge Geschäftspolitik ist«, sagte Archibald rasch. »Mir scheint, für Sie ist jetzt der Augenblick gekommen, Ihre Nachfolge dahingehend zu regeln, dass Ihr Bruder das Kommando übernimmt, bis Ihr Sohn alt genug ist, um in Ihre Fußstapfen zu treten!«

Zorn flammte in Arthurs Augen auf. »Sie halten mich wohl für einen alten Trottel, den Sie einfach abservieren können, was?«, polterte er, aber nur Harriet verstand ihn wirklich, und sie unterließ es, diesen Ausbruch für die Shaws und ihren Onkel wortwörtlich zu »übersetzen«.

»Wenn es denn wirklich allein daran hängt, wäre ich unter Umständen bereit, mich darauf einzulassen«, sagte Henry verlegen.

»Ich meine, natürlich nur, bis du wieder ganz auf dem Damm bist, Arthur.«

»Wir müssen auf solch einem Führungswechsel bestehen, so leid es uns tut«, bekräftigte Archibald, seufzte scheinbar bekümmert und ließ gleich darauf kühl die Drohung folgen: »Andernfalls sehen wir uns gezwungen, nicht nur die Finanzierung der *Lancaster* abzulehnen, sondern Ihnen auch den täglich verfügbaren Kredit zu stornieren.«

Wutröte flammte auf Arthurs Gesicht, dass Harriet schon fürchtete, ihn könnte gleich wieder der Schlag treffen. Für eine Firma wie die seine, die bei vielen Transportgeschäften in Vorleistung gehen und einen Teil ihrer laufenden Ausgaben vorfinanzieren musste, war eine ausreichende Kreditlinie unverzichtbar.

»Achtzehn Jahre habt ihr verdammten Blutsauger fett an mir verdient! Immer bin ich meinen Zahlungsverpflichtungen pünktlich nachgekommen! Und jetzt wollt ihr Geldsäcke mich in meiner eigenen Firma vor die Tür setzen, weil mein Maul schief hängt und ich im Rollstuhl sitze? Schert euch doch zum Teufel! Pest und Krätze sollen euch holen, ihr verfluchten Ratten!« Speichel flog ihm von den Lippen, und er knallte seinen Krückstock gegen die Seitenwand des Schreibtisches, als wollte er sie zertrümmern. »Bring mich auf der Stelle hier raus, Harriet!« Das einzig Gute an seinem Wutausbruch war, dass außer Harriet keiner im Raum aus dem wüsten Wortsalat schlau wurde.

Kopfschüttelnd schloss Henry sich ihnen an.

»Lassen Sie es sich bis Ende der Woche noch einmal in Ruhe durch den Kopf gehen, Gentlemen! Es wäre doch zu betrüblich, wenn wir Sie nach all den Jahren als Kunden verlieren würden, das brächte doch keinem einen Vorteil, nicht wahr?«, rief der Juniorchef ihnen nach; eine Mischung aus schleimiger Lockung und knallharter Drohung.

»Das war nicht gerade hilfreich, Bruderherz«, maulte Henry

draußen auf der Straße und schlug den pelzbesetzten Mantelkragen hoch.

»Eine bodenlose Unverschämtheit ist das!«, bellte Arthur, immer noch wütend, und stemmte sich aus dem Rollstuhl, um in die Kutsche zu steigen.

Harriet wiederholte seine Worte.

»Hör zu, ich rede noch mal mit ihnen; vielleicht finden wir eine Übergangsregelung, mit der wir alle leben können«, bot Henry sich an. »Ich bringe in Erfahrung, in welchem Club Randolph verkehrt, und sehe zu, was ich unter vier Augen mit ihm aushandeln kann. Der wird uns nicht verlieren wollen, aber natürlich werden wir ihm etwas anbieten müssen. Ich meine, es bliebe doch immer deine Firma, selbst wenn für eine Übergangszeit offiziell ich die Führung innehätte, oder?«

»Worauf du Gift nehmen kannst!«, erwiderte Arthur und knallte den Kutschschlag hinter sich zu.

»Was hat er gesagt?«

»Dass du tun sollst, was du nicht lassen kannst, Onkel!«, gab Harriet spitz zurück und ließ ihn stehen, um von der anderen Seite her zu ihrem Vater in die Kutsche zu steigen. Sie war nicht gut auf Henry zu sprechen, nachdem er ihnen mit seinen idiotischen Einwänden in den Rücken gefallen war. Auch wenn es den Shaws letztlich um etwas ganz anderes gegangen war, nämlich einen Führungswechsel in der Firma.

Zwanzig Minuten später befand Harriet sich auf dem Weg ins Kontor. Kurz nach ihrem Eintreffen zu Hause war ihrem Vater eingefallen, dass er für eine genaue Aufstellung über Soll und Haben sowie die laufenden Transportverträge der Caldwell Shipping Company seine Rechnungsbücher brauchte. Er musste dringend eine neue Bank finden, die ihm eine ausreichende Kreditlinie bot und den Ankauf des Frachters finanzierte. Und er musste schnell sein, denn es durfte sich nicht herumsprechen, dass die First Pacific ihm nicht nur die Finanzierung verweigert, sondern auch den Kredit gestrichen hatte. Solche Neuigkeiten machten schnell die Runde unter Bankern, Reedern und Maklern; sie konnten seine Firma in ernste Schwierigkeiten bringen, ja sogar den Ruin nach sich ziehen!

19

Da Magnus den Rotfuchs schon ausgespannt und in den Stall gebracht hatte, ging Harriet den kurzen Weg zu Fuß. Sie war noch keine fünf Minuten im Kontor und hatte gerade erst Mantel und Hut abgelegt, als Slocum klopfte und in der Tür erschien. »Ein Gentleman bittet, Sie sprechen zu dürfen, Miss Harriet«, meldete er mit der gewohnten Förmlichkeit.

Verwundert blickte sie auf. Wer sollte sie denn sprechen wollen? »Und wer ist dieser Gentleman?«

»Mister Jordan Shaw, Miss«, sagte Slocum und reichte ihr eine Visitenkarte.

»Oh!«, entfuhr es ihr, und augenblicklich mischte sich zornige Abwehr in ihre Verwunderung. Ihr erster Impuls war, dem Bankierssohn die Tür zu weisen, doch sie besann sich auf das Gebot der Höflichkeit. »Bitten Sie ihn herein.«

»Sehr wohl, Miss Harriet.«

Augenblicke später trat Jordan Shaw zu ihr ins Büro, Hut und Lederhandschuhe in der Linken, über den geraden Schultern lässig ein mit blauer Seide gefüttertes Cape aus safranfarbener Wolle. Er schien ebenso überrascht wie sie.

»Entschuldigen Sie die Störung, Miss Caldwell, aber ich dachte, ich treffe hier Ihren Vater an.«

Sie bedachte ihn mit einem Blick, so kühl wie ihre Begrüßung. »Was immer Sie wollen, Sie werden mit mir vorliebnehmen müssen, Mister Shaw!«

Ein kaum merkliches Lächeln huschte über sein ebenmäßiges Gesicht. »Was alles andere als eine Zumutung ist, eher das genaue Gegenteil, wenn Sie mir diese Bemerkung erlauben!«

»Ich denke nicht daran, Ihnen irgendetwas zu erlauben! Und nun sagen Sie schon, was Sie wollen!«

»Gestatten Sie zumindest, dass ich rauche, Miss Caldwell?«

Harriet zuckte reserviert die Achseln.

Er zückte ein silbernes Etui, das mit seltsamen, ägyptisch anmutenden Motiven ziseliert war, klappte es auf und bot ihr von seinen Zigaretten an.

»Der Reiz des Rauchens hat sich mir noch nicht erschlossen, Mister Shaw!«, sagte sie kühl. »Und nun kommen Sie endlich zur Sache! Obwohl ich beim besten Willen nicht wüsste, was ich mit Ihnen zu besprechen hätte. Mein Vater lässt sich nicht erpressen, das sage ich Ihnen gleich!«

»Den Eindruck hatte ich auch«, erklärte Jordan Shaw. »Sie erlauben?« Es war eine rhetorische Frage, denn er setzte sich schon auf den Polsterstuhl vor dem Schreibtisch, bevor sie dazu kam, es ihm zu erlauben oder zu verweigern. Lässig schlug er die Beine übereinander und benutzte ein goldenes Feuerzeug, um seine Zigarette anzuzünden. »Da haben sich in der Tat einige schwer verrechnet, und zwar nicht nur mein Herr Vater und mein so tüchtiger Bruder.«

Harriet furchte die Stirn. »Schön, wenn Ihnen endlich aufgegangen ist, was für eine Unverschämtheit das war. Aber warum erzählen Sie mir das? Wenn Ihr Vater seinen Anstand wiedergefunden hat und meinen Vater nicht als Kunden verlieren möchte, soll er das gefälligst persönlich deutlich machen, und zwar gegenüber meinem Vater – und nicht seinen Mundschenk schicken!«

Er verzog kurz das Gesicht und nickte dann bedächtig. »*Touché*, der saß, Miss Caldwell. Sie haben mit traumwandlerischer Sicherheit meine Achillesferse getroffen. Wenn Sie Pfeile abschießen, dann sind Sie sich Ihres Zieles offenbar ganz sicher.«

Sein ironischer Ton beschämte sie. »Nein, eigentlich ist es nicht meine Art, Leute zu beleidigen. Nur ist heute nicht ganz der ideale Tag für Zurückhaltung gegenüber einem Shaw.«

»Das mag Ihnen im Moment noch so vorkommen, doch ich hoffe, Sie im Lauf unseres Gespräches anderen Sinnes werden zu lassen«, erwiderte er ruhig. »Denn ich bin ganz und gar nicht im Auftrag meines Vaters oder meines Bruders hier, sondern vielmehr mit der Absicht gekommen, das Intrigenspiel der beiden zu vereiteln.«

Verständnislos sah sie ihn an, suchte in seiner Miene nach verborgenem Spott, aber da war nichts als unaufgeregte Ernsthaftigkeit. »Von welchem Intrigenspiel reden Sie?«, fragte sie verwirrt.

Jordan Shaw zögerte einen Moment. »Mein Vater und mein Bruder sind nicht die Einzigen, die ein Interesse daran haben, dass Ihr Vater den Chefposten räumt.«

Harriet brauchte nicht lange zu rätseln. »Sie meinen, auch mein Onkel Henry ist daran sehr interessiert, nicht wahr?«

Er nickte. »Und Ihr reizender Onkel will sich den Aufstieg auch etwas kosten lassen, nämlich anderthalb Prozentpunkte über dem offiziell ausgehandelten Zins für die Finanzierung der *Lancaster*«, eröffnete er ihr in beiläufigem Ton. »Wobei der Zusatzverdienst für die First Pacific natürlich nicht in den Büchern Ihrer Reederei als Bonuszahlung auftauchen, sondern durch andere Posten verschleiert in die Bilanz einfließen wird. Aber das versteht sich ja von selbst.«

»Das glaube ich Ihnen nicht!«, entfuhr es Harriet. Onkel Henry hatte zweifellos ein starkes Geltungsbedürfnis, wollte in der Firma mehr zu sagen haben und war, wie der Vater oft genug angemerkt hatte, in mancher Hinsicht ein rechtes Schlitzohr. Aber dass er seinen eigenen Bruder derart hintergehen wollte, konnte sie sich einfach nicht vorstellen. »Unmöglich! Das würde er meinem Vater nie antun!«

»So, meinen Sie?« Jordan Shaw lächelte sie durch den Rauch seiner Zigarette freudlos an. »Wissen ist in der Tat ein zweischneidiges Schwert. Die meisten von uns ziehen die Lüge der Wahrheit vor, weil die Wahrheit zu grausam ist. Gehören Sie vielleicht auch zu diesen Leuten?«

»Wer garantiert mir denn, dass Sie die Wahrheit sagen?«

»Ich wüsste nicht, was ich davon hätte, Sie anzulügen, Miss Caldwell. Ich kann Ihnen keine Beweise für die Absprache vorlegen, aber Sie haben mein Wort, dass es sie gibt.«

Harriet sah ihm an, dass er die Wahrheit sagte. Erblassend und mit einem flauen Gefühl – Bestürzung und Abscheu zugleich – sackte sie im Lehnstuhl ihres Vaters zurück. Wie konnte Onkel Henry so etwas Abscheuliches tun? Für einen Moment verschlug es ihr die Sprache.

»Nun ...«, begann sie schließlich, »angenommen, es ... es stimmt, was ... was Sie sagen, wieso fallen dann Sie Ihrerseits Ihrer Familie in den Rücken, indem Sie mir das mitteilen?« In ihrem aufgewühlten Zustand brachte sie die Worte nur stockend hervor. »Was haben Sie davon, uns diese schändliche Intrige zu verraten?«

Ein trauriges Lächeln legte sich über seine Züge, und ihr war, als nähmen auch die grauen Augen eine dunklere Färbung an. »Eine gute Frage, Miss Caldwell. Dabei spielt wohl ein Widerwille gegen jede Form von Ungerechtigkeit und Verlogenheit eine Rolle. Vielleicht auch der Umstand, dass mein lieber Herr Bruder, als ich im Orient auf Reisen war, meine Abwesenheit genutzt hat, um mein Lieblingspferd Ramses zu verkaufen und auf unserem Landgut die alte Orangerie abreißen zu lassen. Die war in meiner Kindheit mein liebster Rückzugsort, und er wusste sehr wohl, dass sie mir viel bedeutet hat.«

»Das tut mir leid«, sagte Harriet und wünschte, sie hätte die Bemerkung über den Mundschenk unterlassen. Sie hatte Jordan Shaw völlig falsch eingeschätzt und bedauerte ihr vorschnelles Urteil!

»Aber um Ihre Frage wirklich zu beantworten, müsste ich zu weit ausholen. Ich glaube nicht, dass Sie sich für meine Kindheit und die Jahrzehnte verlustreicher innerfamiliärer Schlachten interessieren, die mich veranlasst haben, mein Lebensinteresse möglichst weit weg von Bankgeschäften zu suchen«, fuhr er fort und drückte seine Zigarette aus. »Belassen wir es also dabei, dass es in meinem ganz persönlichen Interesse liegt, die beiden einmal mit einem schmutzigen Geschäft nicht durchkommen zu lassen.« Er machte eine kurze Pause und fügte dann mit charmantem Lächeln hinzu: »Zudem hat diese Angelegenheit durch das unverhoffte Vergnügen Ihrer Bekanntschaft noch einen ganz besonderen Reiz bekommen, Miss Caldwell.«

Sie errötete unter seinem Blick, der ihr nicht weniger schmeichelte als seine Worte, und erhob sich aus dem Armstuhl, hielt sie das Gespräch doch für beendet. »Ja, also dann bleibt mir nichts anderes übrig, als mich für meine anfängliche Unfreundlichkeit vielmals zu entschuldigen und Ihnen für Ihre Aufrichtigkeit zu danken, Mister Shaw«, sagte sie und suchte schnell sicheren Boden, indem sie von sich ablenkte. »Ich bin sicher, das auch im Namen meines Vaters sagen zu können, auch wenn ich nicht weiß, ob ich es ihm antun kann, ihm über den Verrat seines Bruders reinen Wein einzuschenken. Was wäre auch damit gewonnen? Mein Onkel wird in jedem Fall alles abstreiten. Und letztlich ändert nichts von alldem etwas an der Tatsache, dass mein Vater sich nicht zur Abdankung zwingen lässt und demzufolge Ihr Vater und Bruder uns die Finanzierung verweigern und die Kreditlinie streichen werden!«

Jordan Shaw machte nicht die geringsten Anstalten, sich zu erheben. »Was Ihrem Vater herzlich egal sein kann, wenn die Caldwell Shipping Company zu dem Zeitpunkt schon willkommener Kunde einer anderen finanzkräftigen Bank ist«, widersprach er mit einem feinen Lächeln. »Einer Bank, die in der Finanzierung der *Lancaster* kein Problem sieht und ihm, was die Kreditlinie angeht, ebenso gute, wenn nicht gar bessere Konditionen bietet.«

»Und wo sollen wir die auf die Schnelle herzaubern?«, hielt Harriet ihm mit einem bitteren Auflachen entgegen.

Er lächelte. »Wie es die Laune des Schicksals will, unterhalte ich beste private Beziehungen zum Direktorium der Pacific Maritime Bank«, erklärte er. »Sodass ich meiner bislang als vergeudet betrachteten Studienzeit in Harvard, der ich diese Freundschaften verdanke, jetzt doch noch einen gewissen Nutzen zubilligen kann.«

»Und Sie wären bereit ...?«, stieß Harriet aufgeregt hervor.

»Es wird mir ein Vergnügen sein!«, versicherte er und fügte trocken hinzu: »Aber das setzt voraus, dass Sie Ihrerseits dazu bereit sind, meine Verlobte zu sein, Miss Caldwell.«

Um ein Haar wäre Harriet der Unterkiefer heruntergeklappt. Sprachlos starrte sie ihren Besucher an.

20

Abe Warners Nachrichtenbörse funktionierte noch immer einwandfrei. Als Frank an einem regnerischen Abend Mitte Dezember das »Cobweb Palace« betrat, saß Lenny schon hinten am Tisch, vor sich eine Flasche Mescal, einen Beutel mit mexikanischem Tabak und braunes Reispapier zum Zigarettendrehen. Wie in alten Zeiten. Nur dass Frank denen, anders als Lenny, schon lange nicht mehr nachtrauerte. Er machte sich auch nichts mehr aus dem mexikanischen Fusel, der einem wie Feuer durch die Kehle brannte, trank aber tapfer mit, weil er Lenny nicht vor den Kopf stoßen wollte. Lennys Selbstgedrehte lehnte er jedoch dankend ab; stattdessen holte er seine grüne Schachtel Woodbines hervor.

»Du scheinst ja zu Geld gekommen sein, dass du dir das teure Zeug durch den Schlot jagen kannst, Frankie!«

Frank winkte ab. »Ach was, ich vertrage das mexikanische Kraut nur nicht mehr. Ich rauche auch viel wenig als früher, da fällt das nicht so ins Gewicht«, spielte er seine Vorliebe für die englischen Zigaretten, die in der 5er-Schachtel immerhin zwei Cent kosteten, herunter. Für das gleiche Geld bekam man einen ganzen Beutel von dem Tabak, aus dem Lenny seine Glimmstängel drehte. »Erzähl mir lieber, was deine Karriere bei der Fischereipolizei macht.«

Lenny setzte eine verdrossene Miene auf. »Die dümpelt so dahin, quasi von Flaute zu Flaute. Glaube nicht, dass ich das noch lange mache. Und du? Tingelst du noch mit deinem Juden herum und zeigst bewegte Bilder?«

Frank schüttelte den Kopf. »Ezra ist tot. Schwindsucht. Ich mach jetzt mein eigenes Ding«, antwortete er vage und war gar nicht böse darüber, dass Lenny nicht wissen wollte, was das eigene Ding denn genau sei. Je schneller er sein Anliegen vorbringen konnte, desto besser. Aber weil er nicht mit der Tür ins Haus fallen wollte, ließ er sich noch eine Weile auf allerhand Hafenklatsch ein. Natürlich kam die Rede auch auf die *Bay Runner* und die verrückten Sachen, die sie damals mit ihrer Sloop angestellt hatten. Frank wusste, dass Lenny sich darüber stundenlang auslassen konnte und er den Absprung schaffen musste, wenn er nicht noch um Mitternacht unter all den Spinnweben sitzen wollte.

»Hör mal, ich hab heute nicht so viel Zeit«, fiel er ihm deshalb ins Wort und kam zur Sache: »Ich wollte dich treffen, weil ich dich fragen will, ob du mir was beschaffen kannst. Du hast doch so gewisse Beziehungen.«

Lenny spuckte einen Tabakkrümel in das dreckige Sägemehl auf den Bodenbrettern und fragte mäßig interessiert: »Was brauchst du denn? Gefälschte Zollpapiere oder so was?«

»Nein.«

»Was dann?«

»Dynamit. So zwei, drei Stangen.«

Lenny stutzte. Auf die erste Verblüffung folgten Belustigung und ein spöttisches Auflachen. »Willst du mich verarschen? Wozu brauchst du, der Mann der bewegten Bildchen, drei Stangen Dynamit? Willst du vielleicht 'ne Bank überfallen und 'nen Tresor aufsprengen, oder was?«

»Oder was kommt hin«, erwiderte Frank kryptisch, denn er dachte nicht daran, Lenny auch nur im Ansatz in seine Pläne einzuweihen. »Also was ist? Kannst du Dynamitstangen beschaffen oder nicht?«

Jetzt war von Spott keine Spur mehr. »Verdammt, du meinst das ernst, oder?«, stieß Lenny hervor und senkte die Stimme.

Frank nickte knapp, zog eine Rolle mit Ein- und Fünfdollarnoten hervor und sah ihn mit leicht hochgezogenen Brauen an, während er ihm mehrere Scheine über den Tisch schob.

Lenny leckte sich unwillkürlich die Lippen bei diesem Anblick. »Also, das lässt sich durchaus machen. Ich kenne da jemanden, der einen Sprengmeister von der *Southern Pacific* kennt. Aber das Zeug liegt nicht frei herum, sondern ist gut weggeschlossen. Und über den Bestand werden genaue Listen geführt. Da muss ich schon gute Überzeugungsarbeit leisten, wenn du verstehst, was ich meine«, sagte er grinsend und tippte auf die Scheine. »Du wirst wohl noch zwei Lappen nachlegen müssen, wenn ich dir die Knaller für dein Feuerwerk besorgen soll.«

Frank verzichtete aufs Feilschen und legte zwei weitere Scheine auf den Tisch. Ihm war klar, dass Lenny dreist den Preis hochtrieb und den Großteil des Geldes einstreichen würde, aber er brauchte das Dynamit, und zwar so schnell wie möglich. »Wann kannst du liefern?«

»In zwei, drei Tagen habe ich das Ding wohl gedeichselt!«, versicherte Lenny und steckte das Geld ein. »Ich hinterlasse hier 'ne Nachricht, wenn ich die Knaller habe. Aber was hast du denn nun mit dem Zeug vor?«

»Noch nie was von Silvesterfeuerwerk gehört?«, fragte Frank zurück, leerte sein Glas und verabschiedete sich, indem er Lenny einen derben Schlag auf die Schulter versetzte.

Am folgenden Morgen ging er in ein Waffengeschäft auf der Sacramento Street und wählte aus dem reichhaltigen Angebot an Handfeuerwaffen eine Browning. Die Colt M 1900 war eine handliche Halbautomatik mit einem Magazin für sieben Patronen, die sich besser hinter den Hosenbund schieben und dort verbergen ließ als ein Revolver mit seiner sperrigen Trommel. Der Händler versuchte, ihm gleich mehrere Schachteln Munition aufzudrängen, doch Frank wollte nur das eine Magazin gefüllt haben.

»Sieben Patronen reichen mir, Mister. Wer mit sieben Kugeln

sein Ziel nicht trifft, sollte mit dem Herumballern erst gar nicht anfangen, finde ich«, bemerkte er, woraufhin der Verkäufer ihn mit sichtlichem Argwohn betrachtete, aber weder Fragen stellte noch versuchte, ihm sonst etwas aufzuschwatzen.

Als Nächstes erstand Frank in einem seriösen Herrenbekleidungsgeschäft einen dunkelbraunen Winteranzug mit schwarzen Nadelstreifen, einen Dreiteiler, der gut geschnitten war und wie angegossen saß. Er blätterte stattliche dreiundzwanzig Dollar hin, denn der Anzug sollte etwas hermachen. Deshalb sparte er auch nicht, als er den Einkauf noch um zwei Hemden, drei steife Kragen, zwei Seidenkrawatten, ein Paar herrliche Lederschuhe und einen flotten braunen Fedorahut ergänzte.

Er verließ das Geschäft in seiner neuen Kluft, lachte der Wintersonne ins blasse Gesicht und fühlte sich so gut wie schon lange nicht mehr. So gut gekleidet wollte er fortan immer sein. Immerhin war er jetzt ein Geschäftsmann, wenn auch einer mit ungewisser Zukunft. Und weil er nichts Besseres zu tun hatte und er sich der lästigen Aufgabe nun auch gewachsen fühlte, begab er sich noch am selben Vormittag auf die Suche nach einer möblierten Wohnung. Und zwar einer, in der die Kleider nicht an Nägeln an der Wand hingen und platt gesessene Polsterkissen für harte Küchenstühle nicht der Gipfel an Bequemlichkeit waren. Kurzum eine Wohnung, in die man eine anständige Frau wie Florence einladen konnte, ohne sich schämen zu müssen.

Zum ersten Mal versuchte er, sich nicht wie bisher allein daran zu orientieren, ob eine Unterkunft die schlichten Anforderungen einer trockenen und wanzenfreien Schlaf- und Kochstelle möglichst preiswert erfüllte, sondern bemühte sich, eine Wohnung mit den Augen einer Frau wie Florence zu sehen. Nicht, dass er erwartete, der selbst gestellten Aufgabe hundertprozentig gerecht zu werden, aber nach den Tagen in ihrer Wohnung, die bei aller Bescheidenheit an Räumlichkeit und Einrichtung eine anheimelnde

Atmosphäre hatte, war ihm bewusst geworden, wie schäbig der bessere Verschlag, den er von Ezra übernommen hatte, doch war.

Da ihn nun der Ehrgeiz gepackt hatte, musste es auch eine Wohnung *north of the slot* sein. Nachdem diese Entscheidung gefallen war, zog er jedoch die Zügel wieder straff an und erlaubte sich nur, bis in die untere Laguna Street vorzudringen, gerade mal einen guten Steinwurf von der Spalte auf der Market Street entfernt. Dort wurde er an der Ecke zur Haight Street fündig. Ezra hatte ihm zwar eine beachtliche Summe hinterlassen, aber selbst ein dickes Geldpolster hielt nicht ewig – schon gar nicht, wenn die Sache mit Randell Walsh und dem Syndikat nicht so ausging, wie er es sich erhoffte.

Seit der Nacht, in der er das Zirkusplakat an der Ziegelmauer bemerkt hatte, spielte Florence in seinem Plan eine wichtige Rolle. Nur wusste sie noch nichts davon. Es wurde höchste Zeit, dass er sie einweihte.

An ihrem freien Tag lud er sie, nachdem er sie mit Karten für die großartige Zirkusvorstellung der *Ringling Brothers* überrascht hatte, zu einem Nachtimbiss ein. Er führte sie ins weihnachtlich dekorierte »Empire Restaurant« auf der Sansome Street, dessen Atmosphäre und Gerichte gerade so viel über dem Niveau eines gutbürgerlichen Wirtshauses lagen, dass sie beide sich dort noch wohlfühlten. Das galt auch für die Preise, wobei es ihn mit Stolz erfüllte, mit ihr in ein Restaurant gehen zu können, in dem Frauen eine Speisekarte ohne Preise gereicht wurde.

»Du bist verrückt!«, stieß Florence hervor, als er mit seinem Plan herausrückte, und hätte beinahe ihren Fleischspieß fallen lassen. »Das kann unmöglich dein Ernst sein, Frank! Hast du vergessen, zu was diese Leute fähig sind?«

Er hob beschwichtigend die Hände. »Okay, vergiss das schnell wieder! Es war nur so eine Idee, weil man einer Krankenschwester eben nahezu blindes Vertrauen entgegenbringt. Natürlich bin ich dir nicht böse, wenn dir die Sache zu heiß ist!«, versicherte er hastig. »War blöd von mir, überhaupt damit anzufan…«

»Nun mal langsam!«, unterbrach sie ihn mit entrüsteter Miene. »Wer hat denn gesagt, dass ich dir nicht helfen will? Ich traue mir sehr wohl zu, die Rolle zu spielen, die du mir zugedacht hast! Was mir Angst macht, ist dein Part! Wenn du dich verkalkulierst …«

Nun fiel er ihr ins Wort. »Dann machst du also mit?«, fragte er aufgeregt und griff über den Tisch hinweg nach ihrer Hand.

Hin- und hergerissen zwischen ihren Gefühlen für ihn und ihrer Sorge, blickte sie ihn an. »Ist dir klar, in welche Gefahr du dich damit begibst? Also, ich weiß nicht, ob ich dir die Sache nicht besser ausreden soll – und zwar zu deinem Schutz!«, sagte sie und seufzte schwer.

In dem Moment wusste Frank, dass er gewonnen hatte. Auch wenn er ihr noch eine Weile würde gut zureden und versichern müssen, dass er wirklich alles bedacht hatte. Sie würde ihr Einverständnis geben. Jetzt fehlte nur noch das Dynamit!

21

Zum Kontor, Magnus!«

Arthur lehnte sich in das weiche Polster der Kutsche und sog genüsslich an der Partagás Presidente, die ihm schmeckte wie schon lange keine Zigarre mehr. Was nicht allein am exquisiten kubanischen Tabak lag, sondern wohl vor allem daran, dass die Zigarre aus dem Humidor von James Farrell stammte. Der korpulente Juniorchef der Pacific Maritime Bank hatte sie ihm angeboten, nachdem ihre Kreditvereinbarung unterzeichnet war, und sich ebenfalls eine angesteckt, so wie man eben unter ehrbaren Kaufleuten ein Geschäft nach guter alter Sitte besiegelte.

Welch eine Erleichterung, die Caldwell Shipping Company in finanzieller Hinsicht wieder in sicherem Fahrwasser zu wissen! Und welch eine Genugtuung nach der Demütigung und kaum verhohlenen Erpressung drei Tage zuvor! Archibald Shaw und sein feiner Sohn Randolph hatten sich verzockt, sie hatten das Spiel verloren und sich damit selbst um satte Profite aus dem Geschäft mit seiner Firma gebracht. Und mindestens ebenso bitter würde es ihnen aufstoßen, dass es auch noch einer aus ihrer eigenen Familie gewesen war, der ihnen die Tour vermasselt hatte.

»Prächtig hast du das gemacht, Harriet, bist eine echte Caldwell!«, lobte er seine Tochter, die neben ihm still vor sich hin lächelte, und tätschelte ihren Arm. »Du erstaunst mich immer mehr.«

Sosehr Harriet sich über das Lob freute, wusste sie doch, dass die Lorbeeren ihr nicht zustanden. »Ach was, Vater! Mir musst du nicht danken. Das Einzige, was ich mir zugutehalten kann, ist wohl, dass ich Jordan Shaw nicht gleich aus dem Kontor gejagt habe. Allein ihm gebührt Dank!«

Arthur rollte die Zigarre zwischen den Lippen und nickte. »Und Respekt«, bekräftigte er, »dafür, dass er so viel Rückgrat hatte, das schändliche Spiel nicht mitzumachen und seine persönlichen Beziehungen zur Pacific Maritime einzusetzen.«

»Er hat mir erzählt, dass er die Freiheit dazu seiner vor sechs Jahren verstorbenen Mutter verdankt, die ihm ein beachtliches Vermögen hinterlassen hat«, erläuterte sie. »Seitdem ist er viel auf Reisen.«

»Eine glückliche Fügung des Schicksals, dass er von seiner letzten Reise früher zurückgekehrt ist und bei der unsäglichen Besprechung zugegen war!« Arthur nahm einen Zug und ließ den Rauch langsam aus seinem schiefen Mund entweichen. »Übrigens ein überaus sympathischer und gut aussehender Mann, das muss ich zugeben, und dann auch noch mit finanzieller Unabhängigkeit gesegnet! Deine Mutter – und nicht nur sie – würde ihn zweifellos als gute Partie bezeichnen. Nun ja, sie wird ihn beim Silvesterball im ›Palace Hotel‹ kennenlernen. Aber das mit dem Heiraten schlag dir noch eine Weile aus dem Kopf, ja?« Er zwinkerte ihr zu.

Harriet lachte, wenn auch mit einem Anflug von Verlegenheit, denn Jordan Shaw war in der Tat ein Mann, der einer Frau gefallen konnte. »Das mit der heimlichen Verlobung war doch nur ein Vorwand! So konnte er den Farrells einen Grund präsentieren, warum du die Hausbank wechseln wolltest«, sagte sie und dachte belustigt daran, wie sehr sie erschrocken war, als Jordan Shaw sie gefragt hatte, ob sie bereit sei, sich mit ihm zu verloben. »Es weiß doch jeder Geschäftsmann in der Stadt und weit darüber hinaus, dass die Banker-Shaws vom Nob Hill sich für die ungekrönten Häupter des kalifornischen Geldadels halten. Die Verbindung von einem ihrer Söhne mit der Tochter eines Reeders, unter dessen Flagge nicht eine Flotte von fünfzig Schiffen fährt und der nicht aus ihren Millionärskreisen stammt, kommt für die doch nie infrage. Deshalb ist es doch so glaubhaft, dass sie dir mit der Kündigung aller Geschäftsbeziehungen gedroht haben, damit du mir den Umgang mit ihrem jüngsten Sohn verbietest.«

Arthur schnaubte. »Das sähe diesen verdammten Snobs in der Tat ähnlich.«

»Außerdem sind heimliche Verlobungen noch leichter zu lösen als groß angekündigte«, scherzte Harriet und wunderte sich im nächsten Moment selbst, dass sie darauf hingewiesen hatte. Musste sie sich das vergegenwärtigen?

Arthur ging nicht darauf ein, seine Gedanken hatten bereits eine andere Richtung eingeschlagen. »Henry wird Augen machen, wenn er erfährt, dass wir nicht nur eine neue Hausbank mit guten Konditionen für unsere Kreditlinie haben, sondern auch über das Geld verfügen, um die *Lancaster* zu erwerben!«

»Aus den Wolken fallen wird Onkel Henry!«, pflichtete Harriet ihm bei und hatte Mühe, sich ihre Wut auf den Onkel nicht anmerken zu lassen. Jordan Shaw und sie hatten dafür gesorgt, dass ihr Vater ohne seinen Bruder in das Treffen mit den Farrells von der Pacific Maritime ging, und es ihm als Überraschung für Henry verkauft. In Wahrheit war es ihnen darum gegangen, dass Archibald und Randolph Shaw keine Gelegenheit erhielten, vorher ihre Kündigung bekannt zu geben und verleumderische Gerüchte in die Welt zu setzen.

Henry wartete im Kontor auf sie. Arthur hatte ihn zu einer Besprechung in sein Büro bestellt; das sei der passende Ort für die Mitteilung, die er ihm zu machen habe, hatte er am Telefon erklärt. Henry war davon ausgegangen, dass Arthur mit ihm die Strategie für den nächsten Tag besprechen wollte, an dem sie Archibald und Randolph wieder gegenübersaßen und sich zu deren Ultimatum äußern mussten. Und so, wie die Dinge lagen, konnte sein Bruder ja gar nicht anders, als sich aus der Geschäftsführung zurückzuziehen.

Henry war sich seiner Sache so sicher gewesen, dass ihn die

freudestrahlend vorgetragenen Neuigkeiten trafen wie ein Hammerschlag. Arthur, ahnungslos, was die hinterhältige Absprache seines Bruders mit den Bankern der First Pacific anging, war in viel zu triumphaler Stimmung, als dass er Henrys anfängliche Sprachlosigkeit mit Bestürzung in Verbindung gebracht hätte. Zumal Henry nach einigen Schocksekunden zumindest äußerlich seine Fassung zurückgewann, ein paar Glückwünsche stammelte und Erleichterung heuchelte. Dann gab er vor, sich mittags in seinem Club den Magen verdorben zu haben und schnellstens den Abort im Hinterhof aufsuchen zu müssen.

Harriet passte ihn ab, als er, kurzatmig und bleich, aus dem Bretterverschlag wieder zum Vorschein kam. »Das klang ja, als wolltest du dir die schwarze Seele aus dem Leib kotzen! Hat wohl nicht ganz geklappt, eure Intrige. Na, wenigstens war die Übelkeit nicht geheuchelt, werter Onkel!«, sagte sie verächtlich.

»Ich weiß nicht, wovon du redest, Kind!«, blaffte er und wischte sich mit seinem Taschentuch fahrig den verschmierten Mund ab.

»Ich rede von den anderthalb Prozent, die du den Shaws unter der Hand als Bonus zahlen wolltest, wenn sie Vater zum Rücktritt zwingen und dir helfen, die Reederei an dich zu reißen!«, schleuderte sie ihm entgegen. »Wie charakterlos muss man sein, um seinen Bruder zu verkaufen, sein eigenes Fleisch und Blut!«

Die jäh aufgerissenen Augen verrieten den Schreck, der ihm in die Glieder fuhr. Aber die Verleugnung kam augenblicklich, wie ein Reflex. »Was für ein lächerlicher Unsinn! Du musst den Verstand verloren haben …«

Kalt schnitt Harriet ihm das Wort ab. »Spar dir deine dreckigen Lügen! Ich weiß genau, was du vorhattest! Und du kannst mir auf Knien danken dafür, dass ich es nicht übers Herz bringe, meinem Vater zu sagen, was für ein hinterhältiger Verräter sein Bruder ist!«

»Pah! Das würde er dir auch nie glauben! Oder hast du vielleicht Beweise für deine absurde Verleumdung?«

»Gut möglich, dass er es nicht glauben würde, wenn die Anklage allein von mir käme, weil es einfach zu schmerzhaft wäre für ihn, dich für einen Verräter zu halten«, sagte sie. »Aber Jordan Shaw, der übrigens das Geschäft mit der Pacific Maritime angebahnt hat, um deine Erpressung zu verhindern, dem wird er zweifellos glauben!«

Henry wurde noch blasser. »Wage es nicht, dich mit mir anzulegen, du dummes Ding!«, zischte er.

Harriet versetzte ihm eine schallende Ohrfeige. »Du drohst mir nicht, verstanden? Nie wieder! Und du sagst auch nie wieder ›mein liebes Kind‹ oder ›mein Mädchen‹ zu mir, damit das klar ist! Sonst schenke ich Vater doch noch reinen Wein ein und sage ihm, was für ein Lump zu bist, das schwöre ich dir!« Sie spuckte ihm vor die Füße, ließ ihn im Hinterhof stehen und ging hinaus auf die Pier, um sich zu beruhigen. Sie konnte kaum glauben, dass sie ihren Onkel tatsächlich geohrfeigt hatte. Ihre Hand brannte immer noch, aber das machte ihr nicht das Geringste aus. Sie sog die kühle, salzige Dezemberluft ein, verfolgte den eleganten Flug einer Möwe und fühlte sich großartig. Ihr war, als habe sie unsichtbare Ketten abgeworfen.

22

Einen Tag vor Heiligabend, der in diesem Jahr auf einen Donnerstag fiel, betrat Frank in seiner besten Garderobe auf die Minute genau um 11.45 Uhr die Kanzlei von Randell Walsh auf der California Street. Schon die holzgetäfelten Wände, edlen Teppiche, goldgerahmten Gemälde und schweren Ledersessel unter der stuckverzierten Decke im Wartezimmer kündeten davon, dass hier ein erfolgreicher Anwalt praktizierte. Eine angesehene Persönlichkeit und Säule der ehrenwerten Gesellschaft. Was sich auch in Walshs Mitgliedschaft im exklusiven *Pacific Union Club* niederschlug, dessen palastartiges Clubhaus ganz oben auf dem Nob Hill thronte.

Weder sah Frank sich suchend um, noch zögerte er auch nur eine Sekunde. Er wusste genau, wo er hinwollte, welcher Raum auf den beiden Etagen welchem Zweck diente und wen er dort antreffen würde. Diese Informationen hatte George Cutter ihm innerhalb weniger Tage nachgeliefert. Es war überhaupt erstaunlich, was dieser Mann in den gerade mal zehn Tagen seiner Ermittlungen über Randell Walsh zusammengetragen hatte.

Ohne anzuklopfen, trat er in Walshs Vorzimmer, über das dessen langjährige Sekretärin Dorothy Milton wachte, eine korpulente Frau mittleren Alters mit den humorlosen Zügen einer Gefängniswärterin.

»Guten Morgen, Miss Milton! Prächtiger Tag heute, nicht wahr?«, rief er ihr zu, als seien sie bestens miteinander bekannt, lüftete den Fedora und steuerte lässig auf die Tür zu Randell Walshs Zimmer zu.

»Warten Sie, Mister … Wer sind Sie?«, rief die Sekretärin verwirrt und sprang alarmiert auf. »Sie können da nicht einfach hineingehen!«

Frank ließ sich nicht aufhalten. »Bleiben Sie ruhig sitzen, Miss Milton, Sie brauchen mich nicht anzumelden. Der gute Randell erwartet mich«, sagte er im Vorbeigehen und stieß die Tür zum Büro des Anwalts auf.

Mit einem unwirschen Ausdruck auf dem vollen Gesicht blickte Randell Walsh auf. Es war offensichtlich, dass er derartige Störungen weder gewohnt war noch tolerierte; er klappte den Mund auf wie ein an Land geworfener Karpfen. »Was zum Teufel …«, setzte er an und ließ den Deckel seiner goldenen Taschenuhr, auf die er gerade einen Blick geworfen hatte, zuschnappen.

Die Sekretärin kam ins Zimmer gestürzt. »Entschuldigen Sie, Mister Walsh! Aber er ist einfach an mir vorbeigelaufen, ich konnte ihn nicht aufhalten!«, stieß sie empört hervor.

»Beruhigen Sie sich, meine Liebe. Ich habe Ihnen doch erklärt, dass Mister Walsh mich erwartet«, sagte Frank mit freundlicher Gelassenheit und trat nahe an den Schreibtisch des Anwalts heran. Wie zufällig schob er sein Jackett ein Stück zur Seite, sodass Randell Walsh die Pistole hinter dem Hosenbund sah. »Ich denke, er hat nur vergessen, Ihnen zu sagen, dass wir verabredet sind. Oder, Randell?« Als stumme Drohung legte er die Hand auf das Griffstück der Waffe und zog diese ein Stück heraus.

Der Anwalt, beleibt und älter wirkend als seine zweiundvierzig Jahre, fuhr sichtlich zusammen und machte ein erschrockenes Gesicht. Eine Reaktion, die seine Sekretärin ohne Weiteres auch so deuten konnte, dass ihm die Situation peinlich war. Zumal er sogleich beteuerte: »Natürlich! … Das … habe ich doch völlig vergessen! Es ist alles in Ordnung, Dorothy! Sie können gehen.«

»Ach, seien Sie doch so nett, uns einen Kaffee zu bringen«, trug Frank ihr auf, als sei es selbstverständlich, dass er sie derart anstellte, und bedachte sie mit einem nachsichtigen Lächeln.

»Meinen wie üblich schwarz und den für Mister Walsh mit zwei Stück Zucker und einem Schuss Kondensmilch. Aber wem sag ich das, das wissen Sie ja im Schlaf!« Dazu lächelte er scheinbar entschuldigend.

»Nun machen Sie schon, Dorothy!«, bellte Randell Walsh und wedelte mit der Hand, als wolle er ein lästiges Insekt verscheuchen. Dabei erwischte er ein kleines Paket, das vor ihm auf dem Schreibtisch lag, eingeschlagen in buntes Weihnachtspapier und mit einer roten Samtschleife versehen. Beinahe hätte er es heruntergefegt.

Sichtlich verstört, weil sie sich beim besten Willen nicht an diesen jungen Herrn erinnern konnte, während der ihren Namen kannte und sogar wusste, wie ihr Arbeitgeber seinen Kaffee trank, zog Dorothy Milton sich in ihr Reich zurück, um Wasser für Kaffee aufzusetzen.

»Wer sind Sie und was wollen Sie?«, stieß der Anwalt, kaum dass seine Sekretärin die gepolsterte Tür hinter sich zugezogen hatte, mit verkniffener Miene hervor.

»Ihre erste Frage ist schnell beantwortet. Frank Maynard ist mein Name«, sagte Frank und spielte die Ruhe in Person, obwohl sein Herz jagte und ihm vor Aufregung das Blut in den Ohren rauschte. Weil so viel schiefgehen konnte, wenn er einen Fehler machte oder sich verschätzt hatte. Mit einer Spur Sarkasmus fuhr er fort: »Wir hatten schon miteinander zu tun, aber noch nicht das Vergnügen der persönlichen Bekanntschaft. Deshalb freue ich mich, dass wir das nun nachholen können. Was Ihre zweite Frage betrifft – deren Beantwortung dürfte mehr Zeit in Anspruch nehmen. Zumal es entscheidend von Ihnen abhängt, wie sie ausfällt.«

Randell Walsh furchte die Stirn, als könne er mit dem Namen nichts anfangen, dann aber erinnerte er sich, und ein abschätziges Lächeln erschien auf seinem Gesicht, dessen kantige Kinnpartie sich noch immer gegen das Fett behauptete, das sein Körper seit einigen Jahren reichlich ansetzte. »Sie sind das also. Der dahergelaufene Schlauberger, der dachte, er braucht sich in unserer Stadt nicht an die Spielregeln zu halten! Mein Gott, wenn Sie glauben, Sie können mich mit Ihrer Pistole einschüchtern, dann sind Sie noch einfältiger als bisher angenommen!« Er bekam sichtlich Oberwasser. »Wissen Sie überhaupt, mit wem Sie es zu tun haben? Ich glaube, Sie haben keinen blassen Schimmer!«

Frank zwang sich, weiterhin zu lächeln, als sei er sich seiner Position in dieser Auseinandersetzung unerschütterlich sicher. »Da täuschen Sie sich! Sie haben sich als Strafverteidiger von korrupten Staatsbeamten einen Namen gemacht, sind dabei vermutlich auch nicht vor Richterbestechung und Erpressung zurückschreckt und haben mit Ihrer Schurkerei ein Vermögen gemacht. Nicht weniger gut verdienen Sie an den Aufträgen aus den Kreisen Ihrer Unternehmerfreunde. Wenn deren Fabriken bestreikt werden, was ordentlich ins Geld gehen kann, organisieren Sie Schlägertrupps, um das Arbeiterpack, wie Sie es zu bezeichnen pflegen, in die Schranken zu weisen. Dass Sie auch für das Syndikat arbeiten, den Edison Trust, und den örtlichen Filmverleih kontrollieren, bringt Ihnen bei den derzeit noch wenigen Nickelodeons nur wenig ein, aber das wird sich ändern, wenn diese erst mal wie Pilze aus dem Boden schießen. Und das werden sie, das wissen wir beide.«

Höhnisch klatschte Randell Walsh dreimal in die Hände. »Wie nett Sie das aufgesagt haben, Maynard. Sie wissen also, dass einer wie Sie mir nicht das Wasser reichen, geschweige denn Angst einjagen kann!« Sein Schreck war verflogen, er war wieder ganz obenauf. »Und jetzt verschwinden Sie, bevor ich die Polizei rufe! Mich interessiert nicht, warum Sie gekommen sind. Es sei denn, Sie wollen eine Lizenz beantragen und die Gebühren für den Spielbetrieb entrichten!«

Frank wurde heiß; er konnte nur hoffen, dass ihm jetzt nicht der

Schweiß ausbrach. Der kritische Punkt seiner Gratwanderung war erreicht, die nächsten Sekunden würden darüber entscheiden, ob sein Plan aufging oder als katastrophaler Fehlschlag damit endete, dass Florence und er auf der Flucht waren.

»Sie haben spät geheiratet, erst mit dreiunddreißig, nicht wahr, Randell?«, wechselte er das Thema, was sein Gegenüber für einen Moment aus dem Gleichgewicht brachte. »Eine reizende Frau, Ihre Amelia. Und so fruchtbar. Vier Kinder hat sie Ihnen in den neun Jahren Ihrer Ehe geschenkt. Ich nehme an, auf Ihren Stammhalter sind Sie besonders stolz. Warum winken Sie ihm nicht mal zu, Ihrem Ältesten? William Randell junior ist so aufgeregt, er wartet bestimmt schon darauf, dass Sie sich am Fenster zeigen!«

Einen Moment lang starrte Randell Walsh ihn an, als könne er das Gehörte nicht richtig verarbeiten, dann sprang er auf, wirbelte zu dem großen Erkerfenster in seinem Rücken herum, gab einen erstickten Laut von sich und starrte hinaus.

Am Straßenrand stand eine Mietdroschke. Aus dem Fenster im Kutschenschlag beugte sich ein achtjähriger Junge mit braunem Lockenschopf und winkte seinem Vater aufgeregt zu. Florence hinter ihm, mit Perücke und strenger schwarzer Hornbrille, war nur als schattenhafte Gestalt zu erkennen. Der Kutscher saß mit hochgeschlagenem Kragen und tief in die Stirn gezogener Wollmütze auf dem Bock und paffte unbeteiligt Pfeife.

»Nicht auszudenken, wenn Ihrem Sohn etwas zustieße, nicht wahr?«, sagte Frank im Rücken des wie erstarrt am Fenster stehenden Anwalts.

»Sie Schwein!« Ohnmächtig ballte der Anwalt die Hände zu Fäusten. »Wenn Sie es wagen, meinem Sohn auch nur ein Haar zu krümmen …«

Frank zog die Pistole, tippte ihm spielerisch mit dem Lauf an den rechten Ellbogen und winkte mit der linken Hand. »Sie sollten besser winken! Sonst könnten meine Leute auf Gedanken kommen, die Ihnen kaum gefallen werden!«, erwiderte er scharf. »Wenn Sie jetzt nicht die Nerven verlieren, wird Ihrem Kind nichts geschehen, darauf gebe ich Ihnen mein Wort! Sollten Sie jedoch Krach schlagen oder sonst irgendeine Dummheit machen, ist die Kutsche mit Ihrem Ältesten verschwunden, bevor Sie auch nur ›Herr, vergib mir meine Schuld!‹ sagen können.«

Randell Walsh hob den Arm und winkte kurz zurück. Dann fiel die Hand herab, als habe er nicht mehr die Kraft, sie hochzuhalten. Wachsbleich im Gesicht wandte er sich vom Fenster ab und fiel geschlagen, schlaff wie ein Sack, in seinen Schreibtischstuhl. »Was wollen Sie?«, fragte er, ohne das Zittern in seiner Stimme ganz unterdrücken zu können.

In diesem Moment wusste Frank, dass er gewonnen hatte. Und daran hatte Florence einen entscheidenden Anteil. Sie war mit einer Kutsche bei der *St. Anthony's Junior Academy* vorgefahren und hatte der Schulleiterin der Privatschule kurz und knapp mitgeteilt, sie sei aufgrund einer besonderen familiären Situation geschickt worden, um William Randell junior abzuholen und nach Hause zu bringen. Und natürlich hatte niemand die Geschmacklosigkeit besessen, sich zu erkundigen, welche Art von familiärem Notfall es nötig machte, eine Krankenschwester zu schicken, die den Jungen abholen sollte.

Und jetzt hatte sich auch Randell Walsh täuschen lassen. Der Bluff funktionierte!

Frank hatte Mühe, sich seine Erleichterung nicht anmerken zu lassen. Der Anwalt nahm ihm den skrupellosen Gangster ab! Damit waren die Weichen für alles andere gestellt. »Wie schön, dass wir uns verstehen und endlich zur Sache kommen können«, sagte er und schob, als es an der Tür klopfte, die Automatik schnell unter seinen Hut.

Die Sekretärin brachte den Kaffee auf einem silbernen Tablett.

Auf jeder Untertasse lagen zwei kleine Butterkekse. Mit noch immer zutiefst irritierter Miene reichte sie ihm seine Tasse.

»Ach, Sie sind wahrlich eine Perle, Miss Milton!« Frank zwinkerte ihr zu, als habe er ihre Liebenswürdigkeit schon oft genossen.

Dorothy Milton verließ das Zimmer mit einem Kopfschütteln, das vermutlich ihrem scheinbar äußerst mangelhaften Erinnerungsvermögen galt.

»Also gut, wie viel wollen Sie?«, stieß Randell Walsh grimmig hervor, zog ein Scheckbuch aus der Schublade und griff zum Waterman, der vor seiner ledernen Schreibunterlage in einem vergoldeten Füllfederhalter mit grün marmoriertem Onyxfuß steckte.

Frank musterte ihn über den Rand der Kaffeetasse hinweg und gab sich belustigt. »Ich bitte Sie, ich nehme doch keinen Scheck von Ihnen! Nicht, dass ich denke, Sie könnten ihn sperren lassen, kaum dass ich aus der Tür bin, nein. Aber ich lasse mich nicht auszahlen oder mit einem Schmerzensgeld abfinden oder wie immer Sie es nennen mögen.«

»Was zum Teufel wollen Sie dann?«, fragte der Anwalt mit wachsender Beunruhigung.

»Sind Sie Christ, Randell?«, antwortete Frank mit einer Gegenfrage, die scheinbar jeden Zusammenhang vermissen ließ, und lieferte die Antwort gleich selbst. »Natürlich sind Sie das. Sie gehen ja jeden Sonntag in die Kirche, haben sogar ihre eigene Familienbank. Und damit sich auch keiner erdreistet, sich dort in vorderster Reihe auf Ihren Plätzen breitzumachen, ist sie mit einer hübschen Messingplakette markiert. Nun ja, die Kirchen hatten schon immer einen fatalen Hang, den Reichen und Mächtigen Privilegien einzuräumen.«

Irritiert starrte Randell Walsh ihn an. »Was soll das? Was reden Sie für wirres Zeug? Haben Sie den Verstand verloren?« In seinen Augen flackerte die Angst, es womöglich mit einem Geistesgestörten zu tun zu haben.

»Ich kann Sie beruhigen, ich habe hier oben noch alle Murmeln zusammen. Meine Frage, ob Sie Christ sind, steht in direktem Zusammenhang mit dem, was wir zu bereden haben«, erwiderte Frank kühl. »Denn als Christ sollten Sie mit dem alttestamentarischen Prinzip der Vergeltung vertraut sein: ›Auge um Auge, Zahn um Zahn.‹«

»Natürlich!«, knurrte der Anwalt und klang fast erleichtert.

Frank nickte zufrieden, stellte die Tasse ab und nahm einen Keks. »Sehen Sie, und damit sind wir schon bei der entscheidenden Frage, für welche der beiden Optionen Sie sich entscheiden wollen.«

»Welche Optionen? Ich weiß nicht, wovon Sie reden!«

»Nun, Ihre Schläger haben mir zwei Rippen gebrochen, eine dritte angebrochen, mir eine Platzwunde am Kopf zugefügt und die Nase gebrochen sowie mich mit Stiefeltritten und Baseballschlägern auf das Übelste traktiert«, zählte er auf. »Weiterhin haben sie meine beiden Projektoren zertrümmert, mehrere Filmrollen beschädigt und die Leinwand zerrissen. Dazu kommt ein nicht unerheblicher Verdienstausfall.« Er machte eine kurze Pause. »Im Sinne von ›Auge um Auge, Zahn um Zahn‹ kann ich all das auch Ihnen oder stellvertretend einem Ihrer Familienmitglieder antun.« Dabei brach er den Keks in zwei Teile, was den Anwalt zusammenzucken ließ, so als höre er nicht ein Stück Gebäck, sondern schon seine Knochen bersten. »Wobei ich den Sachschaden nicht auf zwei Projektoren und die anderen Sachen beschränken, sondern zu Ihrem Vermögen ins Verhältnis setzen würde. Was zur Folge hätte, dass ich Ihre Jacht, die *Amelia,* die Sie unten im Jachthafen liegen haben, oder gar Ihr Haus in Brand setzen müsste.«

Randell Walsh brach der Schweiß aus. Er schluckte krampfhaft. »Und die andere Option?«, krächzte er.

Frank lächelte. »Wir schließen einen Handel, der über den heutigen Tag hinausreicht und unsere geschäftliche Beziehung dauerhaft auf eine Grundlage gegenseitigen Vertrauens stellt«, sagte er süffisant. »Dazu gehört, dass mir morgen zwei Filmprojektoren in einwandfreiem Zustand, eine neue Leinwand und fünf Einspuler-Filme in mein Nickelodeon auf der Folsom Street geliefert werden. Was meinen sechswöchigen Verdienstausfall und das Schmerzensgeld betrifft, so will ich großzügig sein und Ihnen erlauben, diese fürs Erste mit den Lizenzgebühren der nächsten zehn Jahre zu verrechnen. Für Sie bedeutet das, Sie können, ohne groß lügen zu müssen, an die Oberbosse vom Syndikat in Chicago oder New York melden, dass hier in Ihrer Stadt alle ihre Lizenzgebühren bezahlen – auch ein gewisser Frank Maynard. Sie werden mir jeden Monat, oder wann immer die Knebelverträge des Syndikats es verlangen, unverlangt eine Quittung zusenden, die belegt, dass ich pünktlich für meine Nickelodeons gezahlt habe.«

»Sie haben doch nur das eine in der Folsom Street.«

Franks Lächeln wurde noch eine Spur breiter. »Es wird aber nicht mehr lange mein einziges sein, mein Bester«, sagte er genüsslich und schob sich die zweite Kekshälfte in den Mund. »Also, für welche Option entscheiden Sie sich, Randell?«

Der Anwalt funkelte ihn an. »Sie kriegen Ihre Projektoren und auch das andere! Aber jetzt will ich endlich wissen, wann Sie meinen Sohn freilassen!«

»Wie, freilassen?« Frank gab sich empört. »Ich bin doch kein Kidnapper und Erpresser, der einen kleinen Jungen entführt! Solche Gangstermethoden überlasse ich Leuten wie Ihnen! Ich habe Ihnen nur den Gefallen getan, Ihren Sohn von der Schule abholen zu lassen, damit Sie vor der großen Überraschung noch mit ihm zum Lunch gehen können.«

»Überraschung? Was reden Sie da?«

Frank zog zwei Eintrittskarten aus der Westentasche und legte sie ihm auf den Schreibtisch. »Sie überraschen Ihren Sohn mit einem Zirkusbesuch bei den *Ringling Brothers!* Er ist schon ganz aus dem Häuschen, dass Sie mitten am Tag etwas mit ihm unternehmen. Ich habe Ihnen für die Vorstellung heute am frühen Nachmittag zwei gute Sitze ganz vorn besorgt«, sagte er, registrierte, dass Randell Walsh hastig einen Blick auf das hübsche Päckchen links auf dem Tisch warf, und setzte mit beißendem Spott hinzu: »Tja, die süße Millie, die Sie sonst mittwochs zur Mittagszeit für ein Schäferstündchen im ›Chez Marie‹ auf der North Broadway Street aufsuchen, wird heute leider vergebens auf Sie und Ihr Weihnachtspräsent warten. Heute sind Sie ganz der liebende Familienvater.« Das »Chez Marie« war ein sogenanntes French Restaurant, eins jener speziellen zweistöckigen Etablissements, in denen unten französische Gerichte und oben junge Mädchen angeboten wurden – und das alles mit behördlicher Lizenz. »Ihr Kleiner weiß schon, dass es in den Zirkus geht. Also wagen Sie es nicht, ihn nach Hause zu schicken, nur um mit Millie eine Nummer zu schieben!«

Das blasse Gesicht des Anwalts erhielt durch die plötzlich aufsteigende Schamröte Farbe. Er presste die Lippen zusammen und nahm die Eintrittskarten wortlos an sich.

»Bevor ich Sie zu Ihrem Sohn gehen lasse, muss ich Sie noch um einen Gefallen bitten. Nämlich, dass Sie mich fest in Ihre Gedanken und vor allem in Ihre Gebete einschließen. Insbesondere, dass mir in nächster Zeit nichts zustößt, das – wie etwa ein bedauerlicher Unfall – meiner Gesundheit abträglich sein könnte, von einem Messer oder einer Kugel in den Rücken ganz zu schweigen«, ätzte Frank. »Denn dann würde die Lebensversicherung fällig, die ich vorsorglich abgeschlossen habe.«

»Ich weiß nicht, warum Sie mir das erzählen! Also warum verschwinden Sie nicht endlich?«, stieß Randell Walsh in ohnmächtiger Wut hervor. »Sie kriegen, was Sie verlangt haben – auch die Quittungen!«

»Weil es für Sie von größtem Interesse sein dürfte, dass dann die

Summe von immerhin fünftausend Dollar an einen Chinesen geht, mit dessen Tong schon mein Vater Geschäfte gemacht hat«, erklärte Frank, der mit den Tongs, wie die kriminellen chinesischen Organisationen in San Francisco hießen, ebenso wenig zu tun gehabt hatte wie sein Vater. Weil er aber nicht an der Bay, sondern im Hinterland aufgewachsen und daher in dieser Stadt ein Niemand war, dessen Vergangenheit im Dunkel lag, konnte er sich diese Lüge erlauben. »Ich will nicht von einer innigen familiären Beziehung sprechen, aber wir haben durchaus eine gemeinsame Vergangenheit. Man war einander nützlich, und daraus ist gegenseitiges Vertrauen erwachsen. Ich weiß nicht, wie Ihre Beziehungen zu den Tongs sind und was Sie über den Ehrenkodex dieser Leute wissen, aber Sie können sicher sein, dass ein Kopfgeld von fünftausend Dollar mit tödlicher Sicherheit garantiert, dass auf meinen plötzlich durch Unfall oder Gewalt verursachten Tod sehr schnell auch Ihre Beerdigung folgt!«

Das Gesicht des Anwalts färbte sich wieder weiß.

Frank griff seine Automatik, setzte den Fedora auf und trat kurz ans Fenster, um Florence ein Zeichen zu geben, dass alles nach Plan verlaufen war und sie sich absetzen konnte.

»Ach, das hätte ich doch fast vergessen!«, sagte er, als seine Hand schon auf der Türklinke lag, und drehte sich, ein böses Lächeln auf den Lippen, noch einmal um. »An Ihrer schönen Jacht hängt an Steuerbord ein neuer Fender. Er trägt eine kleine rote Markierung, die können Sie gar nicht übersehen. Sie sollten den Fender so bald wie möglich entfernen. Aber seien Sie vorsichtig und hantieren Sie nicht mit offenem Feuer. Das ist im Umgang mit Dynamit nicht ratsam, habe ich mir sagen lassen. Wär doch zu schade, wenn die *Amelia* jetzt doch noch in die Luft flöge – und Sie mit ihr!« Er nickte Walsh zu und öffnete die Tür. »Gesegnete Weihnacht, Randell! Und vergessen Sie nicht, Ihre reizende Amelia von mir zu grüßen!«

23

Die ersten Feuerwerkskörper stiegen funkensprühend in den klaren Nachthimmel und zerplatzten hoch über San Francisco zu farbigem Sternregen, noch bevor die Uhren Mitternacht zeigten und die Kirchenglocken das neue Jahr einläuten konnten. Südlich der Spalte hallten die ersten Böllerschüsse durch die Straßenschluchten der Mietshäuser.

Frank stand am Schlafzimmerfenster seiner Wohnung Ecke Laguna und Haight Street. Die nächtliche Kälte drang durch das dünne Fensterglas, er spürte sie wie den Atem einer Eisfee auf der nackten Haut, und sie war ihm willkommen. Die Hitze der Leidenschaft, die noch immer in ihm glühte, verhinderte, dass ihn fröstelte.

Er konnte noch immer nicht glauben, dass Randell Walsh ihm den Bluff abgenommen und alle Bedingungen erfüllt hatte. Vermutlich hatten die Dynamitstangen an der Jacht den letzten Ausschlag gegeben; offenbar hielt Walsh ihn für einen, der vor nichts zurückschreckte. Jedenfalls waren die beiden Projektoren samt neuer Leinwand und einer Kiste mit Einspuler-Filmen schon am folgenden Vormittag in der Folsom Street eingetroffen, sodass er den Betrieb schon am Tag nach Weihnachten wieder hatte aufnehmen können. Und das Geschäft im Nickelodeon lief besser denn je, was ihn ernsthaft darüber nachdenken ließ, schon bald in einem anderen Viertel ein zweites zu eröffnen. Noch konnte man sie in San Francisco an einer, höchstens zwei Händen abzählen, aber er war wie Ezra überzeugt davon, dass der Film eine große Zukunft vor sich hatte.

Frank fuhr leicht zusammen, als sich ein warmer nackter Körper von hinten an ihn schmiegte und zwei Arme sich zärtlich um seine Brust legten.

»Komm zurück ins Bett, Liebling«, raunte Florence und rieb ihre Brustwarzen an seinem Rücken. »Mein Gott, was ist es hier am Fenster kalt. Da schrumpelt einem ja alles zusammen. Komm, lass dich wärmen.« Ihre Hände glitten abwärts über seinen Bauch und legten sich über Glied und Hoden, als wollten sie ihn vor der Nachtkälte schützen. Aber sie blieben dort nicht reglos liegen, sondern begannen zu spielen.

Er lachte. »Himmel, Flo! Gleich geht das Feuerwerk los. Willst du das verpassen?«

»Fragt sich, welches Feuerwerk du lieber verpassen möchtest«, flüsterte sie, saugte an seinem Ohrläppchen und presste ihren Schoß an seine Pobacken.

»Na, ich weiß nicht, ob dafür schon wieder genug Pulver in der Kanone ist!«, sagte er lachend.

»Die kriegen wir schnell geladen. Lass mich nur machen, Schatz«, versicherte sie, zog ihn zurück ins Bett und drückte ihn in die Kissen. »Ich werde deinem guten Stück schon wieder Leben einhauchen.«

Frank hob sein Becken und stöhnte lustvoll, als sich ihr Mund um seinen Schwanz schloss und sie an ihm saugte und leckte, wie er es kurz zuvor mit ihren Brustwarzen getan hatte. Es störte ihn nicht, dass er nicht der Erste war, mit dem sie Sex hatte, und dass sie ihm in dieser Hinsicht mehr beibringen konnte als er ihr. Den Glauben an bürgerliche Konventionen hatte sein Vater ihm schon vor vielen Jahren mit seinem Gnadenstock genannten Holzpaddel aus dem Leib geprügelt.

»Bleib so und lass mich alles machen!«, sagte Florence wenig später mit belegter Stimme, streifte ihm ein Präservativ über den wiederauferstandenen Schwanz und setzte sich mit gespreizten Schenkeln auf ihn. Bewusst langsam ließ sie sich nieder, und er glitt in sie hinein wie ein heißes Messer in Butter.

Frank wand sich vor Wollust, fuhr über ihren nackten Körper, der sich in einem ebenso quälend langsamen wie lustvollen Rhythmus auf ihm hob und senkte, griff nach ihren Brüsten und strich über ihre schweißfeuchten Schenkel.

Auf einmal erfasste ihn ein berauschendes Glücksgefühl, dessen Ursprung nicht allein zwischen seinen Beinen lag. Mit der anschwellenden, bald unerträglich scheinenden Lust stieg in ihm ein Gefühl der Unbesiegbarkeit auf. Ihn überfiel die Gewissheit, dass er Großes vollbringen konnte und die Welt nur darauf wartete, von ihm erobert zu werden. Und kurz bevor die rauschhafte Erlösung ihn in einer Woge der Seligkeit davonriss und er für einige himmlische Sekunden die Kontrolle über jedes Denken verlor, fasste er den Entschluss, genau das zu tun, die Welt zu erobern, zumindest einen kleinen Teil davon. 1904 würde sein Jahr sein!

24

Während Frank sich ganz dem Feuerwerk hingab, das Florence in dieser Silvesternacht zum wiederholten Mal in ihm entzündete, tanzte Harriet im prunkvollen Ballsaal des »Palace Hotel«, das als das vornehmste und glanzvollste der Welt galt und gar nicht weit von Franks Wohnung an der Ecke Market und Montgomery Street acht Stockwerke hoch aufragte, zum wiederholten Mal mit Jordan Shaw. In einem traumhaften, ihre Figur umschmeichelnden Kleid aus aquamarinblauer Seide und bis zu den Ellbogen reichenden Spitzenhandschuhen von derselben Farbe glitt sie zu den Klängen des Orchesters in seinen Armen über das glänzende Parkett. Ihnen folgte so mancher Blick, gaben sie doch ein bezauberndes Paar ab. Einige Gäste, die mit den Farrells von der Pacific Maritime Bank gut bekannt waren, ließen in Gesprächen mit anderen Freunden diskret durchblicken, dass die beiden sich heimlich verlobt hätten, das wisse man aus erster Hand.

Harriets Vater hatte es sich nicht nehmen lassen, einen eigenen Tisch auf der Galerie des Ballsaals zu buchen. Selbst ihre Mutter hatte keine Einwände erhoben und ihre Teilnahme an der Silvesterfeier im »Palace« für eine hervorragende Idee gehalten, umso mehr, nachdem sie erfahren hatte, wer schon vorher um den ersten Tanz mit ihrer ältesten Tochter gebeten hatte. Dass Onkel Henry und Tante Ida in letzter Minute abgesagt hatten, weil sie angeblich den Anflug einer Erkältung verspürten und nichts riskieren wollten, hatte die Stimmung ihrer Eltern kurzzeitig getrübt. Harriet dagegen hätte sich für diesen Abend nichts Besseres wünschen können, als vom Anblick ihres niederträchtigen Onkels verschont zu bleiben und niemandem etwas vorspielen zu müssen.

Das Fest näherte sich seinem Höhepunkt. Auf der Orchester-
bühne zählte der Direktor des Hotels, die Taschenuhr in der Hand,
die letzten dreißig Sekunden des alten Jahres herunter. Jordan
Shaw richtete es so ein, dass sich einige andere Paare zwischen
ihnen und dem Tisch ihrer Eltern befanden und sie vor deren Blicken schützten. Rasch nahm er zwei Kristallkelche mit perlendem
Champagner vom Tablett eines bereitstehenden Kellners, und
dann brach auch schon, begleitet vom Tusch des Orchesters, der
Jubel los.

»Frohes neues Jahr, Miss Caldwell!«

»Frohes neues Jahr, Mister Shaw!«

Klirrend stießen ihre Gläser aneinander.

»Und alles denkbar Gute … und Liebe!«, fügte er hinzu, beugte
sich vor und gab ihr einen Kuss auf die erhitzte Wange.

»Ich wünsche Ihnen dasselbe.«

»Habe ich Ihnen überhaupt schon gesagt, wie bezaubernd Sie
aussehen?«

Harriet lachte leise, legte den Kopf schief und runzelte die Stirn.
»Lassen Sie mich überlegen. Hm, ja, ich glaube, grob überschlagen
haben Sie mir das Kompliment ein gutes halbes Dutzend Mal gemacht.«

»Und doch nicht oft genug!«, versicherte er. »Ich weiß nicht, wie
Sie empfinden, aber ich gehe mit großen Erwartungen in das neue
Jahr«, sagte er und bedachte sie mit einem zärtlichen, vielsagen-
den Lächeln.

Sie war froh, noch vom letzten schnellen Walzer erhitzt zu sein,
sodass die Röte, die ihr jetzt zusätzlich ins Gesicht stieg, sicher
nicht auffiel. »Aber Ihre Erwartungen sollten auch nicht zu hoch-
gespannt sein, Mister Shaw. Sie wissen doch, dass sich nicht alle
Träume erfüllen«, sagte sie, sich aus der Verlegenheit in unver-
bindliches Geplänkel rettend.

Er lächelte. »Es gibt Träume, die ich nie und um keinen Preis verloren geben werde, ganz gleich, wie lange ich auf ihre Erfüllung warten muss«, sagte er leise und mit dem Ernst eines unverbrüchlichen Versprechens, doch bevor Harriet etwas erwidern konnte, traten Bekannte ihrer Eltern zu ihnen und brachen den Bann.

ZWEITER TEIL

1904–1906

25

E s ist gleich da drüben.« Freudig erregt wies Frank über die belebte Kreuzung hinweg in die schräg gegenüberliegende Kearny Street. Es war Freitagmittag in der ersten Septemberwoche. Das lange Labour-Day-Wochenende stand bevor, Florence redete schon seit Wochen von nichts anderem. Er bereute längst, dass er sich in einer schwachen Stunde einverstanden erklärt hatte, über das Wochenende mit ihr zu ihrer Freundin Lizzy und deren Mann nach Placerville zu fahren, das irgendwo oberhalb von Sacramento in den Bergen lag. Aber daran wollte er jetzt nicht denken. »Pass bloß auf, dass du nicht unter die Räder kommst. Du siehst ja, was hier für ein Verkehr herrscht!«

»Schau an, du hast dich also mit deinem dritten Laden in den Nordteil der Stadt gewagt! Jetzt bin ich aber wirklich gespannt!«, sagte Byron und folgte Frank über die Kreuzung, was einem Hindernislauf zwischen ratternden Cable Cars, Kutschen, Fuhrwerken, Eselskarren, Pferdetrams und Automobilen gleichkam. In wilder Betriebsamkeit strebten sie in alle Richtungen und nahmen auf Passanten wenig Rücksicht.

Mit der Unerschrockenheit der Jugend, die sich für unverwundbar hält, wieselten Zeitungsjungen, die neueste Ausgabe in dicken Packen auf dem Arm, durch den dichten Verkehr und riefen aus voller Kehle die Schlagzeilen ins Gewühl. Sprangen mit traumwandlerischer Sicherheit auf die Trittbretter fahrender Cable Cars, Automobile, Kutschen und Fuhrwerke, tauschten in Sekundenschnelle Zeitungen gegen Münzen, sprangen wieder ab und rannten im nächsten Moment schon weiter über das Kopfsteinpflaster, um ein anderes vorbeikommendes Gefährt im Lauf zu entern.

Der Platz, den Frank und Byron im Zickzack überquerten und an dem die Third, die Kearny und die Geary Street auf die Market Street trafen, hieß bei den Lokalpatrioten der Stadt »Times Square des Westens«. Eher nüchterne Landsleute bezeichneten ihn schlicht als »Newspaper Row«, weil hier die drei führenden Zeitungen der Westküste ihre beeindruckenden Verlagshäuser hatten. Die erbitterten Konkurrenten standen einander an der Kreuzung quasi Auge in Auge gegenüber.

Aber die Lokalpatrioten hatten gute Gründe, stolz zu sein. Seit 1889 erhob sich an der Ecke Kearny und Market Street das zehnstöckige Gebäude des *San Francisco Chronicle*. Ein paar Jahre später hatte der Zuckerbaron Claus Spreckels, von seinen Mätressen liebevoll *sugar daddy* genannt und damit Verkörperung eines neuen Begriffs, gegenüber an der Ecke Market und Third Street den ersten Wolkenkratzer der Stadt errichtet, in dem das Skandalblatt *The Call* seinen Verlagssitz hatte. Mit seinen neunzehn Stockwerken und der prächtigen barocken Domkuppel an der Spitze war es lange Zeit das höchste Gebäude westlich des Missouri. Bis der Zeitungstycoon William Randolph Hearst, Besitzer der mit Abstand größten Zeitungskette in Amerika, das Grundstück gegenüber kaufte und für sein sensationslastiges Massenblatt *The San Francisco Examiner* ein noch höheres und imposanteres Verlagsgebäude errichten ließ.

Frank konnte es nicht erwarten, Byron sein neues Unternehmen zu zeigen und zu hören, was er davon hielt. Sie waren mittlerweile gute Freunde, Byrons sachkundiges Urteil bedeutete ihm viel. Sein Betrieb in der Folsom Street lief blendend. Dasselbe galt für sein zweites Nickelodeon, das er im Frühjahr in der Mission Street eröffnet hatte. Und von Randell Walsh kamen regelmäßig Quittungen über die Lizenzgebühren, die er angeblich pünktlich an das Syndikat entrichtete.

Doch nun hatte er nicht nur den Sprung nach *north of the slot* gewagt, wo er nicht auf Massen von Einwanderern zählen konnte, sondern das Geschäftsrisiko auch noch durch ein verändertes, kostspieliges Konzept deutlich erhöht. Florence hatte ihm dringend abgeraten und für ein drittes Nickelodeon weiter südlich in den Einfache-Leute-Vierteln plädiert, aber er hatte sich von seinem ehrgeizigen Vorhaben nicht abbringen lassen. Nächste Woche, wenige Tage nach dem Labour Day, würde er hier eröffnen. Und dann würde sich zeigen, ob er ein kleines Vermögen in den Sand gesetzt oder den richtigen Riecher gehabt hatte.

Kurz hinter der Kreuzung stand auf der Kearny Street ein Brauereifuhrwerk mit einem Vierergespann kraftvoller Kaltblüter und hoch beladen mit Bierfässern vor einer Kneipe am Bordstein und versperrte den Blick auf die andere Straßenseite. Der Kutscher, der von der Statur her seinen Zugpferden nicht unähnlich war, rollte mit umgeschnallter Lederschürze Bierfässer von der Ladefläche und ließ sie über eine Rampe in den Keller der Wirtschaft hinunter.

»Ist es noch weiter die Straße rauf?«, fragte Byron und tupfte sich mit einem Taschentuch im Schottenmuster, das zu seinen Knickerbockers passte, Schweißperlen von der Stirn. Für Anfang September war es viel zu warm, geradezu schwül. Die kühle Brise vom Pazifik, auf die sonst immer Verlass war, machte sich an diesem Tag rar.

»Nein, da ist es!«, sagte Frank, als sie an den Kaltblütern vorbeigingen und die andere Straßenseite in Sicht kam. »Mein neues Baby! Na, was sagst du?«

Byron blieb stehen, blickte hinüber und stemmte kopfschüttelnd und mit einem Auflachen die Hände in die Hüften. »Ich glaub's nicht! ... *The Maynard?* ... Wirklich?«

Er starrte auf das riesige Emailleschild, das gut dreißig Fuß breit über dem Eingang von Franks neuem Betrieb prangte. Mit großen rubinroten Lettern, die mit ihrem abgesetzten Goldrand erhaben wirkten und weithin sichtbar waren, verkündete es auf königsblauem Grund: »*The Maynard*«. Und darunter in kleinerer Schrift: »Das seriöse Filmtheater für die ganze Familie«. Rechts neben dem Schild spannte sich ein Leinwandbanner mit dem prahlerischen Aufdruck »Jetzt auch in San Francisco! Eröffnung in Kürze!« über die Hauswand. In den Schaukästen rechts und links neben den Doppeltüren, deren breite Rahmen aus poliertem Messing waren und in deren Milchglasscheiben unübersehbar ein schwungvolles M eingeätzt war, hingen ebenfalls Ankündigungsplakate.

»Du gibst dem Nickelodeon deinen eigenen Namen, als würde der wie ›*Ritz*‹ oder ›*Waldorf*‹ für irgendwas Nobles stehen?« Byron wusste nicht, ob er lachen oder schlicht fassungslos sein sollte.

Frank zuckte grinsend die Achseln. »Warum nicht? Woher sollen die Leute denn wissen, dass dieses *Maynard* das Erste seiner Art ist? Wer fragt da schon groß nach? Der Auftritt muss stimmen und Klasse haben, dann hat man schon gewonnen. Genau so hat es auch bei Randell Walsh funktioniert.«

Byron entschied sich für Lachen und Bewundern. »Das nenne ich Chuzpe, Frank!«

»Wenn alles so läuft, wie ich es mir ausgerechnet habe, steht der Name *The Maynard* tatsächlich bald für etwas – und zwar für erstklassige Qualität in jeder Hinsicht. Außerdem ist das *Maynard* kein Nickelodeon, sondern ein Filmtheater, wie du siehst. Ich werde auch keinen Nickel, sondern einen Dime Eintritt nehmen.« Er hatte lange überlegt, durch welchen Begriff er »Nickelodeon« ersetzen sollte. Erst hatte er mit »Lichtspielhaus« geliebäugelt, weil dieser Begriff in letzter Zeit häufig in Zeitungsartikeln auftauchte. Das galt auch für die Bezeichnung »Cinema«, für die er sich jedoch nicht hatte erwärmen können. Und »Kino«, wie einige »Kinematografie« abkürzten und verballhornten, war ihm zu kurz und klang in seinen Ohren ähnlich billig wie »Nickelodeon«.

Letztlich hatte er sich für »Filmtheater« entschieden, weil damit gemeinhin ein gehobener Anspruch verbunden wurde.

Byron zog die Brauen hoch. »Du nimmst doppelt so viel wie die anderen Nickelodeons?«, fragte er. »Meinst du nicht, dass du dein Blatt damit überreizt?«

»Ich glaube das nicht. Die Varietétheater nehmen auch zehn Cent und leiden keinen Mangel an Besuchern.«

»Aber du betreibst kein Theater, wo Artisten, Zauberer, Sänger und sonstige Unterhalter auftreten, wo auch Musik oder Shakespeare geboten wird!«, wandte Byron ein.

»Ach was!« Frank winkte selbstbewusst ab. »In den Schauspielhäusern und Varietétheatern wird auch nur mit Wasser gekocht, da kommt oft billiger Zinnober auf die Bühne. Das wirklich Neue und Aufregende findet auf der Leinwand statt, und zwar in einem Filmtheater wie dem *Maynard!*«, versicherte er. »Komm, sieh dir an, was meine Besucher für ihre zehn Cent geboten bekommen.«

»Feudal, feudal!«, sagte Byron und klopfte, als Frank die Türen aufschloss, mit dem Fingerknöchel gegen die soliden Messingrahmen.

»Wie gesagt, der Auftritt muss stimmen«, erwiderte Frank mit stolzem Grinsen, ging voran und schaltete im Vorraum das Licht ein. »Ich will weg vom Schmuddel-Image der Nickelodeons mit ihrem Mief und Dreck, und zwar meilenweit weg!«

Byron schaute sich um und war sichtlich beeindruckt. Sein Blick glitt über den Boden aus königsblauen und rubinroten Platten im Schachbrettmuster. Königsblau waren auch die Wände gestrichen, während die Fassungen der Wandleuchten, umrahmt von einer goldenen Akzentlinie an der Wand, im kräftigen Rot der Fliesen und des Namenszugs über dem Eingang gehalten waren. Es gab im Vorraum mehrere Sitzbänke mit dunkelblauen Polstern, eine Reihe Schaukästen, ein liebevoll gestaltetes Kassenhäuschen in den Farben Blau, Rot und Gold und vor einem Durchgang mit einem dunkelblauen Samtvorhang eine hüfthohe Holzbarriere mit einem stählernen Drehkreuz in der Mitte. In einer Ecke standen zusammengeschoben vier Ständer mit Schildern, die darauf hinwiesen, dass es im *Maynard* verboten war, auf den Boden zu spucken. Und unter der Decke hing ein Ventilator. »Meine Güte, das hast du dich ja ganz schön was kosten lassen!«

»Über zweieinhalb Riesen«, sagte Frank stolz. »Und dabei sind noch nicht mal alle Rechnungen eingetrudelt. Am Toilettenraum wird noch gearbeitet.«

Byron schaute ungläubig drein. »Was? Du baust hier Toiletten ein?«

»Klar! Ich hab dir doch gesagt, dass dies ein Filmtheater ist und kein Arme-Leute-Schuppen, in dem es drunter und drüber geht! Hier wird keiner heimlich in eine dunkle Ecke pissen und keine Mutter ihr Kind heimlich zwischen den Stühlen abhalten. Das ist mir alles schon passiert – und zwar mehr als einmal«, sagte Frank, zog den blauen Samtvorhang hinter dem Drehkreuz zurück und führte Byron durch einen kurzen Gang, der in den kleinen Saal mündete. Dort drehte er neben einer Tür einen Schalter um, und an den königsblauen Wänden gingen die Lichter an. Sie warfen einen gedämpften Schein auf fünfundzwanzig Reihen rot lackierter Klappstühle unter einer mattgoldenen Decke mit vier Ventilatoren.

»Sieht mir nach genau zweihundertneunundneunzig Sitzplätzen aus«, sagte Byron auf Anhieb.

»Stimmt! Ich wusste gar nicht, dass du so schnell zählen kannst«, flachste Frank. »Bist ja ein richtiges Rechengenie. Wie machst du das bloß?«

Byron grinste. »Ein Stuhl mehr, und du hättest verdammt kostspielige Feuerschutzmaßnahmen ergreifen müssen. Daher hätte nur ein Idiot diesen einen Stuhl mehr hier aufgestellt.«

Frank schlug ihm freundschaftlich auf die Schulter und nickte.

»Genau. Diese Extrakosten hebe ich mir für mein nächstes Filmtheater auf. Da wird es dann gepolsterte Stühle und eine Galerie geben, vielleicht sogar Logen. Aber natürlich muss erst einmal dieser Laden rundlaufen, bevor ich das angehen kann.«

Byron sah ihn verblüfft an. »Himmel, du hast hier noch gar nicht richtig losgelegt und denkst schon an dein nächstes Nickelode… Pardon, dein nächstes Filmtheater?«

»Warum denn nicht? Man muss das Eisen schmieden, solange es heiß ist, und noch ist die Konkurrenz in San Francisco überschaubar. Also die richtige Zeit, sich ein dickes Stück von dem Kuchen zu schnappen.«

»Du meinst, sich Marktanteile zu sichern.«

»Du sagst es! Ezra hatte recht, das mit den Filmen und Filmtheatern wird noch ein Riesending. Und wenn die Kugel erst mal ins Rollen gekommen ist, gibt es kein Halten mehr. Selbst das Syndikat wird nicht dagegen ankommen«, versicherte Frank, griff in die Tasche und holte eine marmorierte Glasmurmel hervor. »Apropos Kugel: Schau dir das mal an.« Er bückte sich, legte die Murmel vor sich auf den Boden – und sie begann sofort von ihm wegzurollen. Nahm Geschwindigkeit auf und prallte kurz hinter der ersten Stuhlreihe an die brusthohe Stirnwand, über der sich ein blauer Samtvorhang erhob.

»Natürlich, das ist es! Der Boden fällt ab!«, rief Byron. »Und zwar ganz ordentlich! Ich wusste doch, dass mich hier irgendwas irritiert.«

Frank lachte. »Diese Schräge hat mich eine ziemliche Stange Geld gekostet. Aber jetzt haben die Zuschauer in den hinteren Reihen nicht mehr den Kopf ihres Vordermanns so hoch vor sich.«

»Wie im Theater.«

»Langsam begreifst du, was ich hier vorhabe!«, neckte Frank.

»Aber sag mal, wo ist denn die Leinwand?«, fragte Byron und blickte stirnrunzelnd auf den schweren blauen Vorhang, auf dessen

Hälften in der Mitte jeweils mit goldfarbenen Fäden ein großes M eingestickt war. »Erzähl mir nicht, dass die hinter dem Vorhang ist! Wie im …«

Frank kam ihm zuvor. »Ja, genau, wie im Theater! Der Vorhang fährt übrigens auf Knopfdruck zurück, hier ist alles elektrisch. Und dazu spielt jemand Klavier. Das Klavier kommt nächste Woche. Aber das ist noch nicht alles.«

»Ich sehe schon, du hast hier keine Vorführkabine mehr auf einem Podest, sondern den Raum mit den Projektoren vom Saal völlig abgetrennt.«

»Richtig, aber es geht noch weiter«, verkündete Frank stolz. »An den Seiten der Stühle habe ich Haken anbringen lassen, die ineinandergreifen, sodass die Stühle einer Reihe miteinander verbunden sind und nicht mehr bei jeder Bewegung verrücken. Und unter jedem Sitz gibt es einen Drahtbogen. Hat mich elf Cent extra pro Stuhl gekostet.«

»Und wofür soll der gut sein?«

Frank lachte ihn an. »Da kannst du deinen Hut reinschieben, damit du ihn nicht die ganze Zeit in den Händen oder auf dem Schoß halten musst!«

Byron staunte. »Das nenne ich eine clevere Idee!«, sagte er anerkennend und erprobte die Vorrichtung gleich mit seinem Homburg. »Funktioniert perfekt!«

Zum Schluss zeigte Frank ihm den Vorführraum mit den Projektoren. Dort stand auch ein Garderobenständer auf Rollen. An der Stange hingen ein gutes Dutzend Uniformen, rubinrote Hosen mit goldener Seitennaht, dunkelblaue Jacken mit doppelter Goldknopfleiste und einem aufgestickten goldenen M links auf der Brust, und oben auf der Ablage reihten sich kleine rote Filz-Rundkappen mit flachem Deckel aneinander, die aussahen wie ein Fez, nur dass die Quaste fehlte.

»Die Livree für meine Platzanweiser!«, sagte Frank mit unverhohlenem Stolz. »Ich hoffe, das macht Eindruck und trägt dazu bei, dass der Film den üblen Ruf der versifften Nickelodeons bald loswird.«

»Worauf du dich verlassen kannst! Was du hier auf die Beine gestellt hast, beeindruckt ja sogar mich! Junge, Junge, du hast dich wirklich ins Zeug gelegt! Respekt, wem Respekt gebührt!« Byron lüftete seinen Hut. »Das ganze ›The Maynard‹ und ›Jetzt auch in San Francisco!‹ ist zwar ’ne dicke Werbelüge, aber so, wie ich es sehe, stehen die Chancen, dass der Spruch eines Tages tatsächlich beinhaltet, was er ankündigt, nicht schlecht! Vorausgesetzt, du gehst es ruhig an und treibst dich nicht selbst in eine Pleite, indem du dir mehr an den Hals hängst, als du jeweils verkraften kannst!«

Das Lob machte Frank verlegen. »Das wird schon! Aber was taugt das tollste Theater, wenn das Programm nicht ebenso erstklassig ist?«, sagte er schnell. »Und da kommst du ins Spiel, Byron.«

Fragend hob Byron die Brauen.

»Du musst mir die erste Sahne an Produktionen von Unabhängigen liefern. Das kann ruhig etwas mehr kosten als die übliche Massenware. Aber lass uns darüber drüben im ›Café Troubadour‹ reden! Mir knurrt der Magen, und irgendwie ist die Luft hier so trocken – trotz der teuren Belüftung, die ich habe einbauen lassen.« Er zwinkerte Byron zu.

Der grinste. »Jetzt, wo du es sagst, merke ich auch, wie trocken meine Kehle ist. Außerdem müssen wir das neue Flaggschiff natürlich begießen. Zumal ich bei der Eröffnung leider nicht in der Stadt sein kann.«

26

Das »Café Troubadour« lag ganz in der Nähe in der Kearny Street, nur einen Steinwurf entfernt von den Wolkenkratzern der Newspaper Row. Es war weit mehr als nur ein Café, und es war in den Wochen und Monaten, während derer Frank die Arbeiten in seinem neuen Filmtheater überwacht hatte, zu seinem Stammlokal geworden. Die Drinks waren so gut wie der Kaffee oder Tee, und was aus der Küche kam, war schmackhaft, reichhaltig und im Preis angemessen. Weshalb das Lokal auch von vielen Reportern und Redakteuren aus den umliegenden Zeitungshäusern frequentiert wurde, Leuten, die ebenso zu lautstarken Unterhaltungen neigten wie dazu, schon früh am Tag ein Glas zu trinken. Dementsprechend turbulent ging es zu. Es war ein unaufhörliches Kommen und Gehen, die Ladentür schien ständig in Bewegung, das erregte Stimmengewirr gleichbleibend intensiv.

Sie ergatterten einen der hinteren Nischentische am Fenster. Die hohen, gepolsterten Seidenwände der Nische schirmten sie gut gegen die lärmenden Stimmen ab, die überwiegend von der langen Theke mit ihren anderthalb Dutzend Barhockern kamen. Frank bestellte Sandwiches, für sich selbst eins mit Shrimps, für Byron mit Roastbeef, dazu doppelte Whiskys, wegen der frühen Stunde mit einem Schuss Soda.

Die Drinks ließen nicht lange auf sich warten. Sie stießen an, und Frank kam sofort aufs Geschäftliche zu sprechen. Die Schaukästen vor dem *Maynard* sollten Zuschauer anlocken und auf das Programm neugierig machen. Dafür brauchte er Standfotos. Aber noch immer beschäftigten nicht alle Studios einen Fotografen, der die wichtigsten Momente jeder Szene nach dem Abdrehen noch einmal mit den Schauspielern in den entsprechenden Posen festhielt.

»Ich brauche solche Bilder, und sie dürfen nicht so mickrig sein, dass man sie im Vorbeigehen in den Schaukästen gar nicht bemerkt«, sagte er und biss in sein Sandwich. »Am besten wären richtige Poster zu jedem Film.«

»Das kannst du vergessen«, erwiderte Byron und bedeutete der Bedienung, ihnen neue Drinks zu bringen. »Bei den vielen kurzen Streifen, die jede halbwegs professionelle Produktionsfirma im Monat abdreht, stünden die Kosten für Poster in keinem Verhältnis zum Nutzen. Und was sollte da auch draufstehen? Wer an der Kamera die Kurbel gedreht hat oder wer der Mann an den Scheinwerfern war? Oder vielleicht die Namen von den Tölpeln, die sich bei den Slapsticks zum Schreien dumm anstellen und immer eins reingewürgt bekommen?« Er lachte gleich selbst über diese absurde Vorstellung. »Ich glaube nicht, dass die betrunkene Frau aus dem Streifen mit der Wirtshausprügelei gern ihren Namen irgendwo angeschlagen sehen möchte. Und wen sollte das auch interessieren?«

Auch Frank lachte, obwohl er die Idee nicht so abwegig fand wie sein Freund. Das behielt er jedoch für sich, weil ihn wichtigere Dinge beschäftigten. Außerdem hatte er schon beschlossen, auf eigene Kosten Plakate drucken zu lassen, die einen kurzen Überblick über die Handlung der Filme seines jeweiligen Programms gaben. So aufwendig war das gar nicht, wenn man nur mit dem Drucker richtig verhandelte und ihm klarmachte, dass er bei einem vernünftigen Preis einen krisenfesten Dauerauftrag in der Tasche hatte.

»Schon gut, ich vergesse es«, sagte Frank und kam auf den ärgerlichen Umstand zu sprechen, dass es in der Filmindustrie noch immer keine Einigung darüber gab, mit welcher Geschwindigkeit Filme gedreht wurden. Die einen kurbelten mit einer Geschwindigkeit von zwölf Bildern pro Sekunde an der Kamera, die anderen arbeiteten mit vierzehn oder sechzehn. Das führte beim Abspielen zu Problemen, vor allem wenn man Filme mit unterschiedlichen Aufnahmegeschwindigkeiten in einem Programm hatte. Passte der Vorführer am Projektor beim Wechsel der Spulen nicht höllisch auf, raste das Geschehen entweder mit affenartiger Geschwindigkeit über die Leinwand, oder es zog sich unnatürlich langsam und mit viel augenbelastendem Geflacker hin.

»Ich gebe das weiter«, versprach Byron. »Leider fehlt es in der Filmindustrie in vielem noch an verbindlichen Standards.«

»Wo du von Standards sprichst: Was ich wirklich blöd finde, ist, dass so viele Produzenten ihre Filme einfärben, damit der angeblich dumme Zuschauer auch wirklich kapiert, ob eine Szene innen oder außen spielt und ob als Nächstes eine beschauliche Teestunde oder eine erotische Szene kommt«, klagte Frank über das sogenannte *Viragieren,* bei dem ein halbes Dutzend Farben eingesetzt wurden. Blau zeigte an, dass die Handlung nachts und außen spielte, während Sepia für nachts und innen stand. Szenen mit erotischem Inhalt, aber auch solche mit Gewalt, bekamen Rot, was Frank besonders störte, andererseits aber wohl Einblick in die verquere Psyche gewisser Filmemacher gab. »Die Zuschauer sind viel schlauer, als diese Leute glauben. Mit diesem Blödsinn muss Schluss sein. Stattdessen sollte der Schwarz-Weiß-Film zum verbindlichen Standard werden!«

Byron nickte. »Ich halte auch nichts vom Viragieren, zumal es per Hand gemacht werden muss und deshalb sehr ins Geld geht«, sagte er, während die Bedienung ihre leeren Gläser abräumte und ihnen zwei neue doppelte Whisky mit Soda hinstellte. »Kurze Zwischentitel sind meines Erachtens völlig ausreichend, damit der Zuschauer weiß, was los ist. Und man muss nun wirklich kein Geistesriese sein, um zu sehen, ob eine Szene draußen oder drinnen spielt!«

»Schön, dass wir mal wieder einer Meinung sind!« Frank hob sein Glas.

Byron tat es ihm gleich. »Möge das *Maynard* zu einer Goldgrube werden!«

Die geriffelten Gläser klirrten hell aneinander.

Frank bot Byron eine Zigarette an und steckte sich dann selbst eine an. »Sag mal, greifst du manchmal zu einem Buch?«, fragte er, blies das Streichholz aus und schnippte es in den Aschenbecher.

Byron stutzte. »Mit Büchern bin ich aufgewachsen! Sie waren meine große Liebe, bevor ich dem Film verfiel«, sagte er dann mit einem Grinsen, das seinen leichten Schwips verriet. »Ich halte sie mir als treue Geliebte, der ich vor allem auf meinen langen Zugfahrten in inniger Treue verbunden bin.«

Frank nickte. »War bei mir genauso. Das ist wohl das einzig Gute, was ich über meinen Alten sagen kann: dass er mir die Welt der Bücher eröffnet und meinen unersättlichen Lesehunger immer gestillt hat. Aber was liest du lieber, Kurzgeschichten oder Romane?«

»Romane, gar keine Frage!«, sagte Byron, ohne zu zögern, und furchte dann die Stirn. »Aber worauf willst du hinaus? Du hast was im Sinn, das sehe ich dir doch an.«

»Stimmt. Ich frage mich nämlich, warum nicht endlich längere Filme produziert werden«, rückte Frank mit der Sprache heraus.

»Aber es gibt doch welche!«, rief Byron. »Oder hast du vergessen, dass Streifen wie *The Great Train Robbery* und *The Hold-Up Of The Rocky Mountain Express,* den ich dir gerade mitgebracht habe, satte tausend Fuß lang sind? Die haben je nach Aufnahmegeschwindigkeit eine Abspieldauer von geschlagenen zwölf bis fünfzehn Minuten! Ist das denn nicht lang?«

Frank schüttelte den Kopf. »Finde ich nicht.«

»Mann, ich kann mich noch gut an die ersten Jahre erinnern, damals sind sie gerade mal eine Minute gelaufen, oder noch kürzer!«

»Okay, seitdem ist eine Menge passiert«, räumte Frank ein. »Aber wie du es auch drehst und wendest, selbst Kassenschlager wie *The Great Train Robbery* sind letztlich doch nur Short Storys in Zelluloid. Der Zuschauer wird in eine Handlung hineingeworfen, erfährt aber so gut wie nichts über die handelnden Personen, ihre Vorgeschichte und Motive und so weiter. In einem dramatischen Roman findest du dagegen alles, was eine wirklich gute Geschichte ausmacht.«

»Was die Leute aber nicht davon abhält, Nickelodeon-Betreibern wie dir die Bude einzurennen!«, hielt Byron ihm entgegen.

»Ja, bis sie der immer gleichen dürftigen Handlung überdrüssig sind! Und irgendwie sagt mir mein Gefühl, dass das heute schneller passiert als bei den einminütigen Streifen. Damals waren die bewegten Bilder noch eine echte Sensation. Dieser Effekt hat sich aber längst gelegt; jetzt geht es darum, die Leute, deren Ansprüche gewachsen sind und bestimmt weiter wachsen werden, immer besser zu unterhalten und nach immer neuen Filmgeschichten süchtig zu machen.«

»Keine Ahnung, ob du da den richtigen Riecher hast«, sagte Byron und schlürfte genüsslich Whisky. »Das Syndikat sieht das jedenfalls anders. Die verlangen von ihren lizenzierten Produzenten ausnahmslos Einspuler von tausend Fuß Länge, die nicht länger als fünfzehn Minuten laufen. Dafür zahlen sie für den Verleih eine fixe Summe. Das ist bei denen wie in Stein gemeißelt, Inhalt und Qualität spielen da keine Rolle. Und weil das Syndikat nun mal den Massenmarkt beherrscht und die Richtung vorgibt, in die die Filmbranche marschieren soll, orientieren sich auch die meisten Unabhängigen an diesen Vorgaben.«

»Was ich für Schwachsinn halte. Ich bin sicher, das Publikum wird bald richtig lange Geschichten auf der Leinwand sehen wollen; Geschichten, die sich mit Romanen vergleichen lassen.«

»Also ich weiß nicht, ob du auf Dauer genug Leute findest, die

die Geduld aufbringen, sich einen Film anzusehen, der eine halbe Stunde oder gar noch länger dauert. Dicke Romane taugen ja auch nicht gerade fürs Massenpublikum«, wandte Byron ein. »So wie ich das sehe, wollen die Leute leichte Kost, bei der sie sich nicht anstrengen müssen, um der Handlung zu folgen. Aber warum versuchst du es nicht mal selbst?«, fragte er mit einem Augenzwinkern. »Eine Kamera hast du ja, und Rohfilm lässt sich auf dem schwarzen Markt beschaffen.«

Die absurde Vorstellung, dass er mit der Pathé einen Film drehen könnte, ließ Frank schallend auflachen. »Nee, das werde ich mal schön bleiben lassen! Davon verstehe ich nichts. Außerdem habe ich schon genug am Hals!«

»Da du gerade davon sprichst, was du dir mit deinem kostspieligen Filmtheater aufgehalst hast«, sagte Byron und grinste verschmitzt. »Was ist mit deiner hübschen Gangsterbraut, dieser Florence? Bist du noch mit ihr zusammen?«

»Mhm«, machte Frank mit kurzem Nicken und leerte sein Glas.

»Und, wie läuft's? Wird das was Festes mit euch?«

Frank zögerte und drehte das leere Glas unruhig auf der Tischplatte hin und her. »Es ist jetzt schon fester, als mir eigentlich lieb ist«, gestand er widerstrebend, und seine gute Laune war mit einem Mal verflogen. Byrons Frage erinnerte ihn nicht nur daran, dass er am nächsten Tag mit Florence zu ihm völlig fremden Leuten nach Placerville reisen sollte, sie machte ihm auch einmal mehr bewusst, wie eng ihre Beziehung geworden war. Es kam ihm so vor, als sei das über Nacht geschehen, was natürlich Unsinn war. Er hatte es zugelassen, daran ließ sich nicht rütteln. Aber er hatte während der vergangenen Wochen und Monate den Kopf einfach zu voll gehabt, um über das, was sich da zwischen ihnen anbahnte, nachzudenken.

Byron hob die Brauen, fragte aber nicht nach, sondern überließ es seinem Freund, ob er weiter darüber reden wollte.

Frank zuckte die Achseln und fing schließlich an zu erzählen. »Wir verbringen mittlerweile fast jede Nacht miteinander«, begann er.

»Daran ist nicht viel auszusetzen, wenn du mich fragst, vor allem wenn die Frau so hübsch und knackig ist wie deine Flo«, flachste Byron.

»Daran habe ich auch nichts auszusetzen. Der Sex ist großartig, und auch sonst mag ich ihre Gesellschaft. Aber irgendwie ist es schon selbstverständlich geworden, dass sie bei mir ein und aus geht. Fast so, als wäre sie eingezogen. Und da sind diese gewissen Zeichen, die mich allmählich nervös machen.«

»Als da wären?«

Frank verzog das Gesicht, orderte eine dritte Runde und sagte: »Na ja, dass sie vor einem Brautmodengeschäft stehen bleibt, die Kleider ausgiebig bewundert und von mir wissen will, welches ich am schönsten finde.«

»Oje!«

»Ja, und neuerdings macht sie Vorschläge, wie meine Wohnung, die sie anfangs doch so toll fand, schöner und gemütlicher werden könnte, wenn man dies rausschmeißen und jenes dazukaufen würde«, zählte Frank weiter auf. »Und es irritiert mich gewaltig, dass sie mir von den Freuden der Mutterschaft und dem Baby vorschwärmt, das ihre Freundin Lizzy letzten Monat bekommen hat. Letztens, als wir … na ja, im Bett zugange waren und ich die Packung mit den Präsern nicht gleich fand, wollte sie, dass wir es ohne machen, weil angeblich nichts passieren könne. Dabei hatte sie ihre Tage erst eine Woche später. Solche Dinge eben!«

Byron setzte eine bedenkliche Miene auf. »Tja, offenbar hört deine Süße schon die Kirchenglocken läuten, während bei dir langsam die Alarmsirenen angehen«, stellte er fest. »Und wie mein alter Herr zu sagen pflegte: Das Land der Möglichkeiten ist immer hübscher und verlockender als die Wirklichkeit.«

»Da ist was dran«, murmelte Frank und starrte in den bernstein-farbenen Whisky, der vor ihm auftauchte. »Aber es ist ja nicht so, als wäre ich ihrer überdrüssig und scharf darauf, eine andere Eroberung zu machen. Eigentlich passen wir gut zusammen, Florence und ich. Ich lasse mich nur nicht gern zu was drängen und schon gar nicht verstohlen in eine Richtung dirigieren, die sich nachher als Sackgasse herausstellt. Was ich tue, tue ich aus freien Stücken!«

»Und? Was wirst du tun?«

»Ehrlich gesagt, ich weiß es nicht!«, gestand Frank und kippte den dritten doppelten Whisky mit einem Zug hinunter.

27

Sie waren beide nackt und trieben auf einer sanften Dünung durch die Dämmerung. Ein warmer Wind kam auf, brachte Bewegung in das Segel und strich über seinen Körper. Hände legten sich auf ihn, glitten über seine Brust und fanden ihn erregt. Hart und aufrecht wie der Mastbaum ihrer Sloop reckte sich sein Glied der Liebkosung entgegen. Das erste Licht des Tages lugte hinter dem Segel hervor, das unruhig flatterte. Flüchtig ging ihm durch den Kopf, dass man dieses Flattern in der Seemannssprache *killen* nannte. Er hätte jetzt anluven müssen, damit sich das graue Tuch wieder prall mit Wind füllte, sich spannte und das Boot vorantrieb, aber es kümmerte ihn nicht, was das Segel machte; wichtig war nur, was die Hände mit seinem Schwanz machten. Er spürte, wie sich ihr Bein über seine Hüfte schob und ihre Hand ihn in die feuchte Hitze ihrer Spalte führte. Ihr Becken drückte sich ihm entgegen, und mit einem lustvollen Stöhnen teilte er das zarte Fleisch, das sich ihm willig öffnete.

Die sanfte Dünung wich zunehmendem Wellengang. Das heftige Auf und Ab ließ sie beide keuchen, und je wilder der Tanz auf den Wellen wurde, desto größer wurde seine Lust. Schoss ihm in den Unterleib, drängte sich der Spitze seines Schwanzes entgegen. Er spürte, wie sich mit scheinbar unerträglichem Kribbeln die Entladung ankündigte – und wie er zugleich aus dem Halbschlaf ins Bewusstsein zurückkehrte.

»Ja … ja … so ist es schön! O Gott!«

Frank schlug die Augen auf, schaute sie an.

Florence lag, ihm zugewandt, den Kopf leicht nach hinten geneigt, auf der Seite. Sie hatte die Augen halb geschlossen, atmete flach und schnell und lächelte das Lächeln selig qualvoller Lust.

Ein erster Schimmer Morgensonne fiel durch das Fenster, das sie wegen der unnatürlichen Wärme letzte Nacht halb offen gelassen hatten. Es war ein schmaler Keil aus Licht, der auf ihren nackten, schwitzigen Körpern lag. Zwischen den nicht ganz zugezogenen Vorhängen bewegte sich die dünne Gardine im Wind – die hatte er im Halbschlaf für ein Segel gehalten.

Gerade wollte er die Hand auf ihren festen Po legen, um noch tiefer in sie stoßen zu können, wenn er sich in ihr entlud, da durchfuhr es ihn jäh: Was er nicht spürte, war der Druck, den der Ring eines Präsers unten auf den Schaft ausübte.

Himmel, sie hatten Sex ohne Verhütung!

Ein, zwei Sekunden lang kämpfte der Schreck gegen das unbändige Verlangen an, sich der Lust zu überlassen, dann gewann er die Oberhand.

Hastig zog Frank sich zurück.

»He! Was machst du?«, protestierte Florence, sog scharf die Luft ein und versuchte ihn festzuhalten, klammerte mit ihrem Bein. »Nein, bitte bleib!«

Mit einem Stöhnen, das eine Mischung aus lustvoller Erlösung und unterdrücktem Fluch war, wehrte er den Klammerversuch ab und rollte von ihr weg.

»Warum hast du das getan, Schatz? Das hättest du wirklich nicht tun sollen, ich war so kurz davor!«, schmollte Florence schwer atmend, beugte sich über ihn und wollte es ihm mit den Händen machen.

»Lass das!«, knurrte er, kehrte ihr den Rücken zu, setzte sich auf die Bettkante und überließ es seinen Händen, schnell und lieblos zu beenden, was sie in Gang gesetzt hatte. Schon nach wenigen Augenblicken war er so weit. Er presste die Lippen zusammen, um nicht aufzustöhnen.

»Was ist denn plötzlich in dich gefahren, Frank?« Sie schlug einen neckischen Ton an. »Seit wann stehst du denn auf Handarbeit? Das ist nun wirklich kein Kompliment für mich, Schatz. Sonst hast du doch auch nichts gegen eine Morgennummer, ganz im Gegenteil.«

»Aber nicht ohne Präser!«, stieß er hervor und fühlte anstelle der wonnevollen Ermattung, die ihn sonst nach gutem Sex überkam, einen tiefen Groll, Argwohn und einen schalen Geschmack im Mund. Mehr denn je wünschte er, er hätte sich nicht dazu breitschlagen lassen, mit ihr zu der jungen Familie nach Placerville zu fahren. Und dann auch noch über das lange Wochenende. Der Streit schien ihm ein schlechtes Omen für ihre Reise zu sein.

»Ach, da wäre bestimmt nichts passiert!«, versicherte sie treuherzig, aber sie klang doch defensiv. »Ich kenne meinen Körper, ich weiß, wann es okay ist, es mal ohne Präser zu tun. Sonst hätte ich schon einen genommen.«

»So ein Quatsch! Das kannst du gar nicht wissen! Jedenfalls nicht außerhalb deiner Tage!«, gab er grimmig zurück.

»Aber wenn ich dir …«

Schroff schnitt er ihr das Wort ab. »Außerdem hatten wir das Thema schon mal, falls du dich nicht daran erinnern solltest! Niemals ohne Präser, so war es verabredet, verdammt! Also mach das nie wieder!«

In ihrem Gesicht zuckte es. »Was habe ich denn gemacht?«

Er schoss ihr einen erbosten Blick zu. »Das weißt du ganz genau! Ich habe keine Lust, im Bett Roulette zu spielen, kapier das doch! Im Augenblick habe ich einfach zu viel am Hals und riskiere zu viel, als dass ich außerdem noch die Verantwortung für eine Familie übernehmen könnte!«

»Was soll das denn heißen, was unterstellst du mir? Glaubst du vielleicht, ich will dir ein Kind unterschieben?« Mit einem Ruck setzte sie sich auf. Plötzlich schimmerten Tränen in ihren Augen. »Hältst du mich wirklich für so gemein und berechnend?«

»Ich unterstelle dir gar nichts!«, erwiderte Frank mürrisch, obwohl ihm genau dieser Verdacht gekommen war, und zwar nicht erst an diesem Morgen. Andererseits wollte er auch nicht ausschließen, dass sich dahinter nicht das Kalkül einer Frau verbarg, die darauf baute, durch eine Schwangerschaft den ersehnten Ehering zu erzwingen, sondern eher so etwas wie ein unbewusster weiblicher Zeugungstrieb. Deshalb fuhr er in milderem Ton fort: »Ich will nur, dass du weißt, wie ich zu dem Thema stehe, und dass wir uns darüber einig sind, dass so etwas wie eben nicht wieder passiert.«

»Das war ja deutlich genug«, murmelte Florence, schniefte leise und wischte sich Tränen aus den Augen. Doch als er von der Toilette zurückkam, hatte sie sich gefasst und brachte sogar ein versöhnliches Lächeln zustande. »Komm, lass uns wieder gut sein und gib mir einen Kuss! Ich möchte, dass wir ein wunderschönes Wochenende haben! Es soll dort oben an dem See wunderschön sein. In der Höhe hat bestimmt schon die Laubfärbung eingesetzt! Da ist jetzt *Indian Summer!*«

Er gab ihr den Kuss, weil er nicht nachtragend wirken wollte, zog sich an und legte sein Rasierzeug in die schon am Vorabend gepackte Tasche. Aber sein Herz war nicht wirklich dabei, weder beim Kuss noch bei den Reisevorbereitungen.

Ihr Zug nach Placerville, mit Umsteigen in Sacramento, ging von der Bahnstation der *Southern Pacific* in Oakland ab. Zum Fähren-Terminal nahmen sie eine Mietdroschke, Frank wollte sich nicht mit den Reisetaschen abschleppen. In der Kutsche bestritt Florence die Unterhaltung so gut wie allein. Genau genommen war es überhaupt keine Unterhaltung, sondern ein nervöser Monolog, denn er steuerte nichts anderes bei als ein gelegentliches »Mhm« oder »Ach so«; manchmal nickte er auch nur.

Als fürchte sie das Schweigen, redete sie betont munter und in einem unablässigen Strom. Lang und breit ließ sie sich darüber aus, wie gut Lizzy es doch getroffen habe; Jimmy müsse nicht länger als Vertreter herumreisen, denn seine alt gewordenen Eltern hätten ihm im Frühjahr ihre Ferienpension an diesem romantischen See überschrieben, und nun führten Lizzy und er den Betrieb zusammen. Und wie einfach und bequem es doch sei, dass es mit der *Southern Pacific* eine direkte Verbindung in das idyllische Städtchen in den Bergen gebe, wo Mitte des vergangenen Jahrhunderts der viel beschworene Goldrausch ausgebrochen sei. Es solle ja immer noch Gold in den Flüssen und Schluchten gefunden werden, natürlich nicht so leicht und nicht in solchen Mengen wie fünfzig Jahre zuvor, aber immerhin. Ob es nicht spaßig wäre, wenn sie das mit dem Goldwaschen während ihres Aufenthalts dort oben auch mal versuchten? Vielleicht verirre sich ja tatsächlich ein Goldkörnchen in ihre Waschpfanne. Und überhaupt …

Frank hörte nur mit halbem Ohr hin, bestenfalls. Er blickte aus dem Fenster, sah in den jungen Morgen hinaus. Die Straßen füllten sich mit Menschen, Fahrzeugen und Lärm. Sein Blick folgte einem Automobil, einem offenen Roadster, und er überlegte, ob er es sich leisten konnte, sich ein Automobil anzuschaffen. Natürlich keinen offenen Flitzer, sondern einen geschlossenen Wagen. Vielleicht sogar einen dieser schwarzen, kastenförmigen Lieferwagen von Maxwell oder Ford, die er in letzter Zeit öfter gesehen hatte und die irgendwann wohl den Pferdefuhrwerken den Garaus machen würden.

Im Fährhafen bestiegen sie die *Amador,* die auch die Leinen loswarf, kaum dass sie an Bord gegangen waren. Unter Sirenengeheul schob sich der Raddampfer in die Bay hinaus. Sie gingen aufs Oberdeck. Florence' Redestrom war versiegt. Frank steckte sich eine Zigarette an und blickte zur Golden Gate hinüber. An die von Klippen gesäumten Ufer der beiden vorspringenden Landzungen krallten sich noch die letzten Schatten der Nacht. In der zwei Meilen schmalen Durchfahrt zwischen den Landenden zeichnete sich wie ein Scherenschnitt die Silhouette eines einlaufenden Frachters ab. Schweigend standen sie Seite an Seite.

»Ich hole mir noch etwas zu trinken«, sagte Florence, als sie die Stille nicht länger ertrug. »Soll ich dir auch etwas bringen?«

»Nein, danke.« Franks Blick folgte den Booten von zwei italienischen Shrimpern. Die an Backbord und Steuerbord weit hinausreichenden Ausleger, die aus hartem Eukalyptusholz bestanden und gut sechzig Fuß lange Netze durchs Wasser zogen, waren auf beiden Booten ausgefahren. Das bedeutete, dass sie Flut hatten, denn nur wenn das Wasser auflief, also am stärksten in Bewegung war, gingen die Shrimper auf Fang.

Florence blieb lange weg. Viel länger, als es selbst bei starkem Andrang dauern konnte, dort unten bedient zu werden. Er war froh, dass sie ihn mit seinen Gedanken allein ließ, und zugleich schämte er sich dafür, dass er so fühlte.

Der Aufenthalt in Oakland war kurz. Bei ihrem Eintreffen stand die Lokomotive des Morgenzugs nach Sacramento längst unter Dampf. Die Zugbegleiter ließen schon ihre Trillerpfeifen schrillen und drängten zum Einsteigen.

Frank half Florence in den Waggon, für den sie Platzkarten hatten, und reichte ihr die bauchige Reisetasche hinauf. Er hatte schon nach der Haltestange aus poliertem Messing gegriffen, um ihr zu folgen, doch der innere Widerstand, mit dem er schon seit dem Aufstehen rang, war plötzlich unüberwindlich. Er ließ seine Tasche auf den Perron fallen und machte einen Schritt zurück.

»Tut mir leid, aber ich komme nicht mit, Florence!«, brach es aus ihm heraus. »Sag Lizzy und ihrem Mann, mir ist was dazwischengekommen, eine wichtige geschäftliche Angelegenheit. Dir wird schon was einfallen. Ich … ich kann einfach nicht!«

Sie starrte ihn an, und er fand in ihrem Gesicht weder Überraschung noch Fassungslosigkeit, sondern nur Schmerz und Enttäuschung. »So, es tut dir leid. Was genau tut dir denn leid?« Ihre

Stimme war fest, ihr Ton bissig, aber ihre Unterlippe bebte, und ihre Hand krampfte sich so fest um den Griff der Reisetasche, dass die Knöchel weiß hervortraten.

Frank schluckte und zuckte die Achseln. »Mir ist das alles … zu schnell … zu eng geworden«, brachte er stockend heraus. »Ich hätte wohl eher was sagen müssen. Es ist auch dir gegenüber ungerecht. Ich meine, wenn du mehr erwartest, als ich dir derzeit geben kann. Wir hätten darüber reden sollen …« Er machte eine vage Geste und ließ den Satz unvollendet. Sein Gesicht glühte. Am liebsten wäre er ihrem Blick ausgewichen.

Sie lachte bitter. »Ich klammere also und versuche, dich in die Ehe zu locken? Vielleicht sogar mit einer Schwangerschaft, ja? Ist es das, was du sagen willst?«

»Das habe ich nicht gesagt!«

»Aber gedacht!« Florence kämpfte mit den Tränen.

»Bitte einsteigen! Der Zug fährt gleich ab!«, schallte es über den Bahnsteig. »Bitte vom Gleis zurücktreten!«

»Ich weiß doch selbst nicht, was ich will. Das Einzige, was ich sicher weiß, ist, dass wir eine Pause brauchen!«

»Nicht wir brauchen sie, du willst sie!«

»Ja, ich brauche und ich will sie! Damit ich mir darüber klar werde, ob und wie es mit uns weitergehen soll. Mein Gott, Florence! Mach es doch nicht noch schwerer, als es ist. Ich will mich nicht mit dir streiten!«

»Ich will mich auch nicht streiten, denn ich liebe dich!«, rief sie aus, und nun liefen ihr Tränen übers Gesicht.

Frank schluckte. Hatte er ihr je gesagt, dass er sie liebte? Er konnte sich nicht erinnern. Musste er sich dessen schämen? Was hatte er da bloß für einen Schlamassel angerichtet? Warum hatte er nicht mit offenen Karten gespielt, sondern in der Schwebe gelassen, was er von Anfang an hätte klarstellen müssen?

»Was ist denn nun? Fahren Sie mit oder nicht, Mister?«, rief einer der Zugbegleiter von der Plattform des angrenzenden Waggons herunter.

»Nein, ich fahre nicht mit, sieht man das denn nicht?«, gab Frank zurück und sagte an Florence gewandt: »Ich weiß, dass ich vorher mit dir darüber hätte reden müssen und nicht hier auf dem Bahnsteig. Ich weiß auch, dass ich dir viel schuldig bin und …«

»Einen Dreck bist du mir schuldig!«, fiel sie ihm mit jäh aufflammendem Zorn ins Wort. »Was ich getan habe, habe ich getan, weil ich es wollte! Ich habe es nicht nötig, mir eine Ehe zu erschleichen! Was glaubst du denn, wer du bist? Gottes Geschenk an die Frauen? Steck dir dein dämliches ›Ich bin dir so viel schuldig!‹ sonst wohin und scher dich zum Teufel, Frank Maynard!« Ein Blick wie ein Blitz schoss aus ihren Augen, dann wandte sie sich ab und verschwand im Waggon, ohne sich noch einmal am Fenster zu zeigen.

Erneut schrillte eine Trillerpfeife über den Bahnsteig, eine rote Kelle ging hoch, und der Morgenzug nach Sacramento ruckte unter Stampfen und mächtigen, Ruß spuckenden Dampfstößen an.

Eine ganze Weile sah Frank ihm schuldbewusst nach. Er machte sich Vorwürfe, fühlte sich schäbig. Zu dieser hässlichen Szene hätte es nicht kommen dürfen. Die hatte allein er zu verantworten.

Aber als der Zug außer Sicht war und er sich auf den Weg zu den Landungsbrücken der Fähren machte, besserte sich seine niedergedrückte Stimmung mit jedem Schritt. Immer leichter wurde ihm ums Herz, und als er an Bord der *Amador* ging und die warme Sonne im Gesicht spürte, überkam ihn eine geradezu euphorische Lebensfreude. Er fühlte sich befreit. So als sei er gerade noch mal davongekommen!

28

Harriet fürchtete, zu spät am Pier zu sein. Auf dem Weg zum Fährhafen war Magnus mit der Kutsche in der Front Street eine ganze Weile im Verkehr stecken geblieben. Ein schwer beladenes Fuhrwerk mit morschen Seitenwänden hatte vor ihnen seine halbe Ladung aus Vierkanthölzern und Brettern über die Straße verstreut und so die Fahrbahn versperrt. Quälend lange hatte es kein Vor und kein Zurück gegeben.

Wenig damenhaft hastete sie mit eingerolltem Sonnenschirm durch den Terminal, der zu dieser Morgenstunde seinen ersten Ansturm von eintreffenden und die Stadt verlassenden Passagieren erlebte. Die Landungsbrücke, die von den Oakland-Fähren angesteuert wurde, war gottlob gleich eine der ersten rechts hinter dem Ausgang zur Bay. Aber als Harriet in die Sonne hinaustrat, wartete dort kein Raddampfer mit rauchenden Schornsteinen.

Enttäuschung und Ingrimm überkamen sie. Wegen dieses schlampigen Kutschers hatte sie nun Jordan Shaws Abreise verpasst und ihn nicht mit ihrem Erscheinen überraschen können!

Doch im nächsten Moment sah sie ihn, wie er seinen Gepäckträger entlohnte; er war die stattlichste Erscheinung auf dem ganzen Pier und selbst in Reisekleidung ein Bild vollendeter, jedoch unaufdringlicher Eleganz! Augenblicklich hellte sich ihr Gesicht wieder auf, und aller Groll fiel von ihr ab. Ganz wie erhofft war sie die Einzige, die sich an diesem herrlichen Septembermorgen auf der Pier von ihm verabschiedete, bevor er zu seiner Reise halb um die Erde aufbrach!

In Oakland wartete ein Pullman-Abteil im transkontinentalen *Overland Limited* auf Jordan, in New York ein Luxusliner, der ihn nach England bringen würde. Nach einigen Wochen in London, die mit den Vorbereitungen für die Expedition und Treffen mit anderen Teilnehmern ausgefüllt sein würden, sollte es per Schiff nach Ägypten gehen, wo sie in Kairo einen Flussdampfer besteigen und viele hundert Meilen nilaufwärts fahren würden, zum Ziel ihrer Ausgrabungen irgendwo in der gottverlassenen Wüste.

Jordan freute sich, sie zu sehen, doch war er zu sehr untadeliger Gentleman, um seinen Gefühlen starken, geschweige denn überschäumenden Ausdruck zu verleihen, egal ob in der Öffentlichkeit oder im privaten Rahmen.

»Wie schön, dass Sie sich die Zeit genommen haben, Harriet!«, begrüßte er sie mit der für ihn so typischen Zurückhaltung, die manchmal etwas irritierend Unzugängliches an sich hatte. Dabei sprachen seine strahlenden rauchgrauen Augen eine völlig andere Sprache. Eine, die Harriet besser verstand und die ihr entschieden besser gefiel als seine kultivierte Unaufdringlichkeit. »Oder sind Sie gekommen, um mich im letzten Moment noch anderen Sinnes werden zu lassen?« Dazu wagte er sogar ein Augenzwinkern.

Mit einem Lachen sagte sie: »Wie könnte ich es wagen, Sie von Ihrer großen Leidenschaft abhalten zu wollen? Schließlich buddeln Sie gern im heißen Wüstensand nach den Schätzen des Pharaos.« Es war genau der leicht scherzende, fast immer doppelbödige Ton, der sich so oft in ihre Gespräche schlich. Die ernsten, wichtigen Dinge blieben ungesagt, schwangen aber unter der Oberfläche ihrer amüsanten Unterhaltungen stets mit. Es war wie ein spielerisches Kreuzen von Florettklingen, bei dem jeder der sicheren Deckung den Vorzug vor einem gewagten Angriff gab. Nur dass hier der blitzende Stahl der Klingen aus sorgfältig gewählten Worten geschmiedet war.

»Es stimmt schon. Das Buddeln im Wüstensand im Dienst der Wissenschaft namens Archäologie ist ein Bazillus, den man schlecht wieder loswird«, erwiderte er und strich sich eine vorwitzige nussbraune Strähne aus der Stirn. »Mein seliger Onkel Geoffrey, möge er in Frieden ruhen, hat mich damit angesteckt, als er mich vor sieben Jahren auf eine seiner Ausgrabungsexpeditionen mitgenommen hat.« Er machte eine kurze Pause und blinzelte, als schmerze ihn die im Sonnenlicht gleißende See in den Augen.

Harriet glaubte zu wissen, was ihm in Wahrheit durch den Kopf ging, nämlich der jähe Tod seines Onkels. Geoffrey Whittaker, der Bruder seiner Mutter und sein großes Vorbild, hatte im Januar in Ägypten bei einem tragischen Unfall schwere Verletzungen erlitten. Einen Tag nach dem Eintreffen des Telegramms hatte Jordan sich auf den Weg zu ihm gemacht, doch der Onkel hatte sich von seinen Verletzungen nicht erholt. Zwar hatte er sich noch einige Wochen im Krankenhaus gequält, aber kurz nach der Ankunft seines Neffen in Kairo war er verstorben. Es hatte Jordan sehr getroffen, ihn im Bleisarg nach Hause bringen zu müssen, denn der Onkel hatte ihm nähergestanden als sein Vater. Ende März war Geoffrey Whittaker auf seinem Landgut im Napa Valley beigesetzt worden. Einen geschlagenen Monat war Jordan dort, auf der anderen Seite der Bay, bei seiner Tante Agnes geblieben, um mit ihr gemeinsam zu trauern. Erst nach Ostern war er nach San Francisco zurückgekehrt und hatte sein dezentes Werben mit Ausfahrten sowie Einladungen zu Theateraufführungen, Opernbesuchen und anderen gesellschaftlichen Ereignissen wiederaufgenommen. Zur hellen Freude ihrer Mutter, die »diese blendende Partie« schon hatte davonschwimmen sehen.

Jordan räusperte sich, verlegen, als habe er ihre Gedanken ebenso mühelos erraten wie sie seine. »Aber um auf die Leidenschaft zurückzukommen: Der Mensch ist nicht nur zu einer Form der Leidenschaft fähig«, sagte er und fuhr unvermittelt ernst fort: »Und schon gar nicht sind alle Leidenschaften gleichrangig. Die des Herzens, die von brennender Sehnsucht erfüllt ist, bezwingt doch alle anderen, nicht wahr?« Dazu bedachte er sie mit einem eindringlichen Blick.

Sie las darin die Hoffnung, sie möge ihm ein Zeichen geben, das unmissverständlich von erwiderter Liebe zeugte und die Macht hatte, ihn noch im letzten Moment von der langen Reise zurücktreten zu lassen. Aber bei aller aufrichtigen Zuneigung – zu diesem folgenschweren Schritt konnte sie sich nicht bringen. Deshalb wich sie der Antwort aus, indem sie so tat, als habe sie seine verkappte Frage nicht bemerkt.

»Oh, da Sie vom Bezwingen sprechen, wo ist denn Ihre Ausrüstung? Wie wollen Sie ohne Spaten, Schaufel und Spitzhacke die steinigen Hindernisse der Wüste bezwingen und die Pharaonenschätze ausgraben?«, fragte sie und brachte so ihr Gespräch von dem dünnen Eis, auf das er sie mit seiner indirekten Liebeserklärung hatte locken wollen, geschickt zurück auf den sicheren Boden der Unverbindlichkeit. »Also dafür, dass Sie auf eine Monate dauernde Expedition gehen«, sie wies auf die beiden rehbraunen Koffer, die zu seinen Füßen standen, »reisen Sie mit äußerst bescheidenem Gepäck, Jordan! Auch vermisse ich einen zünftigen Panamahut und Kakikleidung. So was trägt man doch in der Wüste, oder?«

Er gab sich Mühe, seine Enttäuschung zu kaschieren, was ihm bewundernswert gut gelang. Und ganz Gentleman, beließ er es bei diesem einen dezenten Versuch und kehrte wie sie zu einem scheinbar unbeschwerten Plauderton zurück. »Sie müssten die Überseekoffer sehen, die ich nach New York vorausgeschickt habe. Darin könnte man es sich als blinder Passagier recht bequem machen. Aber das ist nichts im Vergleich zu dem Gepäck, mit dem unsere Karawane in Ägypten in die Wüste aufbrechen wird.«

»Dann wird die Kolonne Ihrer Träger wohl von Horizont zu Horizont reichen, ja?«

»Zweifellos, nur dass die Karawane nicht aus Trägern, sondern aus Kamelen besteht. Träger sind bei Expeditionen im Busch und in den Savannen Afrikas vonnöten, in der Wüste dagegen eher untauglich«, erwiderte er, und dass er ihr falsches Bild korrigierte, wenn auch mit einem Lächeln, verriet ihr, dass es ihm schwerfiel, den leichten Ton durchzuhalten.

»Natürlich, wie dumm von mir!« Sie schenkte ihm ein verlegenes Lächeln und fragte dann ernstlich interessiert: »Wo genau werden Sie denn Ihre Ausgrabungen vornehmen? Oder ist das geheim, damit Ihnen keiner zuvorkommt?«

»Nun, ganz ohne Geheimhaltung geht wohl keine Expedition an die Arbeit, wobei man sein Vorhaben nicht wirklich streng geheim halten kann, denn man braucht für Ausgrabungen ja offizielle Genehmigungen. Außerdem führe ich die Expedition nicht an, sondern die Gruppe von Wissenschaftlern duldet mich großzügig in ihrer Mitte, weil ich zu der Finanzierung der Expedition einen nicht unwesentlichen Betrag beigesteuert habe«, erklärte er. »Die führenden Köpfe der Unternehmung sind der Brite Sir William Flinders-Petrie, ein namhafter Ägyptologe und Enkel des berühmten Australienforschers Matthew Flinders, sowie Wilhelm Spiegelberg, ein deutscher Wissenschaftler von Rang und Namen. Ich vermute, dass wir einen Großteil unserer Zeit mit Ausgrabungen im *Wadi el-Muluk* verbringen werden.«

»Ein Name wie aus Tausendundeiner Nacht! Und wo in der Wüste liegt dieses Wadi?«

»Ein gutes Stück westlich von Luxor, dem einstigen Theben. Es wird auch *Sechet-aat* genannt, was übersetzt ›großes Feld‹ bedeutet, obwohl es sich gar nicht um ein offenes Feld, sondern um ein mehrere Meilen langes Tal handelt. Bei uns und in Europa hat sich für dieses Wadi der Name ›Tal der Könige‹ eingebürgert, weil man dort schon viele Nekropolen gefunden hat. Leider sind die meisten im Lauf der Jahrhunderte von Grabräubern geplündert worden.« Die Leidenschaft für die Archäologie, insbesondere für

Ausgrabungen in Ägypten, brachte seine Augen zum Leuchten. »Aber Sir William Flinders-Petrie und viele andere seines Fachs sind zuversichtlich, dass dort, im Tal der Könige, noch einige großartige und vor allem unberührte Königsgräber darauf warten, von der Wissenschaft entdeckt zu werden.«

»Dann drücke ich Ihnen den Daumen, dass Sie beim nächsten sensationellen Fund dabei sind!«, sagte sie ehrlichen Herzens. Zugleich sah sie von Westen her eine Fähre auf die Landungsbrücken zudampfen, die *Amador,* wie sie anhand der Aufbauten und der lachsroten Schaufelradkästen feststellte.

Er lachte. »Ich hätte nichts dagegen einzuwenden, auch wenn das nicht der größte meiner Herzenswünsche ist!« Der schrille Ton einer Dampfsirene in seinem Rücken ließ ihn zusammenfahren. »Oh, meine Fähre.«

Das große Schiff ging längsseits. Begleitet von den rauen Rufen der Besatzung, flogen Leinen durch die Luft und wurden von schwieligen Händen um Eisenpoller gelegt, während die kurz rückwärts drehenden Schaufelräder das schmutzige Wasser am Pier rauschen und weiß aufschäumen ließen. An Bord drängten sich die Passagiere aus Oakland schon hinter den Absperrungen, warteten ungeduldig darauf, dass die Gangways ausgebracht wurden und sie von Bord gehen konnten.

»Schreiben Sie mir, wie es Ihnen ergeht und was Sie so alles in diesem königlichen Wadi finden!«

Er griff nach Ihrer Hand. »Und ob ich Ihnen schreiben werde! Denn ich werde Sie schmerzlich vermissen, und das nicht erst im fernen Ägypten! Ihnen zu schreiben wird mir ein Trost sein, wenn auch ein schwacher. In Gedanken werde ich immer bei Ihnen sein, da können Sie sicher sein«, sagte er mit großem Ernst. »Und ich hoffe, dass auch Sie mich vermissen werden, Harriet … zumindest ein wenig … gelegentlich.«

Sie errötete unter seinem fast flehentlichen Blick. »Gütiger Gott, wie könnte ich Sie nicht vermissen, Jordan!«, erwiderte sie gerührt und gab ihm schnell einen Kuss auf die Wange. »Machen Sie es gut! Und passen Sie auf sich auf!« Sie winkte ihm noch einmal zu und mischte sich dann in den Strom der von Bord Kommenden, damit er den Abschied nicht noch länger hinziehen und den spontanen Kuss als Ermunterung nehmen konnte, ihr eine unverblümte Liebeserklärung, ja womöglich einen Heiratsantrag zu machen.

Sie wusste, dass ihre Mutter sie später ausfragen und ihr Vorhaltungen machen würde, wenn sie hörte, dass sie Jordan nicht ein bindendes Eheversprechen abgenommen hatte. Die Mutter war ganz versessen darauf, sie mit dem jüngsten Sohn der Bankier-Shaws verheiratet zu sehen, und zwar so bald wie möglich.

Dagegen war es Harriet nur allzu recht, Jordan für die nächsten vier, fünf Monate im fernen Orient zu wissen. Der Gedanke erfüllte sie mit Erleichterung, und ihr Schritt wurde regelrecht beschwingt. Dass sie so empfand, weckte zwar ein leises Schuldgefühl in ihr, aber die Gewissensbisse verflüchtigten sich schnell. Weder hatte sie ihn ermutigt, noch stand sie in seiner Schuld, weil er dem Vater aus der Klemme geholfen hatte. Sie hatte sich nichts vorzuwerfen. Jordan war ein lieber, wunderbarer Mensch und attraktiv noch dazu. Dennoch, es war einfach herrlich, keinem verpflichtet zu sein!

29

Frank atmete die prickelnde Luft der Freiheit, sog sie mit dem salzigen Beigeschmack der See tief in sich ein. Sein Kopf steckte voll hochfliegender Pläne. Er träumte mit offenen Augen, während die *Amador* über die Bay dampfte und der Fahrtwind seine Haare durcheinanderbrachte. Und noch ehe die Fähre ihn nach San Francisco zurückgebracht hatte, fasste er den kühnen Entschluss, eine ganze Kette von Filmtheatern zu bauen, lauter gediegene *Maynard*-Häuser. Diese Kette sollte sich nicht nur durch San Francisco ziehen, sondern sich rund um die Bay dehnen und die vielen kleinen und größeren Ortschaften umfassen: Sausalito, San Rafael, Vallejo, San Pablo, Richmond, Berkeley, Oakland, Alameda, San Mateo und wie sie alle hießen! Sobald das eine Filmtheater Profit abwarf, würde er das nächste eröffnen!

Er war ganz berauscht von seinem Plan und konnte gar nicht schnell genug von der Fähre kommen. In der Eile hätte er beinahe einen hochgewachsenen, elegant gekleideten Gentleman mit zwei safrangelben Lederkoffern angerempelt, der eben noch jemandem auf der Landungsbrücke nachgeschaut und sich nun der Gangway zugewandt hatte.

Geistesgegenwärtig wich Frank zur Seite aus, doch seine Reisetasche stieß leicht gegen einen der Koffer des Fremden. Er murmelte im Vorbeihasten: »Pardon, der Herr!«, und hatte den Vorfall im nächsten Moment schon vergessen.

Wie üblich zur Stoßzeit herrschte im Terminal rege Betriebsamkeit. Diese wogenden Menschenmassen übten auf Straßenhändler, Zeitungsjungen, Losverkäufer, Bettler, Schlepper und nicht zuletzt Taschendiebe eine magnetische Anziehung aus. Ein solcher Langfinger, ein halbwüchsiger Bursche mit verfilztem Haar und abgerissener Kleidung, versuchte sein Glück wenige Schritte vor Frank bei einer jungen Dame in einem pastellgrünen Kleid mit weißen Punkten, an deren linkem Arm ein hübscher, mit Perlen bestickter Beutel baumelte.

Als die junge Frau kurz vor dem Ausgang einem Zeitungsjungen auswich, der mit der Morgenausgabe vor ihr herumwedelte und die neuesten Schlagzeilen brüllte, huschte der andere dicht an ihr vorbei. Dabei griff seine eine Hand nach dem Beutel, während die andere mit einer Rasierklinge die Kordel durchtrennte, alles in einer einzigen fließenden Bewegung und ohne auch nur sanft am Arm des Opfers zu zupfen. Dass die junge Frau es dennoch bemerkte, verdankte sie dem Umstand, dass sie ausgerechnet in dem Moment selbst zu ihrem Beutel griff.

Sie schrie auf und versuchte noch, die Kordel zu fassen zu kriegen, doch vergebens. »Halt! Haltet den Dieb! Der Lump da hat mir meinen Beutel entrissen!« Sie klang eher wütend als erschrocken, auch wenn ihr empörter Aufschrei in dem allgemeinen Lärm nicht weit drang. Jedenfalls schienen nur wenige Menschen in ihrer unmittelbaren Umgebung alarmiert.

Frank erfasste die Situation mit einem Blick und setzte dem fliehenden Dieb nach, doch der Bursche war schnell wie ein Windhund und wich den Leuten, die ihn vor dem Ausgang hätten aufhalten können, aber noch nicht begriffen hatten, was los war, in einem geschickten Slalom aus. Und war er erst einmal im Freien, würde er nicht mehr zu fassen sein.

Schon nach wenigen Sekunden Verfolgung erkannte Frank, dass er der Schnelligkeit des Taschendiebs nicht gewachsen war, schon gar nicht mit der Reisetasche. Aber einfach so davonkommen lassen wollte er ihn auch nicht, deshalb versuchte er das Einzige, das ihm in dieser Lage noch zur Verfügung stand, um die Flucht des Burschen zu vereiteln.

Er schleuderte dem Burschen die Reisetasche, die er für das Wochenende in Placerville nicht einmal halb gefüllt hatte, mit aller Kraft hinterher, hoffend, dass sie ihn im Rücken traf und aus dem Tritt brachte. Doch er verfehlte den Taschendieb, und das stellte sich als Glücksfall heraus, denn die Tasche landete neben dem Halbwüchsigen auf dem Boden, schlidderte über die glatten Steinplatten und geriet ihm, als er den nächsten Haken zu schlagen versuchte, geradewegs zwischen die Beine.

Der Dieb geriet ins Stolpern, verlor das Gleichgewicht und stürzte mit einem Fluch vornüber zu Boden. Bevor er sich wieder aufrappeln konnte, war Frank auch schon bei ihm.

»Du solltest dich schämen, eine Frau zu bestehlen!« Damit entriss er ihm den perlenbestickten Beutel und versetzte ihm einen derben Tritt in den Hintern. »Mach, dass du wegkommst!« Den Gedanken, den Burschen festzuhalten und der Polizei zu übergeben, verwarf er sofort. Die drakonischen Strafen, mit denen diese Kleinkriminellen zu rechnen hatten, standen in keinem Verhältnis zu ihren Taten. Von den grauenvollen Zuständen in den Gefängnissen ganz zu schweigen.

Wie vom Katapult geschossen sprang der Bursche, der sein Schicksal schon besiegelt gesehen hatte, hoch und stürzte davon.

Frank hob seine Reisetasche auf und brachte der jungen Dame ihren Beutel zurück. Auf dem kurzen Weg zu ihr nickten Passanten ihm wohlgefällig zu, dazu gab es lobende Zurufe und hier und da sogar Applaus. Aber er nahm das nur am Rande wahr. Seine Aufmerksamkeit richtete sich ganz auf die bestohlene jungen Frau, die ihn mit einem dankbaren Lächeln ansah.

Sie war jung, um die zwanzig, schätzte er, gertenschlank und ausgesprochen hübsch. Nein, die Bezeichnung »hübsch« wurde ihrer Ausstrahlung nicht gerecht, ebenso wenig, wie sie einfach als »schön« zu bezeichnen war. Es war eine besondere, aparte Art von Anmut, die sie auszeichnete; etwas anderes als gewöhnliche

Schönheit, die oft etwas allzu Glattes hatte und ihm wie eine Fassade erschien, hinter deren Glanz sich nichts Bemerkenswertes verbarg.

Unter dem eleganten Hut, der seegrün mit weißen Tupfen war wie ihr Kleid, wallte herrlich schwarzes Haar hervor, dicht und fein wie Seide und ebenso schimmernd. Wie die Wellen einer sanften Dünung fiel ihr diese Pracht bis auf die schmalen Schultern. Unter den dünnen Bögen ihrer Brauen lagen lebhafte Augen, deren ungewöhnlicher Farbton ihn an geschliffene Smaragde denken ließ. Smaragde, in die Sprenkel von Goldstaub eingeschlossen zu sein schienen.

Mein Gott, diese Augen! Man möchte gar nicht aufhören, sie anzuschauen! Möchte am liebsten in ihnen versinken!

Auf einmal war ihm, als erwache in ihm eine Erinnerung, die tief unter den Ereignissen vieler Jahre verborgen lag. Plötzlich war er sich sicher, dass er nicht zum ersten Mal in diese Augen blickte.

Die Frau dankte ihm mit einer Mischung aus Erleichterung und Verlegenheit, dass sie sich um ein Haar hätte bestehlen lassen; dankte ihm überschwänglich und rühmte seine Geistesgegenwart.

»Und ich dachte schon …« Sie stutzte, stockte mitten im Satz und zog die Stirn leicht kraus. Dabei richtete sich ihr Blick auf eine Stelle unterhalb seines Haaransatzes. »Entschuldigen Sie, aber … kennen wir uns nicht?« Zugleich errötete sie, weil sich solch eine Frage für eine unverheiratete Frau wie sie nicht schickte. »Irgendwie ist mir, als wären wir uns schon mal begegnet.«

Frank schmunzelte geschmeichelt und neigte den Kopf, wie um eine höfliche Verbeugung anzudeuten. »Die Frage hätte wohl eher von mir kommen müssen, Miss. So etwas sagen ja wir Männer gern, wenn uns nichts Geistreiches einfällt, um mit einer bezaubernden Frau ein Gespräch anzuknüpfen«, erwiderte er, obwohl er ähnlich verwirrt war wie sie. Dabei strich er sich unbewusst eine

Strähne seines flachsblonden Haars aus der Stirn. »Aber in diesem Fall ist tatsächlich auch mir so …«

Mit einem Mal weiteten sich ihre schönen Augen, und auf ihrem Gesicht erschien ein Ausdruck des Wiedererkennens. »Gütiger Gott, die Narbe!«, fiel sie ihm ins Wort. »Natürlich, das ist es! Jetzt weiß ich es wieder! Sie sind der dreiste Austernräuber von der Waterfront!«

30

Sie waren einer der beiden Burschen, die damals im Nebel auf der Flucht waren. Sie wurden gejagt von den Männern, deren Austernbänke Sie geplündert hatten!«

Die jähe Erinnerung ließ sie jede Diskretion vergessen; sie sprach so laut, dass sich mehrere Leute nach ihnen umdrehten, und einige bedachten Frank mit einem argwöhnischen Blick. Aber seine Kleidung von sichtlich guter Qualität war mit dem Bild eines Austernräubers nicht in Einklang zu bringen. Vielmehr sah er aus wie ein erfolgreicher Geschäftsmann, der in adretter Freizeitgarderobe auf dem Weg zu einer Sportveranstaltung wie einem Tennisturnier oder Pferderennen war. Und so fühlte sich keiner der Passanten bemüßigt, stehen zu bleiben und unliebsame Fragen zu stellen.

Endlich platzte auch bei Frank der Knoten, und die Bilder von damals wurden wieder lebendig. Ja natürlich, die Augen! Grundgütiger, wie hatte er nur diese Augen vergessen können? Und die vollen Lippen mit der natürlichen burgunderroten Tönung, die durch Schminke jeglicher Art nur verschandelt werden konnte!

Verblüfft sah er sie an. Er konnte es kaum fassen, dass sie sich nach so vielen Jahren hier wiederbegegneten. Lachend sagte er: »Und Sie sind … das Mädchen mit den Zöpfen und den katzengrünen Augen, das uns in der Kutsche versteckt hat! Und dann sind Sie ein paar Wochen später bei der Kollision der Fähre mit dem Frachter über Bord gegangen. Himmel, Sie waren der großartigste Fang, den wir jemals gemacht haben!« Und der einträglichste. Denn ihr Vater hatte ihnen zum Dank für die Rettung seiner Tochter einige Silberdollar ins Boot heruntergeworfen.

»Frank der Austernräuber!«, wiederholte Harriet, starrte ihn fassungslos an und schüttelte den Kopf. »Nein, so was!«

Frank verzog das Gesicht zu einer halb amüsierten, halb um Nachsicht bittenden Grimasse, bei der das Grinsen letztlich die Oberhand gewann. »Es ist ja sehr schmeichelhaft, dass Sie sich nach all den Jahren noch an meinen Namen erinnern, Miss ...«

»Harriet«, warf sie ein.

»... Harriet. Aber müssen Sie das flüchtige bisschen Ruhm, das ich mir gerade unter Einsatz meines Lebens erkämpft habe, gleich wieder zunichtemachen, indem Sie längst verjährte Jugendsünden dermaßen hinausposaunen?«

Sie musterte ihn mit leicht schräg gelegtem Kopf, taxierte mit sicherem Blick seine modische Kleidung und sah plötzlich vor sich, wie er damals die Gefahr ignoriert hatte, noch einmal zu ihr zurückgekommen war und ihr einen Kuss auf die Lippen gedrückt hatte. Es war der erste Kuss ihres Lebens gewesen, ein Kuss mitten auf den Mund, von einem verwegenen jungen Mann, der dieser Versuchung einfach nicht hatte widerstehen können und dabei sogar ihr Gesicht in beide Hände genommen hatte. Und auch wenn sie sich das damals nicht hatte eingestehen wollen, war ihr der Kuss wie ein Stromschlag durch und durch gegangen und hatte sie noch Nächte danach im Traum beschäftigt.

Die Erinnerung an diesen Moment, in dem sie sich zum ersten Mal ihrer Weiblichkeit und ihrer körperlichen Empfindsamkeit bewusst geworden war, in Verbindung damit, dass sie den frechen, stürmischen Burschen nun als erwachsenen, überaus attraktiven Mann mit strahlend blauen Augen und wild zerzauster blonder Mähne vor sich hatte, löste ein beunruhigendes Gefühl in ihr aus. Zumal ihr plötzlich zu Bewusstsein kam, dass sie bis zu diesem Tag kein zweites Mal auf den Mund geküsst worden war. Jordan hatte sich bislang auf züchtige Küsse auf die Wange beschränkt. Und nicht einer von diesen liebevollen, aber zaghaften Küssen hatte auch nur ansatzweise so ein Gefühl in ihr hervorgerufen wie der des barfüßigen Burschen damals!

Sie wehrte sich gegen die Gefühlsverwirrung, indem sie frotzelte: »Ich weiß nicht, ob ich den Ruin der Austernbankbesitzer fürchten oder mir mehr Sorgen um andere Geschäftszweige machen muss!«

Er zog die Augenbrauen hoch. »Darf ich fragen, wie ich das verstehen soll, Miss Harriet?« Dabei hatte er die Spitze sehr wohl verstanden, und sie wirkte ernüchternd.

»Nun, Sie laufen nicht mehr barfüßig und in abgerissenen Sachen herum, sondern kleiden sich … nun ja, wie ein Gentleman.« Das »Wie« war nicht zu überhören. »Demnach scheinen Sie zu Geld gekommen zu sein. Was im Licht der Vergangenheit die Vermutung nahelegt, dass Sie vielleicht immer noch Austernbänke plündern, inzwischen mit ruinösen Folgen für deren Besitzer, oder sich einem anderen Geschäftsfeld zugewandt haben, einem, dessen Plünderung weitaus lukrativer ist.«

Er gab sich keine Mühe, zu verbergen, dass ihn das kränkte. »Und das aus dem betörenden Mund der Frau, die wir wie eine nasse Katze aus der Bay gezogen haben und für die ich gerade ein zweites Mal mein Leben aufs Spiel gesetzt habe? So viel Bitterkeit wegen eines gestohlenen Kusses?«

Tiefe Röte flammte auf ihrem Gesicht auf. Sie schlug eine lederbehandschuhte Hand vor den Mund und senkte beschämt den Blick. »Entschuldigen Sie, das … das habe ich nicht so gemeint.« Sie hatte ihre Verlegenheit mit einer scherzhaften Bemerkung überspielen wollen, doch das war ihr kolossal missglückt. »Bitte verzeihen Sie mir diesen … diesen Ausrutscher! Das war verletzend und wirklich das Letzte, was Sie verdient haben. Ich weiß nicht, was in mich gefahren ist. Können Sie mir noch mal verzeihen?« Jetzt sah sie ihn an.

Wie hätte er bei diesem Blick auch nur eine Sekunde lang nachtragend sein können? »Mhm, ob ich Sie so leicht davonkommen lasse, das muss ich mir erst noch überlegen«, erwiderte er mit gespielter Strenge, wobei sein Lächeln ihn Lügen strafte. »Vielleicht sollten wir unsere Versöhnung damit beginnen, dass Sie mir Ihren ganzen Namen verraten. Meiner ist übrigens Frank Maynard.« Er zog seinen hellgrauen Fedora.

»Harriet ... Harriet Caldwell.«

Frank runzelte die Stirn. Wer wie er mehrere Jahre an der Bay und der Waterfront verbracht hatte, dem war der Name Caldwell nicht fremd. Und da ihre erste Begegnung an der Vallejo Pier stattgefunden hatte, wo sich das Kontor der Reederei befand, hätte er sich die nächste Frage eigentlich schenken können. Um aber Gewissheit zu haben, stellte er sie dennoch. »Caldwell wie Caldwell Shipping Company?«

»Ja, das ist die Firma meines Vaters«, sagte sie stolz. »Er ist früher selbst lange zur See gefahren. Die *Sansibar,* ein schmucker Schoner, war sein erstes Schiff. Seitdem heißen alle unsere Schiffe nach einer Insel, die mit S anfängt.«

»Das S ist also so etwas wie ein Caldwell-Gütezeichen, ja?«

Sie lachte und zuckte die Achseln. »Ich glaube schon.«

»Ich bin sicher, Sie sind der Augenstern Ihres Vaters.«

Sie errötete. »Wir stehen uns sehr nahe, das stimmt.«

»Also, wenn ich Ihr Vater gewesen wäre, ich hätte Ihnen erst recht einen Vornamen mit dem Anfangsbuchstaben S gegeben, etwa Selene, nach der griechischen Titanide und Göttin des Mondes. Unter dem Namen einer Göttin hätte ich es jedenfalls nicht getan«, sagte Frank und fügte dann schnell hinzu: »Nicht, dass Harriet kein hübscher Name wäre, ganz im Gegenteil. Ganz abgesehen davon, dass ich froh bin, nicht Ihr Vater zu sein.«

Sie lachte verlegen. »Ein Austernräuber, der sich mit der griechischen Mythologie auskennt! Die Welt ist doch ein wundersamer Ort!«

Er lächelte, er konnte den Blick einfach nicht von ihr nehmen. »Ja, das Leben ist so aufregend, dass man kaum Zeit für etwas anderes hat, nicht wahr?«

Nun lachte sie laut heraus. »Das ist gut! Mein Gott, auf Bonmots verstehen Sie sich auch! Sie geben einem immer neue Rätsel auf.«

»Vielleicht lohnt es sich ja, diese Rätsel zu lösen«, erwiderte er und fragte sich verwirrt, was er da redete. Wieso war er so aufgedreht, so versessen darauf, dass diese Begegnung kein Ende nahm?

»Vielleicht, ja, aber manche Rätsel lässt man besser ungelöst. Das kann einem viel Ärger und Enttäuschung ersparen«, gab sie zurück. »Außerdem wird es Zeit, dass ich mich zu der Kutsche begebe, die draußen auf mich wartet. Sonst kommt Magnus, unser Kutscher, noch angelaufen, weil er fürchtet, mir könnte etwas passiert sein.«

»Erlauben Sie mir, Sie zu Ihrer Kutsche zu begleiten. Wer weiß, wer sonst noch versucht ist, sich auf Sie zu stürzen«, sagte er und bot ihr seinen Arm.

Harriet zögerte kurz, dann legte sie ihre behandschuhte Hand in seine Armbeuge. Ihm war, als spüre er die Wärme ihrer Hand durch das dünne Leder und das Leinen seines Jacketts hindurch. Ein dezenter Duft von Lavendel und … ja, Maiglöckchen stieg ihm betörend in die Nase. Viel zu schnell waren sie draußen auf dem Vorplatz und bei ihrer Kutsche.

»Und wo müssen Sie jetzt hin, Mister Maynard?«, erkundigte sie sich, als Magnus ihr den Türschlag aufhielt und den fremden Mann an ihrer Seite kritisch beäugte. »Kann ich Sie vielleicht mitnehmen?«

Nur zu gern ergriff er die Gelegenheit, noch einige Minuten in ihrer Gesellschaft zu verbringen, beim Schopf. »Das wäre nett, ich muss in die Kearny Street«, sagte er und ärgerte sich sofort, dass er nicht einfach eine viel weiter entfernte Adresse genannt hatte. »Aber nur, wenn es keine Umstände macht.«

»Ich bitte Sie! Das ist doch das Mindeste, was ich für Sie tun kann, wo Sie so geistesgegenwärtig den Taschendieb geschnappt und mir meinen Beutel zurückgebracht haben«, sagte sie. Die Begründung war für Magnus gedacht, der auch sofort eine freundliche Miene aufsetzte und Frank höflich zunickte.

Frank nannte ihm die Hausnummer seines neuen Filmtheaters in der Kearny Street, stieg in die Kutsche und setzte sich Harriet gegenüber. Es saß bequem; Sitzbank und Rückwand waren üppig gepolstert.

Sie sahen einander an. Eine Weile herrschte Schweigen, während die Kutsche über das Kopfsteinpflaster der Market Street rumpelte, doch es war kein unangenehmes, peinliches Schweigen, sondern vielmehr ein stilles Einvernehmen, das sie selbst weder verstanden noch in Worte zu fassen vermochten.

Harriet war diejenige, die diesen fast magischen Moment beendete. »Was ist überhaupt aus Ihrem damaligen ...«, sie wollte schon »Komplizen« sagen, besann sich aber noch rechtzeitig, »... Gefährten geworden? Dem, der so übel gehumpelt hat?«

»Lenny?« Frank grinste. »Der humpelt sozusagen weiter durchs Leben. Er hat noch immer viel mit Austernbänken und Ähnlichem draußen in der Bay zu tun, nur hat er mittlerweile die Seiten gewechselt. Er ist jetzt bei der Fischereipolizei.«

Harriet lachte. »Wie passend! Nun ja, er weiß zumindest, welche Tricks Austernräuber anwenden, um an ihre Beute zu kommen«, sagte sie und zwinkerte ihm zu.

»Um mit Juvenal zu sprechen: ›Es ist schwierig, darüber *keine* Satire zu schreiben‹«, gab er zurück.

Dass der Austernräuber jetzt auch noch einen Dichter der römischen Antike zitierte, überraschte sie doch. Überhaupt hatte weder seine Aussprache noch seine Wortwahl auch nur ansatzweise Ähnlichkeit mit der Redeweise der einfachen Leute im Hafen, von den Halunken, die Austernbänke plünderten oder sich auf sonst wie kriminelle Art ihren Lebensunterhalt verdienten, ganz zu schweigen. Nun überwog doch ihre Neugier, und sie ignorierte das Gebot der Höflichkeit, nicht zu viele Fragen zu stellen.

»Sie klingen, als hätten Sie eine klassische Bildung genossen, und das doch sicher nicht auf Ihren Streifzügen mit der Sloop! Überhaupt machen Sie, anders als Ihr Gefährte Lenny, nicht den Eindruck, als wären Sie an der Waterfront aufgewachsen.«

»Darf ich es als Kompliment nehmen, dass Sie an mir das derbe und proletarische Element vermissen, das gewissen Leuten in der Hafengegend zu eigen ist?« Während er mit besonders gedrechseltem Satzbau aufwartete, blitzte es fröhlich in seinen Augen, und ein entwaffnendes Lächeln erschien auf seinem Gesicht.

Ihre Wangen röteten sich, und sie räusperte sich. »Es ist nichts weiter als eine Feststellung. Entschuldigen Sie, dass ich Sie so unverblümt darauf angesprochen habe, Mister Maynard. Ich weiß, das gehört sich nicht. Und nicht auszudenken, was ich mir anhören müsste, wenn meine Mutter davon wüsste. Aber Sie sind wirklich ein höchst seltsamer Austernräuber!«

»Und jetzt wüssten Sie gern, wie ich dazu geworden bin und woher ich wirklich komme, nicht wahr?«

»Ich bekenne mich schuldig im Sinne der Anklage!«

Er nickte. »Also gut, Sie haben recht, der Hafen war nicht mein erstes Zuhause. Ich bin in Harrisville aufgewachsen, einer Kleinstadt unten im San José Valley, in einem Elternhaus, in dem größter Wert auf eine umfassende klassische Bildung gelegt wurde. Gediegene Bildung, wie mein Herr Vater es nannte«, sagte er, und Bitterkeit schwang in seiner Stimme mit. »Er war Schulleiter an der örtlichen Highschool und ist es womöglich heute noch. Falls er nicht schon unter der Erde liegt.«

»Sie wissen nicht, ob Ihr Vater noch lebt?«

»Nein, und es interessiert mich auch nicht!« sagte er schroff, und seine Mundpartie verhärtete sich. »Ich habe mit ihm und dem

Leben in Harrisville abgeschlossen, als ich in der Nacht zu meinem vierzehnten Geburtstag von zu Hause weggelaufen und auf einen Güterzug nach San Francisco gesprungen bin. Neun Jahre ist das jetzt her.«

»Darf ich fragen, warum Sie mit Ihrem Vater gebrochen haben?«

Ein Schatten legte sich über sein Gesicht. »Kennen Sie den Roman *Der seltsame Fall des Dr. Jekyll und Mr. Hyde* von einem gewissen Robert Louis Stevenson?«

Harriet schüttelte den Kopf.

Im selben Augenblick kam die Kutsche zum Stehen. Magnus öffnete den Schieber der kleinen Sprechluke in der Wand hinter dem Kutschbock und meldete, dass sie die angegebene Adresse auf der Kearny Street erreicht hatten.

»Ja, danke, Magnus!«, rief Harriet ihm zu, die Luke schloss sich wieder, und erwartungsvoll sah sie Frank an, gespannt, was dieser Roman mit seinem Vater zu tun haben mochte.

»Darin wird die Geschichte eines Mannes erzählt, der in zwei Persönlichkeiten gespalten ist, nämlich den guten, netten und hoch angesehenen Dr. Jekyll und den bösen, verbrecherischen Mr. Hyde«, fasste Frank zusammen. »Ein Mann mit zwei gegensätzlichen Wesen.«

»Und Ihr Vater war so eine Art Janusgestalt? Mit einem guten und einem bösen Gesicht?«

Frank nickte. »Außerhalb des Hauses war er der gebildete und ehrenwerte Schulleiter, der zu den Honoratioren von Harrisville zählte. Zu Hause aber war er der haltlose Alkoholiker und gewalttätige Tyrann, der meiner Mutter zusehends die Lebensfreude raubte. Und wenn ich auch nur die kleinste Verfehlung beging, griff er zum Gnadenstock und prügelte mich durch.«

Harriet furchte die Stirn. »Gnadenstock?«

Frank lachte bitter. »Ein flaches, paddelförmiges Schlagholz, in das er sogar das Wort ›Gnadenstock‹ hatte einbrennen lassen«, berichtete er. »Es hing gleich neben der Haustür an der Wand. Mein Vater war damit immer schnell bei der Hand, selbst als meine Mutter noch lebte. Sie ist so jung gestorben, war noch keine fünfunddreißig, als ihr Herz versagte. Ich war damals zehn, und ich bin sicher, dass die Tyrannei meines Vaters sie in den Tod getrieben hat. Meine Mutter ist aus Kummer, ja buchstäblich an gebrochenem Herzen gestorben. Und nach ihrem Tod verlor er auch die letzten Hemmungen, griff immer häufiger zur Flasche und zum Gnadenstock.«

Die Betroffenheit stand Harriet ins Gesicht geschrieben. »Ich verstehe. Und ich dachte manchmal schon, *ich* hätte es mit meinen Eltern nicht leicht«, sagte sie voller Mitgefühl. »Wobei ich mehr Schwierigkeiten mit meiner Mutter als mit meinem Vater habe. Aber was sind diese kleinlichen Zwistigkeiten schon im Verhältnis zu dem, was Sie zu erleiden hatten! Und dann mussten Sie mit vierzehn Jahren selbst für sich sorgen! Kein Wunder, dass es Sie zu den Austernräubern verschlagen hat!«

Frank machte schnell eine abwehrende Handbewegung. »Vergessen Sie meine unerfreuliche Familiengeschichte am besten schnell wieder. Ich weiß gar nicht, warum ich Ihnen das alles überhaupt erzählt habe«, sagte er, selbst höchst verwundert darüber, dass er seine Vergangenheit so vor ihr ausgebreitet hatte. Die Geschichte hatte er noch nicht einmal Florence anvertraut, und selbst Lenny wusste bloß, dass er von zu Hause weggelaufen war, weil er es mit seinem verwitweten Vater nicht länger ausgehalten und unbedingt nach San Francisco an die Bay gewollt hatte. Dass er bei Harriet nicht einen Augenblick gezögert hatte, von seiner bitteren Jugend zu erzählen, gab ihm sehr zu denken. »Sie scheinen das Talent zu besitzen, Ihren Mitmenschen gegen deren Willen überaus private Geheimnisse zu entlocken!«

Sie lachte. »Ich wünschte, es wäre so! Jedenfalls habe ich nicht den Eindruck, Sie bedrängt zu haben. Aber natürlich bin ich dankbar dafür, dass Sie mir Ihr Vertrauen geschenkt haben und so offen ...« Mit einem »Oh!« brach sie mitten im Satz ab und machte große Augen, als ihr Blick auf den Namenszug *The Maynard* fiel. »Sagen Sie bloß, Sie sind der Pächter von diesem ... Filmtheater?«

»Nicht der Pächter, sondern der Besitzer«, sagte er stolz.

»*The Maynard*? Gütiger Gott, Sie stecken wahrlich voller Überraschungen!«, rief sie vergnügt, runzelte dann aber die Stirn. »Und wieso dieses Banner: ›Jetzt auch in San Francisco!‹, Mister Maynard?«

Er grinste verlegen. »Nun ja, das ist vielleicht ein bisschen dick aufgetragen, aber so funktioniert Werbung nun mal. Und so ganz falsch ist der Spruch auch wieder nicht. Ich besitze nämlich schon zwei Nickelodeons, aber die liegen südlich der Market Street und sind mit diesem Haus nicht zu vergleichen. Waren Sie überhaupt schon mal in einem Filmtheater, Miss Caldwell?«

»Nein, aber ich habe davon gelesen.«

Er hörte die Zurückhaltung heraus. »Dann müssen Sie unbedingt zur Eröffnung kommen! In ein paar Tagen ist es so weit. Ich werde Ihnen eine Einladung schicken, und Sie bekommen einen Ehrenplatz.«

Harriet lachte, als sei diese Vorstellung zwar lustig, aber auch vollkommen abwegig. »Bitte nehmen Sie es mir nicht übel, aber ich glaube nicht, dass ich diesen ... diesen Flimmerstreifen viel abgewinnen würde. Oper, Theater und klassische Konzerte liegen mir entschieden mehr. Aber das ist natürlich Geschmackssache, das soll kein Urteil sein«, versicherte sie schnell, denn sie wollte sein Geschäft nicht heruntermachen und ihn nicht kränken. »Es beeindruckt mich, dass Sie sich dieses Nickelodeon-Geschäft aufgebaut haben, und ich wünsche Ihnen mit Ihren Filmhäusern viel Erfolg, Mister Maynard.«

»Also gut, vergessen Sie die Eröffnung. Aber ich möchte Sie unbedingt wiedersehen, Miss Caldwell!«, entfuhr es ihm, bevor er sich die Worte zurechtlegen konnte. Der Wunsch brannte förmlich in ihm, wie verrückt es auch sein mochte.

Sie lachte nicht, sondern sah ihn erstaunt an, so als habe er etwas benannt, das auch sie gespürt, aber nicht recht zu benennen gewusst hatte. Doch kaum hatte sie begriffen, dass sie denselben Wunsch verspürte, schoben sich auch schon die jahrelang verinnerlichten Gebote der Schicklichkeit davor.

»Das ist wirklich sehr freundlich von Ihnen, und ich weiß Ihr charmantes Kompliment auch zu schätzen, aber es dürfte wohl eher angebracht sein, es bei dieser Begegnung zu belassen, Mister Maynard«, antwortete sie gestelzt und ärgerte sich im nächsten Moment selbst darüber, dass sie auf einmal die vornehme junge Dame herauskehrte, die sich nicht mit jemandem aus dem einfachen Volk einließ. Rasch versuchte sie die Arroganz mit einem Lächeln sowie der Bemerkung »Sie wissen doch, aller guten Dinge sind drei!« abzumildern.

Er sah sie eindringlich an. »Und das ist Ihr letztes Wort?«

Harriet unterdrückte einen Seufzer und sagte bedauernd: »Ich fürchte, das muss es sein.«

»Dann lassen Sie mir keine Wahl!« Er musste sie einfach wiedersehen, koste es, was es wolle! Ein völlig neues, betörend verwirrendes Gefühl hatte ihn erfasst und alle Einwände der Vernunft so mühelos aus dem Weg gefegt, wie eine Springflut Treibholz mit sich reißt. Nie zuvor hatte er etwas auch nur annähernd Ähnliches empfunden. Wie eine Naturgewalt war es über ihn gekommen. Er konnte es selbst nicht fassen, es war ihm unerklärlich, ja, es war geradezu verrückt, dass ihn mit einem Mal ein so unbändiges Verlangen nach dieser Frau ergriffen hatte. Dabei hatte er doch vor noch nicht einmal einer Stunde in seiner gerade wiedererrungenen Freiheit geschwelgt! Aber so irrwitzig das alles auch sein mochte, er war wild entschlossen. Er würde nichts unversucht lassen, um Harriet Caldwell zu erobern!

Harriet blinzelte verwirrt. »Wie meinen Sie das?«

»Nun, dann muss ich mein moralisches Recht einfordern und darauf bestehen, dass wir uns wiedersehen!«, erklärte er verschmitzt und ernst zugleich.

Sie wusste nicht, ob sie lachen oder empört sein sollte. »Wie bitte?«

Er zuckte die Achseln. »Sie schulden mir dieses Wiedersehen … eigentlich mindestens zwei oder drei!«, erklärte er, als handele es sich um eine unumstößliche Tatsache. »Sie haben vorhin selbst gesagt, mich mit Ihrer Kutsche mitzunehmen sei das Mindeste, was Sie für mich tun könnten. Das Mindeste, wohlgemerkt! Wie wahr! Und das bezog sich ja nur auf mein Verdienst, die Flucht des Taschendiebes vereitelt und Ihren Beutel gerettet zu haben. Diese Großtat allein verdient schon ein Wiedersehen.« Seine Augen blitzten vor Vergnügen. »Ganz zu schweigen von Ihrer ewigen Schuld, weil Sie mir Ihr Leben verdanken! Dafür sollte mir, bei allem, was recht ist, eine ganze Reihe von Treffen mit Ihnen zustehen!«

»Jetzt werden Sie nicht unverschämt!«, rief Harriet, hatte jedoch Mühe, ein Lachen zu unterdrücken.

Er sah das Zucken in ihren Mundwinkel und fuhr schnell fort: »Ich weiß, ein wahrer Gentleman würde Sie niemals so offen an Ihre ungetilgte Schuld erinnern. Die rauen Jahre hier an der Bay haben sich offenbar nicht eben günstig auf meinen gesellschaftlichen Schliff ausgewirkt – was aber nichts daran ändert, dass wir beide noch längst nicht quitt sind! Also geben Sie sich endlich geschlagen!« Er lachte triumphierend.

»Von wegen! Und ob wir quitt sind! Da gibt es nichts, was Sie noch an moralischen Schuldkrümeln bei mir einklagen könnten, mein Herr!«, widersprach sie und konnte sich ihrerseits ein Grienen nicht verkneifen. »Hätte ich Sie damals nicht in der Kutsche versteckt und die Fischer in die Irre geschickt, hätten die Sie und

Ihren Freund grün und blau geprügelt! Und zum Dank für meine Großtat haben Sie mir einen Kuss gestohlen!«

»Was ich auf der zugegebenermaßen noch kurzen Liste meiner Errungenschaften ganz weit oben führe«, erwiderte er grinsend. »Aber zurück zur Sache: Sie unterschlagen den brutalen Hieb, den Sie mir auf der *Bay Runner* versetzt haben und der mich fast über Bord geschleudert hätte!«

»Brutaler Hieb? Um Himmels willen, wovon reden Sie?« Jetzt lachte Harriet schallend. »Das war eine gewöhnliche Ohrfeige von der Hand eines dreizehnjährigen Mädchens!«

»Die höllisch gebrannt hat!«, behauptete Frank theatralisch. »Ganz zu schweigen von der nicht wiedergutzumachenden Verletzung, die es für meine männliche Ehre bedeutet hat, in aller Öffentlichkeit von einem Mädchen geohrfeigt zu werden!«

»Sie rühren mich noch zu Tränen, Mister Maynard!«, rief sie und amüsierte sich wie schon lange nicht mehr.

»Wie dem auch sei, der gestohlene Kuss ist mit der Ohrfeige abgegolten, aber dafür, dass ich Ihnen das Leben gerettet habe, sind Sie mir noch einiges schuldig!«, beharrte er. »Oder achten Sie Ihr Leben so gering, dass es auf der Waage der Gerechtigkeit nicht mehr wiegt als eine Tracht Prügel? Wollen Sie das allen Ernstes behaupten, Miss Caldwell?«

Lachend warf Harriet die Hände in die Luft, eine Geste der Kapitulation. »Also gut, ich gebe mich geschlagen! Sie sollen Ihren Willen bekommen, anders kriege ich Sie ja wohl nicht aus der Kutsche!« Insgeheim freute sie sich, dass er nicht aufgegeben hatte und ihr die Zustimmung zu einem Wiedersehen abgerungen hatte.

Frank strahlte und machte sogleich Nägel mit Köpfen, indem er vorschlug, sie am kommenden Sonntag zur Teestunde ins »Fairmont Hotel« auszuführen.

Und so begann es. Sehenden Auges stürzten sie in den Strudel einer alles verzehrenden Liebe.

31

Harriet stellte sich leicht auf die Zehenspitzen und musterte kritisch ihr Spiegelbild, während sie sich anmutig einmal halb um ihre eigene Achse nach rechts und dann einmal nach links drehte. Was sie sah, gefiel ihr, und sie lächelte ihrem Abbild zufrieden zu. Das Kleopatra-Kostüm war aus feinstem dunkelblauem Taft gearbeitet. Mit seinem leicht gerafften Bund, dem geflochtenen goldenen Gürtel, den aufgeschlitzten bauschigen Ärmeln, dem goldbestickten Saum und dem breiten Pharaonenkragen, der doppellagig mit herrlichen Schmucksteinen in Goldgelb, Königsblau, Rot und Schwarz besetzt war, machte das Kleid seinem Namen alle Ehre. Zudem schien es an ihrem Körper förmlich entlangzufließen.

Ja, damit hatte sie die richtige Wahl getroffen für den Kostümball, der traditionell zum Frühjahrsbeginn im »Cliff House« stattfand, dem grandiosen, ganz in Weiß gehaltenen Prachtbau, der am Pazifik bei Land's End über den Klippen aufragte. Als was Frank wohl kommen würde?

Ach, Frank!

Wie schnell doch der Winter vergangen war! Und sie hatte Liebe auf den ersten Blick für ein Märchen gehalten! Genau genommen war es ja auch nicht beim ersten Blick passiert. Obwohl – dieser erste Kuss damals im Nebel hätte ihr zu denken geben müssen.

Lag es wirklich schon fast sieben Monate zurück, dass sie einander in der Halle des Terminals wiederbegegnet waren – und sich geradezu Hals über Kopf ineinander verliebt hatten? War das wirklich schon sieben Monate her? Was für aufregende Monate es gewesen waren! Mit einem Mal hatte ihr Leben einen tiefen und beglückenden Sinn bekommen, den sie sich bis dahin nie hatte vorstellen können.

Wenn es in der Kutsche schon zwischen ihnen geprickelt hatte, so war das nächste Treffen zum Tee im »Fairmont Hotel« der sprichwörtliche Funke gewesen, der ihrer beider Gefühle förmlich hatte explodieren lassen. Wie ein Wunder war ihr das erschienen.

Anfangs hatte sie noch tapfer dagegen angekämpft, ihn so schnell wie möglich wiederzusehen. Sie hatte sich prüfen wollen, herausfinden, ob ihre Gefühle für ihn wirklich stark genug waren. Deshalb hatte sie geschlagene zwei Wochen verstreichen lassen, bis sie wieder eine Einladung annahm. Doch mit jedem Tag war es ihr schwerer gefallen, diese selbst verordnete Zeit des Wartens durchzuhalten. Zumal Frank sich nicht an die hergebrachten Konventionen hielt, die einem Gentleman in der ersten Phase seines Werbens geboten, sich auf Spaziergänge in öffentlichen Parkanlagen und Besuche respektabler Orte wie Museen, Opernhäuser und Theater zu beschränken.

Er dachte gar nicht daran, sich dem zu beugen, sondern überraschte sie immer wieder mit etwas Besonderem. Einmal war es eine private Filmvorführung in seinem Kino an der Kearny Street. Er hatte den Saal komplett leer geräumt, ein bequemes Sofa herbeigeschafft und frische Austern und Champagner auf Eis bereit gestellt. Und es lag nicht am Champagner, dass sie schon nach wenigen Minuten ihre bisherige Meinung über den Stummfilm total revidierte und zu einer begeisterten Zuschauerin wurde. Ein anderes Mal überraschte er sie mit einem Tandem, auf dem sie nach einigen wackeligen Schlenkern lachend durch den Golden Gate Park radelten.

Ende September nahm sie an seiner Seite und zum ersten Mal in ihrem Leben im Fischerhafen an dem Fest *La Madonna Del Lume* teil, auch *Blessing of the Fleet* genannt. Der leichte Nebel, der an dem Tag von der Bay hereinwehte, machte die Prozession und die

Segnung der Fischerflotte zu einem geheimnisvoll-feierlichen Erlebnis. In diesem Nebel küsste Frank sie auch zum ersten Mal, nein, zum zweiten Mal in der Öffentlichkeit – und diesmal erwiderte sie seinen Kuss voller Hingabe.

Zwei Wochen später, am zwölften Oktober, war Columbus Day. Die Italo-Amerikaner von Little Italy feierten an der Fisherman's Wharf die Entdeckung Amerikas durch Christoph Kolumbus. Wobei sich niemand mit den geschichtlichen Fakten aufhielt, denen zufolge der Seefahrer die Küste Amerikas nicht einmal aus der Ferne gesichtet hatte. Höhepunkt der Veranstaltung war das Einlaufen von Kolumbus' Flaggschiff *Santa Maria*. Böllerschüsse und Feuerwerk begleiteten die Ankunft der prächtig geschmückten Karavelle. Dabei handelte es sich zwar um einen recht primitiven Nachbau, dessen Seetüchtigkeit bei etwas rauerem Wind schon auf der Bay zu wünschen übrig ließ, doch das tat dem allgemeinen Spaß und dem Stolz der Fischer und Bewohner von Little Italy nicht den geringsten Abbruch.

Bis dahin hatte Harriet nur einmal aus der Kutsche einen Blick auf das farbenfrohe Treiben geworfen. Der Vater hatte auf dem Weg zum Kontor kurz oberhalb der Fisherman's Wharf anhalten lassen. Zehn war sie damals gewesen. Die bunten Kleider, die ausgelassene Stimmung und die Musik, die dem Fest seinen besonderen Zauber verlieh, all das hatte großen Eindruck auf sie gemacht, aber auf den Gedanken, sich hineinzubegeben in dieses dichte, ausgelassene und lärmende Treiben, das viel von einem Karneval hatte, wäre sie nie gekommen. Frank musste ihr denn auch lange gut zureden, genau das zu tun. Und zu ihrer großen Überraschung genoss sie es aus vollen Zügen.

Dass sie sich all diese Freiheiten nehmen konnte, ohne dass davon etwas ans Ohr ihrer Mutter drang, verdankte sie Caitlin. Am liebsten hätte die Mutter ihr den Umgang mit Frank kurzerhand verboten, was sie zunächst auch versucht hatte. Aber das ließ

Harriet sich nicht bieten, und ihr Vater machte dabei auch nicht mit, sondern stärkte ihr vielmehr den Rücken. Allerdings widersprach er nicht, wenn die Mutter darauf bestand, dass Caitlin bei allen Begegnungen mit »diesem gewöhnlichen Schausteller« als Harriets Chaperon zugegen war. Sie sollte garantieren, dass zwischen ihnen nichts Unschickliches vorfiel. Was die Mutter nicht bedacht hatte, war, dass ihr irisches Dienstmädchen nicht nur einen helleren Kopf hatte, als es den Anschein haben mochte, sondern die Aufgabe der gestrengen Aufpasserin lächerlich und das Ganze Harriet gegenüber ungerecht fand.

Daher hatte es keiner großen Überredungskunst bedurft, Caitlin dazu zu bringen, dass sie die Stunden, die Harriet mit Frank zusammen war, anderswo verbrachte – in einem seiner Kinos, einem Café oder der öffentlichen Bibliothek, die bald zu einem ihrer Lieblingsplätze wurde. Während dieser letzten Monate des Jahres war Caitlin aber nicht nur zu einer bereitwilligen Komplizin geworden, sondern vielmehr zu einer wahren, Anteil nehmenden Freundin, der Harriet sich anvertrauen und mit der sie alles bereden konnte. Diese Freundschaft war ein unverhofftes Geschenk. Dass sie vor Evelyn so taten, als hätten sie nicht viel füreinander übrig, war hinter Harriets verschlossener Zimmertür oft Grund für gemeinsames herzhaftes, wenn auch leises Gelächter.

Neuerdings traf auch vermehrt Post für Caitlin ein. Bislang hatte sie nur ein- oder zweimal im Jahr einen Brief von einer Tante erhalten, die mit ihrer Familie im fernen St. Louis lebte. Nun aber bekam sie auch Post von ihrer Cousine Dorothy. Dem Absender auf ihren Schreiben nach hatte es sie in eine Stadt namens Antioch oben am San Joaquin River verschlagen. Mit der Fähre waren es bis dorthin nur rund zwei Stunden, mit der Eisenbahn von Oakland aus weniger als eine, aber für ein Dienstmädchen wie Dorothy war es doch zu weit weg, als dass sie die Zeit oder das nötige Geld für einen Besuch in San Francisco gefunden hätte.

In Wahrheit stammten die Briefe von Frank. Wobei die Bezeichnung »Briefe« dem Inhalt der Umschläge selbst bei großzügigster Auslegung des Begriffes nicht einmal im Ansatz gerecht wurde. Denn das Briefeschreiben gehörte wahrlich nicht zu seinen Stärken, und schon gar nicht lag ihm die zuckersüße Schwärmerei, in die so viele Verliebte beim Schreiben verfielen. Seine Botschaften waren meist nur eine Zeile lang, selten einmal zwei, wenn es um eine Verabredung ging, aber dafür waren es unumwundene Geständnisse. Einmal schrieb er: *Wie kann es sein, dass ich Dich mit jedem Tag mehr liebe?* Ein andermal teilte er ihr mit: *Ohne Dich kann ich mir ein glückliches Leben nicht mehr vorstellen, Liebling!* Er fand, dass mehr von einem Mann auch nicht verlangt werden konnte. Und unter keiner seiner knappen Liebesbotschaften stand mehr als ein ebenso nüchternes wie markantes *F.*

Der Hilfsmaschinist einer Fähre, die die Route zwischen San Francisco und Antioch täglich dreimal in beiden Richtungen bediente, verdiente sich ein paar Dollar nebenbei, indem er Franks Liebesbotschaften und Bitten um Treffen morgens bei der Poststelle am Hafen einwarf und zweifellos am Nachmittag mit dem Postsack wieder nach San Francisco brachte. Der Mutter fiel die neue, rege Korrespondenz ihres irischen Zimmermädchens nicht auf. Für die profanen Dinge des Haushalts hatte sie sich noch nie interessiert und für die persönlichen Belange ihres Personals schon gar nicht. Nur Miss Higgins, die als aufmerksame Haushälterin auch kleinste Veränderungen in ihrem Herrschaftsbereich registrierte, hatte den Braten sofort gerochen. Hin und wieder machte sie eine vorsichtige, gutmütige Bemerkung, jedoch niemals in Gegenwart von Evelyn Caldwell.

Indessen traf weiterhin regelmäßig einmal pro Woche ein langer Brief von Jordan ein. Den ersten hatte er schon im Zug geschrieben, der zweite war aus New York gekommen, und den dritten hatte er auf der Überfahrt nach England verfasst. In den langen

Schreiben erzählte er von seinen alltäglichen Erlebnissen. Die Berichte waren mit leichter Feder verfasst, voller Humor sowie geistreicher Beobachtungen und Kommentare. Sogar die vielfältigen Beschwernisse, Gefahren und Missverständnisse später mit den Einheimischen in Ägypten verstand er als lustige Episoden darzustellen. Dabei las sie zwischen den Zeilen sehr wohl, wie anstrengend das Leben in der Wüste sein musste, zumal die Ausgrabungen auch nach Monaten harter Arbeit noch zu keinem sensationellen Fund geführt hatten. Klagen fanden sich in keinem seiner Briefe, dafür jedoch zahllose vorsichtige Andeutungen, wie oft er an sie denke und sich wünsche, ihr dieses oder jenes direkt erzählen oder diesen Sonnenaufgang oder jene grandiose Landschaft mit ihr gemeinsam erleben zu können. Dabei war sein Ton immer persönlicher geworden.

Gewissenhaft schrieb Harriet ihm zurück, wobei jedoch auf eine Antwort von ihr wenigstens zwei, drei Briefe von ihm kamen. Recht bald hatte sie gespürt, dass sie den Briefwechsel mehr aus freundschaftlichem Anstand und Pflichtgefühl aufrechterhielt denn aus eigenem Antrieb. In gewisser Weise hatte sie ihm gegenüber sogar ein schlechtes Gewissen, auch wenn der Verstand ihr sagte, wie unsinnig dieses Gefühl der Verpflichtung war. Weil sie jedoch keine Geheimnisse vor ihm haben und obendrein seinen zunehmend romantischen Anwandlungen etwas entgegensetzen wollte, hatte sie ihm auch von ihrem Wiedersehen mit Frank erzählt. Humorvoll, wie sie meinte, hatte sie geschildert, wie sie einander das erste Mal im Nebel am Kontor begegnet waren und wie er sie, zusammen mit seinem Freund Lenny, nur wenige Wochen später in der eisigen Bay vor dem Ertrinken gerettet hatte.

Offenbar jedoch hatten sich in ihre Briefe immer mehr Erwähnungen Franks und ihrer gemeinsamen Unternehmungen eingeschlichen, denn in Jordans erstem Januarbrief, der in seinem ganzen Ton eine gewisse Wehmut vermittelte, hieß es: »... *jeder*

Brief von Dir ist wie wärmender Sonnenschein nach einer einsamen und dunklen Nacht, und die Nächte hier in der Wüste können kalt sein und erscheinen mir, fern von Dir, noch kälter, als mein Thermometer es anzeigt, und nichts wird sich daran jemals ändern. Nur ziehen, um im Bild zu bleiben, in letzter Zeit dunkle Wolken auf und wollen sich vor die wärmende Kraft Deiner Briefe schieben. Denn als der Egoist, der ich in dieser Herzensangelegenheit zugegebenermaßen bin, fürchte ich, es ist einem anderen Mann vergönnt, Dein Herz zu erobern – so oft wie Du von Frank Maynard erzählst …«

Ja, er hatte ihre Zeilen richtig gedeutet, und wenn sie sich beim Lesen seines Briefes im ersten Moment auch beinahe gemein vorgekommen war, überwog doch schnell die Erleichterung, dass sie Jordan über ihre Gefühle nicht im Unklaren gelassen hatte und er nun wusste, dass ihr Herz vergeben war. Und das war es fürwahr!

Sie lächelte sich im Spiegel an, ohne ihr kostümiertes Abbild wirklich wahrzunehmen, doch die Träumerei währte nicht lange.

»Das ist anstößig!«

32

Ihre Mutter war in der Tür ihres Ankleidezimmers aufgetaucht. »Dass du das nicht selbst siehst! Das ist viel zu kurz! Wie oft muss ich dir das noch sagen?«

»Bis jetzt hast du es mir dreimal gesagt. Keine Ahnung, wie oft du meinst, dich wiederholen zu müssen, Mutter!«, konterte Harriet und griff nach dem goldenen Stirnband, das wie der Kragen mit bunten Strasssteinen besetzt war. Sie war entschlossen, sich nicht provozieren zu lassen; ihre Mutter würde es nicht schaffen, ihr die Stimmung zu verderben.

»Ich wiederhole mich, weil du unbelehrbar zu sein scheinst! Eine Dame von Stand entblößt ihren Fuß nicht bis über den Knöchel hinauf! Begreif doch, dass sich so eine …« Sie fuchtelte mit ihrer goldberingten Hand durch die Luft. »… so eine ordinäre Mode für unseren Stand nicht schickt!«

»Mein Gott, der Saum von diesem Kostüm sitzt gerade mal eine Handbreit höher als der von meinem bravsten Kleid!«, hielt Harriet ihr gelangweilt vor und legte das Stirnband an. »Ich gehe auf einen Kostümball im ›Cliff House‹ und nicht zu einer steifen Abendgesellschaft auf Wuthering Heights, Mutter! Wir leben schon fünf Jahre im zwanzigsten Jahrhundert und nicht im Zeitalter von Jane Austen!«

»Schicklichkeit ist keine Frage der Jahreszahl!«, erwiderte Evelyn ärgerlich. »Und es wird Gerede geben, wenn du in diesem billigen Aufzug aus dem Haus gehst!«

Harriet zuckte die Achseln. »Sollen sie doch reden, wenn sie sonst nichts mit ihrer Zeit anzufangen wissen. Mich kümmert es nicht«, sagte sie und griff zu der kleinen Handtasche, die mit einem Skarabäus aus blauem Glas verziert war.

»Es geht hier nicht nur um deinen Ruf!«, fauchte Evelyn und versperrte ihr die Tür. »Du scheinst nicht zu wissen, was du deiner Familie schuldig bist! Ein untadeliges Benehmen ist wohl das Wenigste, was wir verlangen können!«

Nun regte sich doch langsam Ärger in Harriet. »Und du scheinst nicht zu wissen, was die Familie *mir* schuldig ist, besser gesagt, was *du* mir schuldig bist, Mutter!«, gab sie zurück und hielt dem zornblitzenden Blick stand. Sie wusste genau, was ihre Mutter noch wütender machte als das kurze Kleid, nämlich, dass sie keine Gewalt mehr über sie hatte.

Ein kurzes stummes Kräftemessen, dann gab Evelyn die Tür frei. »Geht es nicht ein Mal, ohne dass du Widerworte hast?«, zürnte sie und gab sich die Antwort selbst. »Dass ich das noch mal erlebe, ist ja wohl unwahrscheinlich!«

Harriet ermahnte sich erneut, sich vom Gemäkel der Mutter nicht die Freude an diesem wunderschönen Frühlingstag vermiesen zu lassen. Ohne jede Bösartigkeit sagte sie: »Es tut mir leid, wenn ich für dich eine Enttäuschung bin. Aber ich bin nun mal kein kleines Mädchen mehr, das du herumkommandieren kannst. Finde dich damit ab, Mutter. Ich bin bald einundzwanzig und will mein Leben leben, wie ich es für richtig halte.« Dann verließ sie das Zimmer und hoffte, ihre Mutter würde es dabei belassen.

Aber diesen Gefallen tat Evelyn ihr nicht. Sie ging ihr nach, klebte wie eine Klette an ihrer Seite. »Einundzwanzig wirst du erst in einem halben Jahr!«

Harriet verdrehte die Augen ob dieser kleinlichen Korrektur. »Und wenn schon! Jedenfalls bin ich alt genug, meine eigenen Entscheidungen zu treffen«, sagte sie und wusste, dass sie diese Freiheit zu einem Gutteil der Tatsache verdankte, dass ihr Vater von ihr abhängig war. »Als du so alt warst wie ich jetzt, hattest du schon einen dreijährigen Sohn!«

»Das ist ja wohl etwas anderes!«, behauptete Evelyn kategorisch.

»Und was heißt hier, du willst dein Leben leben, wie du es für richtig hältst? Du willst mir doch nicht ernstlich weismachen, dass dir ein Leben an der Seite dieses … dieses Mannes vorschwebt, oder?« Die Worte »dieses Mannes« sprach sie aus, wie man eine Kakerlake mit spitzen Finger anfasste.

»Sein Name ist Frank Maynard, falls du das vergessen haben solltest. Aber das glaube ich nicht, wo du doch zu Silvester das Vergnügen hattest, ihn im ›Palace‹ persönlich kennenzulernen«, spottete Harriet und schritt die Treppe hinunter. Ihrem Vater hatte die Feier in dem luxuriösen Hotel im Jahr zuvor so gut gefallen, dass er zu Silvester wieder einen Tisch dort gebucht hatte. Diesmal waren auch Onkel Henry und Tante Ida dabei gewesen sowie die Farrells von der Pacific Maritime Bank und zwei weitere Ehepaare aus dem Kreis der Geschäftsfreunde ihres Vaters. Frank war natürlich nicht zu dieser großen Runde gebeten worden, das hatte ihre Mutter zu verhindern gewusst. Aber darüber war Harriet nicht unglücklich gewesen, hätte es für ihn doch nur eine Nacht des endlosen Spießrutenlaufens bedeutet; zweifellos hätte ihre Mutter einen Giftpfeil nach dem anderen auf ihn abgeschossen. Das hatte ihr die kurze Vorstellung vor Augen geführt, bei der die Mutter das Wohlwollen des Vaters augenblicklich mit giftigen Spitzen torpediert hatte. Dabei hatte Frank in jeder Hinsicht eine hervorragende Figur gemacht. Trotz der unverhohlenen Frostigkeit ihrer Mutter hatte er sein Lächeln und seine Freundlichkeit nicht für eine Sekunde verloren; außerdem hatte er in seinem Frack umwerfend ausgesehen. Was ihre Mutter nicht davon abgehalten hatte, anschließend ihr gegenüber, aber auch vernehmlich für die anderen am Tisch, anzumerken, der Frack habe doch sehr nach den Mottenkugeln eines Kleiderverleihs von *south of the slot* gerochen. Was schlichtweg gelogen war, auch wenn Frank sich den Frack tatsächlich ausgeliehen hatte.

»Vergnügen?« Evelyn schnaubte abschätzig und fiel auf der Treppe zurück. Hastig raffte sie die mehrfachen Lagen ihrer

Unterröcke, um sich nicht abhängen zu lassen. »Von Vergnügen kann ja wohl keine Rede sein! Es ist mir ein vollkommenes Rätsel, was du an diesem Schausteller findest.«

»Rede doch nicht immer wieder so einen Unsinn, Mutter! Eine falsche Behauptung wird auch durch ständige Wiederholung nicht wahr! Du weißt genau, dass er kein Schausteller ist. Frank besitzt drei gut gehende Filmtheater, eröffnet demnächst sein viertes und ist ein erfolgreicher Geschäftsmann!«

»Theater!« Evelyn lachte abfällig. »Schäbige Flickerbuden für den Pöbel sind das, und dass er damit Geld verdient, ändert nichts daran, dass er ein gewöhnlicher Mann ist!«

»Nicht gewöhnlicher als ein Seemann, der einen gewöhnlichen Schoner besitzt und gewöhnliche Schwielen an den Händen hat!«, gab Harriet zurück. »Was dich nicht davon abgehalten hat, solch einen gewöhnlichen Mann zum Ehemann zu nehmen! Das allerdings ist eins der wenigen Dinge, für die ich dir von Herzen dankbar bin, Mutter!«

Evelyn sog scharf die Luft ein. Sie hatte eine wütende Antwort auf der Zunge, verkniff sie sich jedoch und machte eine wegwerfende Geste, als sei die Bemerkung ihrer Tochter keiner Erwiderung wert. »Jordan Shaw, der ist eine standesgemäße Partie! Und er würde dich auf der Stelle heiraten. Aber nein, du hast nicht einmal den Versuch unternommen, ihn von dieser Expedition abzuhalten. Dabei hätte ein Wort genügt, um ihn diesen Unsinn in Ägypten vergessen zu lassen und dir einen Heiratsantrag zu machen!«, rief sie. »Und was tust du? Du tändelst mit diesem Betreiber billiger Flickerbuden herum. Gott allein weiß, was du an diesem Frank Maynard findest!«

Sie waren am Fuß der Treppe angelangt. Abrupt blieb Harriet stehen und wandte sich ihrer Mutter zu. »Du wirst damit vielleicht nichts anfangen können, aber ich liebe ihn!«, platzte es aus ihr heraus.

Evelyn verzog den Mund und bedachte ihre Tochter mit einem geradezu mitleidigen Blick. »Du liebst ihn?« Theatralisch schlug sie die Hände über dem Kopf zusammen. »Gütiger Gott, von dir hätte ich wirklich Intelligenteres erwartet als solch ein Geschwätz! Liebe – das funktioniert doch nur in billigen Schundromanen«, verkündete sie im Brustton der Überzeugung, während Harriet hoffte, dass Frank endlich vorfuhr und sie von diesen Belehrungen erlöste. »Liebe ist romantisches Zuckerwerk, an dem man sich über kurz oder lang den Magen verdirbt und das Leben versauert! Das ist etwas für die Einfältigen, für dumme Ladenmädchen und Fabrikarbeiterinnen, die in ihrem Elend was zum Träumen brauchen und sich in diese billigen Märchen flüchten, aber nichts für unsereins! Liebe ist keine solide Basis für eine Ehe. Eine Lebensgemeinschaft, soll sie Bestand haben und zu gesellschaftlichem Erfolg und Wohlstand führen, basiert allein auf …«

Nun platzte Harriet doch der Kragen. »Das reicht, Mutter! Mir wirst du deinen unsäglichen Standesdünkel weder schmackhaft machen noch aufzwingen. Also spar dir die ewige Leier, was angeblich standesgemäß und was für eine Caldwell unschicklich ist!«, fiel sie ihr energisch, aber ohne schrill zu werden, ins Wort.

Indessen tauchte hinter ihr im Flur ihr Vater auf. Mit der linken Hand und mithilfe der Füße bewegte er sich mühsam im Rollstuhl heran. Das gehörte zu den Übungen, die Mister Baldwin ihm aufgetragen hatte, damit er wieder zu mehr Selbstständigkeit fand.

»Und hör gefälligst auf, mir Jordan Shaw sozusagen ins Hochzeitsbett zu legen!«, fuhr Harriet fort. »Ich lasse mich nicht verkuppeln, begreif das endlich! Außerdem denke ich noch lange nicht daran, *überhaupt* jemanden zu heiraten! Weder Jordan Shaw noch Frank Maynard!«

»Das ist mein Mädchen!«, schlurrte Arthur stolz, aber auch mit einer Spur Häme, die seiner Frau galt, noch bevor Evelyn auf Harriets Zurechtweisung reagieren konnte. »Scher dich bloß nicht um diesen Mist von Standesdünkel! Tu, was du für richtig hältst, aber lass dir Zeit, hörst du? Du weißt, ich brauche dich und zähle auf dich! Auch musst du es dir mit deinem Frank reiflich überlegen. Er ist ein patenter Mann, aber auch ein Getriebener, das spüre ich! Also lass dir Zeit, und denk gründlich nach, bevor du handelst!«

Harriet fuhr zu ihm herum. »Danke, Vater, das werde ich«, sagte sie und lachte ihn dankbar und verschwörerisch an.

»Was hat er gesagt?«, fragte Evelyn gereizt. Sie verstand ihren Mann noch immer nicht. Was Harriet nicht wunderte, denn das hätte vorausgesetzt, dass sie ihn verstehen wollte und entsprechende Anstrengungen unternahm.

»Dass er mein Kostüm einfach hinreißend findet – samt Saum!«

Arthur lachte kehlig. »So ist es!«

Empört darüber, dass sie sich nun beide über sie lustig machten, stemmte Evelyn die Fäuste in die Hüfte. »Also das verbitte ich mir!«

In dem Moment kamen auch Elliot und Ashley in die Halle gelaufen. Elliot wie immer mit einem Buch unter dem Arm. Er musterte Harriet mit unverhohlener Bewunderung. »Du siehst himmlisch aus, Schwesterherz!«

Harriet schenkte ihm ein warmes Lächeln. »Danke, mein kleiner Großer!«, sagte sie und wuschelte ihm durch die Haare.

Ashleys Blick verriet zwar auch Bewunderung, oder auch neiderfülltes Staunen, doch dann wiegte sie bedenklich den Kopf. »Das ist gar kein Gold an ihrem Kleid, Elliot!«, mäkelte sie. »Und die Steine sind unecht! Alles nur buntes Glas.«

»Na und? Muss doch auch nicht echt sein! Sieht trotzdem himmlisch aus!«, beharrte Elliot.

Ashley schmollte. »Weiß nicht. Also wenn ich mal so ein Kleid habe, dann ist das Goldene daran auch wirklich Gold!«

»Na klar, und dann badest du wie Kleopatra in Ziegenmilch

261

oder gleich in Champagner, ja? Harriet geht zu einem Kostümball, nicht zur Krönung, du Dummerchen!« Er gab ihr einen harmlosen Klaps an den Hinterkopf.

Ashley schrie auf. »Aua! Das tat weh! Das machst du nicht noch mal!«

»Ach ja, das mache ich nicht? Na, dann fang mich doch!«

Beide stürmten davon.

Nun tauchte Caitlin in der Halle auf. Sie brachte Harriets gefütterten Umhang. »Ich glaube, die Kutsche von Mister Maynard ist gerade vorgefahren, Miss Harriet«, sagte sie.

»Endlich!«, rief Harriet, legte sich den Umhang um und lief zur Tür.

»Harriet! Du willst doch wohl nicht einfach so hinausstürmen wie jemand aus dem Pöbel!«, erregte sich Evelyn. »Warte gefälligst, bis er ins Haus kommt und dich abholt, wie man es von einem Gentleman erwarten kann!«

»Hast du nicht eben gesagt, Frank Maynard ist ein gewöhnlicher Mann? Na, dann wollen wir ihn doch nicht zwingen, den Gentleman zu spielen, der er in deinen Augen ja sowieso nie sein wird!«, rief Harriet über die Schulter, zog die Tür auf und lief aus dem Haus.

»Du wirst noch mal Schande über dich und uns bringen!«, schickte Evelyn ihr mit ohnmächtigem Zorn hinterher.

Harriet hörte es nur mit halbem Ohr. Sie konnte gar nicht schnell genug hinkommen zu Frank, der gerade Anstalten machte, aus der Mietdroschke auszusteigen. Er trug das lange weiße Gewand eines arabischen Scheichs, auf dem Kopf die traditionelle *kufiya* mit besticktem Quastenrand und hinter dem geflochtenen Gürtel einen Krummdolch mit goldener, juwelenbesetzter Scheide.

»Wie dumm von mir! Ich hätte auch ahnen können, dass du nicht als Prinzessin aus *Tausendundeiner Nacht* kommst, sondern als ägyptische Göttin!«, sagte er, während er ihr beim Einsteigen half. »Wo du so oft von den Ausgrabungen in diesem Tal der Könige erzählt hast, an denen dein treuer Verehrer teilnimmt! Ich hätte als Pharao kommen sollen! Nur als Sonnengott wäre ich deinem betörenden Glanz halbwegs ebenbürtig gewesen!«

»Zur Göttin hat es nicht gereicht, mein verehrter Wüstenscheich. Ich bin Kleopatra, was du eigentlich auf den ersten Blick hättest sehen müssen!«, rügte sie und lachte ihn an. Endlich, endlich waren sie wieder zusammen! Für einen langen Abend und eine halbe Nacht! Wie konnte man nur so verrückt nach jemandem sein?

»Dann bin ich natürlich Cäsar, der sich für seine Angebetete in passende Wüstenkleidung geworfen hat!«, verkündete Frank, zog den Kutschschlag hinter sich zu und setzte sich neben sie. »Du weißt, dass Cäsar Kleopatra erobert hat und sie ihm völlig verfallen war, oder?« Dabei legte er den Arm um sie und zog sie näher zu sich.

»Ich erinnere mich leider nur vage. Wie hat er das denn gemacht, dieser kühne Eroberer?« Sie hob ihm ihr Gesicht entgegen, in den Augen zärtliche Erwartung, die Lippen leicht geöffnet.

»So, mein Liebling«, sagte Frank leise, nahm sie in die Arme und küsste sie leidenschaftlich. Er hatte dem Kutscher aufgetragen, sich mit der Fahrt zum »Cliff House« Zeit zu lassen. Zu kostbar waren die Minuten, während derer sie sich hinter vorgezogenen Vorhängen unbefangen ihren Zärtlichkeiten hingeben konnten, um davon auch nur eine zu vergeuden.

Harriet schmiegte sich an ihn und versank in dem Kuss. Wärme flutete durch ihren Körper. Als seine Zunge ihre Lippen teilte und auf ihre traf, erschauerte sie. Ihre Brustwarzen wurden hart unter seiner Hand, und sie öffnete die Schenkel in zitternder Erwartung seiner Hand, die sich unter ihr Kleid schob und sie liebkoste, bis der süße Sturm der Lust sie mit sich fortriss.

33

Die kleine Bucht lag in den Klippen versteckt, eine knappe Meile nördlich vom Point-Bonita-Leuchtturm, der sich am Ende einer in den Pazifik vorspringenden Felsenspitze erhob. Sein Leuchtfeuer zeigte nächtlichen Fischern und Seefahrern an, wo sich das Landende befand, das die schmale Durchfahrt des Golden Gate im Norden begrenzte. Von Land aus konnte man die winzige Bucht nicht erreichen, es sei denn, man war erfahrener Bergsteiger und verstand sich darauf, sich an einer mehrere Hundert Fuß steil abfallenden, zerklüfteten Felswand abzuseilen. Selbst den meisten einheimischen Fischern war die Bucht unbekannt, weil es schlichtweg keinen Grund gab, so riskant nahe an dem felsigen Ufer zu fischen, wo es zudem zahlreiche Untiefen gab.

Was aber mehr noch als die versteckte Lage das Geheimnis dieser Bucht ausmachte, offenbarte sich einem ausschließlich bei Ebbe. Dann nämlich trat in der gewölbten Ausbuchtung zwischen den Klippen ein knapp vierzig Fuß langer und dreißig Fuß breiter Strand aus feinem Sand zutage.

Diese Bucht war zu Franks und Harriets romantischem Lieblingsort geworden. Halb hinter dem Rumpf der Sloop verborgen, die Frank sich geliehen und nun ein gutes Stück den Strand hochgezogen hatte, lagen sie eng aneinandergeschmiegt unter der flauschigen Decke. Harriet war eingeschlafen. Sie lag auf der Seite, ihm zugewandt und die linke Hand auf seiner Brust. Ihr Mund war leicht geöffnet.

Versonnen lauschte Frank ihrem leisen, gleichmäßigen Atem. Er konnte den Blick nicht von ihr wenden. Wie sehr er sie liebte! Er hätte nie geglaubt, dass er überhaupt zu solch tiefen Gefühlen fähig war. Und Harriet erwiderte seine Liebe mit derselben Leidenschaft, was ihn mit Staunen und unendlicher Dankbarkeit erfüllte.

Es war Mitte Mai. Ein unverhoffter Sommereinbruch sorgte seit Tagen für ungewöhnlich hohe Temperaturen an der San Francisco Bay. Auf solch eine Gelegenheit hatte Frank nur gewartet, seit Harriet ihm erzählt hatte, wie sehr sie es immer genossen hatte, mit ihrem Bruder Jonathan segeln zu gehen. Er hatte ein Boot aufgetrieben, alles für ein Picknick besorgt und war eine Weile mit ihr über die sonnenglitzernde Bay gesegelt, bevor er sie zu dieser versteckten Bucht gebracht hatte. Nicht geplant dagegen war ihr kurzes Bad in den eisigen Fluten gewesen. Der Weißwein, den er mitgebracht und der nicht sehr lange vorgehalten hatte, mochte dabei eine Rolle gespielt haben. Aber noch mehr dürften die leidenschaftlichen Küsse und Zärtlichkeiten, die ihr Picknick begleitet hatten, das Verlangen geschürt haben, sich ihrer Kleidung zu entledigen, kurz ins kalte Wasser zu springen und sich dann hinter dem Boot in den Armen zu liegen; zum ersten Mal nackt, wie Gott sie geschaffen hatte.

»Schmerz ist eine einsame Insel, Liebe eine reißende Flut.« Frank wusste nicht mehr, wo er das gehört oder gelesen hatte. Bis vor wenigen Monaten hatte er sich auch nie gefragt, ob es sich mit der Liebe wirklich so verhielt. Inzwischen jedoch war er zu der Erkenntnis gelangt, dass dem tatsächlich so war und dass diese reißende Flut ihn längst mit sich gerissen hatte. Und mit welch atemberaubender Gewalt!

Harriet bewegte sich im Schlaf, die Decke rutschte ihr von der Schulter, und das warme Licht der Nachmittagssonne fiel auf ihren nackten Oberkörper. Ihre Haut schimmerte rosig. Eine Haarsträhne glitt ihr ins Gesicht, kitzelte sie an der Nase und holte sie aus ihren Träumen. Ihre Lider hoben sich, und sie blickte in seine Augen, die sie zärtlich anlächelten.

»Gut geschlafen, mein Schatz?«

Sie blinzelte. »Mein Gott, bin ich wirklich eingeschlafen?«, fragte sie. »Tut mir leid.«

»Ach was, das macht doch nichts. Ich sehe dir gern beim Schlafen zu. Ich werde mich nie an dir sattsehen können«, sagte er und fuhr mit den Fingerspitzen über ihre Brust.

Ihr wurde bewusst, dass sie nackt und halb entblößt dalag. In einem Anflug von Schamhaftigkeit zog sie die flauschige Decke bis zum Kinn hoch. »Da siehst du mal, wie anstrengend es mit dir ist!«, sagte sie leicht verlegen.

»Tut mir leid, dass ich dich so außer Atem gebracht habe«, erwiderte er mit liebevollem Spott und gab ihr einen Kuss.

Sie lachte leise, errötete jedoch bei der Erinnerung an das, was sie getan hatten. Nach dem kurzen Sprung ins Wasser waren sie in ihren Liebkosungen so weit gegangen wie nie zuvor. Nicht, dass sie nicht gewusst hätte, wo die Grenze lag, die sie keinesfalls überschreiten durfte. In ihrer Erregung war es ihr jedoch entsetzlich schwergefallen, sich von dem wilden Verlangen nach vollkommener Hingabe und Vereinigung nicht hinreißen zu lassen, nicht auch noch den letzten Rest Vernunft über Bord zu werfen und bis zum Äußersten zu gehen. Gottlob hatte er nicht versucht, ihren letzten schwachen Widerstand zu überwinden. Viel hätte es dazu nicht bedurft. Es war auch so beglückend gewesen, für sie beide. Noch jetzt erregte sie die Erinnerung daran, wie sie ihn ganz langsam zum Höhepunkt gebracht hatte, an sein lustvolles Stöhnen und wie er sich unter ihren Händen aufgebäumt hatte.

Frank griff nach seinen Zigaretten, zündete sich eine an und setzte sich auf. Sein Blick richtete sich auf die Wasserlinie. Schon fraß die Flut am Strand. In spätestens einer halben Stunde würden die ersten Wellen um den Rumpf der Sloop spülen und nach ihrer Decke greifen.

Auch Harriet richtete sich auf. Sie hatte einen trockenen Mund.

»Ist noch Wein in der Flasche?«, fragte sie und nahm einen Zug aus seiner Zigarette.

»Leider nein, wir sitzen auf dem Trockenen, zumindest was den Wein angeht. Dem haben wir wirklich schnell den Garaus gemacht. Das nächste Mal denke ich daran, dass du einfach nicht genug kriegen kannst … zumindest nicht von gewissen sinnlichen Genüssen«, zog er sie auf.

Sie erwiderte sein Lachen. »Schade, jetzt hätte ich noch einen kleinen Schluck vertragen können«, sagte sie und zog den Picknickkorb heran, auf dem sie ihre Kleider abgelegt hatte, Miederhemd und Höschen obenauf.

»Ja, ich auch«, sagte er und genoss noch einen Blick auf ihre herrlichen Brüste, als sie die Decke fallen ließ und sich das feine Batisthemd über den Kopf zog. »Apropos jemandem den Garaus machen: Du hast mir noch gar nicht erzählt, wie es bei deinem Wiedersehen mit deinem Wüstenfuchs und Mumienjäger gelaufen ist.«

Harriet schlüpfte ins Höschen. Dabei hob sie, als sie den Po von der Decke lüftete, ihren Schoß mit seinem schwarzen, seidigen Busch aus dem Schatten der Sloop und dem Sonnenlicht entgegen, und Frank konnte nicht verhindern, dass der reizvolle Anblick ihn augenblicklich steif werden ließ. »Dass mein Herz vergeben ist, hat ihn ja nicht unerwartet getroffen. Er wusste es schon aus meinen Briefen. Jedenfalls hat er es mit Fassung getragen.«

»Ganz der vollendete Gentleman, der er deinen Erzählungen nach ja wohl ist«, spottete er gutmütig.

»Das ist er tatsächlich, und ich bin sicher, dass du dich gut mit ihm verstehen würdest.«

»Mag sein, aber ich reiße mich nicht darum, ihm vorgestellt zu werden und dann mit anzusehen, wie er dich mit der verzehrenden Ohnmacht hoffnungsloser Liebe anhimmelt. Das Anhimmeln übernehme ich schon selber … und auch alles andere, so wie das hier«, sagte er, schnippte die Zigarette ins Wasser und zog sie an sich, um sie zu küssen und unter ihrem Hemdchen zu streicheln.

Sie lachte, schob ihn aber sanft von sich. »So etwas würde er nie tun. Um ihn ein wenig aufzuheitern, habe ich ihm übrigens von unserem ersten und vermutlich auch letzten gemeinsamen Opernbesuch erzählt.«

»Hast du nicht!«, rief er.

»Doch, habe ich sehr wohl!«, bekräftigte sie, und ihre Augen blitzten vergnügt. »Er hat sich köstlich darüber amüsiert, dass du schon nach dem ersten Akt eingeschlafen bist und ich dich immer anstoßen musste, wenn du angefangen hast zu schnarchen!«

Er machte eine gekränkte Miene, die nicht gänzlich vorgetäuscht war. »Was bleibt einem Mann mit einem gesunden Empfinden für eine gute Geschichte denn anderes übrig? Okay, in meinen Wachphasen gab es, wenn ich mich recht entsinne, hier und da recht hübsche Gesangseinlagen. Aber die Handlung von dieser Oper ist nicht nur mit der heißen Nadel gestrickt und bar jeder Wahrscheinlichkeit, sondern der Kerl hat die sowieso schon dünne Geschichte auch noch zu unsäglicher, Stunden dauernder Langeweile ausgewalzt. Die Story müsste radikal zusammengestrichen und verdichtet werden, um einigermaßen erträglich zu sein. Außerdem wird darin einfach absurd lang gestorben, und das bis zum letzten Atemzug mit höchster stimmlicher Bravour!«, rechtfertigte er sein Einschlafen im Opernhaus. »Das ist ja noch lächerlicher als die wüsten Schießereien in einem billigen Einspuler-Western, wo die bösen Buben in überwältigender Überzahl und aus allen Rohren auf den einsamen Helden ballern, ohne ihn jedoch zu treffen!«

Sie lachte über diese vernichtende Kritik, die natürlich, wie er selbst sehr wohl wusste, der Kunstform der Oper nicht im Ansatz gerecht wurde. »Das mag sein, aber ich liebe es, wenn die Spannung über einen langen Zeitraum hinweg steigt und es nicht überstürzt zum Höhepunkt kommt«, erwiderte sie, blickte an ihm hinunter und strich mit den Fingerkuppen über sein erigiertes Glied. Er stöhnte auf. »Du Luder!«

Lachend zog Harriet die Hand zurück. »Oh, ich sollte wohl besser nicht mit dem Feuer spielen, was?« Rasch beugte sie sich vor und gab ihm einen Kuss. »Was nun die Oper angeht, die dir offenbar ganz und gar nicht liegt, mir aber sehr viel bedeutet, so wirst du damit leben müssen, dass Jordan mich auch künftig dorthin begleitet. Oder verträgt das deine Männlichkeit nicht?« Sie schürzte die Lippen und bedachte ihn mit einem neckischen Blick von der Seite.

Er grinste und angelte nach seinen Sachen. »In die Oper darf er dich meinetwegen gern ausführen. Das werde ich gerade noch verkraften, ohne mich in blinder Eifersucht zu zerfleischen und Mordpläne gegen diesen Gentleman zu schmieden. So, und jetzt wird es Zeit, dass wir Abschied nehmen von unserem kleinen, privaten Eden. Es wird nämlich bald wieder wie Atlantis in der See versinken«, sagte Frank, der die Wellen immer höher an den Strand schwappen und am Rumpf des Bootes lecken sah, bedauernd.

Sie folgte seinem Blick und seufzte. »Ja, ich weiß. Ach, warum kann es nicht jeden Tag so wunderschön sein?«, fragte sie wehmütig und erhob sich, um in ihr Kleid zu steigen.

Frank ließ das Hemd, das er sich gerade hatte über den Kopf ziehen wollen, sinken. »Das kann es doch«, erwiderte er, und der plötzliche Ernst in seiner Stimme fand sich auch in seinem Blick. »Es liegt ganz bei dir. Wann immer du …«

»Ach, Frank!«, fiel sie ihm schnell ins Wort, weil sie ahnte, was er sie gleich fragen würde. »Bitte nicht! Du weißt, dass es nicht geht. Schon gar nicht jetzt.«

Er runzelte die Stirn. »Was heißt das, schon gar nicht jetzt?«

Statt zu antworten, stand sie auf und kehrte ihm den Rücken zu. »Komm, hilf mir mit den Knöpfen.«

»Es aufzuknöpfen hat mir entschieden besser gefallen«, sagte er, doch es war ein müder Scherz, denn er spürte, dass sie ihm etwas Unerfreuliches mitzuteilen hatte. »Nun rede schon. Ist etwas mit deinem Vater? Hat er einen Rückfall gehabt oder so was in der Art?« Dass ihr Vater noch längere Zeit auf ihren täglichen Beistand angewiesen sein würde, und sei es, dass sie bei geschäftlichen Besprechungen als sein Sprachrohr fungierte, war das größte Hindernis für eine gemeinsame Zukunft. Bislang spielte ihre Gemeinsamkeit sich im Geheimen ab und war zudem beschränkt auf wenige Stunden in der Woche.

Harriet fuhr sich durchs Haar, drehte sich wieder zu ihm um und lehnte sich mit einem schweren Seufzer gegen das Dollbord der Sloop. »Nein, dem Himmel sei Dank. Diesmal ist es meine Mutter, die mich in Beschlag nimmt.« Sie machte eine kurze Pause, holte tief Luft und teilte ihm schließlich mit: »Sie bricht Ende der Woche zu einer Reise nach Boston auf, und ich muss sie begleiten!«

Bestürzt schaute Frank sie an. »Boston? Also Boston-an-der-Ostküste?«, vergewisserte er sich, als hoffe er, es könne ganz in der Nähe noch ein Boston geben, so wie auch Orte mit dem Namen Paris oder London in den Staaten mehrfach existierten.

Sie verzog das Gesicht zu einer bitteren Miene. »Ja, genau das Boston, das ich nie wiederzusehen gehofft hatte. Ich habe wirklich alles versucht, dass dieser bittere Kelch an mir vorübergeht«, versicherte sie. »Aber es hat nichts genutzt. Selbst mein Vater hat darauf bestanden, dass ich sie begleite. Ich werde also einige Wochen weg sein.« Als sie sein Gesicht sah, fügte sie hastig hinzu: »In drei oder dreieinhalb Wochen sind wir bestimmt zurück! Und ich werde dir ganz oft schreiben, das verspreche ich dir!«

Die Nachricht war ein Tiefschlag. Ein bitterer Ausdruck trat auf sein Gesicht. »So, du wirst mir oft schreiben. Schön und gut, aber wenn du erwartest, dass ich …«

»Ich erwarte gar nichts, schon gar nicht, dass du über Nacht zum Briefeschreiber wirst, mein Schatz!«, fiel sie ihm ins Wort. »Du musst auch gar nicht zurückschreiben. Ich weiß ja, dass du es damit nicht so hast. Und ebenso weiß ich, dass ich dir schrecklich fehlen werde und dass du an mich denken wirst.«

»Was du nichts sagst«, gab er knurrig zurück. »Aber wieso müsst ihr plötzlich nach Boston?«

»Es geht um eine größere Erbschaft, die eine gewisse Clara Tucker meiner Mutter hinterlassen hat. Sie war in Boston erst das Kindermädchen meiner Mutter und dann bis zu ihrer Heirat ihre Gesellschafterin. Die Rede ist von fast fünfundsiebzigtausend Dollar, aber meine Mutter muss persönlich in der Kanzlei des Testamentsvollstreckers erscheinen, um dieses Erbe antreten zu können.«

»Fünfundsiebzigtausend Dollar?« Frank starrte sie ungläubig an. »Heiliger! Wie um alles in der Welt kommt ein Kindermädchen oder eine Gesellschafterin zu so einem Vermögen?«

»Indem sie einen scheinbar gewöhnlichen Mechaniker heiratet, der anfangs ein sehr bescheidenes Einkommen hat, sich später aber als hochintelligenter Tüftler erweist, eine bedeutende Erfindung macht und durch sein Patent zu einem Vermögen kommt.«

»Und das hinterlässt sie ausgerechnet deiner Mutter?«, knurrte Frank und warf ihr einen zweifelnden Blick zu.

Harriet zuckte die Achseln. »Die Ehe ist wohl kinderlos geblieben. Aber so genau weiß ich es auch nicht. Jedenfalls soll die Summe ein spätes Dankeschön dafür sein, dass meine Mutter Clara Tucker vor über zwanzig Jahren nicht angezeigt und ins Gefängnis gebracht, sondern den Diebstahl vor ihren Eltern verheimlicht hat«, erklärte sie. »Diese Clara hat damals nämlich ein wertvolles Schmuckstück meiner Mutter entwendet und im Pfandhaus versetzt, um mit dem Geld ihrem missratenen Bruder aus einer Klemme zu helfen. In den Monaten danach hat sie dann den

Großteil ihres Lohnes darauf verwendet, das Schmuckstück ratenweise zurückzukaufen und heimlich wieder in die Schatulle zu legen. Allerdings ist sie aufgeflogen, bevor sie die Pfandsumme samt Zinsen ganz abstottern konnte. Unter Tränen hat sie meiner Mutter den Diebstahl gestanden, als diese das Fehlen der Goldbrosche bemerkte und schon das neue Hausmädchen verdächtigen wollte. Tja, und dass meine Mutter sie damals vor mehreren Jahren im Gefängnis bewahrt und auch nicht vor die Tür gesetzt hat, das hat sie ihr nie vergessen.«

»So«, brummte Frank, nicht wirklich an den Details interessiert, und rollte die Decken zusammen. »Schön und gut, dass deine Mutter einen satten Batzen Geld erbt. Aber das ist doch kein Grund, dass du mit ihr nach Boston reisen musst. Ich dachte, du bist für deinen Vater unabkömmlich?«

»Offenbar kann er mich doch für ein paar Wochen entbehren«, sagte sie grimmig und kämmte ihr Haar. »Anfangs war er auch nicht dafür, aber nach einem Besuch von Onkel Henry und Tante Ida hat er seine Meinung geändert. Die beiden haben natürlich meiner Mutter den Rücken gestärkt und gesagt, dass es sich für eine Dame wie sie nicht gehört, ohne familiäre Begleitung nach Boston zu reisen. Und dass Caitlin als Kindermädchen für Elliot und Ashley nun mal unabkömmlich ist. Du hättest hören sollen, wie sie meinem Vater und mir zugesetzt haben!«

»Du solltest deinem Vater langsam mal reinen Wein einschenken über seinen feinen Bruder«, grollte Frank und verstaute Decken, Handtücher und Picknickkorb im Boot.

Harriet legte die Hand auf seinen Arm und zog ihn zu sich heran. »Bitte schau nicht so finster drein, mein Liebster«, bat sie, legte die Hand auf seine Wange und sah ihn zärtlich und eindringlich an. »Ich werde dich schrecklich vermissen, das weißt du. Aber es ist nun mal so, und es sind doch nur ein paar Wochen. Was kann uns das groß anhaben? Also lass uns diesen wunderschönen Tag nicht so missgestimmt beenden. Das würde mir mehr wehtun als alles andere.«

Sofort verschwand der mürrische, halb vorwurfsvolle Ausdruck von seinem Gesicht, und seine Züge wurden weich. »Du hast recht. Tut mir leid, dass ich so grimmig reagiert habe. Das war dumm und ungerecht. Mein Gott, was wirst du mir fehlen!«, sagte er, nahm sie in die Arme und gab ihr einen langen, leidenschaftlichen Kuss.

Später saß sie neben ihm an der Ruderpinne, lehnte den Kopf an seine Schulter und hielt seine Hand, während sie im sanften Licht der sinkenden Sonne gemächlich um das vorspringende Kap mit dem Leuchtturm segelten, dann in der plötzlich auffrischenden Brise Tempo aufnahmen und mit rauschender Bugwelle durch den glitzernden Spiegel schnitten, der sich auf das Wasser gelegt zu haben schien. Beide dachten sie in ihrem einvernehmlichen Schweigen daran, dass sie von den Erinnerungen an diesen Tag lange, sehnsuchtsvolle Wochen würden zehren müssen.

34

So groß die Versuchung, sich etwas vorzumachen, auch war, Frank gab sich keinen Illusionen hin. Harriet würde nicht in drei oder dreieinhalb Wochen zurück sein, wie sie treuherzig versichert hatte. Nie und nimmer. Wer fünf Reisetage im Zug auf sich nahm, um den Kontinent zu überqueren, würde ohne Not nicht schon nach einer Woche die Rückfahrt antreten. Schon gar nicht eine Frau wie Evelyn Caldwell, die es nie verwunden hatte, dass sie nach ihrer englischen Heimat auch ihr geliebtes Boston hatte verlassen und an die Westküste übersiedeln müssen. Nach allem, was Harriet ihm über ihre Mutter und deren rege Briefkontakte mit alten Freunden und Verwandten an der Ostküste erzählt hatte, hegte er vielmehr den bösen Verdacht, dass sie ihren Aufenthalt dort möglichst lange ausdehnen würde.

Außerdem war da noch die Sache mit der Erbschaft. Fünfundsiebzigtausend Dollar waren ein stattliches Vermögen. Unwahrscheinlich, dass sich so etwas in wenigen Tagen abwickeln ließ. Und falls doch, fand Evelyn Caldwell bestimmt Mittel und Wege, um die Rückreise um viele Tage, ja, womöglich sogar um Wochen hinauszuschieben. Im besten Fall durfte er hoffen, Harriet Ende Juni wieder in die Arme schließen zu können, und selbst diese Annahme war noch sehr optimistisch.

Die Vorstellung, so lange von ihr getrennt zu sein, war niederdrückend. Um nicht ständig daran denken zu müssen, stürzte er sich in die Arbeit. Denn eine bessere Ablenkung als Arbeit, die einen vom frühen Morgen an in Atem hielt und spätnachts erschöpft ins Bett fallen ließ, gab es nicht. Er nahm den Umbau der beiden Nickelodeons *south of the slot* in Angriff. Auch wenn sie in den ärmeren Vierteln der Stadt lagen, sollten sie die gleiche Sauberkeit, Helligkeit und ansprechende Atmosphäre haben, die *The Maynard* in der Kearny Street auszeichnete; damit wollte er sich von der Konkurrenz absetzen. Er baute darauf, dass gerade die Leute, deren Leben von einem kargen Einkommen und ärmlichen Wohnverhältnissen geprägt war, den kleinen Luxus seiner Filmtheater zu würdigen wissen würden.

Die Ausarbeitung der Pläne und das Koordinieren der Modernisierungsarbeiten, die zwei schäbige Nickelodeons in prächtige *Maynard*-Filmtheater verwandeln würden, hätten schon ausgereicht, um ihn in Atem zu halten, doch er halste sich noch mehr auf, auch in finanzieller Hinsicht. Er wollte so bald wie möglich ein viertes Filmtheater eröffnen. Und da *The Maynard* in der Kearny Street ein voller Erfolg war und kräftig Geld in seine Kasse spülte, meinte er, das Risiko guten Gewissens eingehen zu können. Zudem wollte er mit seinem vierten Lichtspielhaus den Komfort und die Atmosphäre seines dritten Kinos noch übertreffen. Es sollte im wahrsten Sinne des Wortes ein Filmtheater sein, mit gepolsterten Sitzen, einer Galerie und am besten auch noch Logen. Aber dafür brauchte er ein Haus mit hohen Decken und Platz für einen großen Saal, den er mit mindestens fünfhundert, besser noch siebenhundert Polstersitzen bestuhlen konnte.

Ideal dafür wäre natürlich ein zum Verkauf stehendes Theater gewesen, das diese räumlichen Voraussetzungen schon bot, wobei die renommierten Opern- und Schauspielhäuser nicht in Betracht kamen, allein der Gedanke wäre absurd gewesen. Weder stand ein solches Objekt zum Verkauf, noch hätte er auch nur die Anzahlung für so ein Haus zusammenbekommen. Aber es gab in San Francisco noch mehrere Dutzend Häuser, die sich ebenfalls Theater nannten, nur zehn Cent Eintritt nahmen und Vaudeville, derben Klamauk und nicht selten obszöne Darbietungen auf die Bühne brachten. Viele dieser Häuser lebten nicht vom Eintritt, sondern hingen vom Umsatz des hauseigenen Alkoholausschanks ab. Bis auf die Räumlichkeiten unterschieden sich diese Kaschemmen in nichts von den lärmenden und dreckigen Nickelodeons. Und nach solch einem Haus, das günstig lag und zum Verkauf stand, weil es nicht lief, der Besitzer zu hoch verschuldet war oder sich aus anderen Gründen aus dem Geschäft zurückziehen wollte, suchte er in den wenigen freien Stunden, die ihm die Umbauarbeiten in der Folsom und der Mission Street ließen.

Derweil trafen die ersten Briefe von Harriet ein. Auf dem ersten stand als Absenderadresse das »Boston Plaza Hotel«. Jedes ihrer Schreiben, die erfüllt waren von Liebe und Sehnsucht, belebte ihn wie das Wasser einer Oase den Wüstenwanderer, der noch einen weiten Weg vor sich weiß. Er las sie immer wieder. Und nach ihren ersten drei Briefen raffte er sich sogar einmal auf, ihr zu antworten. Wobei er die knappe halbe Seite im Wesentlichen der Nachricht widmete, dass er sich mit dem Umbau der beiden Nickelodeons einen Berg Arbeit aufgeladen habe und zusätzlich auf der Suche nach einer geeigneten Immobilie für ein weiteres Filmtheater sei. Er war richtig stolz, als er den Brief mit einem knappen, aber schwungvollen *In Liebe Dein Frank* unterschrieb und den Umschlag adressierte.

Ihr zweiter Brief aus Boston, der ihn in den ersten Junitagen erreichte, bestätigte seine Ahnung, dass mit ihrer Rückkehr so schnell nicht zu rechnen war. Sie schrieb, es gebe Schwierigkeiten mit der Abwicklung der Erbschaft, der Bruder der Verstorbenen verlange einen größeren Anteil, er erhebe Anspruch auf die Hälfte der fünfundsiebzigtausend Dollar und drohe damit, das Testament anzufechten, sollte ihre Mutter nicht auf seine Forderung eingehen. Was diese jedoch empört von sich gewiesen habe. Sie wolle das notfalls vor Gericht durchfechten, zumal auch ihr Anwalt dazu geraten habe, es auf einen Prozess ankommen zu lassen.

Aber auch wenn es nicht zu dieser gerichtlichen Auseinandersetzung komme, könne sich das Ganze noch hinziehen. Ihre Mutter zeige keinerlei Eile, nach San Francisco zurückzukehren. Lang und breit klagte Harriet darüber, mit welcher Hingabe die Mutter sich ins gesellschaftliche Leben der Ostküste stürze. Sie gefalle sich in der Rolle der reichen Reedersfrau aus dem fernen San Francisco, blühe im Kreis ihrer Freundinnen und Bekannten aus Jugendzeiten regelrecht auf und genieße die vielen Einladungen aus den Reihen der Bostoner High Society in vollen Zügen. Und sie, Harriet, müsse sie auch noch begleiten, sie komme aus dem elenden Kleiderwechseln gar nicht mehr heraus. Nun habe die Mutter sogar Schneiderinnen ins Hotel bestellt, weil ihre Garderobe den gesellschaftlichen Anforderungen auf Dauer angeblich nicht genüge. Ihr sei zum Heulen zumute, schrieb Harriet, sie hoffe einfach, dass in den nächsten Tagen vielleicht doch noch eine Einigung mit dem Bruder der Verstorbenen zustande komme und sie dann auf einer Rückkehr nach San Francisco bestehen könne. Spätestens aber, wenn die Sommerhitze einsetze und die feine Bostoner Gesellschaft der Stadt in Scharen den Rücken kehre und aufs Land flüchte, in die Sommerhäuser, spätestens dann werde ihre Mutter die Rückreise antreten.

Die Nachricht war niederschmetternd. Es war eine Sache, ungute Ahnungen mit sich herumzutragen. Eine völlige andere war es, die Bestätigung dafür in den Händen zu halten.

Frank grub sich noch tiefer in seine Arbeit. Wartete ungeduldig auf den nächsten Brief, hoffte, dass es doch noch zu einer Einigung mit dem Bruder der Verstorbenen gekommen war. Harriets Briefe waren eine Art Rettungsring, der ihn in seiner angeschlagenen Gemütslage vor dem Absinken in die Trübsal bewahrte. Er rechnete fest damit, dass sie weiterhin alle zwei, drei Tage einen Brief zur Post brachte, doch es verging eine ganze Woche, ohne dass er von ihr hörte. Als nach zehn Tagen noch immer keine Nachricht von ihr eingetroffen war, verwandelte sich seine Ungeduld in Sorge. Die Möglichkeit, dass Harriet anderthalb Wochen lang keine Zeit gefunden hatte, ihm zu schreiben, schloss er von vornherein aus.

Er erkundigte er sich auf dem Hauptpostamt, ob in den vergangenen beiden Wochen Postsäcke von der Ostküste durch ein Eisenbahnunglück oder irgendein anderes Ereignis verloren gegangen oder einer falschen Route zugeteilt worden sein könnten. Was nicht der Fall war, wie man ihm glaubhaft versicherte. Der Posttransport der *Southern Pacific* zwischen Ost- und Westküste verlief reibungslos.

Kurz entschlossen gab er ein Telegramm an Harriet auf. Er wünschte, die Technik des Telefonierens könne Gespräche von einer Stadt zur anderen, ja über den ganzen Kontinent hinweg ermöglichen.

Voll nervöser Unruhe wartete er auf Harriets Rückkabel, das ihr die Mutter ja wohl kaum verwehren würde. Länger als vierundzwanzig Stunden, rechnete er sich aus, würde es kaum dauern, bis ihm der Telegrammbote ihre Antwort brachte.

Er wartete zwei Tage und zwei unruhige Nächte, jedoch vergeblich. Nichts von Harriet! Weder Telegramm noch Brief.

Darauf konnte Frank sich keinen Reim machen. Was hatte dieses jähe Schweigen zu bedeuten? Waren Harriet und ihre Mutter womöglich in einer Gegend unterwegs, in der weder Briefe noch ein Telegramm sie erreichten? Ja, das musste die Erklärung sein! Aber er brauchte eine Bestätigung, etwas, das ihm sagte, dass zu ernster Sorge kein Anlass bestand.

Wieder suchte er das Büro der *Western Union* auf, um ein Kabel nach Boston aufzugeben. Diesmal schrieb er allerdings an die Hoteldirektion und erkundigte sich nach den Gästen Mrs Evelyn Caldwell und Tochter Miss Harriet aus San Francisco, die er dringend erreichen müsse. Einer inneren Eingebung folgend, erbat er nicht nur umgehend Auskunft über den Verbleib der beiden, sondern bezahlte gleich für ein Rückkabel von zwanzig Worten mit, damit der Hoteldirektion für die Antwort keine Kosten entstanden und es daher keinen Grund gab, seiner dringenden Bitte um Nachricht nicht sogleich nachzukommen.

Wenige Stunden später überbrachte ihm ein Bote das Antworttelegramm der Hoteldirektion. Darin hieß es, die besagten Damen aus San Francisco logierten nicht mehr im »Boston Plaza«. Sie hätten das Hotel schon am 12. Juni verlassen und bedauerlicherweise keine Nachsendeadresse hinterlassen, die man ihm mitteilen könne.

Frank war wie vor den Kopf geschlagen. Der 12. Juni lag gut zwei Wochen zurück! Hätten die beiden da die Rückreise angetreten, hätten sie längst wieder in San Francisco sein müssen. Und hätte es in der Zeit ein Zugunglück gegeben, wären die Zeitungen voll gewesen davon. Aber er hatte nichts dergleichen gelesen. Also wohin waren Evelyn und Harriet verschwunden? Waren sie vielleicht seit dem 12. Juni in einem Privathaus zu Gast? Harriets Mutter hatte eine ganze Reihe betuchter Bekannter in Boston, da war eine Einladung nicht abwegig. Dieser Gedanke schien halbwegs beruhigend, aber er erklärte nicht, warum er seit Wochen keine Briefe mehr erhielt. Konnte es sein, dass da ihre Mutter die Hand im Spiel hatte? Dass sie irgendwie verhinderte, dass die Briefe ihrer Tochter zur Post gingen? Er traute ihr das sehr wohl zu.

Die Situation wurde immer verworrener und damit zutiefst besorgniserregend. Er brauchte Gewissheit. Am liebsten wäre er zu Arthur Caldwell ins Kontor oder zu ihm nach Hause gefahren und hätte ihn ohne Umschweife nach Harriets Verbleib gefragt, aber dann sagte er sich, dass er das wohl besser sein lassen und den Reeder nicht in Verlegenheit bringen sollte. Er wusste ja, wie sehr der Mann darunter litt, sich noch immer nicht verständlich ausdrücken zu können. Und ihn in Gegenwart von Mister Baldwin nach Harriet zu fragen war ihm einfach zu peinlich. Obendrein konnte er sich damit unter Umständen das Wohlwollen des Alten verscherzen, denn es stand ihm nicht zu, derartige Erkundigungen einzuziehen. Noch war das, was Harriet und ihn verband, in den Augen ihrer Eltern nicht viel mehr als eine lose Bekanntschaft. Und es schien ihm nicht ratsam, Arthur Caldwell über seinen Irrtum aufzuklären; das sollte er wohl besser Harriet überlassen.

Seine letzte Hoffnung, Licht ins Dunkel dieser Angelegenheit zu bringen, war Caitlin.

35

Jeden Freitag und Sonntag besuchte Caitlin die Frühmesse in der Kathedrale *St. Peter & Paul* auf der Filbert Street von North Beach. Zu dieser frühen Morgenstunde füllten hauptsächlich irische Dienstboten und italienische Einwanderer aus Little Italy die Kirchenbänke.

Frank stand schon eine gute halbe Stunde vor Beginn der Messe vor der Kathedrale und wartete auf Caitlin. Endlich entdeckte er sie hinter einer Gruppe schwarz gekleideter, in die Breite gegangener Fischerfrauen. In ihrem hübschen geblümten Sommerkleid wirkte sie wie ein Paradiesvogel unter Raben. Sie trug einen kleinen Hut keck seitlich auf dem Kopf und sogar dünne weiße Baumwollhandschuhe; man hätte sie fast für eine Tochter aus gutem Haus halten können. Das Geld, das er ihr bei seinen Verabredungen mit Harriet zusteckte und das sie scherzhaft »Risikoprämie« nannten, hatte sichtlich zur Verwandlung ihrer äußeren Erscheinung beigetragen.

»Mister Maynard, schön, Sie zu sehen!«, rief sie freudig überrascht, als sie die Treppen zum Portal hochstieg und ihn dort oben seitlich vom Eingang entdeckte. »Aber was machen Sie denn hier? Haben Sie etwa zum wahren Glauben gefunden?« Sie zwinkerte ihm zu, wusste sie doch, dass er jede Form organisierten Glaubens ablehnte. Er bezeichnete sich als Agnostiker. Was das bedeutete, hatte er ihr erst einmal erklären müssen. »Oder bringen Sie Nachrichten von Miss Harriet?« Ihre Augen leuchteten erwartungsvoll.

»Weder noch, und darum bin ich hier«, sagte er und kam ohne lange Umschweife zur Sache, während hoch über ihnen die

Glocken in den Zwillingstürmen der Kathedrale dröhnten. »Ich mache mir Sorgen und brauche deine Hilfe, Caitlin.«

Augenblicklich verdüsterte sich ihre fröhliche Miene, und sie zog ahnungsvoll die Stirn kraus. »Um wen machen Sie sich Sorgen? Doch wohl nicht um Miss Harriet, oder?«

»Oh, doch!«

»Heilige Muttergottes!« Sie schlug hastig das Kreuz. »Ist Miss Harriet etwas zugestoßen?«, stieß sie hervor und presste in Erwartung einer bestürzenden Nachricht die behandschuhte Rechte vor den Mund.

»Nein, das heißt, ich weiß es nicht. Vermutlich steckt nichts dahinter, und ich sehe Gespenster, wo gar keine sind«, sprudelte er nicht gerade erhellend hervor. »Vielleicht gibt es für alles eine einfache Erklärung, bestimmt ist das so. Aber es lässt mir doch keine Ruhe, und da dachte ich …«

»Entschuldigen Sie, aber um was geht es überhaupt, Mister Maynard?«, fiel sie ihm verwirrt ins Wort. »Tut mir leid, aber ich weiß wirklich nicht, worauf Sie hinauswollen.«

Frank wurde sich seiner Aufgeregtheit bewusst und gestand sich ein, dass er an Caitlins Stelle aus seinen verworrenen Worten nicht schlau geworden wäre. Er riss sich zusammen, atmete durch und erzählte ihr, dass er schon seit fast vier Wochen keine Post mehr erhalten und durch seine telegrafische Nachfrage herausgefunden hatte, dass sie und ihre Mutter schon seit dem zwölften Juni nicht mehr im »Plaza« logierten. »Aber wo sind sie? Die Rückreise haben sie am Zwölften jedenfalls nicht angetreten. Gut, Harriets Mutter könnte eine Einladung von einer ihrer Jugendfreundinnen angenommen haben und nun mit Harriet in einem Privathaus untergebracht oder aufs Land gereist sein«, spekulierte er. »Aber weder das eine noch das andere würde erklären, warum ich plötzlich keine Post mehr bekomme, wo Harriet mir in den ersten Wochen doch alle paar Tage geschrieben hat!«

Caitlin lachte trocken auf. »Na, mich würde es nicht die Bohne wundern, wenn das mit dem vielen Briefeschreiben aufgefallen wär und Missis Caldwell misstrauisch geworden ist und irgendwie dafür gesorgt hat, dass Sie von ihrer Tochter keine Post mehr erhalten.«

Frank nickte. »Den Verdacht, dass ihre Mutter dahintersteckt, habe ich auch«, sagte er, und so lächerlich es auch war, es nahm seiner Unruhe viel von ihrer Intensität, dass Caitlin seine Vermutung teilte. Rasch kam er zu seinem Hauptanliegen, indem er in fragendem Ton fortfuhr: »Aber vielleicht kannst du mehr für mich in Erfahrung bringen, Caitlin? Vor allem, wo Harriet und ihre Mutter jetzt sind und ob das mit der Erbschaft nun entschieden ist oder nicht. Was meinst du? Du hörst doch bestimmt, was so im Haus geredet wird.«

»Schon, aber bislang ist mir noch nichts zu Ohren gekommen, das Miss Harriet und die Missis betroffen hätte«, erklärte sie. »Es mag Sie vielleicht wundern, aber im Haushalt der Caldwells gibt es nicht viel Klatsch, genau genommen wird eigentlich gar nicht geklatscht.« Sie sagte das nicht ohne Stolz. »Der gute Magnus geizt von Natur aus mit Worten, als wäre jedes einzelne so kostbar wie ein Goldkorn, Mister Baldwin ist viel zu sehr Gentleman, um irgendetwas, das Mister Caldwell ihm anvertraut oder das er sonst wie aufgeschnappt hat, zum Besten zu geben, und Miss Higgins hat schon immer strengstens darauf geachtet, dass nicht über die Herrschaft geklatscht wird. Die einzige Person bei uns im Haus, die gern klatscht, ist die kleine Ashley, und die interessiert es nicht, was ihre Mutter und Schwester in Boston tun.«

»Aber ich nehme doch an, dass Mister Caldwell Post von seiner Frau erhält und auf dem Laufenden gehalten wird, also über die Dauer ihres Aufenthaltes, die Erbschaft und darüber, wo sie nach ihrer Abreise aus dem ›Boston Plaza‹ untergekommen sind, nicht wahr?«

»Ja, das schon«, bestätigte Caitlin zögerlich.

Er räusperte sich. Der volltönende Glockenschlag in den neugotischen Kirchtürmen war längst verklungen, und wer sich jetzt noch der Kirche näherte, tat es eiligen Schrittes. »Nun, wenn ein neuer Brief kommt, ergibt sich doch bestimmt eine Gelegenheit, mal schnell einen Blick auf die Absenderadresse und vielleicht sogar das Schreiben selbst zu werfen, oder?«, sagte er mit einem schiefen, leicht verlegenen Lächeln.

Ihr Gesicht nahm einen empörten Ausdruck an. »Sie wollen, dass ich Mister Caldwell nachspioniere, seine persönlichen Sachen durchsuche und in seiner privaten Korrespondenz herumschnüffele? Wissen Sie, was passiert, wenn ich dabei erwischt werde?« Sie lieferte die Antwort gleich selbst. »Ich werde meine Anstellung verlieren, Mister Maynard! Man wird mich fristlos vor die Tür setzen – und zwar ohne Führungszeugnis!«

Er wollte etwas erwidern, doch sie fuhr gekränkt fort: »Sie wissen, dass ich Ihnen und Miss Harriet gern helfe. Aber dass ich Mister Caldwells private Post lese und ihn hintergehe, wo er immer so gut zu mir war, also das … das können Sie nicht von mir verlangen!«

Frank errötete. »Ich sage ja nicht, dass du in seinen persönlichen Sachen herumsuchen und deine Anstellung riskieren sollst!«, ruderte er hastig zurück. »Es genügt völlig, wenn du … na ja, einfach Augen und Ohren offen hältst. Und falls du zufällig einen Brief von Harriets Mutter herumliegen siehst und er dir beim Staubwischen im Weg ist, kann er dir doch aus der Hand fallen, und der Brief kann aus dem Umschlag rutschen, und wenn du alles wieder aufsammelst …«

»Ich habe schon verstanden!«, fiel sie ihm kühl ins Wort. »Außerdem wird es höchste Zeit, dass ich in die Kirche komme. Die Messe fängt gleich an, und es gehört sich nicht, erst zu erscheinen, wenn der Priester schon am Altar steht. Gott lässt man nicht warten!« Und in etwas milderem Tonfall fügte sie hinzu: »Ich werde sehen, was ich tun kann, Mister Maynard. Aber versprechen kann ich Ihnen nichts!«

»Danke! Mehr erwarte ich auch gar nicht, Caitlin!«, versicherte er, aber da sprach er schon zu ihrem Rücken.

Von nun an machte Frank sich an jedem Freitag und Sonntag gegen halb sechs morgens auf den Weg in die Filbert Street, um vor der Kathedrale auf Caitlin zu warten. Immer in der Hoffnung, dass sie endlich Neuigkeiten für ihn hatte.

Den ganzen Juli über wartete er vergebens auf eine Nachricht.

»Vielleicht sollten Sie mit in die Kirche kommen, eine Kerze anzünden und ein paar Gebete sprechen«, schlug Caitlin einmal vor und ließ sich nicht anmerken, ob sie spöttelte oder es ernst meinte. Er erwiderte bissig, es reiche sicher, wenn sie das für ihn übernehme. Die Kosten für die Kerze – sie könne auch ein ganzes Dutzend anzünden, wenn sie das für aussichtsreicher halte – werde er ihr gern erstatten.

Am ersten Freitag im August jedoch hatte sie Neuigkeiten für ihn. Er sah es bereits an ihrem fröhlichen Gesicht, als sie die Filbert Street hochkam. Das Lächeln sprach Bände; es war, als rufe sie ihm schon von Weitem zu, dass sie ihm etwas Wichtiges zu erzählen habe.

»Ist ein Brief gekommen?«, stieß er hervor, kaum dass sie bei ihm war.

»Ja, gestern.«

»Hast du ihn entgegengenommen?«

Caitlin schüttelte den Kopf. »Miss Higgins hat den Postboten vor dem Haus abgepasst, als sie vom Markt kam. Aber weil Mister Caldwell am Vormittag im Kontor war, hat Miss Higgins den Brief eine Weile in der Küche auf der Anrichte liegen lassen, und zwar mit der Rückseite nach oben, sodass ich den Absender lesen konnte.«

»Und, wie lautet er?«, drängte Frank. Endlich würde er erfahren, wo Evelyn und Harriet steckten.

»Also in der ersten Zeile stand erst einmal Missis Caldwells Name, darunter dann, unter einem komischen Zeichen mit einem schrägen Strich und einem O, ein zweiter Name, der mit Catherine begann. Leider konnte ich den Nachnamen auf die Schnelle nicht ganz entziffern«, berichtete sie. »Es war ein Name mit -ford am Ende. Hartfort, Herford, Bedford oder so etwas.«

»Sie wohnen also privat!«, folgerte Frank. Genau wie er vermutet hatte. »Das Zeichen, das du auf dem Umschlag gesehen hast, ist eine Anweisung für die Post beziehungsweise den Postboten. Es lautet c / o, und das bedeutet ›wohnhaft bei‹. Hast du dir auch Straße und Hausnummer gemerkt?«

»Tut mir leid, aber dazu hatte ich leider nicht die Zeit«, sagte sie und zuckte die Schultern. »Miss Higgins hat wohl gemerkt, dass ich auf den Brief gelinst habe, und ihn sofort an sich genommen und weggesteckt. Aber immerhin konnte ich noch den Namen der Stadt lesen, der war nämlich besonders groß geschrieben.«

Frank runzelte die Stirn. »Der Brief ist nicht aus Boston?«

»Nein, sondern aus einer Stadt in Maine, die Bar Harbor heißt. Ich habe es sogar riskiert, Miss Higgins zu fragen, was das für ein Ort ist und wo genau er liegt«, berichtete Caitlin eifrig; stolz, dass sie den Mut zum Fragen gehabt hatte und das Risiko einer scharfen Zurechtweisung eingegangen war. »Ich dachte schon, sie würde mich anranzen, dass ich keine dummen Fragen stellen, sondern mich um meine eigenen Angelegenheiten kümmern und das Silber putzen soll, aber sie war zum Glück gut aufgelegt und hat gesagt, Bar Harbor in Maine ist ein berühmter Ort an der nordöstlichen Küste von Mount Desert Island.«

Frank nickte und gab ein grimmiges Schnauben von sich. Als regelmäßigem Zeitungsleser war ihm Bar Harbor ein Begriff, auch wenn er den Spalten mit dem Society-Klatsch wenig Beachtung schenkte. »Bar Harbor ist die bevorzugte Sommerfrische der Reichen und Berühmten von Neuengland. Da haben die Rockefellers, Astors und anderen Großen des Geldadels von der Nordostküste ihre Sommerresidenzen«, erklärte er mit verdrossener Miene.

Harriets Mutter hatte es also geschafft, sich von einem ihrer betuchten Freunde dahin einladen zu lassen, und würde dort wohl den Sommer verbringen! Und Harriet blieb nichts anderes übrig, als sich dem Willen ihrer Mutter zu beugen! Zu allem Übel schien die Mutter auch noch dafür zu sorgen, dass die Briefe, die Harriet ihm schrieb, das Postamt von Bar Harbor nie erreichten. Denn daran, dass Harriet ihm noch immer mehrmals die Woche schrieb, hegte er nicht den geringsten Zweifel.

Diese Gewissheit hielt er für unumstößlich. Bis zu jenem verhängnisvollen Abend zweieinhalb Wochen später.

36

Es war einer jener seltenen schwülen Sommertage. Den ganzen Tag über hatte die Hitze wie ein glühendes, blendend grelles Blech über Stadt und Bay gelegen. Die müde Meeresbrise hatte keine Linderung gebracht, sondern sich in den Straßenschluchten vielmehr angefühlt wie der sengende Atem einer Esse. Nur die Leute oben auf den Hügeln hätten ein wenig Linderung verspürt.

Frank kam erst kurz vor neun nach Hause, abgekämpft, verschwitzt und in ausgesprochen schlechter Stimmung. Letzteres aus gutem Grund. Ein Wasserrohrbruch im Haus seines fast fertig umgebauten Filmtheaters in der Mission Street hatte in seinen Räumen schwere Schäden verursacht. Und als wäre es nicht schon ärgerlich genug, dass deren Beseitigung die Neueröffnung um mehrere Wochen verzögern würde und einen nicht einkalkulierten Einnahmeausfall bedeutete, lag er jetzt auch noch mit dem Hausbesitzer über Kreuz. Der weigerte sich, die Haftung für die Schäden zu übernehmen, obwohl es in seiner Wohnung zu dem Rohrbruch gekommen war. Dummerweise auch noch mitten in der Nacht. Nicht einmal auf die Miete für die Zeit der Instandsetzungsarbeiten, die aufgrund der Wasserschäden anfielen, wollte der Mann verzichten. Wenn der Kerl sich weiter stur stellte, würde Frank sich einen Anwalt nehmen müssen. In jedem Fall stand ihm eine Menge ins Haus. Der Ärger, der an diesem Abend fast noch zu einer handgreiflichen Auseinandersetzung mit seinem Vermieter geführt hatte, war ihm auf den Magen geschlagen. So hatte er im »Café Troubadour« sein Roastbeef-Sandwich zur Hälfte liegen lassen, obwohl er den ganzen Tag kaum etwas gegessen hatte. Und selbst die beiden kalten Gläser Bier hatten seinen Ärger nicht hinunterspülen können.

Er war noch keine zehn Minuten in seiner Wohnung, als es an der Tür klopfte. Erst zaghaft, dann umso heftiger. Es war Caitlin, die im Flur stand, als er öffnete, sichtlich aufgewühlt und völlig außer Atem. Seine Überraschung hätte kaum größer sein können.

»Entschuldigen Sie bitte, dass ich Sie so spät noch störe, Mister Maynard«, stieß sie hervor. »Ich habe mich wirklich beeilt, aber ich konnte nicht früher weg, weil ich doch erst die Kinder ins Bett bringen musste, und dann hat mich Miss Higgins auch noch eine halbe Stunde aufgehalten.«

»Um Himmels willen, was ist denn vorgefallen, dass du extra herkommst, um es mir zu sagen?« Beunruhigt trat er von der Tür zurück und ließ sie herein. Ihm fiel das nervöse Flackern in ihren Augen auf und dass ihr Gesicht unter dem glänzenden Schweiß unnatürlich blass war. Sein Magen zog sich zusammen. »Ist es wegen Harriet?«

Caitlin nickte, doch sie wich seinem Blick aus und schluckte schwer. »Heute ... heute Morgen ist wieder ein Brief von Missis Caldwell gekommen. Aus Bar Harbor. Am Nachmittag musste ... ich das Kartenzimmer putzen ... Mister Baldwin wollte Mister Caldwell gerade aus dem Zimmer rollen, als ich mit meinen Putzsachen reinkam ... Und da hat Mister Caldwell ... noch schnell nach dem Brief und seiner Zeitung gegriffen, die er auf dem Schreibtisch liegen hatte«, berichtete sie im abgehackten Rhythmus ihres fliegenden Atems. »Dabei ist etwas ... von der Schreibtischkante gerutscht, das unter den Briefbögen gelegen hatte, und auf den Boden geflattert ... unter den Schreibtisch. Außer mir hat es keiner bemerkt ... Ja, ich hab mich dann gebückt und diesen ... diesen Zettel vom Boden aufgehoben ...« Sie brach ab und schüttelte den Kopf.

»Und was ist mit dem Zettel?«

»Es ist eine Zeitungsmeldung, ausgeschnitten aus der *Bar Harbor Gazette* … mit einem Foto von Miss Harriet.« Caitlin hob nun ihren Blick, und als er den gequälten Ausdruck in ihren Augen sah, erschrak er. »Es tut mir so leid, Mister Maynard. Ich wünschte … ich wäre nicht gekommen. Wenn ich doch bloß diesen verflixten Zettel nicht gefunden hätte! Warum muss ausgerechnet ich diejenige sein … die … die Ihnen das mitteilt?«, sagte sie mit zittriger Stimme und kämpfte sichtlich mit den Tränen. Dabei zog sie an der Kordel ihres Handbeutels, um den Zeitungsausschnitt herauszuholen. »Aber vielleicht ist das ja alles … ein schrecklicher Irrtum und …«

Ihm brach der Schweiß aus. »Was zum Teufel steht da?«, stieß er hervor. »Nun gib schon her!« Er riss ihr den Zeitungsausschnitt aus den Händen.

Sein Herz raste, als sein Blick auf das Foto fiel. Es zeigte Harriet in weißen Shorts und einer sportlichen, gestreiften Bluse auf der Gangway einer atemberaubend schnittigen und großen Jacht mit eleganten Deckaufbauten. Irritierend an dem Foto waren der ganz in Weiß gekleidete Mann, der seinen Arm um ihre Schulter gelegt hatte, und die Tatsache, dass sie beide mit strahlendem Lächeln in die Kamera blickten. Doch erst als er die kurze Meldung las, verfasst im schwülstig blumigen Stil einer High-Society-Klatschreporterin, traf ihn der Schock mit ganzer Wucht. Da war die Rede von einem Myles Bradford aus Boston, neunundzwanzig Jahre alt, exzellenter Polospieler und mehrfacher Sieger internationaler Segelwettbewerbe, seit Jahren heiß begehrter Junggeselle und nicht zuletzt Sohn eines steinreichen Holzbarons, der seine Ahnen bis zu den legendären puritanischen Pilgervätern an Bord der *Mayflower* zurückverfolgen konnte. Dieser Myles Bradford, hieß es weiter, Schwarm aller Debütantinnen und Glanz einer jeden Gesellschaft, habe endlich sein Herz verloren und steuere den Hafen der Ehe an. Das Kunststück, das bislang keine der Schönen von

290

der heimatlichen Küste vollbracht habe, sei nun Miss Harriet Caldwell gelungen, der bezaubernden Tochter des Reeders Arthur Caldwell aus San Francisco. Die Verlobung werde am Wochenende …

Ihn schwindelte, und der Zeitungsausschnitt entglitt seinen Händen. Er spürte ein entsetzliches Würgen in der Kehle, und ihm war, als bohrten sich Messer in sein Herz, um es in Stücke zu schneiden. Jetzt wusste er, warum er seit zwei Monaten keinen Brief mehr bekommen hatte. Und er hatte geglaubt, ihre Mutter stecke dahinter!

Harriet verlobt mit dem Sohn eines steinreichen Industriellen! Was er für unverbrüchliche Liebe gehalten hatte, war für sie nichts als ein amüsantes Spiel gewesen! Warum tat sich jetzt nicht der Boden unter ihm auf und verschluckte ihn?

»Mister Maynard? Mister Maynard! Um Gottes willen, wo wollen Sie denn hin? *Mister Maynard!* Sie können doch nicht Ihre Wohnungstür sperrangelweit offen lassen!«

37

Mit einiger Klarheit sollte Frank sich später daran erinnern, dass er blind vor Schmerz in die Nacht hinausgestürzt war, irgendwie ins »Cobweb Palace« gefunden hatte und dort auf Lenny gestoßen war. Sie hatten sich sinnlos mit Mescal betrunken, und der alte Abe hatte ihn auf einer der Holzbänke seinen Rausch ausschlafen lassen. Dass er dem neuen Tag nicht nüchtern hatte ins Auge sehen wollen und dem Kater mit mehreren schnell gekippten Whiskys zu Leibe gerückt war, daran erinnerte er sich auch.

Danach aber riss der Faden.

Die beiden folgenden Tage und Nächte versanken in einem fast erinnerungsleeren, alkoholgeschwängerten Nebel. Die wenigen Eindrücke, die sein Gedächtnis aus dieser Zeitspanne gespeichert hatte, waren nichts als Fragmente, Teile eines großen Puzzles, von denen er nicht wusste, wohin sie gehörten und welchem Tag und welcher Stunde sie zuzuordnen waren. Dass er im Sand unter einem Pier eingeschlafen war und die Flut ihn schon bis zur Hüfte umspülte, als er erwachte und hochtaumelte, konnte in einer der Nächte passiert sein, ebenso gut aber auch irgendwann am Tag. Dasselbe galt für die schmerzhaften Rippenstöße, die ihm ein Streifenpolizist mit seinem Schlagstock versetzt hatte. Wo und in welchem Zusammenhang der Polizist ihn traktiert hatte, vermochte er nicht zu sagen. Es gab auch das verschwommene Bild einer halb nackten Frau und zwei, drei andere Sekundenaufnahmen, aber Sinn ergaben sie keinen.

Was die wüste Schlägerei in der irischen Taverne »The Glyde Inn« betraf, so konnte er später nicht mehr auseinanderhalten, woran er sich wirklich selbst erinnerte und was ihm hinterher im

Krankenhaus erzählt worden war. Doch das änderte nichts an der verhängnisvollen Tatsache, dass er, als der bullige Wirt sich weigerte, ihm noch ein Bier zu zapfen, das leere Glas nach dem Mann geworfen, ihn jedoch verfehlt und den Spiegel mit der Guinness-Reklame hinter ihm in Scherben gelegt hatte. Hätte er es dabei belassen, wäre er wohl nur hochkant rausgeflogen und damit vergleichsweise glimpflich davongekommen. Vor allem wäre er in der Nacht nicht im Krankenhaus gelandet.

Aber er hatte sich ja unbedingt mit der Kraft eines Verzweifelten, der auf Selbstzerstörung aus ist, gegen den Wirt und drei andere Männer, die ihn vor die Tür setzen wollten, zur Wehr setzen müssen. Das hatte ihm neben einer ganzen Reihe von Blutergüssen eine aufgeplatzte Unterlippe und eine hässliche Platzwunde am Hinterkopf eingebracht, die mit einem Dutzend Stiche genäht werden musste.

Als er im Krankenhaus zu sich kam, fühlte er sich nicht nur hundeelend, sondern ihn quälten auch entsetzliche Kopfschmerzen. Ihm war, als versuche jemand, seine Schädeldecke von innen aufzumeißeln. Sein Mund war ausgedörrt und fühlte sich an wie mit ekligem Pelz ausgeschlagen.

Übelkeit stieg in ihm auf.

Er stöhnte.

»Susan! Der Kerl ist wach!«, hörte er eine Frauenstimme. »Bestimmt kotzt er uns gleich wieder alles voll!«

»Ist gut, ich stell den Eimer bereit. Sag du drüben auf der Frauenstation Bescheid, dass er halbwegs ausgenüchtert und ansprechbar ist«, sagte eine andere.

Schritte, Türenschlagen, neben ihm knallte etwas Metallisches auf den Boden. Gedämpfte, unverständliche Stimmen. Scharfer Karbolgeruch. Hämmernder Schmerz unter der Schädeldecke.

Frank rang mit Übelkeit und Schwindelgefühl. Benommen und orientierungslos blinzelte er in grelles Licht und versuchte das Bild vor seinen Augen scharf zu stellen. Dann ging eine Tür, Schritte waren zu hören. Eine Gestalt näherte sich. Er versuchte den Kopf zu heben, doch der schien nicht nur gleich zu platzen, sondern war auch bleischwer. Er blinzelte erneut, um den Schleier vor seinen Augen zu vertreiben, und plötzlich erkannte er, wer da an seinem Bett stand.

Ein dümmliches Lächeln kroch über sein übel zugerichtetes Gesicht. »Florence … mein weißer Engel!«, krächzte er und lächelte sie hoffnungsvoll an, ohne jedoch zu wissen, worauf er hoffte.

»Den dämlichen Spruch kannst du dir sonst wohin stecken!«, beschied sie ihn. »Der zieht nicht mehr bei mir!«

»Aber du bist gekommen«, murmelte er, und augenblicklich formte sich in seinem umnebelten Hirn die Frage, warum er das gesagt hatte. Warum, um alles in der Welt, hätte sie kommen sollen? Und überhaupt: wohin?

Florence stemmte die Fäuste in die Hüften und funkelte ihn an. »Ja, und weißt du auch, warum?«

»Nein«, sagte er und versuchte krampfhaft, ihr Bild scharf zu halten und zugleich den Würgereiz zu unterdrücken.

»Um das zu tun, wozu ich auf dem Bahnhof in Oakland nicht geistesgegenwärtig genug war!«, erwiderte sie mit kaltem Zorn, holte aus und verpasste ihm eine schallende Ohrfeige. Dann machte sie auf dem Absatz kehrt und verließ das Zimmer.

Der Schlag warf seinen Kopf nach rechts, in die richtige Richtung, damit er sich noch schnell über den bereitstehenden Eimer beugen konnte. Im nächsten Moment schoss ihm die bittere Galle aus der Kehle.

38

Endlich wieder zu Hause!«, rief Harriet und ließ sich mit ausgestreckten Armen in den Polstersessel fallen, der in ihrem Zimmer vor dem Erkerfenster stand und ihr Lieblingsplatz war. Ein letzter glutroter Schimmer Abendsonne fiel herein, neben ihr im Kamin loderte ein Feuer gegen die herbstliche Kühle, die durch die schlecht isolierten Wände des alten Hauses drang.

Übermütig streckte sie die Beine aus und schleuderte die Schuhe von sich. »Manchmal dachte ich schon, der Zug würde ewig durch diese öden, menschenleeren Plains dampfen. Und dann in den Bergen die endlosen Serpentinen hoch zu den Pässen! Noch nie ist mir eine Zugfahrt so lang vorgekommen wie diese! Dabei bin ich die Strecke schon so oft gefahren.« Sie rekelte sich und gab einen wohligen Seufzer von sich. »Ach, du glaubst gar nicht, wie gut es tut, nach so vielen Monaten wieder in den eigenen vier Wänden zu sein!«

Caitlin nickte pflichtschuldig und bückte sich nach den Schuhen. »Sie waren wirklich sehr lange weg, Miss Harriet. Dass Sie erst im September zurückkehren, damit hätte wirklich keiner gerechnet«, sagte sie und warf einen verstohlenen Blick auf Harriets Hände, die auf den Armlehnen ruhten. Unten in der Halle hatte sie in dem ganzen Willkommenstrubel, bei dem selbst Ashley sich in einer seltenen Wallung schwesterlicher Gefühle zu einer stürmischen Umarmung hatte hinreißen lassen, nicht daran gedacht, nach einem Verlobungsring zu schauen. Jetzt sah sie es: Da war kein Verlobungsring, nur der übliche bescheidene Schmuck! Ihr wurde abwechselnd heiß und kalt.

»Das kann ich dir sagen!« Ingrimm vertrieb das Lächeln von Harriets Gesicht. »Und das alles nur wegen dieses raffgierigen, schmierigen Norman Tucker. Was für ein abscheulicher Kerl! Du glaubst gar nicht, wie sehr er Mutter zugesetzt hat. Nicht einmal in Bar Harbor hat er uns in Ruhe gelassen. Es war eine regelrechte Erlösung, als das Gericht in der ersten Septemberwoche seine Geschäfte wiederaufnahm und der Fall gleich am ersten Tag vor den Richter kam. Der hat die Anfechtung des Testaments auf ganzer Linie abgeschmettert. Nicht einen Cent hat er diesem Tucker zugestanden«, berichtete sie. »Das hat mit der kriminellen Vergangenheit des Mannes zu tun. Jedenfalls ist er leer ausgegangen, und das zu Recht. Den Triumph hat meine Mutter natürlich weidlich ausgekostet, das kannst du dir ja denken.« Die letzte Bemerkung begleitete sie mit einem spöttischen Lächeln.

Caitlin beschränkte sich auf ein Nicken und eilte mit den Schuhen ins angrenzende Ankleidezimmer. Eine schreckliche Ahnung befiel sie, und sie wünschte, sie hätte einen Vorwand, um sich für den Rest des Tages dort oder anderswo im Haus vor Harriet verbergen zu können.

Harriet löste die silbernen Spangen, legte den Kopf in den Nacken und schüttelte ihr Haar aus. »Ich kann dir gar nicht sagen, wie lang mir die Wochen in Boston vorgekommen sind!«, rief sie, verschränkte die Hände im Nacken und gähnte herzhaft. »Ich hatte tatsächlich vergessen, wie entsetzlich steif und förmlich die Leute dort sind. Die Etikette ist für sie unumstößliches Gesetz, als käme sie wie die Zehn Gebote geradewegs vom Berg Sinai!«, spottete sie. »Ich sage dir, schlimmere Snobs als die Bostoner High Society findest du nirgendwo, zumindest nicht hierzulande. Die bilden sich Gott weiß was darauf ein, dass sie ihren Stammbaum bis auf die Pilgerväter der *Mayflower* zurückverfolgen können. Dabei waren das damals ganz einfache Leute, von denen sie die meisten heute nicht einmal über den Dienstboteneingang in ihr Haus lassen würden! Wenn das nicht verlogen ist. Einfach lächerlich. Auch dass bei diesen Leuten selbst Familien, die schon in der dritten

Generation vermögend sind, als neureich und damit nicht gleichrangig gelten – ist das nicht verrückt? Also da lobe ich mir doch unser Kalifornien. Da schaut man nicht so selbstherrlich und verkniffen drauf, woher jemand kommt und wann er wie zu Geld gekommen ist. Und überhaupt gehen wir nicht so borniert miteinander um. Na ja, Ausnahmen gibt es natürlich hüben wie drüben. Und ich muss zugeben, dass wir in Bar Harbor unerwartet ...« Sie unterbrach sich, runzelte die Stirn und rief zu Caitlin hinüber: »Sag mal, wo steckst du eigentlich? Was immer du da tust, hat das nicht Zeit bis später?«

Caitlin kam zu ihr zurück. Sie lächelte angestrengt. »Entschuldigen Sie. Ich habe Ihnen ja auch noch gar nicht meine Glückwünsche ausgesprochen.«

»Glückwünsche?« Harriet sah sie verständnislos an. »Wozu?«

Wieder überlief es Caitlin heiß und kalt. Sie schluckte und begann stockend: »Na ja ... Sie haben sich doch in Bar Harbor ...«

»Ach, die Wochen da waren schon recht amüsant, das gebe ich zu«, fiel Harriet ihr ins Wort und schmunzelte in Erinnerung an gewisse Begebenheiten, an die sie mit Vergnügen zurückdachte. »Zumindest anfangs. Aber dann haben sie sich doch wie Gummi hingezogen. Ich meine, all diese Ausflüge, Picknicks, Krocketspiele, Tennismatches, Dinner und anderen Vergnügungen sind irgendwann auch nur noch Wiederholungen ihrer selbst, das wird schnell ermüdend. Jedenfalls habe ich es bald als lästige Verpflichtung zum Fröhlichsein empfunden. Ich hatte immer den Eindruck, die Leute da führen einen Dauerkrieg gegen die Langeweile. Wenn auch auf extrem hohem, kostspieligem Niveau.«

»Aber Sie sind verlobt, ja?«, platzte es aus Caitlin heraus. »Mit Mister Myles Bradford, nicht wahr? Werden Sie dann an die Ostküste ziehen, wo doch Ihr zukünftiger Mann ...«

Mit einem Ruck setzte Harriet sich auf. »Ich und verlobt mit Myles?« Sie lachte schallend wie über einen besonders gelungenen

Witz. »Ja, das hätte Mutter gefallen! Die hat mich ja wirklich schon in Boston vor dem Traualtar stehen sehen. Dabei zieht der liebe Myles sein eigenes Geschlecht dem anderen vor.« Sie stutzte. »Aber sag mal, woher weißt du überhaupt seinen Namen?«

»Er stand in dem Zeitungsartikel, dieser Meldung über Ihre Verlobung, die Ihre Mutter an Mister Caldwell geschickt hat!«, stieß Caitlin hervor und hatte auf einmal ein entsetzliches flaues Gefühl im Magen. »Da war auch dieses Foto von Ihnen und Mister Myles vor der Jacht ...«

»Ach, das!« Harriet winkte mit einem schiefen Lächeln ab. »Damit hat sich die Klatschreporterin bei der feinen Gesellschaft böse in die Nesseln gesetzt. Daran war aber Myles schuld. Er wollte der aufdringlichen Ziege schon länger eins auswischen, weil sie von seinem Interesse an jungen Männern Wind bekommen hatte. Also hat er sie zu dieser Meldung regelrecht angestiftet, nur um hinterher von unverschämtem Klatsch reden zu können. Die Reporterin ist tatsächlich umgehend gefeuert worden, was ich schon gemein fand. Ich habe es Myles übel genommen, auch weil es einiges Gerede gab, das mir unangenehm war. Und dann das Theater mit meiner Mutter, die mich schon in den gesellschaftlichen Olymp von Boston aufgenommen sah und sich um den Glanz, der durch diese Verbindung auch auf sie gefallen wäre, betrogen fühlte. Aber Myles hat sich königlich amüsiert. Eigentlich mochte ich ihn. Er hat sich wirklich reizend um mich gekümmert und war so schön anders als die übrigen Snobs. Aber dass er die Reporterin um ihren Job gebracht hat, das hat unserer Freundschaft am Ende doch einen Dämpfer verpasst.«

Entsetzt sah Caitlin, die bleich war wie eine frisch getünchte Wand, sie an. »Heilige Jungfrau Maria, steh mir bei! Was habe ich getan!«, flüsterte sie.

Harriet furchte die Stirn. »Um Gottes willen, was hast du, Caitlin? Du bist ja ganz blass geworden.«

»Ich … ich habe etwas Schreckliches getan! Das werden Sie mir nie verzeihen, das weiß ich.«

Harriet lachte nervös. »Mein Gott, was redest du für wirres Zeug? Was kannst du denn getan haben, das ich dir verzeihen müsste?«

»Ich habe den … den Zeitungsausschnitt aus der *Bar Harbor Gazette* im … Kartenzimmer gefunden«, stammelte Caitlin. Sie spürte, wie die Kraft aus ihrem Körper wich, als habe jemand ein Ventil geöffnet. Langsam machte sie ein, zwei Schritte zurück, doch ihre Beine wollten sie nicht mehr tragen. »Er lag unter dem Schreibtisch. Aber statt ihn … zurückzulegen, habe ich ihn an mich genommen und … und Mister Maynard gezeigt. Das hätte ich nicht tun dürfen! Ich habe etwas Schreckliches angerichtet! Warum musste mir dieser Ausschnitt nur in die Hände fallen? Warum habe ich ihn nicht zurückgelegt und den Mund gehalten? Barmherziger, steh mir bei!« Sie sank auf die Knie.

Harriet lachte spöttisch. »Schau an! Na, ich hätte mir ja denken können, dass meine Mutter den Zeitungsausschnitt mit dem Foto aufbewahren würde. Dass du ihn einfach an dich genommen hast und damit zu Frank gegangen bist, finde ich schon reichlich eigenmächtig. Das sieht dir so gar nicht ähnlich«, sagte sie mit sanftem Tadel. »Aber das ist doch kein Grund, zerknirscht vor mir auf dem Boden zu knien und die Sache zur Katastrophe hochzuspielen! Ich habe Frank mehrmals die Woche geschrieben und ihm natürlich auch von dieser peinlichen Zeitungsente berichtet.«

Voller Verzweiflung blickte Caitlin zu Harriet auf. »Aber er hat Ihre Briefe nicht erhalten!«, sagte sie. »Schon seit Anfang Juni nicht mehr. Deshalb ist er ja zu mir gekommen und hat mich gefragt, ob ich von Ihnen gehört hätte. Sonst wäre das ja alles gar nicht passiert!«

Nun wich Harriet das Blut aus dem Gesicht. »Das kann nicht sein! Unmöglich! Ich habe ihm jede Woche geschrieben, meistens sogar zweimal!«

»Aber er hat die Briefe nicht bekommen!«, wiederholte Caitlin gequält. »Nicht einen einzigen, seit Anfang Juni! Es muss jemand dafür gesorgt haben, dass er sie nicht bekam. Das wird Ihre Mutter gewesen sein. Wer sonst hätte ein Interesse daran haben sollen, dass Mister Maynard denkt, sie hätten ihn vergessen und sich … sich in einen anderen Mann verliebt?«

»Das ist doch nicht …« Harriet fehlten die Worte. Frank hatte seit Monaten keinen Brief von ihr erhalten, aber den Zeitungsartikel über ihre angebliche Verlobung mit Myles Bradford gesehen! Ihre Gedanken überschlugen sich, und ihr Herz krampfte sich angstvoll zusammen. Dann flammte Wut in ihr auf. Sie sprang aus dem Sessel.

Caitlin riss die Arme vors Gesicht. »Bitte schlagen Sie mich nicht!«, schluchzte sie und kauerte sich zusammen. »Und wenn ich es noch so sehr verdient habe!«

»Mach dich nicht lächerlich! Als ob ich dich schlagen würde! Aber das war wohl die größte Dummheit deines Lebens!«, herrschte Harriet sie an und fuhr gehetzt fort: »Ich muss Frank sehen und das richtigstellen! Heute noch! Der Arme! Was soll er denn von mir denken? Du musst sofort zu ihm und ihm eine Nachricht bringen! Er soll am hinteren Gartentor auf mich warten. Und sag ihm schon, dass das alles ein schrecklicher Irrtum ist, dass kein Wort von dem, was in dem Artikel stand, stimmt!«

»Ich weiß nicht, ob Mister Maynard schon zurück ist.«

»Er ist verreist?«

Caitlin nickte gequält. »Nach Mexiko.«

Als sie den flehentlichen Ausdruck in Caitlins Augen sah, stockte Harriets Herz. Dann setzte es wieder ein und begann zu rasen. »Was um alles in der Welt macht Frank in Mexiko?«

Tränen rannen Caitlin übers Gesicht, und ihre Stimme war nur noch ein kaum vernehmbares Flüstern, als sie antwortete: »Hochzeitsreise mit seiner Frau Florence.«

39

Durch die Gassen und Straßenschluchten fegte ein übellauniger Herbstwind, der ständig die Richtung wechselte und das Laub von den Bäumen riss. Eine heimtückische Böe fiel Frank jäh von der Seite an, als er im Stadtviertel Pacific Heights auf der Höhe des Lafayette Park in die von Ulmen gesäumte Octavia Street einbog. Der Windstoß wollte mit seinem Hut auf und davon. Frank bekam den Fedora gerade noch rechtzeitig zu fassen und schob ihn sicherheitshalber unter den Fahrersitz seines brandneuen Automobils.

Diese gut tausend Dollar teure Errungenschaft war kein Gefährt zum Angeben, sondern ein praktischer Lieferwagen des Autobauers Maxwell mit einem geschlossenen, kastenförmigen Frachtraum hinter dem Fahrersitz. Kurz hatte Frank mit dem Modell von Ford geliebäugelt, doch das hatte nur einen Zweitakter mit zehn Pferdestärken unter der Motorhaube, während der Maxwell es mit seinem Vierzylinder auf stattliche achtzehn Pferdestärken brachte. Was zu Franks Bedauern noch keine der Autofirmen im Angebot hatte, war eine rundum geschlossene Fahrerkabine. Immerhin bot das weit vorgezogene Dach einigermaßen Schutz vor Regen und anderem Unbill, das von oben kam.

Er genoss diese herrliche Leichtigkeit des Fahrens. Was für ein himmelweiter Unterschied zu der Anstrengung, ein Pferdefuhrwerk zu lenken! Erst seit er hinter dem Steuer eines Automobils saß, war ihm wirklich zu Bewusstsein gekommen, wie viel Kraft und Geschick man brauchte, um ein Gespann zu beherrschen und auch in kritischen Situationen mit den richtigen Befehlen zu dirigieren. Am liebsten wäre er trotz des Windes noch eine Weile zum reinen Vergnügen durch San Francisco gefahren, aber er hatte Florence versprochen, streng darauf zu achten, dass die Handwerker die Renovierungsarbeiten gewissenhaft ausführten. Sie konnte es nicht erwarten, aus seiner alten Wohnung aus- und in das Haus in der Octavia Street einzuziehen, und würde später sicher fragen, ob die Gasleitung nun endlich vollständig verlegt sei und wie weit die Arbeiten am Badezimmer gediehen seien.

Er parkte den Maxwell vor seinem künftigen Zuhause zwischen zwei alten Ulmen, ließ den Motor jedoch laufen. Im Windschutz der kurzen Seitenwand steckte er sich eine Zigarette an und blickte auf das zweistöckige Haus, das einen winzigen umzäunten Vorgarten besaß und seit Kurzem einen neuen cremeweißen Anstrich trug. Es hatte für zwei Personen reichlich viele Zimmer, wie er fand, aber Florence hatte sich auf Anhieb in diese Straße und das Haus verliebt, auch wenn darin einiges zu renovieren war. Und da seine Filmtheater blendend liefen, hatte er es nicht übers Herz gebracht, ihr den Wunsch, dieses und kein anderes Haus als ihr Liebesnest zu mieten, abzuschlagen. Außerdem hatte er nach der ziemlich verunglückten Hochzeitsreise noch etwas gutzumachen.

Dass die Segeltour hinunter nach Mexiko für sie beide zu einer großen Enttäuschung geworden war, ging allein auf sein Konto. Da konnte er sich auch nicht damit herausreden, dass er ordentlich Geld ausgegeben und die *Windsong* gemietet hatte, eine schmucke Jacht von fünfundvierzig Fuß Länge und ausgestattet mit einer geräumigen Kajüte, in der es vor Mahagoni und blank poliertem Messing nur so schimmerte, sowie einer ebenso gepflegten wie gemütlichen Schlafkabine im Vorschiff.

Er hätte ihre Bedenken ernst nehmen und sie nicht zu dieser Art von Hochzeitsreise überreden sollen, aber irgendwann hatte er sie mit seiner Begeisterung angesteckt – und ihnen beiden keinen Gefallen getan. Eigentlich war schon am ersten Tag der Reise offensichtlich gewesen, dass ihr das Gefühl von Freiheit auf See und die

Romantik unter Segeln gänzlich abgingen. Und was die Räumlichkeiten unter Deck betraf, so empfand sie diese schlichtweg als beengend. Womöglich hätte sie ihre Meinung mit der Zeit geändert und doch noch Vergnügen an der Reise gefunden, wäre sie nicht schon bei leichtem Wellengang seekrank geworden. Das Elend war kaum mit anzusehen gewesen. Nur wenn sie nachts in einem Hafen an einem Bootssteg ruhig vertäut lagen, lebte Florence wieder auf. Und wenn sie dann im Bett lagen, war die Hochzeitsreise für kurze Zeit ihrem Namen gerecht geworden.

Nein, er konnte ihr keine Vorwürfe machen. Sie hatte wirklich tapfer versucht, seiner Leidenschaft etwas abzugewinnen, und war letztlich dennoch gescheitert. Zwei Wochen hatten sie unterwegs sein und bis hinunter an die Südspitze der mexikanischen Halbinsel Baja California segeln wollen. Nach fünf Tagen, an denen ihre jeweilige Segelstrecke immer kürzer geworden war, hatte er dem Elend in San Diego ein Ende bereitet, Florence in den nächsten Zug nach San Francisco gesetzt und die *Windsong* allein zurückgesegelt.

Der Wind riss Frank den Rauch vom Mund, während er auf das Haus schaute, in das er bald mit Florence einziehen würde. Leicht beschämt sinnierte er darüber, dass die herrliche *Windsong* nur in sehr begrenztem Maß zum Liebesnest ihrer Flitterwochen geworden war. Aber Florence hatte daraus keine große Sache gemacht und ihm schon gar nicht das Gefühl gegeben, dass er sich etwas vorzuwerfen hätte. Das rechnete er ihr hoch an. Der Reinfall mit der Hochzeitsreise kümmere sie überhaupt nicht, hatte sie am Bahnhof in San Diego versichert und mit einem langen, leidenschaftlichen Kuss unterstrichen, wo doch noch das ganze Leben vor ihnen liege. Und das werde erst so richtig mit ihrem Einzug in ihr Liebesnest an der Octavia Street beginnen!

Liebesnest!

Das Wort hatte sie tatsächlich gebraucht. Er wollte auflachen, doch diese Regung fiel schon im Ansatz in sich zusammen. Ein grüblerischer Zug legte sich auf sein Gesicht. Manchmal kam es ihm unwirklich vor, dass er einen Ring am Finger trug und mit ihr verheiratet war. Nicht, dass er es bereute, ihr noch im Krankenhaus einen Antrag gemacht und sie umgehend geheiratet zu haben. Warum hätte er es auch bereuen sollen? Florence liebte ihn aufrichtig, war hübsch und besaß einen gesunden sexuellen Appetit, der sich wahrlich nicht auf Sex in der Missionarsstellung beschränkte. Zudem war sie eine patente, fleißige und fröhliche Frau, die mit beiden Beinen im Leben stand. Was immer das Leben für sie in petto hielt, sie würde es beherzt angehen und verlässlich an seiner Seite stehen, davon war er felsenfest überzeugt. Und diese Charakterzüge wogen um einiges schwerer als die kleinen Schwächen, die Florence hatte. Die fand man doch in jedem Menschen. Wer den perfekten Lebenspartner suchte und keine Zugeständnisse machte, würde bis an sein Lebensende nicht fündig werden, so viel war sicher!

Überhaupt musste er es als glückliche Fügung des Schicksals nehmen, dass er in der dunkelsten Stunde seines Lebens ausgerechnet ins »Glyde Inn« auf der Folsom Street gewankt war. Eine unsichtbare gütige Hand musste ihn dorthin geführt haben, wo man ihn kannte und wo zu jener Stunde auch Paddy Malone unter den Gästen gewesen war. Und selbst wenn keine göttliche Fügung dahinterstand, musste ihn zumindest sein Unterbewusstsein auf den Weg zur Rettung geführt haben. Denn andernfalls wäre er verloren gewesen, hätte sich ins Delirium gesoffen oder wäre im Suff unter einer Pier von der Flut überrascht worden und elendig ertrunken. Und das waren nur zwei einer ganzen Reihe von Möglichkeiten, wie man in San Francisco zu Tode kommen konnte, wenn man Geld in der Tasche hatte und volltrunken durch üble Viertel torkelte.

Die Glut der heruntergebrannten Zigarette brannte ihm in die Haut und riss ihn aus seinen Gedanken. Er ließ die Kippe auf das

Bodenblech fallen und trat sie mit dem Absatz aus. Herrgott, er hatte wahrlich Grund, seinem Schicksal dankbar zu sein und sich glücklich zu schätzen, dass Florence seine Frau geworden war. Er hatte sich mit Leib und Seele dem Aufbau einer Kette von Filmtheatern verschrieben, ging dem Geschäft mit Leidenschaft nach. Jetzt gesellten sich dazu die feste Bindung einer Ehe, die auf einem soliden Fundament stand, und die Kinder, die sie einst haben würden, wenn es damit auch noch ein paar Jahre Zeit hatte. Beides würde seinem Leben nicht nur Halt und Struktur geben sowie einen Ausgleich zu seinem Geschäftsleben darstellen, es würde sein Leben auch mit einer tiefen Bedeutung erfüllen, einem Sinn.

Zufrieden mit seinen Überlegungen, stellte er den Motor ab, schwang sich aus dem Wagen und betrat das Foyer des frei stehenden Einfamilienhauses. Begrüßt wurde er von lautem Hämmern aus dem Badezimmer im oberen Stockwerk und dem Kreischen einer Metallsäge aus der Küche unten. Ihm schlug der Geruch von frischer Farbe, Tapetenkleister und Möbelpolitur entgegen. Noch bevor er die Küche betrat, hörte er ein scharfes Fauchen und nahm den metallischen Geruch wahr, den schmelzendes Zinn unter der weißglühenden Flamme eines Lötkolbens absonderte. Beides verriet ihm, dass die Handwerker von der Pacific Gas & Electric an der Verlegung der Gasleitungen arbeiteten.

Er sprach kurz mit den beiden Männern. Zu seinem Ärger traf Augenblicke später ein Bote ihres Meisters ein, der ausrichten ließ, sie sollten sofort ihre Sachen zusammenpacken und die Arbeiten hier bis zum nächsten Tag unterbrechen. Sie würden dringend in einem Mietshaus an der Ecke Van Ness Avenue und Broadway Street gebraucht, ein Notfall, der Vorrang vor Neuverlegungen habe.

Frank nahm ihnen das Versprechen ab, die Arbeit bei ihm auch wirklich zeitig am nächsten Morgen fortzusetzen, und ging hinauf ins Obergeschoss. Mit seinen drei Zimmern bot es reichlich Platz, selbst für den Fall, dass sich irgendwann Nachwuchs einstellte. Er warf einen flüchtigen Blick in das geräumige Schlafzimmer, das nach vorn hinausging, auf die Ulmenallee. Es war frisch tapeziert. Das Himmelbett mit den vier gedrechselten Pfosten, das Florence sich noch vor ihren missglückten Flitterwochen im Möbelladen auf der California Street ausgesucht hatte, stand schon aufgebaut da, Matratze und Bettbezüge sorgfältig mit großen weißen Leinentüchern abgedeckt. Wie auch der Polstersessel, die Kommode und der Schminktisch, nur die alten, vergilbten Gardinen und hässlich braunen Vorhänge hingen noch vor dem Fenster. Nun, in ein paar Tagen würden sie fallen und den leichten und hellen Stoffen weichen, die Florence ausgesucht hatte.

Gerade wollte Frank sich hinüber ins Badezimmer begeben und einen Blick auf die Arbeit des Fliesenlegers werfen, als Harriets leise Stimme ihn von hinten traf wie ein Peitschenhieb.

»Wie konntest du mir das antun?«

40

Frank zuckte zusammen, widerstand jedoch seinem Impuls, auf der Stelle zu ihr herumzufahren. Die Genugtuung würde er ihr nicht verschaffen! Und was sollte diese unsinnige, ja geradezu lächerliche Frage? Die stand allein ihm zu und gehörte ihr ins Gesicht geschleudert, nicht umgekehrt! Nie hätte er für möglich gehalten, dass sie die Unverfrorenheit haben würde, ihm noch einmal unter die Augen zu treten.

Mühsam zwang er sich, reglos stehen zu bleiben und zwei, drei lange Sekunden verstreichen zu lassen. Sein Herz krampfte sich zusammen, und er spürte es bis hoch in die Kehle wild schlagen. Er spürte auch die Ader an seiner linken Schläfe pulsieren. Und das alles nur, weil er ihre Stimme hörte und ihr gleich ins Gesicht blicken musste!

Diesen inneren Aufruhr durfte er sich nicht anmerken lassen. Er presste die Lippen zusammen, und seine Züge verhärteten sich. Noch einmal atmete er tief durch, dann drehte er sich aufreizend langsam um, inständig hoffend, dass sein Gesicht verschlossen wirkte wie das heruntergeklappte Visier eines Ritters und nichts von dem verriet, was bei ihrem Anblick in ihm hervorbrach.

Er hatte geglaubt, längst über den grausamen Schmerz und die hoffnungslose Verzweiflung hinweg zu sein. Aber als ihr Blick ihn traf, durchdringend wie eine geschliffene Klinge, fielen die Selbstbeschwörungen, wie gut er es mit Florence getroffen habe und wie glücklich er sich schätzen dürfe, in sich zusammen wie ein Kartenhaus.

»Was willst du?« Er versuchte seiner Stimme einen schroffen, abweisenden Klang zu geben, hatte aber Schwierigkeiten, sie überhaupt unter Kontrolle zu halten. Wie er auch Schwierigkeiten hatte, bei dem inneren Tumult einen klaren Gedanken zu fassen. »Und woher weißt du überhaupt, dass ich hier nach dem Rechten sehe?« Eine Frage ohne jeden Belang!

»Der Manager deines Filmtheaters in der Kearny Street hat es mir gesagt. Aber was tut das zur Sache?« Sie klang so müde, wie sie sich nach der schlaflosen, durchweinten Nacht fühlte.

Er nickte knapp. »Nichts, und deinen … Abschiedsbesuch oder was immer das hier werden soll, hättest du dir sparen können. Es interessiert mich einen Dreck, was du mir sagen willst. Ich hoffe, du wirst glücklich mit deinem reichen Pilgerväterabkömmling!«, hörte er sich sagen und fragte sich irritiert, warum sie so blass war. Auch hatte sie verquollene, stark gerötete Augen, so als hätte sie lange geweint. Aber welchen Grund hätte sie dafür haben sollen?

Sie schien ihn nicht gehört zu haben. »Sag mir, warum du mir das angetan hast, Frank!«

»Was soll das, Harriet?«, fauchte er sie an. »Ich habe doch dir nichts angetan! Vielmehr wüsste ich gern von dir, warum du mich so feige hintergangen und dich diesem Myles Bradford an den Hals geschmissen hast! Und erzähl mir nicht, deine Mutter hätte dir keine Wahl gelassen oder etwas ähnlich Absurdes!«

»Ich habe mich nicht verlobt, Frank. Darum bin ich hier. Um dir zu sagen, was für einen schrecklichen Fehler du begangen hast«, erwiderte sie mit vor Hoffnungslosigkeit schwacher Stimme. »Es hat keine Verlobung gegeben, hörst du? Weder Myles noch ich, keiner von uns beiden hat jemals auch nur einen Wimpernschlag lang an Verlobung gedacht.«

In ungläubigem Entsetzen riss Frank die Augen auf. Ein kalter Schauer lief ihm über Arme und Rücken. Er kam buchstäblich ins Wanken, wie vor den Kopf geschlagen. »Aber ich habe den Zeitungsartikel …«

»Das war eine Falschmeldung«, fiel sie ihm ins Wort. »Von

Myles lanciert, um der Klatschreporterin eins auszuwischen, und auch, um davon abzulenken, dass Frauen kein Begehren in ihm wecken und er sich lieber mit jungen Burschen amüsiert. Abgesehen davon stand in dem Artikel, die Reporterin habe aus berufener Quelle erfahren, dass Myles Bradford seine Verlobung mit mir am darauffolgenden Wochenende verkünden *werde!* Von einer schon stattgefundenen Verlobung war in der Meldung nicht die Rede.«

Fahle Blässe überzog sein Gesicht. In seiner Bestürzung hatte er das nicht wahrgenommen, so weit hatte er gar nicht gelesen! Hätte er es getan, wären seine Verzweiflung und das Gefühl, aufs Schändlichste verraten worden zu sein, vielleicht nicht so überwältigend gewesen. Bestimmt hätte er weiter gehofft, hätte sich nicht tage- und nächtelang dem selbstzerstörerischen Suff hingegeben, sondern auf der Stelle ein Kabel an die *Bar Harbor Gazette* geschickt, sich nach der Verlobung erkundigt – und erfahren, dass das eine falsche Meldung gewesen war. Dann wäre er jetzt nicht mit Florence verheiratet, sondern ein freier Mann. Frei für Harriet!

Die Stimmen im Schlafzimmer hatten den Fliesenleger im Bad aufmerksam gemacht. Der stämmige Handwerker, noch keine dreißig und doch schon mit dem krummen Rücken eines alten Mannes, erschien hinter Harriet in dem Durchgang. »Oh, Sie sind es, Mister Maynard! ... Miss!« Er zog seine eingestaubte Kappe vom Kopf und nickte ihr höflich zu, um sich dann wieder an seinen Arbeitgeber zu wenden. »Gut, dass Sie hier sind, Mister Maynard. Da kann ich Sie gleich, wenn es Ihnen recht ist, fragen ...«

»Gehen Sie! Verschwinden Sie, Mann!«, rief Frank schrill und fuchtelte mit beiden Händen. Doch als er das verstörte Gesicht des Mannes sah, fasste er sich sofort. »Entschuldigen Sie, Morton ... Warten Sie, bitte!« Hastig griff er in die Hosentasche, holte seine Geldrolle heraus und drückte den ersten Schein, den er zu fassen kriegte, dem Fliesenleger in die schwieligen Hände. Es kümmerte ihn nicht, dass es eine Fünfdollarnote war und damit fast das Doppelte von dem, was der Mann täglich an Lohn berechnete. »Entschuldigen Sie, bitte kommen Sie morgen wieder. Den Lohn für heute bekommen Sie natürlich trotzdem. Und nun gehen Sie bitte, Morton! Um Gottes willen, gehen Sie, Mann!«

»Ganz zu Diensten, Mister Maynard!«, sagte der Fliesenleger eifrig, steckte den Schein weg und machte, dass er aus dem Haus kam, bevor Frank es sich anders überlegen konnte.

Während schwere Schuhe die Treppe hinunterpolterten, standen Harriet und Frank einander schweigend gegenüber. Dann fiel die Haustür ins Schloss.

»Warum hast du mir nicht vertraut, Frank? Wie konntest du auch nur eine Sekunde lang glauben, ich hätte unsere Liebe verraten? Nach allem, was wir hatten … damals in der Bucht hinter dem Leuchtturm?« Nicht Vorwurf, sondern grenzenloser Schmerz sprach aus ihrer Stimme, und ihre Augen füllten sich mit Tränen.

In einer Geste der Verzweiflung hob er die Arme und drehte die Handflächen nach außen. »Es kam kein Brief mehr von dir«, stieß er hervor. »Monate ohne eine Nachricht … Und dann hat mir Caitlin den Zeitungsausschnitt gezeigt, und auf einmal schien alles Sinn zu ergeben …«

»Wie konnte das Sinn ergeben, wo wir uns so geliebt haben und … und so intim miteinander waren?« Die ersten Tränen liefen ihr übers Gesicht. »Kanntest du mich so schlecht, dass du mir so etwas Gemeines zugetraut hast?«

»Harriet …« Flehend sah er sie an, erschüttert von dem Unheil, das er über sie beide gebracht hatte – genau wie über seine Ehe mit Florence. Mit diesem Wissen, das er nie loswerden, das ihn immer quälen würde, konnte es zwischen ihnen nie mehr so sein, wie er es sich in seiner Verblendung eingeredet hatte und wie Florence es verdiente. Von wegen Wink des Schicksals und unsichtbare gütige Hand! Unglück hatte er über sie gebracht, über sie alle drei!

»Ich weiß das mit den Briefen. Meine Mutter hat mich schamlos angelogen. Sie hat schon kurz nach unserer Ankunft in Boston das Hotelpersonal und später die Bedienstete unserer Gastgeber bestochen, damit sie meine Briefe nicht zur Post bringen, sondern ihr aushändigen. Ich habe dir mehrmals die Woche geschrieben, Frank. Hier, das sind die Briefe aus den letzten beiden Wochen.« Harriet schlug ihren Mantel zurück, zog ein Bündel Briefe aus der Innentasche, warf den Packen auf den Frisier- und Schminktisch neben sich und wischte sich mit dem Handrücken über die tränenfeuchte Wangen. »Ich habe sie gestern Nacht in ihrem Koffer gefunden. Sie hat vergessen, sie wie die anderen zu zerreißen und in den Müll zu werfen.«

Ihre Mutter hatte nicht die geringste Scham, geschweige denn Bedauern gezeigt, als sie mit dem Bündel Briefe in der Hand in ihr Zimmer gestürmt war und sie zur Rede gestellt hatte. Vielmehr hatte sie sich darüber empört, dass Harriet ihre Sachen durchwühlt hatte. Ihr eigenes Tun hatte sie hocherhobenen Hauptes als völlig gerechtfertigt verteidigt. Ja, es sei geradezu ihre heilige Pflicht gewesen, den Strom von Briefen an diesen dahergelaufenen Flickerbudenbesitzer zu unterbinden. Natürlich in der Hoffnung, dass der sie bald abschreiben und sich mit irgendeinem Flittchen von der Straße einlassen würde, das ohnehin besser zu seinem gesellschaftlichen Stand passe. Etwas anderes sei von Männern aus dem einfachen Volk nun mal nicht zu erwarten. Außerdem könne sie Jordan Shaw, der ihr während der Zeit an der Ostküste doch so eifrig geschrieben habe, keinesfalls noch länger hinhalten. Für eine Caldwell wie sie komme nur eine solche – standesgemäße – Verbindung infrage, und sie, ihre Mutter, werde jedes andere Techtelmechtel mit allen Mitteln unterbinden.

Harriet hatte kurz davorgestanden, die Hand gegen ihre Mutter zu erheben. Sie ins Gesicht zu schlagen, und zwar immer und immer wieder. Ihr Verlangen danach war erschreckend heftig gewesen, und sie hatte es nur unter größter Willensanstrengung unterdrücken können. Aber selbst das hatte jetzt, im Angesicht des Mannes, den sie so grenzenlos liebte und doch an eine andere Frau verloren hatte, kaum noch Bedeutung.

»Warum, Frank?« Ihr blutete das Herz. Sie biss sich auf die Lippe, um das Schluchzen zu unterdrücken, das herauswollte. »Warum um Gottes willen?«

Er starrte auf die Briefe und zuckte hilflos die Achseln. »Ich weiß nicht mehr, was … was in mich gefahren ist. Ich habe versucht, mich um den Verstand zu trinken … war völlig am Ende … hab keinen Sinn mehr gesehen … war innerlich wie betäubt, nicht mehr ich selbst. Und als dann auf einmal Florence … ich war mal eine Weile mit ihr zusammen … vor unserer Zeit. Und so ist es geschehen … irgendwie.« Kopfschüttelnd brach er das gequälte Gestammel ab. »Ich kann dir nicht erklären, was ich mir selbst nicht mehr erklären kann. Ich weiß, es klingt erbärmlich, aber ich habe einfach keine Erklärung, die Sinn ergibt, Harriet. Ich war am Ende und habe eine unverzeihliche Kurzschlusshandlung begangen. So banal ist es. Ich habe einen schrecklichen Fehler gemacht.«

Ein bitterer Ausdruck huschte über ihr Gesicht. »Wir haben alle Fehler gemacht, ich auch«, klagte sie sich selbst an. Es hätte sie misstrauisch machen müssen, dass Frank ihr nicht ein einziges Mal geantwortet hatte. Auch wenn sie ihm vorher zehnmal versichert hatte, dass er sich nicht zu einer Antwort zwingen müsse – dann und wann hätte eben doch ein kurzes Zeichen seiner Liebe kommen müssen, und wenn es nur zwei, drei Zeilen gewesen wären. Dass die ausgeblieben waren und sie dem nicht nachgegangen war, das musste sie sich vorwerfen. Hätte sie es getan, wäre sie ihrer Mutter noch früh genug auf die Schliche gekommen. Dann hätte auch der Zeitungsausschnitt keinen solchen Schaden anrichten können. Aber auch Caitlin trug ein gerüttelt Maß an Schuld!

Wenn sie doch bloß diesen Zeitungsausschnitt nicht gefunden und Frank gezeigt hätte!

Wenn und Aber ohne Ende! Dabei war nichts sinnloser als solche Überlegungen. An dem, was geschehen war, ließ sich nichts mehr ändern. Plötzlich wünschte sie, sie wäre nicht gekommen.

Ein Gefühl des Verlorenseins überkam sie. »Warum bin ich überhaupt hier? Wo doch alles verloren ist? Wie dumm von mir, zu meinen, dass ich dich noch mal sehen und zur Rede stellen müsste.« Sie schüttelte den Kopf. »Mach's gut, Frank.«

»Warte!« Er stürzte zu ihr, griff nach ihren Händen und hielt sie fest. »Du kannst doch jetzt nicht einfach gehen!«

»Lass mich! Was willst du denn noch von mir? Es ist vorbei! Hörst du, es ist vorbei!« Sie wollte ihm ihre Hände entringen, strengte sich aber nicht ernstlich an. Vielmehr weckte die Berührung das Verlangen in ihr, ihn festzuhalten und nie wieder loszulassen. »Willst du, dass ich sage, ich verzeihe dir und hoffe, du wirst mit deiner Florence glücklich?«, stieß sie unter Tränen hervor.

»Es kann nicht vorbei sein! Ich liebe dich, Harriet! Dich und niemanden sonst! Und ich werde auch nie eine andere lieben!«

»Und ich liebe dich!«, erwiderte sie, jetzt doch unter Schluchzen. »Aber das bedeutet nichts mehr, das sind nur noch leere Worte. Schau doch auf den Ring da an deinem Finger!«

»Hör auf damit! So kannst du nicht gehen! Du darfst nicht gehen! Wir gehören zusammen, Harriet, wir sind füreinander geschaffen! Das haben wir von Anfang an gewusst, gib es zu!« Beschwörend sah er sie an, und seine Hände legten sich um ihr Gesicht, zärtlich, aber auch bestimmend.

»Frank ... nein! Nimm doch Vernunft an! Was immer wir hatten und füreinander gefühlt haben und noch immer ...«

Ihr schwacher Protest wurde von seinen Lippen erstickt. Wie ein Stromschlag zuckte es durch ihren Körper. Widerstandslos öffnete sich ihr Mund, und ihre Arme schlangen sich um Frank, umklammerten ihn förmlich, während sie den Kuss verzweifelt erwiderte. Tränen liefen ihr übers Gesicht. Der Schmerz der Hoffnungslosigkeit verschwand in einem Gefühl der Erlösung, das sie wie eine heiße Flutwelle mit sich fortriss.

Mit der Verzweiflung der Verlorenen blendeten sie die Welt und ihre Unabänderlichkeiten aus. Lippen, Hände – sie konnten nicht voneinander lassen. Beide versanken sie in der Flut, die sich in ihnen Bahn gebrochen hatte. Klare Gedanken konnten sich, selbst wenn sie sich hier und da formten, gegen diesen Sturm des Verlangens nicht behaupten.

Dass sie begonnen hatten, einander die Kleider vom Leib zu zerren, kam Harriet erst zu Bewusstsein, als sie im Unterrock vor ihm stand und ein kühler Hauch vom Fenster her über ihre nackten Schultern strich.

Die Stimme der Vernunft meldete sich. »Um Himmels willen, Frank … das dürfen wir nicht!«, keuchte Harriet zwischen zwei Küssen, doch statt die Hände von seinem Gürtel zu nehmen, zerrte sie diesen auf und machte sich an den Knöpfen zu schaffen. »Wir müssen aufhören!«

»Ja, das … das sollten wir«, sagte er, streifte ihr aber die Träger von den Schultern und liebkoste ihre Brüste durch das dünne Mieder hindurch. Rasch zog er die Bänder auf und schob den zarten Musselin zurück. Ihre harten Brustwarzen warteten schon darauf, dass seine Zunge über sie strich.

»Mein Gott, wenn deine Frau kommt, oder sonst jemand!« Wieder versuchte sich ein zur Vernunft mahnender Gedanke zu behaupten, doch er erlosch wie ein kurz aufflackerndes Irrlicht, das in einer stürmischen Nacht hinweggefegt wird. Ihre Hand glitt in seine Hose, wo sich ihr sein Schwanz hart und heiß entgegenstreckte. Sie umfasste ihn mit der einer Hand, während die andere ihm die Hose von den Hüften streifte.

»Es wird keiner kommen! Sie ist beim Friseur … und danach Gardinen kaufen!«, presste er unter lustvollem Stöhnen hervor, stieß mit dem Fuß die Tür zu und zog sie mit sich dorthin, um den Schlüssel im Schloss umzudrehen.

Das Staublaken flog vom Himmelbett, ohne dass sie voneinander ließen. Die letzten Kleidungsstücke fielen zu Boden, und dann lagen sie nackt und eng umschlungen unter der Bettdecke, ohne dass die Kühle von Laken und Decke das Feuer des Verlangens hätte dämpfen können. Sie verwöhnten einander mit Händen und Lippen und steigerten so die Lust.

»Nein, hör nicht auf!«, flehte Harriet, schlang die Beine um seine Hüften und hielt ihn auf sich fest. »Ich will dich spüren. Du sollst der Erste sein, der ganz in mir ist! Ich kann nicht mehr warten und will auch nicht mehr. Ich will, dass es jetzt geschieht!«

»Aber ich habe nichts dabei, um …«

»Ich will dich! Jetzt!«, flüsterte sie, hob ihm ihr Becken entgegen und fasste nach seinem Glied. »Bitte, tu es!«

Ihm fehlte längst jeglicher Wille, dem Sog des Begehrens zu widerstehen, und so tat er es, aber behutsam, und erst als Harriet schon dem Höhepunkt entgegentaumelte, durchbrach er die zarte Barriere. Dabei küsste er sie und teilte ihre Lippen mit der Zunge.

Kurz sah er in ihren Augen Schmerz aufblitzen, doch schon im nächsten Moment füllten sie sich mit einem seligen Ausdruck. Sie gab ein lang gezogenes Stöhnen von sich. Ihre Lider flackerten, während ihr Körper in den Rhythmus seiner tiefen Stöße einfiel. Keuchend saugte sie an seinen Lippen, und ihre Hände wussten nicht, ob sie sich in seinen Rücken oder um seinen Po krallen sollten.

Er kam kurz vor ihr, und als sie spürte, wie er sich in ihr entlud, trug es auch sie über die letzte Schwelle hinweg, und ihre Lust verschmolz mit der seinen.

Außer Atem, erhitzt und erfüllt von seliger Mattigkeit, lagen sie danach eng umschlungen da. Lange schwiegen sie beide. Schließlich flüsterte Harriet eher ratlos als ängstlich: »Was soll bloß mit uns werden?«

»Ich weiß es nicht«, raunte er zurück. Doch das entsprach nicht ganz der Wahrheit, denn eins wusste er mit Bestimmtheit, nämlich dass er Harriet nie aufgeben würde.

41

Bevor sie sich unter Tränen trennten, beteuerten sie einander, dass sie schwere Schuld auf sich geladen hätten und es nicht noch einmal zu solchem Liebesrausch kommen dürfe. Und weil sie um ihre Schwäche wüssten, würden sie der Versuchung nur widerstehen, wenn sie fortan jeden Kontakt mieden. Lieber ein Ende mit Schmerzen als Schmerzen ohne Ende. Denn als Affäre könne ihre Liebe keine Zukunft haben; vielmehr würde daraus nur noch mehr Unglück entstehen.

Der Vorsatz, sich dem Gebot des Verzichts zu unterwerfen, war aufrichtig gefasst, geriet jedoch schnell ins Wanken. Keine drei Wochen später, an einem frühen Oktoberabend, stieg Harriet in fiebriger Erwartung in der Octavia Street aus einer Mietdroschke, betrat das Haus und hastete, Hand in Hand mit Frank, die Treppe ins Obergeschoss hinauf. Im Schlafzimmer, das von einem prasselnden Kaminfeuer erwärmt wurde, fielen sie wie ausgehungert übereinander her. Selbst die Sorge, sie könnte bei ihrer ersten Vereinigung schwanger geworden sein – die sich gottlob als unbegründet erweisen sollte –, hielt sie nicht davon ab, alle guten Vorsätze über den Haufen zu werfen. Die Botschaft, die Frank ihr zu Beginn der dritten Woche ihres »Verzichts« über Caitlin hatte zukommen lassen, war eine Erlösung gewesen.

Vergiss, was wir uns geschworen haben! Das ist reiner Selbstbetrug! Ich will und kann nicht auf Dich verzichten! Für so ein Opfer liebe ich Dich zu sehr! Ich muss Dich einfach wiedersehen und in den Armen halten! Donnerstag um 18 Uhr. Du weißt, wo ich auf Dich warte! F.

Es blieb nicht bei diesem einen Rückfall. Vielmehr wurde das

Haus in der Octavia Street im wahrsten Sinne des Wortes zu einem Liebesnest, wenn auch nicht so, wie Florence es gemeint hatte. Frank wusste, wie schäbig es war, dass er sie als frisch verheirateter Mann betrog, und sie machte es ihm in ihrer Ahnungslosigkeit auch noch leicht, indem sie vorerst auf keinen Fall ihre Arbeit als Krankenschwester aufgeben wollte. Dafür bedeutete der Beruf ihr zu viel.

Er suchte nicht nach Rechtfertigungen für sein Tun und litt unter der Schuld, die er damit auf sich lud, was jedoch nichts daran änderte, dass er nicht die Kraft aufbrachte, sich von Harriet zu trennen. Er war wie einer dieser Süchtigen, die in den Opiumhöhlen von Chinatown gierig nach der Pfeife griffen, beim ersten Zug hoch und heilig schworen, dies werde endgültig die letzte sein, und schon wenige Tage später wieder nach dem berauschenden Gift verlangten.

So zögerte er den Einzug in das Haus bis in die erste Dezemberwoche hinaus, fand immer neue Mängel, die noch behoben werden mussten. Weitere Verzögerungen ergaben sich, weil er die Handwerker nicht so zügig bestellte, wie es möglich gewesen wäre. Und beklagte sich Florence wieder einmal und fragte, warum es so langsam vorangehe, schob er alles auf die Handwerker, die angeblich ihre Terminzusagen nicht einhielten.

Fast zur selben Zeit entdeckte er auf der steilen Clay Street, zwei Häuserblocks oberhalb vom Portsmouth Square und an der Ecke zur Stockton Street gelegen, ein heruntergekommenes Vaudeville-Theater, das bankrottgegangen war und sich für ein *Maynard*-Filmtheater mit Galerie und Logen bestens eignete. Allerdings befand es sich baulich in miserablem Zustand, sodass kostspielige Umbau- und Renovierungsarbeiten vonnöten waren.

Frank mietete auch gleich das kleine Studio über dem Theater, in dem einer der Angestellten gewohnt hatte und das ebenfalls frei geworden war. Das Himmelbett aus der Octavia Street ließ er zerlegen und oben im Studio wiederaufbauen, wo es fast die Hälfte des Wohnraums ausfüllte. Auch die Matratze und das Bettzeug zogen mit um. Die Vorstellung, dass er in diesem Bett demnächst auch mit Florence schlafen sollte, war ihm unerträglich gewesen – und Harriet ebenso. Er kaufte für die Octavia Street ein ähnliches Bett mit vier Pfosten sowie neues Bettzeug und eine neue Matratze. Und er kam nicht in die Verlegenheit, Florence etwas von einer umgekippten Leiter und verschütteter Farbe erzählen zu müssen, denn sie registrierte den Unterschied beim Einzug gar nicht.

Das Thema Florence mieden Harriet und Frank wie der Teufel das Weihwasser. Darüber zu sprechen hätte auch zu nichts geführt außer zu Tränen und Schmerz. Florence würde nie in eine Scheidung einwilligen, da war Frank sicher. Und er besaß nicht die Grausamkeit, sie so kurz nach der Hochzeit einfach zu verlassen. Aber vielleicht war es auch nur Feigheit, die ihn davon abhielt.

Harriet hatte noch weniger Interesse daran, über Florence zu reden. Sie wollte den Namen seiner Ehefrau nicht einmal denken, geschweige denn in den Mund nehmen. Vielmehr versuchte sie mit aller Kraft, deren Existenz aus ihrem Bewusstsein zu verbannen, insbesondere die Tatsache, dass Frank das Bett mit ihr teilte und gar nicht darum herumkam, auch mit ihr zu schlafen. Aber vielleicht war das ihre Strafe.

Es ging in den kalifornischen Winter, der San Francisco und der Bay Area viel Wind und Nebel brachte und die Temperaturen nachts nicht selten gegen null sinken ließ. Harriet und Frank lebten beide in einem Zustand innerer Zerrissenheit, in dem Zwiespalt zwischen quälender Schuld und dem nicht weniger quälenden Verlangen, dann und wann ihre Liebe wenigstens für ein paar Stunden im Geheimen leben zu können.

Nicht, dass Harriet nicht immer wieder versucht hätte, der mahnenden Stimme von Vernunft und Gewissen zu folgen und einen

Schlussstrich zu ziehen. Wie oft lag sie nachts schlaflos im Bett und führte sich vor Augen, wie hoffnungslos die Situation war. Aber auch tagsüber, selbst wenn sie ihren Vater ins Kontor oder an Bord eines gerade eingelaufenen Caldwell-Schiffes begleitete, fiel sie immer wieder in schwermütiges Grübeln. Manchmal musste der Vater ihr erst einen sanften Stoß mit seinem Krückstock verpassen, damit sie sich daran erinnerte, dass es einen guten Grund gab, warum sie an seiner Seite war.

Harriet besaß einen wachen Geist, dem nüchterne Überlegungen alles andere als fremd waren. Diesen Charakterzug hatte sie von ihrem Vater. Daher verschloss sie auch nicht die Augen davor, dass ihre Affäre nicht auf ewig währen konnte und dass mit jedem ihrer Besuche bei Frank ein Skandal, der ihren Ruf ruinieren konnte, wahrscheinlicher wurde. Andererseits vertraute sie auf ihre Umsicht und die Vorsichtsmaßnahmen, die sie beide mit peinlichster Sorgfalt trafen, damit ihr Verhältnis nicht aufflog. Und allen Einreden der Vernunft zum Trotz konnte sie sich schlicht nicht vorstellen, Frank freiwillig aufzugeben.

Dennoch unternahm sie zum Jahresende ernsthafte Anstrengungen, Jordan mehr Aufmerksamkeit zu schenken – was ihre innere Zerrissenheit nicht besser hätte spiegeln können. Was sie sich davon versprach, wusste sie selbst nicht zu sagen. So irrational es auch sein mochte, irgendwo tief in ihr glomm wohl ein Funke Hoffnung, dass sie, wenn sie nur mehr Zeit mit ihm verbrachte, womöglich doch noch Gefühle für ihn entwickeln könnte, die über rein freundschaftliche Zuneigung hinausgingen.

Wie nicht anders zu erwarten gewesen war, zeigte Jordan sich erfreut und nahm jede sich bietende Gelegenheit wahr, um sie zum Essen, ins Theater oder in die Oper auszuführen. Dennoch spürte er wohl ihren inneren Vorbehalt. Auch entging ihm nicht, dass sie bei aller Herzlichkeit und freundschaftlichen Wärme weder mit Blicken noch mit Gesten oder Worten jene unmissverständlichen Signale aussandte, die romantische Gefühle verraten und zu Vorstößen seinerseits ermuntert hätten.

Er respektierte diese emotionale Einschränkung, indem auch er jene unsichtbare Grenze, auf die sie sich schon nach den ersten Wochen ihrer Bekanntschaft wortlos verständigt hatten, weder mit Blicken noch mit Gesten oder Worten überschritt. Und vermutlich um erst gar nicht in Versuchung zu kommen, ihr anders zu begegnen denn als untadeliger Kavalier, richtete er es häufig so ein, dass noch andere junge Leute aus seinem Freundeskreis bei ihnen waren, Paare wie Ungebundene. In der Gruppe, die manchmal auf ein gutes Dutzend Leute anwuchs, besuchten sie ausgelassene Dinnerpartys, festliche Bälle im »Palace« und »Fairmont«, Hauskonzerte, Ausstellungseröffnungen sowie Vorträge durchreisender Forscher, gingen ins Theater, in die Oper und ausgefallene Restaurants.

Während dieser Monate hatte Harriet manchmal das irrwitzige Gefühl, zwei Leben gleichzeitig zu führen, die wie Parallelen nebeneinander herliefen und einander nicht berührten – ja, einander niemals berühren durften!

Den Ausgang des alten und den Beginn des neuen Jahres im »Palace Hotel« zu feiern war mittlerweile schon fast Familientradition. Zum ersten Mal durften auch Elliot und Ashley an dem glanzvollen Fest teilnehmen. Jordan war natürlich auch zugegen. Er achtete darauf, dass kein anderer Verehrer Harriet öfter aufs Tanzparkett führte als er, und er war es, der ihr den Champagner reichte und ihre Hand hielt, als die Festgesellschaft mit großem Jubel und Fanfarenklängen zum Böllern des Feuerwerks das Jahr 1906 begrüßte. Diesmal wagte er es, ihr auf jede Wange einen Kuss zu geben, und unterstrich diese verhaltene Liebesbekundung mit dem ebenso taktvollen wie durchsichtigen Wunsch: »Alles Gute für 1906! Mögen die schönsten unserer Träume in Erfüllung gehen, Harriet!«

Harriet lachte. »Darauf stoße ich gern an, Jordan!«

Er lächelte und hob sein Glas. Wie hätte er auch ahnen können, dass einer ihrer sehnlichsten Wünsche der war, sich nicht immer schon nach wenigen und so schnell verfliegenden Stunden davonstehlen zu müssen, sondern einmal eine ganze Nacht mit Frank verbringen und am nächsten Morgen neben ihm aufwachen zu dürfen!

42

Eisige Regenböen peitschten über die Bay, als sich die *Samoa* zu Beginn der zweiten Januarwoche schwer angeschlagen in den Hafen von San Francisco schleppte. Die Bark war auf der Rückreise von Australien dreihundert Seemeilen östlich von Hawaii in einen Tage dauernden Sturm geraten. Gleich in der ersten Nacht war der Fockmast gesplittert wie ein Streichholz, die unablässig auf das Schiff einhämmernden Kreuzseen hatten den Rumpf an mehreren Stellen leckgeschlagen, und die Schäden am Rigg waren beachtlich.

Arthur bestand darauf, unverzüglich an Bord zu gehen, um sich selbst ein Bild davon zu machen, welche Reparaturarbeiten nötig waren, und sich mit Captain McFarlane über das Vorgehen zu besprechen. Das elende, nasskalte Wetter vermochte ihn ebenso wenig davon abzuhalten wie Harriets Proteste. Mittlerweile liefen schon drei Frachter seiner Flotte unter Dampf, aber keines seiner Schiffe bedeutete ihm so viel wie die *Samoa*. Der schnittige Dreimaster war sein ganzer Stolz und noch immer das Flaggschiff der Caldwell Shipping Company. Er musste dort einfach nach dem Rechten sehen!

Dass sie sich an diesem Vormittag beide eine Erkältung holten, war nach den Stunden, die sie in Wind und Regen auf der *Samoa* zugebracht hatten, nicht verwunderlich. Doch während Harriet schnell über den lästigen Schnupfen hinwegkam, verschlimmerten sich die Symptome ihres Vaters und wuchsen sich zu einer heftigen Lungenentzündung aus. Die Ärzte im Krankenhaus rieten ihnen unverblümt, mit dem Schlimmsten zu rechnen. Der Tod hatte zweifellos die besseren Chancen. Eine gute Woche lang hing Arthur Caldwells Leben am seidenen Faden.

Harriets Mutter zeigte sich einmal am Tag für fünf Minuten. Ihre Besuche waren die Erfüllung einer gesellschaftlichen Pflicht und ungefähr so gefühlvoll wie die Fischbeingräten ihres eng geschnürten Korsetts. Dagegen sah Harriet in diesen kritischen Tagen, in denen stündlich der Tod die Oberhand über ihren Vater gewinnen konnte, ihren Onkel öfter als in den vergangenen beiden Jahren zusammengenommen. Manchmal ging er stundenlang im Flur auf und ab, steckte alle paar Minuten den Kopf ins Krankenzimmer und warf einen Blick auf seinen Bruder, als wolle er nachsehen, ob dieser noch lebte oder endlich seinen letzten Atemzug getan hatte. Er war wie ein Hai, der Blut gerochen hat und lauernd seine Beute umkreist.

»Deine Sorge um Vater ist wirklich besorgniserregend«, bemerkte sie einmal, was er mit einem scheinheilig-verständnislosen Kopfschütteln quittierte, aber unkommentiert ließ. Einige Tage später, als Henry einmal mehr gereizt dem Stationsarzt zusetzte und in herrischem Ton zu wissen verlangte, wie lange sein Bruder dem Fieber denn noch trotzen könne, stieß sie voller Abscheu hervor: »Und schon kreisen die Geier!«, und stürmte aus dem Krankenzimmer, bevor Henry darauf reagieren konnte.

Aber ihr Vater verließ das Krankenhaus nicht im Leichenwagen. Sein Körper kämpfte mit letzter Kraft das Fieber nieder, und Mitte Februar hatte er sich so weit erholt, dass er nach Hause kommen konnte, wenn auch erschreckend abgemagert und schwach. Noch für Wochen war nicht daran zu denken, dass er seine Arbeit im Kontor wiederaufnahm, auch nicht stundenweise.

In Gegenwart seines Bruders gab Henry sich erleichtert, dass der bittere Kelch des Todes noch einmal an Arthur vorübergegangen sei. Harriet jedoch streute er keinen Sand in die Augen. Sie meinte den ohnmächtigen Zorn, der in ihrem Onkel tobte, weil sein Bruder dem Tod erneut von der Schippe gesprungen war, förmlich zu spüren.

Zwei Tage nach seiner Entlassung aus dem Krankenhaus forderte der Vater Harriet auf, ihn im Kartenzimmer vor die Bücherwand rechts neben dem Gemälde der *Sansibar* zu schieben.

»Die da!« Er deutete mit dem Krückstock auf eine Reihe überwiegend dicker Schwarten, die ganz unten im Regal standen. Dazwischen befanden sich einige wenige schmale Buchrücken. Allen gemeinsam war jedoch, dass sie stockfleckig und von Salzwasser angegriffen waren und reichlich abgenutzt aussahen. Was wohl auch der Grund war, warum sie ihren Platz so weit unten gefunden hatten.

»Was ist damit, Vater?«, fragte Harriet, ging in die Hocke und versuchte die Titel auf den Buchrücken zu entziffern.

»Nimm sie raus!«

»Alle?«

»Ja, die ganze Reihe!«

»Welches willst du denn zuerst lesen?«, erkundigte sie sich und griff nach den ersten fünf Bänden, zu denen zwei dünnere zählten. Sie überflog die stark verblassten Titel auf den Ledereinbänden: *The Shipping Merchant's Dictionary, Regulations of Ocean Commerce & Transportation, Lloyd's & Marine Insurance, Navigation Laws of the United States, Dues & Charges on Shipping in Foreign Ports.* Es handelte sich ausschließlich um Handbücher über Kaufmannschaft, Seerecht und kommerzielle Frachtschifffahrt, wie die Caldwell-Reederei sie betrieb.

»Ich brauche sie nicht zu lesen, ich kenne sie in- und auswendig«, schlurrte Arthur. »*Du* sollst sie studieren! Wird höchste Zeit, dass du auch mit dieser Materie vertraut wirst!«

Verblüfft sah sie ihn an. Das, was offensichtlich hinter seinen Worten steckte, war einfach zu schockierend und überwältigend, als dass sie es gleich für bare Münze hätte nehmen können. »Und wozu soll das gut sein?« Ihr Herz raste, und sie hielt den Atem an. Konnte es wirklich sein, dass er es so meinte, wie es klang?

»Frag nicht, sondern tu, was ich dir sage! Ich will es nun mal so! Zumal du schon in so vielen anderen Dingen meine rechte Hand bist!«, knurrte er. Ihr war, als wolle er seine Verlegenheit überspielen; aber es lag auf der Hand, dass es ihm wichtig war, sie auch in der Theorie des kommerziellen Seehandels beschlagen zu wissen. »Da kannst du dir das andere ja wohl auch noch aneignen!« Dabei fuchtelte er mit dem Krückstock vor den Fachbüchern herum. »Und wenn du was nicht begreifst, kommst du zu mir, verstanden?«

»Das werde ich, ganz bestimmt!«, versicherte sie mit Tränen in den Augen. Denn auch wenn er es nicht direkt ausgesprochen hatte, gab es doch keinen Zweifel mehr an dem, was hinter seiner Aufforderung stand. Nämlich, dass er ihr zutraute, eines Tages in seine Fußstapfen zu treten und die Führung der Caldwell Shipping Company zu übernehmen oder doch zumindest ein wichtige Position in der Firma zu bekleiden.

Unverhofft erschien ein konsternierter Ausdruck auf seinem Gesicht, so als sei ihm die Sache plötzlich peinlich, und er schwenkte herrisch den Stock, wie um ihr das Lächeln auszutreiben. »Glaub ja nicht, dass das einfach wird! Leichte Kost für die Teestunde ist das Zeug ganz sicher nicht, das kannst du mir glauben!«, warnte er sie. »Na, wir werden ja schnell sehen, wie es dir gelingt, dich da durchzufressen! So, und jetzt sag Baldwin Bescheid, damit er mich wieder mit seinen elenden Übungen quälen kann!«

Mit Begeisterung stürzte Harriet sich ins Studium der Handbücher. Allerdings erkannte sie schnell, dass sie es mit einer sehr trockenen Materie zu tun hatte und gehörige Willenskraft aufbringen musste, um an der Herausforderung nicht zu scheitern. Aber sie war entschlossen, sich dieses Wissen anzueignen, wie mühsam es auch sein mochte. Dabei war von großem Vorteil, dass ihr Vater ihr nur zu bereitwillig nautische Begriffe und komplizierte

Sachverhalte wie Lloyd's Versicherungsklauseln, die sich ihr trotz mehrfachen Lesens nicht erschließen wollten, geduldig erklärte. Und sie hatte das Gefühl, dass er diese »Unterrichtsstunden« noch mehr genoss als sie. Auf jeden Fall halfen sie ihm über die bittere Tatsache hinweg, dass sein Körper sich nur quälend langsam von der schweren Erkrankung erholte.

In diesen ersten Wochen des neuen Jahres sah sie Frank schmerzhaft selten. Ihr sehnlichster Wunsch, wenigstens einmal eine ganze Nacht mit ihm zu haben, schien unerfüllbar. Doch dann kam der Tag, an dem *Lo Mo* in ihr Leben trat und die Dinge eine jähe Wendung nahmen.

43

Der März war schon in die zweite Woche gegangen, als der Vater sich endlich wieder kräftig genug fühlte, um sich von Mister Baldwin in sein dunkelblaues Seemannstuch kleiden zu lassen und das Haus zu verlassen. »Sag Magnus, er soll anspannen und sich bereithalten!«, trug er Harriet am späten Vormittag auf.

»Willst du ins Kontor?«

»Ja, auch«, sagte er ausweichend.

Als sie wenig später ins Kartenzimmer zurückkehrte, saß er hinter seinem schweren Schreibtisch, vor sich auf der ledernen Schreibunterlage eine aufgeklappte schwarze Lackschatulle und in den Händen eine atemberaubend schöne Kette aus grüner Jade. Gedankenverloren blickte er auf das Schmuckstück.

Der Vater besaß die Kette schon seit vielen Jahren, womöglich Jahrzehnten, aber sie hatte sie nur zweimal zu Gesicht bekommen, und auch da nur zufällig und ohne dass sie Gelegenheit gehabt hätte, sie genauer anzuschauen. Beide Male hatte er sie schnell in die Schatulle zurückgelegt und diese wieder in seinem Schreibtisch verschlossen. Diesmal jedoch zeigte er keine Eile, das Halsband vor ihr zu verbergen, als sie näher trat. Und jetzt sah sie, dass es sich um ein Collier aus drei kunstvoll ineinander verschlungenen chinesischen Drachen handelte.

»Was für ein wunderschönes Stück!«, sagte sie beinahe andächtig. Die Jade war frei von jeglichen Flecken, Streifen oder Äderchen und besaß einen satten Grünton, wie sie ihn noch nie gesehen hatte. Die zahllosen Steine waren derart meisterhaft geschnitzt und miteinander verbunden, dass man auf den ersten Blick den

Eindruck haben konnte, die drei sich umeinanderwindenden Drachen seien aus einem einzigen Stück gearbeitet.

Arthur nickte. »Das ist feinste Kaiserjade, auserlesene imperiale Steine in makellosem, gleichmäßigem Grün, vermutlich aus der Ming-Dynastie im dreizehnten Jahrhundert. Bessere Jade gibt es nicht.«

Harriet konnte sich nicht sattsehen an dem Collier. »Ein Gedicht in Jade! Ich glaube, ich habe noch nie ein schöneres Schmuckstück gesehen!«

Er lachte kurz auf. »Das will ich wohl meinen. In China galt Jade schon vor dreitausend Jahren als ›königlicher Edelstein‹, und daran hat sich nichts geändert. War zu allen Zeiten teurer als Gold. Jade hat für die Chinks mystische Kraft«, sagte er plötzlich mit abfälligem Unterton. »Angeblich bringt sie ihrem Träger Harmonie, Schönheit und Glück. Was natürlich heidnischer Unfug ist!«

»An solche vermeintlichen Glücksbringer glaube ich auch nicht«, pflichtete sie ihm bei. »Aber so ein altes Schmuckstück hat bestimmt seine eigene Geschichte, oder? Hast du es von einer deiner China-Fahrten mitgebracht?« Die Frage, warum sie das Drachencollier noch nie am Hals ihrer Mutter gesehen hatte, verkniff sie sich. Ebenso die, warum er einen so kostbaren Schmuck all die Jahre in seinem Schreibtisch verschloss.

Arthur machte eine ungehaltene Handbewegung, die ihre Entsprechung in seiner Stimme fand, als er erwiderte: »Das gehört zu einem anderen Leben!« Sein Ton ließ keinen Zweifel daran, dass er es dabei zu belassen gedachte. Und dann schickte er sie hinaus, nachschauen, ob die Kutsche bereitstand, was der Fall war.

»Ins Kontor, Mister Caldwell?«, erkundigte sich Magnus, als Harriet ihren Vater zur Kutsche schob.

»Nein, erst zur Mission in die Sacramento Street!«, ordnete Arthur zu Harriets Verwunderung an und hievte sich mit ihrer Hilfe in die Kutsche.

»Natürlich, Sir, Chinatown.« Magnus nickte, als hätte er sich auch selbst denken können, dass der Reeder zuerst dorthin wollte.

»Chinatown?«, fragte Harriet, als sie neben ihrem Vater in der Kutsche saß und Becky sich ins Geschirr legte. »Was gibt es denn dort zu erledigen?« Sie konnte sich beim besten Willen nicht vorstellen, was ihr Vater dort wollte. Mit seinen Spielhallen, Opiumhöhlen, Freudenhäusern und zahllosen anderen Vergnügungsstätten, die allen möglichen Formen des Lasters Raum boten, gehörte Chinatown zu jenen anrüchigen Vierteln, die rechtschaffene Bürger tunlichst mieden.

»Wegen der elenden Lungenentzündung habe ich diesmal das chinesische Neujahr verpasst. Es war am 25. Januar«, teilte er ihr mit, als erkläre das etwas. »Für die Chinks hat das Jahr des Feuerpferdes begonnen.«

Verständnislos sah Harriet ihn an. »Und was hat das mit dir zu tun?« Sie konnte sich nicht erinnern, dass ihr Vater je seinen Fuß in die Straßen von Chinatown gesetzt, geschweige denn sich etwas aus dem chinesischen Neujahr gemacht hätte. Er hegte überhaupt wenig Sympathien für die von ihm sogenannten Chinks, von denen gut 45 000 in einem nur zwei Dutzend Häuserblocks umfassenden Viertel mitten im besseren Teil der Stadt lebten. Die Abneigung gegen die Chinesen teilte er nicht nur mit der großen Mehrheit der Bevölkerung von San Francisco, sondern mehr oder weniger mit dem ganzen Land. Seit dem Inkrafttreten des *Chinese Exclusion Act* von 1882 war Chinesen, die noch während des Goldrausches und beim Bau der transkontinentalen Eisenbahn als billige Arbeitskräfte höchst willkommen gewesen waren, die Einwanderung in die Vereinigten Staaten ganz und gar verboten.

»Auf der Sacramento Street gibt es ein Heim, das von einer tüchtigen presbyterianischen Missionarin betrieben wird und das ich seit Langem immer am chinesischen Neujahrstag mit einer Zuwendung unterstütze. Lo Mo nimmt sich der jungen chinesischen

Mädchen an, die von ihren Eltern verkauft und ... nun ja, zur Prostitution gezwungen werden.«

»Lo Mo?«

»Das ist Chinesisch für ›geliebte Mutter‹. Ihr richtiger Name ist Donaldina Cameron. Die Frau ist aus verdammt hartem Holz geschnitzt«, sagte er mit geradezu widerwilliger Anerkennung. »Wenn es sein muss, nimmt sie es selbst mit den berüchtigten Tongs auf. Die Sklavenhändler und -halter in diesem Sündenpfuhl von Chinatown nennen sie ›Fahn Quai‹, was so viel heißt wie ›weißer Teufel‹. Weil sie die versklavten Mädchen aus ihrem Elend holt, sie in ihrem Heim zu brauchbaren Bediensteten ausbildet und sie zum Christentum bekehrt.«

Harriet wusste, dass ihr Vater des Öfteren für wohltätige Zwecke spendete, wobei er die Wahl der unterstützungswürdigen Unternehmung und die Aushändigung des jeweiligen Betrags fast immer der Mutter überließ. Sie wäre allerdings nie im Leben auf die Idee gekommen, dass ihm auch die Rettung und Bekehrung junger chinesischer Prostituierter am Herzen liegen könnten. Ob es da einen Zusammenhang mit dem kostbaren Jadecollier gab? Aber welche Verbindung konnte das sein? Das eine hatte doch mit dem anderen nichts zu tun. Oder doch?

Vorsichtig fragte sie: »Und hat es einen besonderen Grund, dass du gerade dieses Heim unterstützt?«

Seine Miene verschloss sich, als hätte die Frage einen wunden Punkt berührt, und wurde grimmig, ja fast abweisend, so als bereue er, überhaupt davon angefangen zu haben. »Frag nicht so viel«, beschied er sie und fügte ein äußerst rätselhaftes »Wer ohne Sünde ist, werfe den ersten Stein!« hinzu, bevor er sich abwandte und aus dem Fenster blickte, als gebe es dort etwas Außergewöhnliches zu beobachten.

Magnus mied den direkten Weg durch Chinatown. In dem dicht bebauten Viertel herrschte ein geradezu ameisenhaftes Menschengewimmel, sodass man mit einer Kutsche oder einem Fuhrwerk nur quälend langsam vorankam. Deshalb fuhr er durch die Kearny Street, die Chinatown östlich flankierte, und bog erst hinter dem Portsmouth Square in die Sacramento ein.

Rechter Hand zogen am Kutschenfenster Bilder vorbei, die Einwohnern von San Francisco vertraut waren. Allzu weit konnte man allerdings nicht in das Viertel hineinschauen, denn über den Straßen hingen zahllose Wimpel, Reklamebänder und Banner mit chinesischen Schriftzeichen sowie eine wahre Flut von Lampions, und ebenso geschmückt waren die Häuser, von denen viele eine pagodenförmige Architektur aufwiesen. Das Drachenmotiv fand sich in vielen Variationen, wohin das Auge auch blickte: als Wandmalerei, auf Markisen und den Fensterscheiben von Geschäften und Restaurants, in Form steinerner Wächter vor Hauseingängen und als kunstvolle Schnitzerei an Balkonen, Fensterrahmen und Giebeln. Dabei dominierten die Farben Rot und Grün, wobei das feurige Drachenrot zweifellos die Lieblingsfarbe der Anwohner war.

In starkem Kontrast dazu stand die fast einheitliche, vom Hut bis zu den Schuhen schwarze Kleidung der meisten Chinesen. Die langen schwarzen Kittel und die weiten Hosen der einfachen Leute erinnerten Harriet immer an zu groß geratene Pyjamas. Nur wer zu den gut verdienenden Händlern und Geschäftsleuten gehörte, kleidete sich westlich, trug Anzug mit Weste und Krawatte und hatte sich von der traditionellen Haartracht befreit. Dagegen gab es kaum einen Arbeiter, unter dessen Hut nicht ein geflochtener Zopf hervorlugte und bis über den Rücken fiel.

Überall auf den Bürgersteigen standen kleine Tische, auf denen Nüsse, Früchte, Zigarren und andere Waren feilgeboten wurden. Jeder Schuster, Blechschmied, Polsterer oder Allerweltshandwerker beanspruchte, als sei es ein Gewohnheitsrecht, einen Platz auf einer Kiste vor einer Türschwelle, wo er sein Gewerbe ausübte. Aus Seitenstraßen, Gassen und Durchgängen waberten dichte

Rauchwolken von den offenen Feuern, auf denen gekocht wurde, und an unzähligen Stellen spannten sich Leinen zwischen den Häusern, an denen alle möglichen Kleidungsstücke zum Trocknen aufgehängt waren.

Der intensive Geruch von Reis und exotischen Gerichten, die in den Töpfen, Pfannen und Kesseln der allgegenwärtigen Garküchen köchelten, drang bis zu ihnen in die Kutsche.

Kurz nachdem sie in die Sacramento Street abgebogen waren, hielt Magnus vor einem unansehnlichen, dreistöckigen Gebäude mit rissiger Fassade. Über dem Eingang hing ein schlichtes Holzschild mit der Aufschrift *Ming Queng Home – House of Presbyterian Mission*.

Arthur drückte Harriet einen Umschlag in die Hand, der, so dick, wie er war, mit einem guten Bündel Scheine gefüllt sein musste. »Bring das der Cameron mit Grüßen von mir!«, trug er ihr auf.

Harriet begab sich in das Haus, in dem es schon in der Eingangshalle intensiv nach Kernseife und Bohnerwachs roch. Ein chinesisches Mädchen fegte das Foyer. Es konnte kaum älter als zwölf oder dreizehn sein, trug ein billiges Dienstmädchenkleid mit Schürze und hatte an einer schwarzen Kordel ein grob geschnitztes Holzkreuz um den Hals hängen. Sowie Harriet es ansprach und sich nach der Heimleiterin erkundigte, machte es einen Knicks.

»Lo Mo oben, Missis!«, sagte es und wies mit dem Besenstiel die Treppe hinauf. »Erster Stock. Lo Mo Office am Ende vom Gang!« Und wieder knickste es unterwürfig.

Harriet dankte dem Mädchen und stieg die Treppe hinauf. Oben kam sie an einem Schlafsaal mit einem guten Dutzend Stockbetten vorbei. Die anderen Türen waren geschlossen. Aus den Geräuschen und Stimmen, die zu ihr in den Flur drangen, schloss sie, dass in den Räumen zur Linken Unterricht in Englisch und Bibelkunde stattfand, während die Mädchen auf der rechten Seite, des

Englischen offenkundig schon besser mächtig als ihre Schicksals-
gefährtinnen gegenüber, in westlicher Hauswirtschaft unterwie-
sen wurden.

Die Tür zum Büro der Heimleiterin stand einen Spaltbreit offen.
Harriet wollte schon anklopfen, als sie hörte, dass sich jenseits der
Tür zwei Frauen unterhielten. Das Gespräch zu unterbrechen, in-
dem sie einfach hereinplatzte, wäre ihr sehr unhöflich erschienen.
Es ging schließlich nur darum, die Spende ihres Vaters abzugeben,
und sie waren nicht in Eile.

Deshalb wartete sie im Halbdunkel des Flurs, wobei sich nicht
vermeiden ließ, dass sie mitbekam, worüber sich Mrs Cameron
und eine Frau mit sehr viel jüngerer Stimme, die von der Missionarin mit Miss Delaney angesprochen wurde, unterhielten. Schon
nach den ersten Sätzen, die sie aufgeschnappt hatte, spitzte sie die
Ohren, und je länger sie zuhörte, desto aufgeregter wurde sie. Sie
begriff, dass dies die wundersame Gelegenheit war, nach der sie
seit Langem suchte und die zu finden sie schon nicht mehr gehofft
hatte.

»Um Himmels willen, wieso hat das so lange gedauert?«, fragte
Arthur mehr verwundert als verärgert, als sie endlich wieder in
die Kutsche stieg. »Ich war schon versucht, Magnus nach dir zu
schicken!«

Harriet strahlte ihn an. »Tut mir leid, dass du so lange warten
musstest, Vater. Ich habe mich sehr nett mit Mrs Cameron unterhalten«, antwortete sie, und es entsprach der Wahrheit. »Sie ist
wirklich eine beeindruckende Persönlichkeit.«

Arthur verdrehte die Augen. »Frauen! Bei euch geht es wohl nie
ohne langes Gerede!«, spottete er und wies Magnus an, sie zum
Kontor zu bringen.

»Sie dankt dir für die großzügige Spende und freut sich, dass du
nach all den Jahren einmal nicht deinen Kutscher, sondern mich
mit dem Umschlag ins Haus geschickt hast. Ich soll dir ausrichten,

das lässt sie hoffen, dich eines Tages doch noch persönlich in ihrem Missionsheim begrüßen zu können.«

Wieder verdrehte er die Augen. »Ich wüsste nicht, wozu das gut sein sollte. Was ich ihrer Mission zukommen lasse, hat recht enge Grenzen, und die gedenke ich auch weiterhin einzuhalten.«

Harriet ließ einen langen Augenblick verstreichen, um dann mit der Mitteilung herauszuplatzen: »Ich hoffe, du hast nichts dagegen, wenn ich fortan ein-, zweimal die Woche herkomme, um Mrs Cameron in ihrem christlichen Dienst an den armen Mädchen zu unterstützen. Sie ist im Augenblick knapp an freiwilligen Helferinnen, die Aufsicht führen oder einfachen Unterricht übernehmen, und da habe ich mich spontan angeboten.« Sie schenkte ihm ihr gewinnendstes Lächeln.

Verblüfft sah er sie an. »Du willst da freiwilligen Dienst tun?«

Sie zuckte die Achseln. »Das ist doch eine ehrenvolle Aufgabe, findest du nicht? Mrs Cameron und ihr Heim haben, wie es scheint, einen tadellosen Ruf. Sogar die Tochter des stellvertretenden Bürgermeisters und die Frau von Norman Mackinson – dem mit der Fährenflotte – helfen jede Woche ein paar Stunden bei ihr aus. Da bin ich doch in bester Gesellschaft, oder?«

»Nun, solange du dich nicht von ihrem Missionseifer anstecken lässt …«, begann er einschränkend.

Sie lachte. »Du weißt, dass mir unser anglikanischer Glaube teuer ist, dass ich aber nichts für kirchliche Institutionen und religiöse Eiferer übrighabe«, erwiderte sie. »Ich möchte einfach ein bisschen helfen, und diese armen Mädchen haben Hilfe wirklich verdient. Außerdem lerne ich dabei bestimmt einige nette Leute kennen, die mit mir freiwilligen Dienst tun.«

Arthur überlegte kurz und zuckte schließlich die Achseln. »Wenn du das möchtest, warum nicht? Ich wüsste nicht, warum ich dir das verbieten sollte«, sagte er, und mit seinem Einverständnis war schon jetzt jeder Einwand von ihrer Mutter ohne

Bedeutung. »Der Mensch wird mit seinen Lastern geboren, seine Tugenden muss er sich dagegen erwerben.«

Dankbar drückte Harriet seine Hand. Insgeheim schämte sie sich, ihn so schändlich belogen zu haben, aber für ihre Liebe war ihr kein Preis zu hoch. Und sie konnte es nicht erwarten, Frank von ihrem wohltätigen Dienst in dem Heim und dem Glücksfall, der sich daraus für sie beide ergab, zu berichten.

Zunächst begriff Frank nicht, was die Tatsache, dass sie zweimal die Woche bei Mrs Cameron aushelfen wollte, mit ihnen zu tun hatte, geschweige denn, warum sie für sie beide ein Glücksfall sein sollte.

Sie lachte über seine Begriffsstutzigkeit. »Ich glaube, ich habe ganz vergessen zu erwähnen, dass nachts zwei freiwillige Helferinnen in den Schlafsälen des Heims Aufsicht führen. Natürlich werde ich mich nach ein, zwei Wochen auch dafür melden«, teilte sie ihm verschmitzt mit. »Zumindest werde ich das meinen Vater glauben machen, und er wird nicht anzweifeln, dass ich kurzfristig einspringen muss. Und was meine Mutter angeht, so sprechen wir ja kaum noch ein Wort miteinander. Diese Nachtaufsicht geht übrigens immer von neun Uhr abends bis sechs Uhr morgens.« Und neckend fügte sie hinzu: »Eben die Zeit, die man gewöhnlich im Bett verbringt – und das am liebsten mit dem Menschen, den man über alles liebt, nicht wahr?«

Franks schaute verdutzt dein, doch dann traf ihn jäh die Erkenntnis, was Harriet in diesen Nächten eigentlich zu tun beabsichtigte. Seine Augen leuchteten auf, und er lachte über das ganze Gesicht. »Heiliges Großschot! Willst du damit sagen, dass du die Nächte in Wirklichkeit …«

»Dass ich sie mit dir verbringen werde?«, fiel sie ihm belustigt ins Wort, schlang die Arme um seinen Hals und schmiegte sich an ihn. »Ja, genau das will ich damit sagen! Das werden unsere gemeinsamen Nächte, mein Liebling!«

44

Es war noch dunkel, als Harriet erwachte. Sie wollte den schönen Traum, der mit vagen Bildern in ihr nachklang, festhalten, doch er entglitt ihr. Im nächsten Augenblick nahm sie das Gewicht einer Hand auf ihrer Hüfte wahr, und sofort verflüchtigte sich das Bedauern, denn ihr wurde bewusst, wo sie sich befand und zu wem die Hand gehörte.

Sie lag neben ihrem geliebten Frank, hatte zum zweiten Mal die Nacht in seinem Studio in der Clay Street verbracht. Mehrfach hatten sie sich geliebt, und mit welcher Leidenschaft sie sich einander hingegeben hatten, verriet ihr der süße Schmerz zwischen den Beinen. Nie hätte sie gedacht, dass sie zu solch unersättlicher Lust fähig wäre. Die Wirklichkeit war doch wundersamer und beglückender als jeder Traum!

Ihr Plan mit dem Dienst im Missionsheim von Donaldina Cameron war aufgegangen. Es machte ihr sogar Spaß, den chinesischen Mädchen und jungen Frauen wöchentlich ein paar Stunden Englischunterricht zu geben. Dass sie Anfang April zum ersten Mal angeblich die Nachtaufsicht in einem der Schlafsäle übernehmen musste, weil die dafür eingeplante Hilfskraft unverhofft hatte absagen müssen, war bei ihrem Vater auf so gut wie keinen Widerstand gestoßen. Im Gegenteil, es war ihm sogar gelegen gekommen, denn er brauchte sie nach wie vor als seine Sprecherin. »Dann kannst du ja deinen Tagesdienst bei Lo Mo auf einmal die Woche reduzieren. Das Geschäft geht nun mal vor. Wenn das keinen Gewinn abwirft, gibt es auch keine Spende.«

Besser hätte es also gar nicht laufen können. Zumal ihre Mutter an ihrem so jäh erwachten wohltätigen Engagement nicht das geringste Interesse zeigte. Als sie davon erfuhr, hatte sie lediglich angemerkt, dass Harriet wohl nicht ganz bei Trost sei, sich ausgerechnet für ein Missionswerk der Presbyterianer einzusetzen. Die Angehörigen dieser Sekte seien doch nicht viel besser als Heiden.

Nun, ihre Mutter hatte schon immer einen ausgeprägten Hang zum Bigotten gehabt. In diesem Fall hatte das auch sein Gutes, würde sie doch niemals auf die Idee kommen, Kontakt mit Donaldina Cameron aufzunehmen, geschweige denn, sich vor Ort über die Einrichtung und die Arbeit der freiwilligen Helferinnen zu informieren. Und dass der Vater, Spenden hin oder her, das Heim ebenso wenig aufzusuchen gedachte, wenn wohl auch aus völlig anderen, rätselhaften Gründen, hatte er damals in der Kutsche unmissverständlich zum Ausdruck gebracht.

Harriet rekelte sich und merkte, wie frisch es war. Offenkundig hatten sie in ihrer seligen Erschöpfung völlig vergessen, Kohlen nachzulegen, damit das Studio auch den Rest der Nacht warm blieb. Nun, das machte es leichter, wach zu werden!

Vorsichtig schob sie die Bettdecke zurück und griff nach Franks Hand. Behutsam, um ihn nicht zu wecken, hob sie seinen Arm an und warf einen Blick auf das Ziffernblatt seiner Uhr. Zeiger und Ziffern leuchteten im Dunkeln mit grünlich phosphoreszierendem Schein. Es war noch früh am Morgen, acht Minuten vor fünf. Der Wecker auf dem Nachttisch würde erst in achtundzwanzig Minuten das Studio mit seinem blechernen Schrillen erfüllen, sie brauchte sich also nicht zu sputen. Aber den Wecker wollte sie gleich abstellen, hasste sie doch seinen infernalischen Lärm.

Frank regte sich, als sie sich aufsetzte und den Klöppel des Weckers blockierte. Seine Hand tastete nach ihr, glitt träge ihren Rücken hinauf. »Musst du schon los?«, murmelte er schläfrig und gähnte. »Wie spät ist es denn?«

»Gleich fünf.«

»Himmel, dann bleibt uns ja noch massig Zeit.«

»Ach, ich glaube, ich gehe heute etwas früher. Wo das nasskalte Wetter endlich milden Temperaturen gewichen ist, gehe ich doch lieber zu Fuß, als eine Mietkutsche zu nehmen.« Ihr war danach, auf dem Heimweg zu trödeln und ganz ohne Zeitdruck zu erleben, wie über der Bay die Sonne aufging und die Stadt zum Leben erwachte. Vielleicht nahm sie sogar den Umweg über die Waterfront; Zeit genug blieb ihr jedenfalls.

»Ich will dich aber noch nicht gehen lassen! Mein Gott, wie frisch es ist. Bitte komm ins Bett zurück. Mir wird schon was einfallen, womit wir die zwanzig … halt … die achtundzwanzig Minuten, die uns noch bleiben, verbringen können!« Dabei rutschte er näher zu ihr heran, schmiegte sich an ihren Rücken und legte die Arme um ihre Taille. Seine Hände glitten über ihren Bauch und spielten kurz mit dem schwarzen Vlies zwischen ihren Beinen, um dann aufwärts zu wandern und ihre Brüste mit zärtlichem Druck zu umschließen. »Ob du wohl errätst, was mir vorschwebt?« Er nagte an ihrem Ohrläppchen.

Sie lachte leise und konnte selbst kaum glauben, dass sich das Begehren auch bei ihr sofort wieder regte. »Ich habe eine vage Ahnung. Aber ich glaube, das ist keine so gute Idee – nach dem, was du heute Nacht mit mir angestellt hast. Ich werde meine liebe Not haben, nicht o-beinig zu gehen wie ein Seemann, mein Schatz.«

»Aber vielleicht kann mein kleiner Freund hier …«

»Nein, du kriegst mich nicht zurück ins Bett«, fiel sie ihm halb belustigt, halb bedauernd ins Wort, als sie seinen harten Schwanz am Po spürte. »Dein Freund mag ja schon wieder strammstehen und zu weiteren Vorstößen bereit sein – ich bin es nicht.« Sie drehte sich zu ihm um und gab ihm einen Kuss.

Er stöhnte theatralisch. »Du weißt ja gar nicht, wie grausam du bist. Wie kannst du mich so herzlos von der Bettkante stoßen?«

»Mit dieser Schuld werde ich wohl leben müssen, ganz abgesehen davon, dass du ja noch immer weich gebettet liegst«, erwiderte sie spöttisch, stand auf und fröstelte. Schnell zog sie sich an. Die Glocken der *Old St. Mary's Church* im nahen Chinatown schlugen zur vollen Stunde. »Aber mir wird schon was einfallen, womit ich diese unerhörte Grausamkeit beim nächsten Mal wiedergutmachen kann.«

»Das hoffe ich doch sehr, denn dann hast du eine Menge gutzumachen«, erwiderte er, schwang sich mit einem schweren Seufzer ebenfalls aus dem Bett und fuhr in seine Hose. »Ich mach uns noch schnell einen Kaffee.«

Doch Harriet wollte nicht warten, bis er Wasser aufgesetzt und Kaffee gekocht hatte. »Lieb von dir, aber lass nur, das wird mir zu spät. Ich mach mich mal lieber auf den Weg.«

Frank warf sich sein Hemd über und begleitete sie zur Tür. »Sag mal, musst du wirklich morgen mit deinem verkappten Rosenkavalier in die Oper?« Ein deutlicher Anflug von Unmut lag in seiner Stimme.

»Entschuldige mal, Enrico Caruso und das Ensemble der Metropolitan Opera von New York sind in der Stadt und geben ein Gastspiel!«, entrüstete sie sich und schloss die Knöpfe ihrer Kostümjacke. Der pelzbesetzte Kragen würde ihr unten an der Waterfront gute Dienste leisten. Mit einer energischen Bewegung nahm sie ihren kleinen Hut und die dünnen Handschuhe von der Ablage im Flur. »Er ist der am meisten gefeierte Tenor der Welt, vielleicht der beste aller Zeiten! Solch eine Sensation lasse ich mir doch nicht entgehen, nur weil du dir nichts aus Opern machst! Dass Jordan überhaupt noch Karten für die *Carmen* bekommen hat, grenzt an ein Wunder. Und ich lasse nichts auf ihn kommen, hörst du? Er benimmt sich immer untadelig, also lass bitte die Spitzen gegen ihn, ja?«

»Schon gut, war nicht so gemeint, Liebling«, versicherte er schnell und nahm sie zärtlich in die Arme. »Ich gönn dir doch den Spaß mit diesem Caruso, und im Grunde weiß ich, dass ich wegen

Jordan nicht eifersüchtig sein muss. Es fällt mir einfach so schwer, dich gehen zu lassen und morgen den ganzen Abend an der Seite eines anderen Mannes zu wissen. Und je öfter wir zusammen sind, desto schwerer fällt es mir, ohne dich zu sein.«

»Mir geht es doch genauso«, seufzte sie versöhnlich und erwiderte die Umarmung.

Mit einem langen, leidenschaftlichen Kuss, in dem schon das Wissen um die verzehrende Sehnsucht der nächsten Tage lag, nahmen sie voneinander Abschied.

Als Harriet an diesem 18. April in der Clay Street hinaus in den trügerisch friedlichen Mittwochmorgen trat, war es elf Minuten nach fünf. Anderthalb Minuten später brach die Katastrophe über San Francisco herein.

45

Die Dämmerung hatte gegen Viertel vor fünf eingesetzt. Rasch erhellte sich der Himmel über den Hügeln von Oakland und Livermore und nahm einen blassblauen Schimmer an. Acht Minuten nach fünf erloschen in den noch ausgestorbenen Straßen von San Francisco mit einem vernehmlichen Zischen und Puffen die Gaslaternen.

Fast zur gleichen Zeit betätigte ein städtischer Betriebsleiter in einem abgelegenen Maschinenhaus eine schwere gusseiserne Kurbel und legte einen massigen Hebel um, worauf riesige Trommeln aus ihrem nächtlichen Schlaf erwachten und sich zu drehen begannen. Das Klirren und Sirren von Stahlseilen setzte ein, dazu das Kreischen von mehr als mannshohen Stahlrädern, und die Cable Cars ratterten aus ihren Depots hinaus in den heraufdämmernden Morgen und ließen sich von den unterirdischen Endloskabeln im *slot* der Straßenmitte zu ihren Wendestationen ziehen.

Überall in der Stadt gingen hinter Fenstern und in Geschäften Lichter an, drangen die Gerüche von starkem Kaffee und frisch gebackenem Brot aus den Häusern und vermischten sich mit dem Rauch der Herdstellen, in denen das morgendliche Kochfeuer gerade erst entfacht wurde.

San Francisco erwachte. Auf den Straßen und Gassen tauchten die ersten Menschen auf. Schlaftrunken machten sich die Frühaufsteher auf den Weg in ihre Büros, Geschäfte oder Fabriken, während sich die Arbeiter der Nachtschicht müde nach Hause schleppten. Noch lag friedliche, dämmrige Stille über der Stadt.

Dennis T. Sullivan, Chef der achtzig Feuerwachen und siebenhundert überwiegend hauptberuflichen Feuerwehrleute, fand einfach keinen Schlaf. Dabei war er todmüde und erst weit nach drei Uhr ins Bett gekommen. Aber er war einfach zu aufgewühlt, zu sehr getrieben von einem unbändigen Zorn, als dass er zur Ruhe hätte kommen können. Zu viel jagte ihm durch den Kopf.

In einem großen Warenlager auf der Market Street war kurz nach Mitternacht ein Brand ausgebrochen. Er hatte drei seiner von Pferden gezogenen Löschfahrzeuge einsetzen müssen, um ihn zu löschen. Es war ein harter Kampf gewesen, die Flammen einzudämmen, bevor sie auf die benachbarten Gebäude übergreifen konnten, aber viel hatte zu einer Brandkatastrophe nicht gefehlt – wieder einmal!

Es gab einfach zu wenig Hydranten, und an Zisternen, wie sie viele Jahre zuvor als Wasserspeicher unter den Straßenkreuzungen im Zentrum angelegt worden waren, mangelte es auch. Zumal die alten Zisternen in einem üblen baulichen Zustand waren, das Wasser nicht mehr dauerhaft hielten und zu allem Übel einfach nicht oft genug kontrolliert und aufgefüllt wurden. Und das in einer Stadt, die rasant gewachsen war und in der noch immer in einigen Gegenden die meisten Häuser aus Holz bestanden! Diese Viertel waren die reinste Zunderbüchse und warteten nur darauf, ein Raub der Flammen zu werden! Wenn dann noch der Wind, der vorwiegend aus Westen wehte, ungehindert durch die vielen von Ost nach West verlaufenden Durchgangsstraßen fegen und die Feuer vor sich hertreiben konnte, war die Brandkatastrophe, die ganze Viertel in Schutt und Asche legte, nicht mehr abzuwenden. In der fünfzigjährigen Geschichte der Stadt war genau dies schon sechsmal geschehen. Eigentlich war es ein Wunder, dass San Francisco als Ganzes nicht längst bis auf seine Grundmauern niedergebrannt war.

Sorge und wachsenden Verdruss über die Politiker bereitete Dennis Sullivan auch der Umstand, dass ihm für seinen Dienst nur achtunddreißig dampfbetriebene Löschfahrzeuge zur Verfügung standen. Für eine Großstadt wie San Francisco war das völlig unzureichend. Außerdem lieferten diese Fahrzeuge nur siebzig Prozent ihrer Nennleistung an Löschwasser, das hatten die letzten Übungen bewiesen. Dabei war zudem deutlich geworden, dass die Mannschaften der Löschzüge unzureichend ausgebildet waren.

Der Feuerwehrchef lauschte dem gleichmäßigen Atem seiner Frau Margaret und wünschte, auch er könnte endlich Schlaf finden, war es mittlerweile doch schon nach fünf. Doch die Sorgen quälten ihn, und er grübelte, wie er bloß Eugene Schmitz, den Bürgermeister, und den Stadtrat dazu bringen konnte, endlich mehr Geld für den dringend erforderlichen besseren Brandschutz auszugeben. Für alles andere, womit die Politiker sich schmücken konnten, fand sich seltsamerweise immer Geld in der Stadtkasse. Man brauchte doch nur an das neue Rathaus zu denken, das mit seinem protzigen Dom wie eine Nachbildung des Kapitols in Washington, D.C., aussah und während der siebenundzwanzigjährigen Bauzeit die irrsinnige Summe von sechs Millionen Dollar verschlungen hatte! Ein aberwitziger Prunkbau aus teuerstem Granit und Marmor und nicht nur für ihn, Dennis Sullivan, ein Sinnbild für die maßlose Korruptheit der hiesigen herrschenden Klasse, die selbst noch den skandalösen Filz an der Ostküste in den Schatten stellte.

Es musste etwas geschehen! Und der Teufel sollte ihn holen, wenn er sich vom Bürgermeister und seiner Clique auch nur noch einen Tag länger hinhalten ließ! Er konnte die unverantwortliche Tatenlosigkeit dieser Herren nicht mehr hinnehmen. Auch nicht ihre leeren Versprechungen für den nächsten Haushalt. Gleich morgen würde er sich mit den Vertretern vom Verband der Feuerversicherungen besprechen, die gottlob zunehmend Druck machten und damit drohten, für die Risiken nicht mehr einzustehen, wenn nicht bald mehr in den Brandschutz und die Feuerwehren investiert wurde. Und dann würde er bei Eugene Schmitz vorstellig werden. Sollte der ihm nicht handfeste Zusagen machen, würde er auf der Stelle von seinem Posten als Feuerwehrchef zurücktreten! Finanziell würde ihn das hart treffen, sie würden sich spürbar einschränken müssen, aber das durfte ihn nicht davon abhalten, das Richtige zu tun. Und notfalls konnte er immer noch in seinen angestammten Beruf zurückkehren und als Schmied arbeiten. Über die Kraft und Geschicklichkeit verfügte er auch mit vierundfünfzig Jahren noch, das wusste er.

Mit diesem Gedanken, der ebenso sein Gewissen wie seine persönlichen Zukunftssorgen beschwichtigte, fiel er endlich in einen unruhigen Schlaf. Wie konnte er auch ahnen, dass er nicht einmal mehr den Sonnenaufgang erleben würde?

Caleb Turner zog den Gürtel seines abgewetzten nussbraunen Bademantels enger um seinen sehnig-hageren Körper, warf sich ein fadenscheiniges Handtuch über die Schulter, fuhr sich mit der gespreizten knochigen Hand einmal flüchtig durch das eisgraue, aber noch immer füllige Haar und trat in ausgelatschten Strandschlappen hinaus in den dämmrigen Morgen.

Laut seinem *American Almanac & Treasury of Facts* sollte die Sonne an diesem Mittwochmorgen um fünf Uhr einunddreißig aufgehen. Ihre ersten Strahlen würden ihn also, wenn er mit prickelnder Haut und wach bis in die letzte Pore wieder aus den eisigen Fluten stieg, begrüßen und mit ihrer kosmischen Kraft erfüllen.

Der verwitwete Turner, der einen kleinen Krämerladen betrieb, hatte es nicht weit. Sein bescheidenes Haus aus verwittertem Zedernholz stand an der Ecke Balboa und 47th Street. Von dort waren es gerade mal hundert Schritte durch die vorgelagerten Sanddünen bis zur schäumenden Brandung des wilden Pazifik.

Alles deutete darauf hin, dass es ein prächtiger Tag wurde. Fern im Osten zeichnete sich über den Gipfelzügen des Mount Diabolo bereits ein rosiges Glühen ab. Tags zuvor hatte am frühen Nachmittag eine steife Brise die Wolken vertrieben und endlich den ersehnten Wetterumschwung gebracht, der das Ende des nasskalten Winters ankündigte. Nicht, dass ihn schlechtes Wetter jemals davon abgehalten hätte, sich im Morgengrauen in die kalte Brandung zu stürzen. Seiner felsenfesten Überzeugung nach verdankte er seine Gesundheit, die ihn in den siebenundfünfzig Jahren seines Lebens noch nicht ein Mal im Stich gelassen hatte, der abhärtenden und vitalisierenden Kraft der gut zehn Minuten kräftigen Schwimmens in den salzigen und sauerstoffreichen Fluten des Meeres.

Am Strand angelangt, hatte er auf einmal das merkwürdige Gefühl, dass der Pazifik an diesem Morgen eine ungewöhnliche Brandung aufwies. Die Brecher rollten nicht wie gewohnt in parallelen Reihen auf den Strand, um sich dort mit heftigem Tosen zu brechen; vielmehr donnerten die Wogen quer und wie abgerissen in seltsam gebrochenen, wild gezackten Linien an den Ocean Beach.

Das wunderte ihn, beunruhigte ihn aber nicht. Er warf Bademantel und Handtuch über einen Felsbrocken, schlenkerte die Schlappen von den Füßen und watete ins eiskalte Wasser. Kaum war er schultertief eingetaucht, türmte sich vor ihm plötzlich eine riesige Welle auf. Ihr Kamm ragte so hoch auf, dass es ihn in die Höhe hob und wild herumwirbelte. Er behielt dennoch die Nerven, auch als der Sog ihn aufs Meer hinauszog. Er war ein geübter und ausdauernder Schwimmer.

Aber dann kam wie aus dem Nichts ein ungeheurer Stoß, ein geräuschloser Schlag, der wie eine Explosion durch das Wasser ging. Und obwohl Caleb Turner auf dem Wasser trieb, wurde er unter die Oberfläche gedrückt. Er schrammte mit den Knien über den sandigen Grund.

Nun bekam er es doch mit der Angst zu tun. Mit aller Kraft versuchte er den Strand zu erreichen. Keine fünfzig Meter waren es bis ans rettende Land, doch erneut wurde er umgerissen und wie ein Spielzeug von einer gewaltigen, unsichtbaren Kraft in den Wellen umhergeworfen. Verzweifelt kämpfte er dagegen an, schluckte große Mengen Wasser – und hatte endlich Grund unter den Füßen.

Benommen taumelte er aus dem Wasser und wollte zu der Stelle, an der er seine Sachen abgelegt hatte. Doch wie er sich auch abmühte, er kam nicht voran, so als sei er gelähmt. Schließlich brach der Bann, und er torkelte den Strand hinauf, der jedoch auf einmal phosphoreszierte. Jeder Schritt hinterließ im Sand eine leuchtende Spur.

Schreiend sprang Caleb Turner auf den Felsbrocken, auf dem sein Bademantel lag, und das phosphoreszierende Blitzen an seinen Füßen erlosch. Zitternd kauerte er auf dem Felsen. Er wusste nicht, was ihm widerfahren war, zweifelte jedoch keine Sekunde daran, einem schrecklichen Unheil nur knapp entronnen zu sein.

Zur selben Zeit wälzte sich Enrico Caruso im fünften Stock des »Palace Hotel« in seiner Suite rastlos im Bett. Ein saures Aufstoßen ließ ihn nicht wieder einschlafen. Keine Frage, er hatte nach der Vorstellung zu viel billigen Chianti getrunken. Auch bei den Austern hätte er sich mehr zurückhalten sollen, von den Peperoni und all den anderen kräftig gewürzten Speisen ganz zu schweigen. Und das alles zu später, ja nächtlicher Stunde. Kein Wunder, dass sein Magen in Aufruhr war.

Wenn er sich doch bloß nicht von seinem Manager zu einem Gastspiel in San Francisco hätte überreden lassen – am anderen Ende des Kontinents! Allein schon die unsägliche einwöchige

Reise mit dem Zug war eine Zumutung gewesen. Immerhin, über die Unterkunft konnte er sich nicht beklagen. Seine Suite bot vollendeten Luxus, und das Hotel verfügte sogar über vier »aufsteigende Räume«, die hydraulisch betrieben wurden und Aufzüge hießen, wie man ihm erläutert hatte.

Das Publikum in dieser Stadt bestand jedoch offenkundig zu großen Teilen aus Flegeln, Banausen und provinziellen Parvenüs. Die konnten sich zwar die zehn Dollar für eine Eintrittskarte leisten, verstanden aber von überragender Sangeskunst und der unübertroffenen Kultur der Oper so viel wie Schweine von Perlenzucht! Das hatten die überwiegend negativen Kritiken nach der ersten Vorstellung am Montagabend ja wohl eindeutig bewiesen. Weder der in Frack und juwelenbesetzter Abendrobe herausgeputzte Pöbel noch die Schmierfinken von den Zeitungen, die sich hochtrabend Kritiker nannten, hatten seine Darbietung in der *Königin von Saba* zu würdigen gewusst. Himmel, begriffen diese Leute nicht, dass er der unangefochtene *capo di tutti capi* unter den Tenören war?

Immerhin hatten sie ihm am vergangenen Abend nach der *Carmen* den gebührenden ohrenbetäubenden Applaus gezollt. Andererseits: So, wie er den Don José mit seinem stimmlichen Glanz hatte erstrahlen lassen, war diesen Dumpfköpfen ja gar nichts anderes übrig geblieben. Geradezu hingerissen waren sie gewesen.

Aber die späte Bewunderung hatte ihn nicht ausgesöhnt. Deshalb war es ihm auch nicht in den Sinn gekommen, die Einladung von einem dieser reichen Provinzler zu einem privaten Dinner oder einer Party anzunehmen. Vielmehr hatte er sich schnell verdrückt und sich nach Little Italy chauffieren lassen, zu seinen Landsleuten in North Beach. Dort hatte er in rustikaler Atmosphäre und herzlich-hemdsärmeliger Gesellschaft gezecht und gespeist, allzu reichlich, wie sein rumorender Magen ihn erinnerte, und ungeduldig auf die Morgenausgaben der Zeitungen gewartet.

Als diese gegen drei Uhr endlich kamen, hatte er gleich noch einmal zum Grappa gegriffen. Denn diesmal waren die Kritiken geradezu hymnisch gewesen. Selbst der *Examiner* hatte eine überschwängliche Besprechung gebracht, und dabei lag Randolph Hearst, dem dieses Blatt neben zahllosen anderen gehörte, doch bekanntlich mit der Met gehörig über Kreuz.

Wenigstens die letzten Grappa hätte ich mir sparen sollen!, dachte Caruso reumütig, als sich erneut sein Magen bemerkbar machte. Er brauchte unbedingt ein Glas kaltes Wasser. Vielleicht half das, das Brennen in seinen Gedärmen zu löschen. An Schlaf war ja sowieso nicht zu denken.

Also schwang er seine mollige, kleine Gestalt aus dem Bett und betätigte den Lichtschalter. Die Zeiger der vergoldeten französischen Standuhr auf dem Kaminsims standen auf elf nach fünf. Blinzelnd wankte er in das mit Marmor ausgekleidete Bad und griff nach einem Zahnputzglas.

Noch bevor Enrico Caruso das dunkle, unheilvolle Rumpeln bewusst wahrnehmen konnte, stürzte er rücklings vom Waschbecken weg. Er wäre gefallen, wäre er nicht mit dem Rücken gegen den Türrahmen getaumelt. Das Zahnputzglas flog ihm aus der Hand und zerschellte auf dem Marmorboden in tausend Splitter.

Im ersten Augenblick fürchtete er, er hätte einen Schlaganfall erlitten. Ihn schwindelte, alles drehte sich vor seinen Augen. Ihm war, als bewege sich der Raum um ihn herum. Ein Ächzen, Knirschen, Krachen und Kreischen umfing ihn.

Er griff sich an den Kopf und wankte aus dem Bad. Unter der Decke tanzte der Kronleuchter mit klirrenden Kristallen wild hin und her, als werde er von einer Geisterhand herumgeschleudert. Gemälde sprangen von den Wänden und krachten zu Boden. Unter seinen Füßen wölbte sich das Parkett, splitterte und sprang auf. Und dann fuhr ein Riss wie ein Blitz durch die Wand, und das Mauerwerk kam zum Vorschein.

»*Per amor di Dio!*«, krächzte er entsetzt, als er begriff, dass das ganze Gebäude sich bewegte, ja, sich geradezu schüttelte. Todesangst packte ihn. Hysterisch schreiend rannte er im Nachthemd zur Tür, riss, ohne nachzudenken, im Foyer der Suite seinen Pelzmantel vom Kleiderbügel, warf ihn sich über und stürzte hinaus auf den Hotelgang. Wie von Furien gehetzt, rannte er fünf Stockwerke die Treppe hinunter, fest davon überzeugt, dass es nur zwei Möglichkeiten gab: Entweder fand er den Tod, oder aber er gelangte mit auf ewig ruinierter Stimme ins rettende Freie.

46

Frank fuhr in seine abgewetzte rehbraune Lederjacke. Das Studio lag direkt unter dem Dach, da konnte es früh am Morgen empfindlich kühl sein. Doch für die paar Minuten, die er noch hier oben blieb, lohnte es nicht, Feuer zu machen und Kohlen aufzulegen. Er ging hinüber in das kleine Küchenkabuff, um Wasser aufzusetzen. Einen großen Becher starken schwarzen Kaffee, mehr brauchte er nicht, um morgens in die Gänge zu kommen. Er war von Natur aus Frühaufsteher, und es passte ihm gut, dass er schon vor halb sechs unten sein und an die Arbeit gehen konnte. Es gab noch so viel zu erledigen, damit die Eröffnung seines vierten Filmtheaters, wie groß angekündigt, auch wirklich pünktlich zum Wochenende stattfinden konnte. Es wurde Zeit, dass sein neuestes Flaggschiff endlich den Betrieb aufnahm und Geld abwarf. Die Umbauten und die edle Ausstattung, zu der fest im Boden verankerte Kinosessel mit rotem Samtbezug, dunkelblauer Bodenbelag sowie eine Galerie und Logen gehörten, hatten Unsummen verschlungen. Inzwischen waren seine Reserven an Barem so gut wie aufgebraucht. Aber der finanzielle Engpass würde schnell überwunden sein. Er war sicher, dass das *Maynard* auf der Clay Street vom Tag der Eröffnung an prächtige Gewinne abwerfen würde. Seine Kunden bekamen mehr geboten als gute Filme in einer gehobenen Theateratmosphäre: Sie konnten sich im geräumigen Foyer an einer chromglänzenden Soda Bar auch Zigaretten, Erfrischungen und Shakes aller Art sowie Snacks und Tüten mit ofenfrischem, buttergetränktem Popcorn kaufen.

Er griff zum Wasserkessel, trat an die Spüle und drehte den Hahn auf. Kaltes Leitungswasser rauschte in den Kessel. Seine

Gedanken kehrten zu Harriet zurück. Dass sie an diesem Morgen schon so früh gegangen war und dass sie beide sich kurz davor auch noch unnötigerweise gekabbelt hatten, trübte seine Stimmung. Obendrein hatte er das Ganze allein sich selbst zuzuschreiben. Wie dumm, von Jordan anzufangen! Was hatte ihn bloß zu dieser blödsinnigen Bemerkung getrieben? Eifersucht bestimmt nicht, unter dieser Krankheit hatte er noch nie gelitten. Wie hätte er eifersüchtig sein können auf diesen Mann, der Harriet nur dann und wann ins Theater oder in die Oper begleitete? Und wenn er noch so attraktiv war und aus reichem Hause stammte! Die leidenschaftlichen Stunden, die Harriet gelegentlich tagsüber und neuerdings auch des Nachts mit ihm verbrachte, bewiesen ja wohl zweifelsfrei, wen sie mit Leib und Seele liebte – im wahrsten Sinne des Wortes!

Frank schüttelte über sich selbst den Kopf – und in dem Moment ging ein gewaltiger Ruck durch das Haus, begleitet von einem tiefen, rumpelnden Geräusch, wie er es noch nie gehört hatte. Die Spüle bockte wie ein störrischer Esel, schleuderte ihm den Wasserkessel an den Kopf und riss sich vom Unterschrank los. Die Wasserleitung barst. Aus dem Rohr schoss eine Fontäne in die Höhe. Das Haus schüttelte sich. Es kam Frank vor wie ein Terrier, der eine Ratte schüttelte und seine Beute nicht eher losließ, als bis er sie getötet hatte. Über ihm riss das Dach auf, als wäre eine gigantische Axt aus dem Himmel gefahren und auf das Haus niedergegangen. Balken barsten, und Ziegel polterten von oben ins Studio.

Frank wusste sofort, dass ein schweres Erdbeben über San Francisco hereingebrochen war, und er vergeudete nicht eine Sekunde, sondern rannte um sein Leben.

47

Florence war noch immer übel, aber zumindest hatte sich der Brechreiz gelegt. Sie spülte den ekelhaften Geschmack aus ihrem Mund und schlug sich eiskaltes Wasser ins Gesicht, um den kalten Schweiß abzuwaschen.

In der Nacht hatte sie sich verlassen gefühlt, fast waren ihr die Tränen gekommen. Doch jetzt war sie ganz froh, dass Frank sich auf Geschäftsreise befand und seine Seite im Himmelbett leer geblieben war. Es wäre ihr nicht recht gewesen, wenn er mitbekommen hätte, wie sie vor der Toilette kniete und sich würgend erbrach. Und es hatte schier kein Ende nehmen wollen. Das wäre kaum der ideale Moment gewesen, um ihm mitzuteilen, dass sie schwanger war. Dafür schwebte ihr ein günstigerer Zeitpunkt vor und vor allem ein anderer Ort. Zu dieser wundervollen Nachricht gehörte eine besonders schöne, romantische Umgebung! Falls er von seiner Erkundungsreise nicht zu erschöpft war, konnte sie sie ihn womöglich dazu bewegen, sie am Abend ins »Cliff House« auszuführen, oder gar ins elegante »Delmonico's«, das als das vornehmste Restaurant der gesamten Westküste galt. Mal wieder zusammen auszugehen und sich verwöhnen zu lassen würde ihnen guttun. Und wenn er dann erfuhr, dass sie im Krankenhaus ihre Kündigung eingereicht hatte und er bald Vater wurde, würde sich bestimmt alles wieder zum Guten wenden.

Nicht, dass ihre junge Ehe auf eine Krise zugesteuert wäre und sie Grund gehabt hätte zu klagen. Das zu behaupten wäre Sünde gewesen. Aber in letzter Zeit konnte sie sich des irritierenden Gefühls nicht erwehren, dass sich, seit sie in dieses wunderschöne Haus an der Octavia Street gezogen waren, irgendetwas zwischen ihnen verändert hatte. Worin genau diese Veränderung bestand, wusste sie jedoch nicht zu sagen.

Oder bildete sie sich das nur ein? War es vielleicht bloß die Tatsache, dass Frank sich so viel Arbeit aufgehalst hatte und deshalb so oft in Gedanken woanders war? Genau genommen war er auch physisch häufig abwesend. Er war geradezu besessen von seiner Idee, innerhalb weniger Jahre eine Kinokette rund um die Bay aus dem Boden zu stampfen und den Namen *Maynard* im Kinogeschäft zu einer Marke zu machen, die jeder kannte und mit hoher Qualität in Verbindung brachte. Er arbeitete einfach zu viel, und dann war er abends meist zu müde, um noch Interesse am Sex zu haben. Dabei hatte er früher einen so herrlich erregenden Heißhunger auf ihren Körper gehabt.

Ja, es liegt nur an der vielen Arbeit, beruhigte sie sich und stellte das Wasser ab. Er war einfach zu beschäftigt, hatte sich zu viel auf einmal aufgeladen. Kein Wunder, dass seine Projekte ihm auch zu Hause keine Ruhe ließen. Sie musste einfach mehr Verständnis aufbringen und Geduld haben. Wenn das Filmtheater in der Clay Street erst lief und er Vater geworden war, würde schon alles wieder ins Lot kommen.

Florence überlegte, ob sie noch einmal ins Bett gehen sollte, entschied sich aber dagegen. Frank hatte gesagt, er werde die erste Fähre nehmen und früh zurück sein, und sie wollte ihn doch lieber sorgfältig frisiert und in einem hübschen Kleid willkommen heißen.

Gerade wollte sie ihren Morgenmantel ausziehen, als das elektrische Licht zu flackern begann. Gleichzeitig ächzte und schwankte der Boden und schien unter ihren Füßen einzusinken.

Florence hielt sich am Türpfosten fest, um nicht zu fallen. Wieder sackte der Boden jäh unter ihr ab, um sogleich wieder hochzuspringen. Das geschah so unerwartet, dass sie aus dem Schlafzimmer und hinaus in den Flur geschleudert wurde. Hart schlug sie auf dem Parkett auf. Die Erschütterungen ließen nicht nach. Ihr war, als schüttele sich das ganze Haus und werfe sich herum wie ein wildes Tier. Schwere Möbel wurden umgerissen. Rußwolken waberten durch die Räume, als das Mauerwerk des Kamins unter den wilden Stößen auseinanderbrach. Ein fürchterliches Krachen und Tosen erfüllte das Haus, kam aber auch von draußen.

Panische Angst packte sie. Wenn sie nicht von den Trümmern des einstürzenden Hauses erschlagen und begraben werden wollte, musste sie raus, ins Freie. Ihr Baby musste leben!

Benommen zog sie sich am Geländer hoch, kam auf die Beine und wankte die Treppe hinunter. Es war, als versuche sie bei stürmischer See das Fallreep eines Dampfers hinabzusteigen.

Sie war schon halb die Treppe hinunter, als ein erneuter Stoß durch das Haus ging. Die Wand neben ihr beulte sich aus, als hätte sich dort eine Blase aus Brettern und Balken gebildet. Dann platzte sie wie ein überreifes Geschwür, und Florence wurde von der Treppe geschleudert. Sie durchbrach das Geländer und stürzte auf das aufgebrochene Parkett im Foyer, das schon mit umgeworfenen Möbeln, herausgebrochenem Mauerwerk und Putz übersät war. Inmitten all dessen lag der von der Decke gestürzte Leuchter. Die sieben Arme waren verbogen, die ziselierten Rauchglaszylinder über den elektrischen Glühbirnen zersplittert. Auch der große Spiegel, der gerahmt war wie ein wertvolles Gemälde, war zu Bruch gegangen. Spitze Scherben bohrten sich in Florence' Hüfte und ihren rechten Oberschenkel. Doch sie spürte weder den Schmerz noch das warme Blut, das aus den Wunden schoss. Auch das Bersten des Dachstuhls nahm sie nicht mehr wahr. Sie hatte beim Aufprall das Bewusstsein verloren.

48

Die Todesangst überfiel sie erst später. Zunächst war Harriet einfach fassungslos, fast blieb ihr das Herz stehen, ungläubiges Staunen packte sie angesichts dieses monströsen Geschehens, die Faszination eines ungeheuerlichen Schreckens, der allen Naturgesetzen zu widersprechen schien und einem Gemälde des Hieronymus Bosch hätte entsprungen sein können. Es war, als hätte die Hand eines Rachegottes San Francisco gepackt, ja, als hätte der Teufel die Stadt zum Schauplatz seiner grenzenlosen Vernichtungswut auserkoren.

Bei allen, die wie Harriet im Freien Zeuge der ersten Wellen wurden, verschaffte sich das Beben einen spektakulären, schrecklichen, unvergesslichen Auftritt. Es schien in riesigen, sich überwiegend in östliche Richtung bewegenden Wellen über San Francisco hereinzubrechen. Begleitet wurde es von einem fürchterlichen Rumpeln, das anfangs wie dunkler Donner klang und schnell in ein ohrenbetäubendes Tosen, Krachen und Bersten überging.

Harriet befand sich schon fast auf Höhe des Portsmouth Square, als sie das dumpfe Grollen hinter sich nahen hörte und alarmiert herumfuhr. Sie riss die Augen auf und blieb, wie gelähmt und mit offenem Mund, mitten auf dem Bürgersteig stehen. Sie konnte nicht glauben, was sie sah, als sie die steil ansteigende Clay Street hinaufblickte. Eine Woge aus Erde und Stein kam über den Kamm, rollte mit rasender Geschwindigkeit über den höchsten Punkt des Hügels hinweg und wälzte sich abwärts. Die gesamte Fahrbahn bewegte sich wellenförmig, als kröche dicht unter der Oberfläche ein riesenhaftes gepanzertes Tier dahin und werfe die Erde über sich auf. Das Pflaster pulsierte wie eine lebende Kreatur! An mehreren Stellen brach der Straßenbelag auf, dort klafften dann tiefe Risse wie Wunden, in denen geborstene Rohrleitungen Wasser und Gas verströmten. Und die Erde schien sich nicht nur zu heben, sie hob sich tatsächlich – und zwar mit allen Gebäuden! Die sprangen auf und ab wie in einem absurden Tanz und schwankten, als seien sie Spielzeug. Rechts und links sackten die Ziegelsäulen der Kamine in sich zusammen, riss Mauerwerk, stürzten Gebäude ein wie Kartenhäuser und schleuderten eine Woge aus Ziegeln, Zement, Putz und geborstenen Balken auf die Straße.

Eine ungeheuerliche Macht fiel selbst über große, stabile Gebäude her, rüttelte und zerrte an ihnen und versuchte sie aus ihren Fundamenten zu reißen. Gebäude, die der Stadt seit Langem ein Gesicht gegeben hatten und zu Wahrzeichen geworden waren, Kirchen, Hotels, Bürogebäude, Freimaurertempel und grandiose Herrenhäuser verwandelten sich binnen Minuten in gewaltige Trümmerhaufen. Mächtige Staubwolken erhoben sich und legten sich über die Stadt, als wäre ein Sandsturm über San Francisco hereingebrochen. Auch durch die Clay Street waberten Wolken aus Erde, Dreck und Mörtelstaub.

Der Bann brach, als die Welle unter Harriet hinwegjagte. Der brutale Stoß holte sie von den Beinen, als hätte ein Trampolin sie in die Luft geschleudert, und warf sie rücklings gegen eine Hauswand. Das rettete ihr vermutlich das Leben, denn im selben Moment stürzten schräg über ihr mehrere Kamine ein, und ein tödlicher Hagel aus Backsteinen ging auf den Bürgersteig nieder, auch auf die Stelle, an der sie eben noch gestanden hatte.

Putz prasselte auf Harriet nieder. Ein Stück traf sie am Kopf und hinterließ eine blutige Schramme. Mörtelstaub drang ihr in Mund, Nase und Augen. Sie rang nach Luft und meinte, ersticken zu müssen. Stechende Schmerzen jagten wie glühende Pfeile durch ihren Rücken und hinunter in die Beine. In ihren Ohren rauschte das

Blut, und das rasende Herz saß ihr in der Kehle. Über ihr barsten Fensterscheiben mit explosionsartigem Knall, und ein Scherbenregen ging in alle Richtungen nieder.

Das Rattern von Fensterläden, Türen, herausgerissenen Rohren und anderen beweglichen Gegenständen schwoll an zu einer Kakofonie, die alles durchdrang und jeden Gedanken lähmte. Noch immer schlingerte die Erde. Das Beben wurde zu einem wilden, rasenden Zittern. Es war, als vibriere unter der Stadt eine gewaltige, unrund laufende Maschine, die jeden Moment auseinanderfliegen konnte.

Aus dem Mauerwerk der Hauswand hinter Harriet kam jetzt ein schauriges Knirschen und Ächzen. Es war, als liege das Haus im Sterben und gebe noch einen letzten qualvollen Laut von sich, bevor es in sich zusammenbrach.

In diesem Moment kam die Todesangst. Einen panischen Augenblick lang glaubte sie, sie hätte nicht die Kraft, gegen die Schmerzen anzugehen, sich zu erheben und rechtzeitig von der wankenden Hauswand wegzukommen. Doch das instinktive Wissen, dass sie unweigerlich sterben würde, wenn sie nicht sofort die Flucht ergriff, trieb sie hoch. Das Haus fiel in sich zusammen, als ein neues Beben die Erde erzittern ließ, nur dass die Straßenfront nicht vornüberkippte, sondern nach hinten weg. Von weiter unten kam ein ohrenbetäubendes Getöse, als das pompöse Rathaus donnernd einstürzte. Die massiven Pfeiler, auf denen die Kuppel thronte, barsten wie unter Kanoneneinschlägen. Tonnenschwere Stein- und Marmorblöcke lösten sich und krachten herab.

Hustend und mit tränenden Augen taumelte Harriet durch den Vorhang aus aufgewirbeltem Dreck und Staub. In der Hoffnung, dort vor einstürzenden Bauten besser geschützt zu sein als auf dem Bürgersteig, flüchtete sie auf die Mitte der Straße. Dort allerdings klafften Risse, die zu tödlichen Fallen werden konnten.

Die mit Zementpartikeln gefüllten Wolken drohten die heraufziehende Morgendämmerung zu ersticken. Deshalb hätte Harriet auch Frank, der keine zwanzig Schritte links vor ihr aus dem Hauseingang stürzte und wild um sich blickte, nicht bemerkt, hätte er nicht mit durchdringender, angstverfüllte Stimme nach ihr gerufen.

»Harriet? … Harriet? Wo bist du? … Hörst du mich?«

Seine Stimme wirkte wie ein Versprechen auf Rettung. Schlagartig verlor die Todesangst ihre betäubende Macht und gab der Hoffnung Raum. »Frank … ich bin hier!«, schrie sie, wedelte mit beiden Händen durch den Staub vor ihren Augen und lief ihm entgegen.

Sie fielen sich in die Arme.

»Gott sei Dank, du lebst!« Er drückte sie an sich und gab ihr einen Kuss. »Ich hatte ja solche Angst um dich!«

»Es ist entsetzlich!«, stieß Harriet hervor und fasste sich an den Kopf, als ein Stück Teerpappe heranflog und sich in ihren zerzausten Haaren verfing. »Ich habe ja meinen Hut verloren!«, stellte sie fest und merkte im selben Augenblick, wie lächerlich dieser Verlust im Angesicht dieses fürchterlichen Erdbebens war. Sie lachte schrill.

Frank ging darauf überhaupt nicht ein. Er nahm sie fest an die Hand und lief mit ihr zu seinem Lieferwagen, den er oben an der Ecke Clay und Powell Street geparkt hatte. »Wir müssen hier weg!«, rief er und zerrte die Kurbel unter dem Sitz hervor. »Wir fahren runter an die Waterfront. Bei den Docks sind wir vor einstürzenden Häusern sicher!«

»Nein, ich muss nach Hause!«

Er nickte nur. Für Diskussionen hatten sie keine Zeit. Jede Sekunde konnte über Leben und Tod entscheiden. Außerdem gab es bei den Caldwells am Telegraph Hill viel freies Gelände; ihr Haus stand auf einem großen Grundstück. Da wusste er sie in relativer Sicherheit.

Der Maxwell war von oben bis unten mit einer dicken Schicht Zementstaub bedeckt. Frank fürchtete schon, der Motor könnte streiken, aber schon nach der zweiten kraftvollen Kurbeldrehung erwachte der Vierzylinder zu ratterndem Leben, als wollte auch er so schnell wie möglich fort von diesem grauenhaften Ort.

Indessen endeten die Wellen des Erdbebens mit heftigen Drehbewegungen, die weit klaffende Risse durch die Fassaden vieler Gebäude zogen sowie steinerne Simse wegplatzen und Fensterscheiben zerspringen ließen. Und dann verlor sich das unterirdische Getöse, als hätte sich das rasende Ungetüm wieder in die Tiefe der Erde zurückgezogen.

Frank trat das Gaspedal durch und jagte die Powell Street hinunter. Überall strömten Menschen in Todesangst ins Freie. Viele taumelten barfuß und nur mit Nachtwäsche oder Bademantel bekleidet aus den Häusern. Gellende Schreie durchschnitten die noch immer staubgeschwängerte Luft. Pferde gingen durch und galoppierten mit schrillem Wiehern in die Ruinen. Feurige Explosionen kamen aus Trümmerbergen und den Erdspalten unter aufgeworfenem Kopfsteinpflaster. Fauchend schossen Flammen in den Morgenhimmel wie gigantische Fackeln.

In einem wilden Zickzack lenkte Frank den Wagen durch Straßen, die von gefährlichen Hindernissen aller Art übersät waren wie ein umkämpftes Schlachtfeld nach schwerem Artilleriebeschuss und Bombenhagel. Es war ein fiebriger Parcours aus abruptem scharfem Abbremsen, sofortigem Wiederbeschleunigen und tollkühnen Ausweichmanövern.

Harriet wurde wild hin und her geschleudert. Krampfhaft hielt sie sich an der Griffstange neben dem Einstieg fest. Wie betäubt nahm sie Bilder der Zerstörung und Szenen menschlicher Tragödien wahr. Sie schienen einem grauenhaften Albtraum entsprungen zu sein, doch die blutüberströmten Gestalten, die aus Ruinen krochen, und die Schreie der Verletzten und Sterbenden waren schaurige Wirklichkeit.

Das Getöse einstürzender Häuser war verstummt. Dafür brachen nun überall in der Stadt Brände aus. Hunderte Strommasten lagen umgeknickt auf den Straßen, und die herabgefallenen Hochspannungsleitungen zischten wie angriffslustige Reptilien und wanden sich mit sprühendem Funkenregen durch die Trümmer, als suchten sie nach Beute. In zahllosen Häusern und Betrieben waren Brennstofftanks geborsten, sodass sich Tausende Gallonen Öl, Benzin und Kerosin über die Stockwerke und auf die Straßen ergossen – mitten hinein in die glühenden Kohlen umgekippter Küchenherde und eingestürzter Kamine. Und um das Gas, das in Häusern und auf den Straßen aus geplatzten Rohren strömte, zu entzünden, bedurfte es nur eines Funkens.

Mit verkniffener Miene suchte Frank sich einen passierbaren Weg zur Montgomery Street am Fuß des Telegraph Hill. Alle paar Sekunden riss er das Lenkrad herum und änderte die Richtung, denn auf direktem Weg gab es kein Vorankommen. Mehr als ein Dutzend Mal wechselte er von einer Straße in die andere, und mehrmals sah er sich gezwungen, einen ganzen Häuserblock weit zurückzusetzen und es über eine andere Abbiegung zu versuchen. Es fiel kein Wort zwischen ihnen, zu groß waren Anspannung, Schock und Entsetzen über das Ausmaß der Zerstörung. Dass sie selbst wie durch ein Wunder mit dem Leben davongekommen waren, trug noch zu ihrer Verstörung bei.

Angst um ihre Familie, aber auch um Caitlin, Magnus und Miss Higgins, krampfte Harriets Herz zusammen. War der Vater noch rechtzeitig aus dem Haus gekommen? Stand das Haus überhaupt noch? War jemand verschüttet? Insbesondere bangte sie um Elliot und Ashley. Stumm flehte sie zu Gott, dass die beiden das Erdbeben unverletzt überstanden hatten. Ihr war, als wollte die Irrfahrt durch das von lodernden Bränden durchzogene Trümmerfeld, das einmal die Stadtmitte von San Francisco gewesen war, kein Ende nehmen.

Schließlich bog Frank mit beängstigender Geschwindigkeit von der Union in die Montgomery Street ein. Der Wagen schlingerte um die Ecke, wirbelte Dreck auf und brach, als Frank in die Bremse stieg, auf dem eingestaubten Kopfsteinpflaster kurz mit dem Heck aus.

Harriet erfasste die Situation mit einem Blick, augenblicklich erlöst von ihrer Angst und erfüllt von unendlicher Dankbarkeit. Alle hatten sich aus dem Haus, das komplett verschont geblieben zu sein schien, in den Vorgarten gerettet. Gerade wuchteten Magnus und Mister Baldwin ihren Vater im Rollstuhl die drei Treppenstufen herunter. Die Mutter kehrte ihr den Rücken zu und rang die Hände, während Caitlin ihr eine Decke über die Schultern legte. Ashley schrie hysterisch und klammerte sich an Miss Higgins' Rockschöße, Elliot dagegen stand ruhig am Zaun zur Straße hin. Mit leicht gerunzelter Stirn, offenbar in stiller Faszination, starrte er auf ein halb eingestürztes, dreistöckiges Mietshaus ein Stück weiter die Montgomery Street hinunter. Die Fassade fehlte vollständig, sodass man wie bei einem Puppenhaus von der Straße aus in alle Räume blicken konnte. Harriet wusste, dass Elliot der Erste sein würde, der auf sie zustürmte und in ihre Arme flog.

»Danke, dass du mich nach Hause gebracht hast, Frank! Ein Wunder, dass du mit dem Wagen durchgekommen bist!« Sie beugte sich zu ihm hinüber und gab ihm einen schnellen Kuss.

»Ein Wunder, dass wir noch leben!«

»Himmel, ja, das ist es!«

»Pass auf dich auf!« Widerstrebend ließ er ihre Hand los.

»Und du auf dich!« Sie sprang aus dem Wagen. »Und gib Bescheid, ob bei dir alles okay ist!«

Frank erstarrte. Ein bestürzter Ausdruck trat auf sein staubbedecktes Gesicht. »Mein Gott, Florence!«, stieß er heiser hervor. »Ich muss nach Florence sehen!« Er konnte nicht fassen, dass er während der wilden Fahrt durch die Trümmerlandschaft kein einziges Mal daran gedacht hatte, dass er verheiratet war und dass Florence in der Octavia Street auf ihn wartete! Er legte den Gang ein und raste los.

49

Dunkelheit umfing Florence. Der brennende Schmerz, der sich anfangs von ihrem linken Bein und der Hüfte aus wie ein Säurestrom durch ihren Körper gefressen hatte, war längst einer lähmenden Kälte gewichen. Das einzig Warme, das sie spürte, war das Blut, das wie aus einem undichten Hahn Tropfen für Tropfen aus ihr rann und irgendwo in der Finsternis versickerte. Sie erinnerte sich, geschrien zu haben, aber dazu fehlte ihr längst die Kraft.

Sie fiel zurück in die Bewusstlosigkeit, doch ihr Unterbewusstsein war nicht bereit, den Kampf verloren zu geben. Sie musste durchhalten. Nur noch ein bisschen. Er würde gleich kommen! Sie durfte nur nicht daran zweifeln. Wenn er erst bei ihr war, würde alles gut werden.

Doch je mehr Leben aus ihr strömte, desto schwächer wurde die Erinnerung daran, warum es so wichtig war, dass sie sich nicht aufgab. Sie wusste nur, dass sie der Kälte und dem Sog der Dunkelheit widerstehen musste. Wenn er erst bei ihr war, würde alles gut werden. Und ein weiteres Mal riss mit diesem Gedanken der dünne Faden des Bewusstseins, und sie taumelte dem ewigen Schlaf entgegen.

Eine entsetzte Stimme holte sie noch einmal ins Leben zurück. Sie spürte etwas Warmes auf ihrem Gesicht. Hände, die ihr das Haar aus der Stirn strichen und sie sanft rüttelten. »Florence! … Mein Gott, sag etwas, Florence! … Bitte, mach die Augen auf! Florence!«

Mühsam zwang sie die Augen auf. Ihre Lider flatterten. Der Anflug eines Lächelns glitt über ihr Gesicht, als sie Frank neben sich knien sah. Ihre Hand kroch zu seiner. »Liebster! … Ich wusste, dass du kommst.«

Es war ein kraftloses, kaum hörbares Flüstern, sodass Frank sich weit zu ihr hinunterbeugen musste, um sie zu verstehen. »Du musst durchhalten, Flo! Nur noch ein bisschen!«, beschwor er sie. »Du liegst unter schweren Balken eingeklemmt. Aber ich schaffe das, hörst du?«

»Ich wollte dich vom ersten Tag an«, flüsterte sie, und ihr Atem ging stoßweise. »Weiß nicht, wie du das gemacht hast … musste dich einfach lieben.«

Frank zerriss es das Herz. »Und ich dich, mein Schatz.«

»Es war in letzter Zeit nicht so zwischen uns … wie es hätte sein sollen. Nein, das war es nicht … Aber jetzt wird alles wieder gut, stimmt's? Sag, dass es wieder gut wird … zwischen uns beiden«, hauchte sie, und mühsam stieg in ihr die Erinnerung auf, dass es noch etwas Wichtiges gab, das sie ihm unbedingt sagen musste.

»Ja, alles wird gut. Bestimmt!«, versicherte Frank, und Tränen liefen ihm übers Gesicht, als er an das viele Blut dachte, das er unter den Balken ertastet hatte, und die zertrümmerten Knochen. Zu spät, zu spät, zu spät!

Das Baby! … Unser Baby!

Wie die letzte Luftblase eines Ertrinkenden stieg die Erinnerung in ihr auf. »Wir werden bald eine … richtige Familie sein. Du wirst Vater … hier …«, hauchte sie und zog mit letzter Kraft seine Hand zu der Stelle, wo ihr blutgetränkter Bademantel über dem Bauch aufklaffte. Für einen Moment erschien ein letztes glückliches Leuchten in ihren Augen, dann erlosch der winzige Rest Leben in ihr und mit ihm das Leuchten. Glasig starrten ihre Augen an Frank vorbei.

50

Auf die Zerstörung durch das Erdbeben folgte die Feuerhölle. Schon innerhalb der ersten fünf Sekunden des Bebens brachen im südlichen Teil der Stadt mehr als zwanzig Brände aus. Die gusseisernen Wasserrohre der Hauptleitungen, die von den Speicherseen im Süden in die Stadt führten, barsten ausnahmslos. Aber auch wenn sie den gigantischen unterirdischen Kräften widerstanden hätten, wäre die Katastrophe nicht anders verlaufen. Die sehr vielen dünneren Wasserleitungen im engen Straßennetz platzten an unzähligen Stellen, sodass der Strom aus Wasserhähnen und Hydranten schon versiegt war, bevor die Bekämpfung der Brände überhaupt begann. Und was die vernachlässigten Zisternen hergaben, war nicht mehr als ein Tropfen auf den heißen Stein.

An diesem Mittwochmorgen wehte, wie so oft in San Francisco, ein Westwind, der bei Sonnenaufgang auffrischte. Die kräftige Meeresbrise fachte die mehr als fünfzig Brände, die gleich zu Beginn in der Stadt loderten, an, weitete sie aus und sorgte dafür, dass die einzelnen Brandherde sich zu immer größeren Feuersbrünsten verbanden. Innerhalb von zwölf Stunden fiel die Hälfte der Stadtmitte den Flammen zum Opfer und verwandelte sich in eine Ruinenlandschaft.

Brigadegeneral Frederick Funston, diensthabender Kommandeur der im Presidio stationierten Pazifikdivision der amerikanischen Armee, rief den Ausnahmezustand aus und schickte das Militär in Feldausrüstung und mit zwanzig Schuss Munition pro Mann auf die Straßen. Er ließ alle brennenden Viertel absperren. Plünderer wurden auf der Stelle erschossen.

Aber die sich ausweitenden Feuer einzudämmen, geschweige denn zu löschen, erwies sich als unmöglich. Ein Großteil der Häuser und Gebäude, insbesondere in den Wohnvierteln südlich der Market Street, war aus billigem Holz errichtet und brannte wie Zunder. Ganze Straßenzüge bestanden aus nichts als nachlässig zusammengezimmerten Baracken und windigen Hütten aus harzigem Kiefernholz sowie aus Ziegeln und Lehm hochgezogenen Schuppen und Lagerhäusern, die beim geringsten Anlass wie Kartenhäuser in sich zusammenfielen oder in Flammen aufgingen. Selbst in den Nobelvierteln nördlich der Market Street gab es viele Häuser aus Holz, wenn auch aus edlem kalifornischem Redwood. Die Feuerwehr stand den tosenden Feuerstürmen hilflos gegenüber. Selbst wenn unbeschränkt Wasser verfügbar gewesen wäre, hätte sie dieses Inferno nicht bezwingen können. Keine Feuerwehr der Welt hätte dieses Wunder vollbracht.

Immer größere Gebiete gingen in Flammen auf, und je mächtiger die Feuer wurden, desto mehr gierten sie nach Sauerstoff, um ihr Werk der Vernichtung fortzusetzen. Schon bald erzeugten sie eigene Winde. Die Wirbel aufsteigender erhitzter Luft trieben die einzelnen Feuerinseln zusammen und erzeugten dabei einen gewaltigen Sog. So schuf sich das Feuer einen gigantischen Schornstein durch die Atmosphäre. Selbst als sich der Westwind legte und es Tag und Nacht windstill blieb, wüteten im Bereich der Großbrände weiterhin regelrechte Stürme, sengend heiß und ohrenbetäubend laut. Eine apokalyptische Feuerhölle fraß sich unbezwingbar durch San Francisco.

Gegen Mittag des ersten Tages erstreckte sich südlich der Market Street schließlich eine anderthalb Meilen lange Feuerwand. Die Rauchwolke des Infernos, rings um die Bay zu sehen, stieg mehr als zwei Meilen in den Himmel.

Die Caldwells flüchteten mit ihren Hausangestellten auf den firmeneigenen Frachtdampfer *Sanibel,* der an der Vallejo Pier vor

Anker lag und an diesem Morgen Fracht für Südamerika aufnehmen sollte. Anstandslos räumten Captain Claiborne und seine Offiziere ihre Kabinen für die Familie des Schiffseigners. Auch Henry und seine Familie sowie Cecil Slocum und die Kontorgehilfen suchten ihr Heil auf dem Schiff, das schon die Kessel befeuert hatte und jederzeit bereit war, die Leinen loszuwerfen und auf die sichere Bay hinauszudampfen.

Arthur nutzte die kostbaren ersten Morgenstunden, als die Flammenwände noch nicht gen Telegraph Hill vorgerückt waren, um möglichst viel von den Möbeln, Gemälden, Teppichen und anderen wertvollen Einrichtungsgegenständen aus dem Haus holen und auf die *Sanibel* bringen zu lassen. Sieben große Fuhren schaffte Magnus mithilfe von Mister Baldwin und den Männern aus dem Kontor, bevor das vordringende Feuer und die Absperrungen der Soldaten weitere Fahrten unmöglich machten. Dabei wurden mit einem der ersten Transporte fast ausschließlich Überseekoffer geborgen, gefüllt mit Evelyns Garderobe.

Auch Jordan Shaw erschien kurz auf dem Dampfer. Die Sorge um Harriet und ihre Familie hatte ihn sofort nach dem Ende des Erdbebens zum Telegraph Hill getrieben, wo er von Magnus erfahren hatte, wohin die Familie geflüchtet war. Er lud sie ein, sich ihm anzuschließen und mit hinüberzukommen auf die andere Seite der Bay.

Seine Tante Agnes Whittaker, der er so nahestehe wie ein leiblicher Sohn, besitze im Napa Valley ein Weingut mit einem prächtigen Landhaus, in dem an Gästezimmern kein Mangel herrsche. Dort würden sie willkommen sein und sicher. Sie bei sich zu wissen würde ihn nicht nur erfreuen, sondern auch vor tage- und nächtelanger Sorge um ihrer aller Wohlergehen bewahren. Dabei sah er insbesondere Harriet eindringlich an; eine stumme, inständige Bitte, sie möge seine Einladung annehmen. Doch es war Evelyn, die ihm bei der Aussicht, die karge Schiffskabine gegen ein komfortables Gästezimmer in einem herrschaftlichen Landhaus eintauschen zu können, vor Erleichterung fast um den Hals gefallen wäre.

Arthur jedoch machte ihre Freude augenblicklich zunichte, indem er dankend ablehnte und sich auch nicht dazu bewegen ließ, es sich anders zu überlegen. Er wollte mit seiner Familie vor Ort bleiben, ein Auge auf sein Kontor und die Lagerhäuser haben und sehen, wie sich die Situation entwickelte. Jordan zeigte, ganz im Gegensatz zu Evelyn, dafür Verständnis, verabschiedete sich und ging mit leisem Bedauern, dass Harriet ihn nicht nach Napa begleitete, von Bord.

Das Feuer war unersättlich. Ein Häuserblock nach dem anderen fiel ihm zum Opfer. Der Feuerschein, der über den Himmel waberte, machte die Nächte an der Bay beinahe taghell. Selbst in dreißig, vierzig Meilen Entfernung konnte man nachts im Freien noch Zeitung lesen. Gegen Ende des ersten Tages, als der Wind vom Meer her erstarb, hatte die Feuersbrunst ihre Richtung geändert. Mittlerweile wälzte sie sich unaufhaltsam nach Westen.

Am Freitag, als das Feuer drei Tage und zwei Nächte gebrannt hatte, griff Brigadegeneral Funston zu einem letzten, drastischen Mittel, um die völlige Vernichtung der Stadt abzuwenden. Er befahl, im Westen mit Dynamit und TNT meilenweite Brandschutzschneisen zu sprengen. Die breite Van Ness Avenue bestimmte er als bestmöglichen Korridor. Allerdings musste die von Nord nach Süd verlaufende Durchgangsstraße stark verbreitert werden, damit die gigantische Flammenwand und der Funkenflug sie nicht überspringen konnten. Das bedeutete, dass zahllose Häuserblocks auf der Van Ness dem Erdboden gleichgemacht werden mussten – und zwar in kurzer Zeit.

Hunderte Kilo hochexplosiven Sprengstoffs wurden aus den Militärbeständen geholt sowie bei den sechs Sprengstofffabriken, die es an der Bay gab, requiriert. Stunde um Stunde mischten sich die

Explosionen der gesprengten Häuser entlang der Van Ness Avenue mit dem Donnern und Tosen des Feuers. Und als selbst die Sprengungen nicht auszureichen schienen, um der herantobenden Flammenwand Einhalt zu gebieten, weil die Sprengmeister die Häuser nicht schnell genug in Schutt und Asche legen konnten, ließ der Brigadegeneral schwere Artilleriegeschütze in Stellung bringen und auf jene Häuserblocks der Van Ness Avenue, die fallen mussten, um die Stadt zu retten, das Feuer eröffnen.

Es war ein Rennen gegen die Zeit. Doch am Ende stand die Brandschneise rechtzeitig, und die Flammenwand kam wie erhofft an der Van Ness Avenue zum Stehen. Am Samstagmorgen bäumte sich das Feuer in den Schuttbergen noch einmal auf, dann fiel es rauchend in sich zusammen.

Fast gleichzeitig zogen vom Pazifik dunkle Wolken heran, und Regen ergoss sich über die schwelende Ruinenstadt San Francisco. Fünfhundert Häuserblocks mit über dreißigtausend Gebäuden waren in den drei Tagen niedergebrannt, an die viertausend Menschen hatten ihr Leben verloren, und gut die Hälfte der Bevölkerung, über zweihundertdreißigtausend Personen, war obdachlos geworden. Der geschätzte Schaden belief sich auf über vierhundert Millionen Dollar[*].

Man prophezeite im ganzen Land, dass die Katastrophe die Stadt in die Knie gezwungen habe. Dass San Francisco sich davon niemals erholen werde.

[*] Nach heutiger Kaufkraft entspricht die Summe circa 11 Milliarden Dollar.

51

Harriet litt während der Tage und Nächte des großen Feuers Höllenqualen. Vergebens wartete sie auf eine Nachricht, auf ein Lebenszeichen von Frank. Und je mehr die Flammen von San Francisco verschlangen, desto mehr ängstigte sie sich um ihn.

Unablässig malte sie sich aus, was ihm Schreckliches zugestoßen sein konnte. Mal sah sie ihn vor ihrem geistigen Auge von einem einstürzenden Kamin erschlagen, mal von lodernden Bränden umschlossen. Ihre Fantasie, angefacht von dem entsetzlichen Werk der Vernichtung, das sich vor ihren Augen wie auf einer Bühne abspielte, entwickelte ein schauriges Szenario nach dem anderen. Sie wehrte sich gegen diese Bilderflut, aber es gelang ihr nicht, den inneren Automatismus, der ihr in immer neuen Möglichkeiten bildhaft vorführte, wie man bei so einer Katastrophe zu Tode kommen konnte, abzustellen. Eine Szene, in der Frank unter Trümmern lebendig begraben lag und niemand seine Hilferufe hörte, suchte sie besonders häufig heim, meist in den kurzen Stunden ruhelosen Schlafs.

Es zehrte an ihr und laugte sie psychisch aus, sich Stunde um Stunde gegen diese bösartigen Einflüsterungen zur Wehr zu setzen. Frank konnte nicht tot sein. Es durfte einfach nicht sein! Dass sie immer noch kein Lebenszeichen von ihm hatte, dafür musste es einen anderen, einfachen, einsehbaren Grund geben. Vermutlich ließen ihn die Militärposten einfach nicht durch zur Waterfront, die gottlob nicht nur von schweren Erdbebenschäden, sondern auch vom Feuer verschont geblieben war, weil es noch früh genug die Richtung gewechselt hatte.

Der Vater hatte ihr strikt verboten, auch nur den Fuß von der *Sanibel* zu setzen. Und die Mannschaft des Frachters war nachdrücklich instruiert worden, sie im Blick zu behalten, wann immer sie sich an Deck aufhielt. Was allen Ermahnungen und allem guten Zureden zum Trotz fast ständig der Fall war. Selbst nachts traf man sie immer wieder dort oben an, trotz der Asche und der beißenden Rauchwolken, die herüberwehten.

Auch am Samstag, als die Feuer erloschen waren, der einsetzende Regen sich mit der Asche in der Luft vermischte und der Niederschlag wie grauer, dünnflüssiger Schleim vom Himmel fiel, stand Harriet schon bei Anbruch der Dämmerung an der Reling. Zum Schutz vor dem dreckigen Regen trug sie eine Ölhaut und einen Südwester, dessen Krempe ihr bis auf die Schultern reichte. Angespannt spähte sie zu den Docks hinüber, wo sich – zum ersten Mal, seit Brigadegeneral Funston nächtliche Ausgangssperren verhängt hatte und ganze Viertel durch das Militär abgeriegelt worden waren – bereits im Morgengrauen geschäftiges Leben zu regen begann.

Unter den ersten Fahrzeugen, die dort am Ende der Broadway Street auftauchten, in die Waterfront einbogen und in Richtung Vallejo Pier gefahren kamen, war ein schwarzer Kastenwagen, an dessen Seitenwänden in roten, mit Gold abgesetzten Lettern die Aufschrift *Maynard's Film Theaters* prangte. Im nächsten Moment bog der Wagen auf die Landungsbrücke ein und rumpelte über die schweren Bohlen.

Er lebte!

Die jähe Erlösung von ihrer Angst machte sie schwindelig. Ihre Knie wurden weich, sie musste sich an der Reling festhalten, um nicht zu Boden zu taumeln. Doch der Schock war schnell überwunden.

»Frank!«, rief sie überglücklich, riss sich den Südwester vom Kopf und winkte ihm zu. Dann rannte sie zur Gangway, um die Kette zu lösen und ihm entgegenzulaufen.

Die Deckswache war schneller. Der Seemann stellte sich ihr in den Weg und ließ sich von ihrem Bitten nicht erweichen. »Tut mir leid, Miss Caldwell, aber Befehl ist Befehl«, sagte er. Dabei schielte er über ihre Schulter hinweg zu der Gestalt hinüber, die gerade bei der Brücke an Deck trat. Es handelte sich um die Ehefrau des Reeders, und von der, so hatte er sich sagen lassen, ließ man sich besser nicht bei einer Zuwiderhandlung erwischen. »Ich darf Sie nicht gehen lassen. Sie werden den Herrn schon an Bord bitten müssen, Miss.« Und mit einer verstohlenen Kopfbewegung in Richtung Brücke fügte er leise hinzu: »Ihre Mutter, Miss!«

Harriet machte einen Schmollmund, gab sich jedoch geschlagen und rief Frank zu, dass sie nicht von Bord dürfe und er doch bitte zu ihr heraufkommen möge. Ihre Mutter beachtete sie nicht. Es scherte sie nicht, was die dachte und dass sie vermutlich mit verkniffener Miene zu ihr herüberstarrte. Sie war zu glücklich, um etwas darauf zu geben.

Frank nickte nur knapp. Er blickte nicht auf. Mit seltsam steifen, müden Bewegungen stieg er aus, stellte den Motor aber nicht ab. Statt glückstrahlend zu ihr geeilt zu kommen und sie in die Arme zu schließen, erklomm er die Gangway nicht nur wortlos, sondern auch quälend langsam und mit gesenktem Blick. Jeder Schritt schien ihn Überwindung zu kosten. Seine Hände griffen rechts und links in die dicken Führungsseile, als müsse er sich mit letzter Kraft an ihnen hochziehen und sich dabei gegen etwas zur Wehr setzen, das ihn mit aller Gewalt zurückzuzerren versuchte.

»Mein Gott, du siehst ja schrecklich aus!«, stieß sie hervor, als er endlich vor ihr stand und den Kopf hob. Sein Gesicht war eingefallen, die Haut grau wie der Ascheregen und von Linien durchzogen, die sich erst in den letzten drei Tagen in seine Züge gegraben hatten. Unter seinen Augen lagen schwarze Schatten. Die Augen selbst waren gerötet und verquollen, und er sah Harriet mit einem Ausdruck an, den sie nicht zu deuten vermochte, der ihr aber einen Schauer durch den Körper jagte. Sein Blick war schmerzerfüllt, aber auch irgendwie stumpf. Wie ging das zusammen? »Um Himmels willen, was hast du? Was ist passiert?« Sie streckte ihm die Arme entgegen.

Frank zuckte zurück, als fürchte er ihre Berührung wie einen alles durchdringenden Schmerz, und genau das tat er. »Bitte nicht, Harriet! Das würde es nur noch schwerer machen!«

Ihr Herz begann zu rasen, und ihre Kehle fühlte sich plötzlich an wie zugeschnürt. Sie schluckte krampfhaft und versuchte die schreckliche Ahnung, die in ihr aufstieg, zu ignorieren. »Was schwerer machen?«, fragte sie mit belegter Stimme.

Nun sah Frank sie an, doch sein Blick war ihr fremd; er war ohne jede Wärme. »Von dir Abschied zu nehmen.« Seine Stimme war matt.

Das Blut wich ihr aus dem Gesicht. Erneut wurde ihr flau. Der Südwester entglitt ihrer Hand, das Deck schien unter ihr zu wanken. Sie suchte Halt und griff nach der Kette, die noch immer den Zugang zum Deck versperrte. »Was … was redest du da?«

Er schien die Frage gar nicht gehört zu haben, und wenn doch, war sie ihm offenbar keine Antwort wert. »Erst wollte ich gar nicht kommen, sondern es dir nur per Brief mitteilen und verschwinden«, fuhr er fort, leise, aber ohne Stocken, so als habe er die Worte einstudiert. »Ich habe auch versucht zu schreiben, mehrmals sogar, aber es ging irgendwie nicht, ich habe einfach nicht die passenden Worte gefunden. Na, du weißt ja, dass ich es mit dem Briefeschreiben nicht so habe.« Er zuckte die Achseln. »Jedenfalls klang es einfach nicht richtig. Und das mit uns ging gleich gar nicht.«

»Was ging gleich gar nicht? Um Gottes willen, was meinst du?«

»Florence ist tot«, sagte er im Tonfall einer nüchternen Mitteilung.

»O mein Gott!« Sie schlug die Hand vor den Mund, und Scham wallte in ihr auf, als ihr bewusst wurde, dass sie sich in all den

Tagen und Nächten kein einziges Mal gefragt hatte, wie es wohl seiner Frau ging.

»Ich habe sie gefunden, sie lag in unserem Haus im Foyer, halb verschüttet und schwer verletzt. Sie ist verblutet ... in meinen Armen.« Er stockte kurz und fuhr mit gepresster Stimme fort, als müsse er jeden Satz aus sich herauszwingen. »Sie war schwanger. Ich wäre Vater geworden ... und Florence wäre noch am Leben, wenn ... wenn ich bei ihr gewesen wäre. Zusammen hätten wir es vielleicht noch rechtzeitig aus dem Haus geschafft.«

Sie würgte an ihrer eigenen Spucke und setzte zu einem Einwand an, von dem sie schon wusste, wie erbärmlich er klang, noch ehe er ihr über die Lippen kam. »Wie willst du wissen ...«

»Ich werde es nie wissen, Harriet!«, fiel er ihr ins Wort. »Von jetzt an werde ich mich immer mit der Frage quälen, ob ich es mit ihr zusammen noch rechtzeitig aus dem Haus geschafft hätte. Diese Ungewissheit ist wohl das Schlimmste.«

In ihrer wachsenden Verzweiflung suchte sie Zuflucht zum nächsten sinnlosen Einwand. »Ja, aber ...«

Er winkte fahrig ab. »Sei unbesorgt, ich mache dir keine Vorwürfe. Ich allein bin an allem schuld. Ich hätte das nie zulassen dürfen. Unsere Affäre war ein schrecklicher Fehler, den ich mir nie verzeihen werde.«

»Affäre? Für dich war es nur eine billige Affäre?«, begehrte sie auf. »Und was ist mit deinen Liebesschwüren?«

»Nichts daran war billig, es war einfach nur falsch«, erwiderte er müde.

»Und jetzt liebst du mich auf einmal nicht mehr?«

Der Hauch eines traurigen Lächelns zeigte sich auf seinem Gesicht. »Ich werde dich immer lieben, Harriet, und ich fürchte, genau das – dass ich dich immer lieben, mich nach dir sehnen und zugleich wissen werde, dass diese Liebe nie in Erfüllung gehen kann – wird Teil meiner Strafe sein.«

Harriet rang die Hände. »Bitte überstürze nichts. Gib den Dingen Zeit. Und lass uns später, wenn … du über den schlimmsten Kummer hinweg bist, in Ruhe über alles sprechen!«, beschwor sie ihn. »Ich werde warten, und wenn es Wochen oder Monate dauert, bis du so weit bist.«

Er schüttelte den Kopf. »Es gibt nichts mehr zu besprechen, Harriet, weder jetzt noch irgendwann später.«

»Aber wo doch jetzt …« Erschrocken über ihren eigenen Gedanken brach sie ab.

»Du meinst, jetzt, wo Florence tot ist, wäre der Weg für uns beide frei?«, fragte er, nicht empört, sondern vielmehr mit nachsichtigem Mitleid.

Ihr wurde heiß vor Scham. Das Blut schoss ihr ins Gesicht. »Das klingt so gemein … So habe ich es nicht gemeint«, stieß sie hastig hervor und wusste doch, dass ihr genau das durch den Kopf gegangen war.

Er winkte ab. »Ich verstehe dich ja, und warum auch solltest du das nicht denken? Mir ist ja dasselbe durch den Kopf gegangen, und das mehr als einmal. Ich habe mich dafür geschämt, konnte aber nichts dagegen tun«, gestand er. »Nein, das ist es nicht, Harriet. Du hast dir nichts vorzuwerfen. Dich trifft keine Schuld, schon gar nicht daran, dass Florence tot ist. Dafür trifft sie mich umso mehr. Und deshalb kann es für uns kein gemeinsames Glück geben.«

»Aber warum?« Flehentlich sah sie ihn an, lauerte darauf, dass er ihr wenigstens einen Funken Hoffnung ließ.

»Weil ihr Tod immer zwischen uns stehen und unsere Liebe langsam, aber sicher vergiften und zerstören würde. Irgendwann würde es uns beide bitter machen, und das kann und werde ich dir nicht antun. Du hast ein glückliches Leben verdient. Deshalb werde ich nicht nur aus deinem Leben, sondern auch aus San Francisco, am besten sogar aus Kalifornien verschwinden.« Als sie ihm ins Wort fallen wollte, hob er die Hand. »Nein, lass es! Mein Entschluss ist gefasst, und nichts von dem, was du jetzt sagst, kann daran noch etwas ändern.«

Harriet suchte nach einem Strohhalm, an den sie sich klammern konnte. »Aber du kannst doch jetzt nicht die Stadt verlassen! Deine Filmtheater ...«

»Alle eingestürzt und abgebrannt«, sagte er lakonisch. »Ich bin ruiniert, da ist nichts mehr zu holen. Das wenige, das mir geblieben ist, habe ich unten im Wagen.«

»Ja, aber du hast doch Feuerpolicen, und die Versicherungen werden ...«

»... im Kleingedruckten ihrer Verträge clevere Paragrafen versteckt haben, auf die sie verweisen, wenn sie die Auszahlung der Versicherungssumme verweigern, natürlich unter großem Bedauern. Für Erdbebenschäden stehen sie sowieso nicht gerade, das gilt als höhere Gewalt. Und wie soll ich beweisen, dass meine Filmtheater ausgebrannt und die Häuser erst danach eingestürzt sind?« Er schüttelte den Kopf. »Nein, es gibt nichts mehr, was mich hier hält ... oder halten darf.«

Tränen liefen ihr übers Gesicht und vermischten sich mit dem aschegrauen Regen. »Aber was machst du jetzt? Wo willst du hin?«

»Ich weiß es nicht, Harriet«, sagte er gleichgültig. »Das Land ist groß. Da wird sich schon etwas finden, wo ich mich verkriechen und mit meiner Schuld leben kann. So, und jetzt lass uns nicht lange fackeln.« Er atmete tief durch, und ein Ruck ging durch seinen Körper. »Mach's gut, Harriet, und quäl dich nicht mit Selbstvorwürfen. Du hast dir nichts vorzuwerfen, hörst du? Und Liebeskummer hält das Leben nicht auf, es geht weiter. Irgendwann bist du über mich hinweg, du wirst schon sehen. Also mach das Beste draus.« Er lächelte gequält. »Vergiss mich, das ist der beste Rat, den ich dir zum Abschied geben kann!« Damit wandte er sich ab und stapfte die Gangway hinunter.

Ihr war, als hätte man ihr das Herz aus der Brust gerissen. Der Schmerz war schier unerträglich. »Ich werde dich immer lieben, Frank, ich werde dich nie vergessen!«, rief sie ihm nach, ohne sich um die Männer der Deckswache oder ihre Mutter zu kümmern. »Niemals!«

52

Obdachlosenlager entstanden schon, während sich das Feuer noch unkontrolliert durch San Francisco fraß. Die erste Zeltstadt errichtete die Armee auf dem weitläufigen Militärgelände des Presidio. Auch die Verwaltungen und Hilfsorganisationen der umliegenden Gemeinden wie Sausalito, Oakland und Berkeley, in die sich Zehntausende gerettet hatten, sorgten umgehend für Notunterkünfte. Und kaum waren die Feuerwalzen an der Van Ness Avenue zum Stehen gebracht worden und in sich zusammengefallen, schossen überall in den Parks und auf öffentlichen Plätzen der Stadt Zeltlager wie Pilze aus dem Boden. An langen Tischen unter freiem Himmel wurde Essen ausgeteilt.

Die Militärzelte im Presidio wurden innerhalb kürzester Zeit durch fast sechstausend grün angestrichene Hütten ersetzt, von denen viele noch Jahre später von Familien bewohnt waren. Auch andernorts wichen die Zelte schnell primitiven, jedoch wetterfesten Unterkünften. Nach bewundernswert kurzer Zeit verfügten die Bewohner der Obdachlosenlager auch über fließend Wasser, Badehäuser, Kanalisation und Drainagen. Camps wie Harbor View oder Lobos Square entwickelten sich zu regelrechten kleinen Städten in der Stadt, mit eigener Verwaltung, Polizei und sozialer Schichtung. Überraschend wenig kriminelle Energie störte Recht und Ordnung in diesen Lagern.

Das Erdbeben, vor allem aber die Brände hatten ein erschreckendes Werk der Vernichtung angerichtet. Die Innenstadt war nahezu dem Erdboden gleichgemacht. San Francisco aber war, allen düsteren Prophezeiungen zum Trotz, wild entschlossen, sich aus dieser Trümmerlandschaft zu erheben wie Phönix aus der

Asche und möglichst rasch zu alter Herrlichkeit zurückzufinden. Ja, vielleicht bot sich sogar die Chance, ein neues und noch viel prächtigeres San Francisco zu schaffen!

Für kurze Zeit wurden im Stadtrat und in der Bürgerschaft kühne städtebauliche Pläne diskutiert. Danach sollte San Francisco sich nach dem Wiederaufbau mit einem ähnlich sternförmigen Netz besonders breiter, repräsentativer Boulevards schmücken können wie Paris und die amerikanische Hauptstadt an der Ostküste. Im Zuge dieser Debatte kam auch der alte Traum der Ingenieure wieder zur Sprache, die Landenden des Golden Gate mit einer gewagten Brückenkonstruktion zu überspannen. Aber diese Diskussionen versandeten schnell. Für die stattlichen Boulevards hätte man noch Hunderte nicht beschädigte Häuser niederreißen müssen, wogegen sich umgehend heftiger Widerstand regte. Und der Bau einer Brücke über das Golden Gate erwies sich als ein so kostspieliges Vorhaben, dass er in dieser Zeit des Wiederaufbaus, der ohnehin gewaltige Summen verschlingen würde, nicht noch zusätzlich zu stemmen war, weshalb bald keiner mehr diese Pläne ernstlich verfolgte.

Mit großer Entschlossenheit wurden dagegen das Wegräumen der Trümmer, das Abreißen der Ruinen und der Wiederaufbau in Angriff genommen. Aus dem ganzen Land und selbst aus Übersee trafen Spenden und Hilfsgüter ein. Dagegen zeigten die Versicherungen wenig Bereitschaft, ihren Verpflichtungen nachzukommen, von gutem Willen ganz zu schweigen. Im besten Fall kam es zu einem würdelosen Feilschen und Schachern mit den Versicherten. Viele Policen waren Opfer der Feuer geworden. Dass man versichert gewesen war, galt es erst einmal nachzuweisen. Aber selbst wer so geistesgegenwärtig gewesen war, seine Police zu retten, war nicht viel besser dran. Hauseigentümer erhielten einfach die Mitteilung, ihr Haus sei nach dem Erdbeben zerstört und damit wertlos gewesen, und sowie ein Gebäude wertlos sei, erlösche gemäß der Gebäudeeinsturzklausel jeglicher Versicherungsschutz, wie im Vertrag nachzulesen sei. Man bedaure diesen unglücklichen Umstand, aber nach Lage der Dinge und Gesetze ergäben sich nun mal keine Versicherungsansprüche.

Selbst wer nachweisen konnte, dass sein Haus das Erdbeben unbeschadet überstanden hatte und erst danach Opfer der Flammen geworden war, musste um jeden Dollar kämpfen, denn viele Versicherungen verlangten den Nachweis, dass der Besitzer die Kamine in seinem Haus regelmäßig hatte fegen lassen. Und das war nur einer der legalen Tricks, mit denen sie sich vor dem Zahlen drückten. Letztendlich lief es darauf hinaus, dass ein Großteil der Versicherungen den Versicherten einen »horizontalen Schnitt« anbot. Wer sich damit einverstanden erklärte, nur zwei Drittel der vertraglich vereinbarten Versicherungssumme zu erhalten, brauchte weder Belege vom Kaminfeger vorzulegen noch nachzuweisen, dass nicht das Erdbeben, sondern das Feuer sein Haus zerstört hatte. So groß die Empörung darüber auch war, die meisten Versicherten zogen doch zähneknirschend dieses Angebot dem ungewissen Ausgang eines langen und kostspieligen Gerichtsverfahrens vor. Wirklich fair gegenüber ihren Kunden verhielt sich nur eine Handvoll der gut hundert in San Francisco tätigen Versicherungen. Zwölf meldeten Bankrott an, und sechs Firmen, die in Österreich und Deutschland ansässig waren, lehnten rundweg jegliche Zahlung ab und schlossen einfach ihre Büros.

Nur wenige Bewohner der Innenstadt durften sich zu den Glücklichen zählen, die sich weder für unbestimmte Zeit in eines der Obdachlosenlager begeben noch mit den Versicherungen herumschlagen mussten. Wundersamerweise gab es inmitten der endlosen Trümmerlandschaft einige kleine Enklaven; Viertel, die von der Vernichtung verschont geblieben waren. Zu ihnen gehörten die Häuser auf dem Russian Hill und einige Straßenzüge rund um den Telegraph Hill.

53

Harriet zählte sich ganz sicher nicht zu den Glücklichen, nur weil ihr Elternhaus Erdbeben und Feuer relativ unbeschadet überstanden hatte und sie die winzige, muffige Schiffskabine wieder gegen den vertrauten häuslichen Komfort eintauschen konnte. An ihrer desolaten Gemütslage hätte sich auch dann nichts geändert, wenn sie gezwungen gewesen wäre, mit ihrer Familie in eine der beengten Hütten zu ziehen oder gar mit einem Zelt als Behausung vorliebzunehmen. In dem überwältigenden Kummer der ersten Tage hätte sie einen solchen zusätzlichen Schicksalsschlag kaum richtig wahrgenommen. Und wenn doch, dann höchstens als bittere Bestätigung ihres Gefühls, dass sich alles gegen sie und ihr Glück verschworen hatte.

Der Schmerz, das Gefühl tief verletzter Liebe, hielt an, und auch die tränenreichen Nächte setzten sich fort. Aber ihre anfängliche Verzweiflung und die damit einhergehende Überzeugung, dass alles Licht und alle Farben nun für immer aus ihrem Leben getilgt seien und es eigentlich keinen Grund mehr gebe weiterzuleben, verflüchtigten sich merkwürdigerweise schon nach wenigen Tagen. Und das galt auch für den ohnmächtigen Zorn über ein scheinbar ungerechtes Schicksal.

Anfangs kam es ihr vor wie Verrat an ihrer Liebe zu Frank, und sie verstand nicht, dass ein Teil von ihr keinen Grund mehr fand, verzweifelt zu sein und das Weiterleben für sinnlos zu erachten. Ihre Verwunderung darüber legte sich allerdings schnell, als sich mit Nachdruck ihr Verstand zu Wort meldete. Und es gelang ihm, den Nebel aus wild aufgewühlten Emotionen und selbstbetrügerischen Einreden mit einigen unverblümten, fast schon zynischen Vorhaltungen zu verscheuchen.

Was hast du denn erwartet, wie die Sache mit Frank ausgehen würde? Du hast doch nicht im Ernst geglaubt, dass ihr eure Affäre bis ans Ende eurer Tage so fortführen würdet; dass ihr dann und wann zwischen Tür und Angel Sex habt und du dich alle paar Wochen für eine Nacht zu ihm ins Studio schleichst? Oder dass ihr eines Tages sogar heiraten und glücklich zusammen in den Sonnenuntergang segeln würdet? Die eine Vorstellung ist so lächerlich wie die andere. Aber daran hast du ja auch nicht wirklich geglaubt. Du hast dich bloß geweigert, ernsthaft über die Situation nachzudenken und aus den Fakten die logische Konsequenz zu ziehen. Also gib dich nicht einfältiger, als du bist! Du hast gewusst, dass er verheiratet war und eine Scheidung für Florence nie infrage kam! Genauso hast du gewusst, dass du nicht mit ihm durchbrennen und in wilder Ehe mit ihm leben würdest. Also rede dir nicht ein, dir sei nie klar gewesen, auf was du dich eingelassen hast: dass es eine Affäre war. Eine Affäre! Die allermeisten Affären enden nun mal, und zwar eher früher als später! Also hör gefälligst auf, dich als Opfer zu sehen; als eine, der das Leben ganz übel mitgespielt hat!

Harriet ging hart mit sich ins Gericht. Aber es war eine Sache, ehrlich vor sich Rechenschaft abzulegen und zu schmerzhafter Selbsterkenntnis zu gelangen, und eine ganz andere, diese bittere Einsicht in praktisches Tun und Denken umzusetzen. Der Verstand mochte die Oberhand gewonnen haben, aber das heilte nicht die Wunden an Herz und Seele. Ihr Gemüt war noch längst nicht bereit, sich der nüchternen Analyse des Verstandes anzuschließen und sich seinem Diktat zu unterwerfen.

Um dem sinnlosen, aber zwanghaften Grübeln und Hadern zu entfliehen und nicht ständig mit ihrem inneren Zwiespalt kämpfen zu müssen, stürzte sie sich intensiver denn je in das Studium der seekaufmännischen Fachbücher und in die Arbeit für ihren

Vater. Zum Glück gab es eine Menge zu tun, denn so kurz nach der Katastrophe bot sich einem Reeder wie ihm, der über die nötigen Mittel *und* ungebrochenes Zutrauen in die wirtschaftliche Zukunft der Hafenstadt San Francisco verfügte, die seltene Gelegenheit, ungewöhnlich preiswert Schiffe aufzukaufen, Segler ebenso wie Dampfer. Und ihr Vater war, genau wie die Farrells von der Pacific Maritime Bank, der Ansicht, dass man sich diese günstige Gelegenheit, die Flotte der Caldwell Shipping Company um ein, zwei Frachter zu vergrößern, nicht entgehen lassen dürfe.

Der gewöhnliche Warenhandel, der auch für das Hinterland bislang zu großen Teilen über San Francisco abgewickelt worden war, würde hier für unbestimmte Zeit zum Erliegen kommen und sich andere Häfen in der Bay suchen. Zudem bezweifelten nicht wenige Unternehmer, dass die Stadt am Golden Gate jemals wieder zu einem so florierenden Umschlaghafen werden würde, wie sie es einmal gewesen war. Mehr denn je verlagerte sich der Transport von Waren aller Art auf die Eisenbahn, und so mancher befürchtete, dieser Trend könnte sich fortsetzen und zu erheblichen Einbrüchen im Seehandel führen. Hinzu kamen die drohenden Bankrotte einiger Reeder, die sich zu hoch verschuldet hatten und durch die Katastrophe zusätzlich – privat wie geschäftlich – so schwere Verluste verkraften mussten, dass sie sich gezwungen sahen, Schiffe aus ihrer Flotte schnellstmöglich zu Geld zu machen, um wieder flüssig zu werden und ihren Verpflichtungen gegenüber ihren Banken nachkommen zu können.

Doch während der April in den Mai überging, gesellte sich zu Harriets dumpfem Kummer, der weiterhin in ihr gärte und sie nachts noch häufig überfiel, eine ganz neue Sorge. Sie stellte fest, dass ihr Vater auf einmal erstaunliche Fortschritte mit der Aussprache machte. Immer mehr Worte vermochte er verständlich zu artikulieren, und zwar nicht nur verständlich für sie, sondern auch für alle anderen. Es war, als habe seine Zunge, trotz aller noch vorhandenen Lautbildungsschwierigkeiten, endlich eine richtige Verbindung zu seinem Hirn gefunden. Die jahrelange Sprachtherapie trug dank Mister Baldwins Geduld endlich Früchte. Nicht einmal die Mutter konnte noch länger behaupten, sie verstehe *nichts* von dem, was er sage.

Harriets anfängliche Freude darüber wich schnell der ernüchternden Erkenntnis, ja Befürchtung, dass ihr Vater, sollte er weiterhin so gute Fortschritte machen, ihrer bald nicht mehr bedurfte. Und was sollte sie dann mit ihrem Leben anfangen?

Aber als diese Befürchtung sie in den letzten Maitagen beschlich – und zugleich mit Scham erfüllte, weil sie insgeheim wünschte, für ihren Vater unersetzlich zu bleiben –, ahnte Harriet schon, dass dies bald die geringste ihrer Sorgen sein würde. Sie wollte es nicht wahrhaben. Aber dann brach der Juni an, und es kam der Abend der *Carmen*-Aufführung, an dem sie sich zum Eingeständnis der bitteren Wahrheit gezwungen sah.

54

Übrigens habe ich mich entschlossen, meine Skepsis gegenüber dem Automobil aufzugeben und mich demnächst selbst nach einer Benzinkutsche umzusehen«, sagte Jordan, als sie an der Kreuzung Stockton und California Street von einem Ford mit quäkender Hupe überholt wurden.

Sie saßen in einer der wenigen Mietdroschken, die die Zerstörung der Stadt heil überstanden hatten, und befanden sich auf dem Weg zum *Lafayette Theater*. Das Haus in der O'Farrell Street lag nur zwei Häuserblocks westlich der Dynamite Line, wie die Van Ness Avenue seit den Sprengungen und dem Artilleriebeschuss auch genannt wurde. Die *Carmen*-Aufführung war schon für den Nachmittag angesetzt, damit die Besucher anschließend den Heimweg nicht in stockfinsterer Dunkelheit finden mussten. Bis wieder überall Gaslaternen brannten, würden wohl noch Wochen, wenn nicht Monate vergehen. Noch immer lag das Stadtzentrum in Schutt und Asche, sah aus wie zerbombt, so als hätte in der Stadt ein Krieg getobt.

Bei all dem Elend und der Not, die noch herrschten, war es eine Selbstverständlichkeit, nicht in großer Abendgarderobe auszugehen, deshalb trug Harriet ein schlichtes lindgrünes Sommerkleid ohne jeden Schmuck. Dennoch hatte Jordan sie bewundernd angeschaut und gesagt, sie sehe einfach hinreißend aus, wie der Frühling in Person. Ihre schwarze Haarpracht hatte sie im Nacken mit einem grünen Samtband zu einem einfachen Zopf zusammengefasst; um ihre Schultern lag eine schwarze Stola, deren Saum mit einem moosgrünen Mäander-Motiv bestickt war.

Ähnlich zurückhaltend gekleidet war auch Jordan. Anstelle von Smoking oder Frack trug er einen dezenten hellbraunen Tagesanzug, maßgeschneidert natürlich, und dazu eine geschmackvolle, aber unaufdringliche Krawatte. Selbstverständlich machte er auch darin eine blendende Figur.

»Die Katastrophentage waren für diese junge Technik eine große Bewährungsprobe, die sie nicht besser hätte bestehen können«, fuhr Jordan fort, während ihr Kutscher sich einen Weg durch die Ruinenlandschaft suchte. Gemeint waren die Automobile, die der Krisenstab von General Funston und Bürgermeister Eugene Schmitz gleich nach dem Erdbeben überall in der Stadt beschlagnahmt und in vielfältiger Weise eingesetzt hatte: im Kampf gegen die Brände, zur Übermittlung wichtiger Nachrichten und nicht zuletzt zur Rettung von Leben. »Was hältst du davon, mich bei der Wahl des richtigen Modells zu unterstützen?«

»Ich glaube nicht, dass ich dir dabei von Nutzen sein kann. Ich verstehe zehnmal mehr von Schiffen als von Automobilen, und selbst damit ist es nicht weit her«, sagte Harriet und lächelte angestrengt. Es kostete sie alle Kraft, die Fassade der Unbeschwertheit aufrechtzuerhalten. Sie wünschte, sie säße ihm nicht gegenüber und wäre nicht diesem Blick ausgesetzt, der so liebevoll und bewundernd auf ihr ruhte. Und viel lieber hätte sie den brandigen Geruch schwelender Trümmerfelder ertragen, der noch so lange über der Stadt gehangen hatte, als dem dezenten, angenehmen Duft seines Rasierwassers ausgesetzt zu sein. Ach, am liebsten wäre sie einfach im Boden versunken!

Ihr Inneres krampfte sich zu einem schmerzenden Knoten zusammen. Etwas wie Panik kroch in ihr hoch. Der Drang, aus der Kutsche zu springen, wurde von Sekunde zu Sekunde stärker. Was um alles in der Welt hatte sie bloß veranlasst, die Einladung zu dieser Opernvorstellung anzunehmen?

Er lächelte auf seine gewinnende Art. »Dennoch würde es mir

viel bedeuten, wenn du mir den Gefallen tun würdest, mich zu begleiten.«

»Tut mir leid, aber ich kann das nicht!«, stieß Harriet hervor und hatte das Gefühl, jeden Moment die Kontrolle über sich zu verlieren. Sie ertrug das schäbige Theater, das sie ihm vorspielte, nicht mehr. Ihr fehlte einfach die Kraft, sich noch weiter zum Lächeln und Plaudern zu zwingen und so zu tun, als freue sie sich auf die Oper, wo es doch kaum etwas gab, das ihr gleichgültiger hätte sein können.

»Um Gottes willen, das muss dir doch nicht leidtun, Harriet! Natürlich werde ich dich nicht damit behelligen, wenn du dir nichts aus Automobilen machst!«, versicherte er, sichtlich verwirrt von ihrer heftigen Reaktion. »Ich dachte nur, weil du damals …«

Harriet schüttelte hektisch den Kopf. »Das meinte ich nicht. Bitte sag dem Kutscher, er soll anhalten. Verzeih mir, aber ich muss raus! Ich kann nicht weiter!« Ihr brach der Schweiß aus, und ihr Herz begann zu rasen. Sie fühlte sich wie in einem Käfig. Gefangen in einem Käfig, der aus ihren eigenen Lügen bestand.

Er verstand sie falsch und verzog das Gesicht zu einem schiefen Lächeln. »Ich weiß, das *Lafayette* ist nur ein schlichtes Theater, aber es ist nun mal das einzige, das nicht ausgebrannt ist. Und die *Carmen* wird natürlich nicht annähernd der musikalische Hochgenuss sein, den ich dir im April versprochen habe. Da stand ja noch Caruso auf dem Programm«, sagte er in leicht scherzendem Ton. »Aber der will ja nicht mehr nach San Francisco kommen. Er soll in der Nacht des Bebens in Nachthemd und Pelzmantel ins Freie gestürzt sein und hysterisch erklärt haben, er habe für immer die Stimme verloren und könne nie wieder singen. Was natürlich Unsinn war. Aber wenn die Aufführung heute auch Schwächen haben wird, so ist sie doch endlich mal wieder ein Stück Kultur.«

»Darum geht es mir doch gar nicht, Jordan. Was interessieren mich *Carmen,* Caruso und das *Lafayette?*«, stieß sie hervor. »Es ist etwas ganz anderes. Ich weiß nicht, wie ich es sagen soll. Ich muss dir endlich …« Sie stockte. Die Worte lagen ihr auf der Zunge, kamen aber nicht über ihre Lippen. »Ach, vergiss es! Was hast du damit zu schaffen? Es ist sinnlos. Ich … ich kann das einfach nicht länger. Bitte lass mich raus!«

Verständnislos sah er sie an. »Was kannst du nicht länger?«

Sie machte eine vage Geste. »Das alles … das mit uns! Das muss ein Ende haben, hörst du?«

Er blinzelte benommen. »Was soll das heißen, *das alles mit uns?* Und was genau soll ein Ende haben?« Verstört sah er sie an; in seiner Stimme lag Bestürzung. »Ich verstehe einfach nicht, wovon du redest!«

»Du musst aufhören, mit mir auszugehen, mir Komplimente zu machen und den untadeligen Kavalier zu geben! Damit muss Schluss sein. Wir können nicht länger … gesellschaftlichen Umgang miteinander pflegen, Jordan. Du musst dich von mir fernhalten!«

»Aber warum um Gottes willen?«

Harriet wich seinem Blick aus und rang kurz mit sich. »Weil ich verhindern will, dass dein guter Ruf und der deiner Familie Schaden nimmt. Wenigstens das bin ich dir schuldig«, sagte sie mit erstickter Stimme, nahm all ihren Mut zusammen, überwand ihre Scham und erklärte leise: »Ich bin in anderen Umständen. In sieben Monaten wird es einen Bastard geben – und einen Skandal. So, verstehst du jetzt?« Von wem das Kind war, brauchte sie nicht zu sagen, das konnte er sich unschwer denken. Vermutlich wusste er auch längst von ihrer Mutter, dass Frank sich davongemacht hatte. Ihre Mutter hatte ja an jenem Morgen alles brühwarm mitbekommen und sicher gern die erste sich bietende Gelegenheit genutzt, um Jordan die »gute Nachricht« zu überbringen.

Er öffnete den Mund, um etwas zu sagen, besann sich jedoch eines anderen und schloss ihn wieder. Wortlos sah er sie an, als könne er nicht glauben, was sie ihm eben gestanden hatte.

»Jetzt hat es dir die Sprache verschlagen, nicht wahr?« Sie versuchte ihre Scham hinter einem bitteren Auflachen zu verbergen. »Na, ich kann es dir nicht verdenken.«

Er atmete heftig aus. »Nein, mir hat es nicht die Sprache verschlagen. Ich wollte dich nur nicht mit den üblichen Plattitüden beleidigen. Und etwas anderes ist mir im ersten Moment nicht eingefallen.«

»Wie rücksichtsvoll!«, entfuhr es ihr bissig, doch dann sah sie den verletzten Ausdruck in seinen Augen und schämte sich für ihre Grobheit. »Verzeih mir, das war gemein. Ich weiß gar nicht, wie mir etwas so Dummes über die Lippen kommen konnte. Ich bin einfach durch den Wind, wie Magnus sagen würde. Entschuldige.« Sie lächelte gequält. »Jedenfalls weißt du jetzt, warum du dich nicht mehr in meiner Gesellschaft sehen lassen kannst.«

Darauf ging er nicht ein. Er räusperte sich und setzte zu einer Frage an. »Und der Vater des Kindes …?«

»Frank?«, fiel sie ihm ins Wort. »Der gehört nicht länger zu meinem Leben.« Ihre verkniffene Miene und der schroffe Ton ließen keinen Zweifel daran, dass sie kein weiteres Wort über Frank zu verlieren gedachte, weil es zu diesem Thema einfach nichts mehr zu sagen gab.

Nachdenklich sah er sie an. »Und was wirst du jetzt tun?«

Wieder flüchtete sie sich in ein kurzes Auflachen. »Mich wappnen gegen die Flut giftiger Häme und die Vorhaltungen meiner Mutter und dann auf den Skandal warten, der auf meine Familie zukommt.« Sie zog eine Grimasse. »Vielleicht schicken sie mich ja auch weg, nach Australien oder Indien oder so was in der Art. Eine Abtreibung kommt jedenfalls nicht infrage. Und wenn meine Mutter mich auf Knien darum anfleht!«

»Natürlich nicht! Gott bewahre!« Er erhob sich von der Rückbank, zog den Schieber der kleinen Sprechluke in der Wand hinter
dem Kutschbock auf und rief dem Kutscher zu: »Vergessen Sie das
Lafayette, fahren Sie uns ans Meer, zum Ocean Beach bei Land's
End! Und lassen Sie sich Zeit, okay?«

»Zu Ihren Diensten, Sir«, kam es gleichgültig zurück, und Jordan schloss die Luke und setzte sich wieder.

»Was soll das?«, fragte Harriet irritiert und auch etwas ungehalten. »Ich will nicht ans Meer. Ich will nirgendwohin! Am liebsten
wäre mir, die Erde würde sich auftun und mich verschlucken! Also
bring mich bitte nach Hause. Was ich dir sagen musste, habe ich
gesagt. Und es tut mir leid, dass ich dir damit den Abend verdorben habe und du um die *Carmen* gebracht wirst.«

»Glaubst du wirklich, dass ich daran auch nur einen flüchtigen
Gedanken verschwendet habe? Nichts könnte mir jetzt gleichgültiger sein!«

»Aber warum …«

»Wir müssen überlegen, was jetzt zu tun ist, Harriet.«

»Ich wüsste nicht, was es da noch zu überlegen gibt«, sagte sie
mit düsterer Miene und fragte sich einmal mehr, wie es zu der
Schwangerschaft hatte kommen können. Wo sie doch immer auf-
gepasst und sich nie ohne Schutz geliebt hatten. Aber die Frage
war sinnlos, denn es war nun einmal geschehen. Punkt. Aus. Mehr
gab es dazu nicht zu wissen. »Es ist, wie es ist. Und nicht nur die
Natur wird ihren Lauf nehmen, sondern auch alles andere, was
mit einer unehelichen Schwangerschaft in unseren Kreisen ein-
hergeht.«

»Das glaube ich ganz und gar nicht«, sagte er. »Und ich möchte,
dass du mir in aller Ruhe zuhörst und es dir ebenso in Ruhe über-
legst.«

Ihre Augen weiteten sich, als sie begriff, was er gleich sagen würde. »Jordan, nein! Du kannst unmöglich …«, rief sie.

»Heirate mich!«, fiel er ihr ruhig, aber bestimmt ins Wort. »Lass mich der Vater deines Kindes sein! Ich liebe dich, Harriet, und ich werde auch das Kind lieben.«

Sie schüttelte heftig den Kopf. »Das kann ich nicht! Das geht einfach nicht. Niemals!«

Er zog leicht die Brauen hoch und fragte mit sanftem Spott: »Warum nicht? Verabscheust du mich derart, dass du dir ein Leben an meiner Seite nicht vorstellen kannst?«

Ein schmerzlicher Ausdruck trat auf ihr Gesicht. »Bitte! Sag doch nicht etwas so Absurdes! Natürlich verabscheue ich dich nicht, und das weißt du auch! Du bist nicht nur ein attraktiver Mann, sondern vor allem ein wunderbarer, warmherziger Mensch. Niemand könnte sich einen besseren und verlässlicheren … Freund wünschen als dich. Aber darum geht es doch gar nicht.«

»O doch, genau darum geht es, Harriet!«, erwiderte er ernst.

»Ich bin beschädigte Ware, ruiniert, eine gefallene Frau – und du bist ein Shaw!«, hielt sie ihm vor. »Darum geht es. Das eine verträgt sich nun mal nicht mit dem anderen!«

»Sag nicht noch einmal so etwas Hässliches und dich selbst Erniedrigendes! Damit tust du nicht nur dir selbst unrecht, du tust damit auch noch mir weh.«

Sie biss sich auf die Lippe, wich seinem Blick aus und zuckte die Achseln.

»Ich werde dir sagen, worum es geht«, nahm er den Faden wieder auf. »Es geht um die Frage, was wir füreinander empfinden und ob wir darauf eine Ehe bauen können, die uns nicht unglücklich macht. Ich habe nie einen Hehl daraus gemacht, dass ich dich von ganzem Herzen liebe und mir kein größeres Glück vorstellen kann, als dich zur Frau zu haben.« Er lächelte. »Ich habe es also leicht und brauche mir nicht eine Sekunde lang den Kopf darüber zu zerbrechen, wie meine Antwort auf die Frage ausfällt. Es ist jetzt an dir, offen und ehrlich zu sagen, was ich dir bedeute.«

Hilflos sah sie ihn an. »Ich weiß nicht, wie ich darauf antworten soll. Wie kann ich heute wissen, ob …«

Er hob die Hand. »Warte, ich will es dir leichter machen. Ich stelle dir ein paar grundsätzliche Fragen, und du antwortest entweder mit Ja oder mit Nein, sonst nichts«, schlug er vor. »Aber lass dir Zeit, okay?«

Sie nickte stumm.

»Langweilst du dich in meiner Gesellschaft?«

»Mein Gott, natürlich nicht!«, rief sie. »Ganz im Gegenteil!«

Mahnend hob er die Hand. »Nur Ja und Nein sind erlaubt!«, erinnerte er sie im Ton eines Richters beim Kreuzverhör, doch dabei zuckte ein Lächeln um seine Mundwinkel.

Kurz erwiderte sie das Lächeln. »Ich gelobe Besserung, hohes Gericht«, versprach sie und schickte einen Stoßseufzer hinterher.

»Habe ich dich jemals in irgendeiner Weise verletzt?«

»Nein.«

»Hältst du mich für einen Mann, auf den Verlass ist und der zu seinem Wort steht?«

»Ja!«

Ihr »Ja!« kam ebenso spontan wie zuvor das »Nein«.

»Glaubst du mir, wenn ich sage, dass ich alles tun werde, um dir ein guter Ehemann und ein guter Vater zu sein?«

Wieder antwortete sie, ohne zu zögern, mit einem »Ja!«, und auf einmal war ihr zum Weinen.

»Bin ich ein Mann, der Respekt verdient und den du respektierst?«

»Ja!«

Er machte eine kurze Pause, bevor er seine letzte Frage stellte. »Magst du mich? Hegst du aufrichtige Zuneigung für mich?«

Inzwischen kämpfte Harriet mit den Tränen, und nun hielt sie sich nicht länger an die Ja-oder-Nein-Regel. »Ja, das tue ich, sehr sogar! Aber ich *liebe* dich nicht, Jordan!«, sagte sie, erneut von

Ratlosigkeit und Verzweiflung gepackt. »Meine Gefühle für dich gehen nicht so tief, wie sie gehen sollten! Und meiner Überzeugung nach muss man einander bedingungslos lieben, wenn man eine Ehe eingeht!«

Er lächelte. »Ja, das wäre ideal, da gebe ich dir recht. Aber wenn ich mir nach deinen Antworten vor Augen führe, was wir beide aneinander haben und füreinander empfinden, dann scheint mir das doch mehr als genug zu sein, um miteinander die Ehe zu wagen. Ich bin jedenfalls dazu bereit. Und ich habe die Zuversicht, dass deine Zuneigung zusammen mit unserer Familie wachsen wird, dass du mich eines Tages sogar lieben wirst. Deshalb bitte ich dich: Nimm meinen Antrag an. Schenk mir das Glück, dein Ehemann und der Vater deiner Kinder zu sein!«

»Und was ist, wenn das nicht geschieht? Wenn die Liebe zu dir sich nicht wie erhofft einstellt?«, fragte sie unglücklich.

»Dann werden wir trotzdem ein gutes und erfülltes gemeinsames Leben haben, das verspreche ich dir. Meine Liebe ist dir gewiss. Vielleicht genügt das ja, damit du nicht nur Zufriedenheit, sondern hier und da auch Momente des Glücks erfährst. In jedem Fall wirst du allseits geachtet sein, du wirst ein Leben in finanzieller Sicherheit führen und kannst dein Kind vor dem Makel der unehelichen Geburt bewahren.« Er beugte sich vor und ergriff ihre Hände: »Wir haben nur dieses eine Leben! Heirate mich, Harriet! Und du weißt, wie die Alternative aussieht!«

Tränen liefen ihr übers Gesicht. Nur zu gut wusste sie, was ihr bevorstand, wenn sie einen Bastard zur Welt brachte. Sie würde auf ewig gebrandmarkt und von der Gesellschaft verstoßen sein, und ihr Kind würde ebenfalls sein Leben lang unter ihrer Verfehlung zu leiden haben.

»Aber niemand … niemand wird uns abnehmen, dass es … dass es unser Kind ist«, wandte sie stockend ein und wurde sich bewusst, dass sie die Möglichkeit einer Ehe mit Jordan auf einmal ernstlich in Betracht zog. »Es kommt doch schon in sieben Monaten … Und wenn es gesund ist, fällt keiner auf die Lüge herein, dass es eine Frühgeburt war … Dann werden wir genauso zum Gerede. Die Leute werden tuscheln, und es wird heißen, du wärst ein Tölpel, hättest dich von mir hereinlegen und dir den Bastard eines anderen unterschieben lassen. Lauter bösartige, hässliche Dinge werden sie sagen … über dich und mich und über das Kind!«

»Nichts werden sie sagen, weil es nämlich nichts zu reden gibt! Wir gelten seit Langem als heimlich verlobt, hast du das vergessen?«, entgegnete er, lächelte sie aufmunternd an und reichte ihr sein Taschentuch. »Wir heiraten nächste Woche und brechen sofort zu einer langen Hochzeitsreise auf. Wir machen die *Grand Tour,* die klassische, mehrere Monate dauernde Reise durch Europa.«

Überrascht blickte sie ihn an. Plötzlich hing sie an seinen Lippen.

»Nur dass wir uns nicht mit dem üblichen halben Jahr begnügen, sondern länger bleiben«, fuhr er mit einem verschmitzten Lächeln fort. »Weil ich dir natürlich auch noch Istanbul und Ägypten zeigen will, und wenn es dann offiziell ist, dass du schwanger bist, schieben wir unser Rückkehr immer wieder hinaus, bis die Strapazen der Überfahrt und die lange Zugreise zu viel für dich wären. Und so bringst du unser Kind eben in Europa zur Welt!«

»Ja, aber auch in Europa stellen sie sicher Geburtsurkunden aus, auf denen das genaue Datum steht!«, wandte Harriet ein, allerdings nicht, weil sie seinen Plan an sich infrage stellte, sondern in der Hoffnung, dass er auch für dieses Problem eine Lösung wusste.

Er enttäuschte sie nicht. »Dank Onkel Geoffrey und durch meine Teilnahme an den archäologischen Expeditionen habe ich in Europa viele gute Freunde gewonnen. Einer davon ist Doktor Seethaler. Er betreibt bei Davos in der Schweiz ein Sanatorium, das einen hervorragenden Ruf genießt. Bei seinen Ärzten wirst du nicht nur in besten Händen sein, sondern er wird uns auch die Geburtsurkunde mit dem richtigen Datum ausstellen. Es wird alles gut, Harriet. Vertrau mir – und heirate mich! Wir werden glücklich sein miteinander, das verspreche ich dir.« Er machte eine kurze Pause, um dann fast feierlich zu fragen: »Sag, Harriet Caldwell: Willst du meine Frau werden und mich zum glücklichsten Mann der Welt machen?«

Lange und mit brennenden Augen sah sie ihn an. Die Zärtlichkeit und Sehnsucht in seinem Blick trafen sie bis ins Mark. Sie wünschte, sie könnte sich verstecken, vor ihm, vor ihrer Mutter, vor der Welt, für immer. Aber selbst wenn das möglich gewesen wäre, sie durfte es nicht. Sie hatte die Verantwortung für ihr Kind.

Schließlich nickte sie. »Ja, ich will deine Frau sein, Jordan Shaw«, flüsterte sie, und dann brach sie in Tränen aus.

Sanft zog er sie in seine Arme und hielt sie, zärtlich, behutsam, wiegte sie, ohne ein Wort zu sagen. Von draußen kam das Rauschen der Brandung, die sich Welle für Welle auf den Ocean Beach warf und donnernd gegen die Klippen anrannte. Harriet weinte hemmungslos. Sie weinte vor grenzenloser Scham, aber auch vor Erlösung und Dankbarkeit.

55

Die Trauung fand am späten Samstagvormittag der darauffolgenden Woche statt, im Napa Valley, auf der anderen Seite der Bay, wo Weinberge, dicht bewaldete Berghänge und verschlafene Bauerndörfer die beschauliche Landschaft bestimmten. Die Kirche der kleinen anglikanischen Gemeinde von Napa lag direkt am gleichnamigen Fluss, besaß den familiären Charakter einer Kapelle und verlieh der Feier den passenden Rahmen, bestand doch die Festgesellschaft aus nicht einmal fünfzig Gästen.

Die so unvermittelt angesetzte Hochzeit hatte ausnahmslos freudige Überraschung und Zustimmung hervorgerufen. Selbst Harriets Mutter hütete ihre spitze Zunge, obwohl ihre Blicke Häme und Selbstgerechtigkeit verrieten. Es war, als wollte sie sagen: »Mir streust du keinen Sand in die Augen. Aber immerhin bist du klug genug, dich in das Ehebett des richtigen Mannes zu flüchten!«

Keiner zeigte Unverständnis oder erging sich gar in Spekulationen, was wohl der wahre Grund für die Eile sei. Wie kurz das Leben sein konnte, hatte das Schicksal ihnen allen ja eben erst drastisch vor Augen geführt. Wer wollte da Harriet und Jordan einen Vorwurf machen, weil sie die übliche offizielle Verlobungszeit von einem guten Jahr nicht einhielten? Jeder wusste, wie lange sie sich kannten und bei wie vielen Anlässen sie als Paar erschienen waren.

Außerdem hatte die Katastrophe im April die meisten Konventionen ohnehin außer Kraft gesetzt, befand sich doch auch ein Großteil der High Society von San Francisco unter der Viertelmillion obdachloser Bürger. Selbst in den exklusiven Clubs, sofern sie ihren Mitgliedern überhaupt schon wieder offen standen, wurde nicht teurer Wein, sondern Dünnbier serviert, stand anstelle eines französischen Fünf-Gänge-Menüs Erbsensuppe mit Wurststücken auf der Speisekarte und wurde nach dem Essen statt edler kubanischer Zigarren übles Kraut gereicht, billige Stumpen zu zwei Cent das Stück, wie die Kutscher sie rauchten. Da nahmen selbst die Snobs keinen Anstoß daran, dass die betuchten Familien Caldwell und Shaw auf eine großartige standesgemäße Hochzeitsfeier mit Hunderten von Gästen verzichteten, die Trauung im idyllischen Napa und damit fern der Ruinenlandschaft vollzogen und nach der Zeremonie nur auf dem nahe gelegenen Landsitz der Tante des Bräutigams einen kleinen Champagnerempfang für den engsten Verwandten- und Freundeskreis veranstalteten.

Arthur ließ es sich nicht nehmen, seine Tochter zum Altar zu führen. Das Angebot seines Bruders, die Rolle des Brautführers zu übernehmen, lehnte er geradezu entrüstet ab. Er und kein anderer würde seinen Augenstern in die Kirche geleiten und seinem künftigen Schwiegersohn übergeben, und wenn es ihn noch so viel Kraft kostete und er wusste, wie mühsam er sich mithilfe seines Gehstocks würde voranschleppen müssen.

Es rührte Harriet tief, dass ihm das so wichtig war und dass es ihn nicht kümmerte, was für eine mitleiderregende Figur er dabei machen würde. Die Liebe, die darin zum Ausdruck kam, war ihr schönstes Hochzeitsgeschenk und gab ihr die Kraft, die Rolle der glücklichen Braut zu spielen, die es nicht erwarten konnte, mit Jordan in die Flitterwochen aufzubrechen, zu ihrer *Grand Tour*.

Und noch ein außergewöhnliches Geschenk machte ihr der Vater. Am Abend vor der Trauung überraschte er sie mit einer flachen, mit schwarzem Samt bezogenen Schmuckschatulle. Ihr stockte der Atem, als sie den Deckel hob und darunter die kostbare chinesische Kette aus edelster Jade erblickte.

»Du bist der einzige mir bekannte Mensch, der würdig ist, diesen Schmuck zu tragen«, sagte der Vater mit seltsamem Ernst, nahm das Collier aus der Schatulle und legte es ihr um. »Möge er dich vor allem Unheil bewahren und dir Glück bringen!« Er küsste sie auf die Stirn, und dieser Kuss war etwas ebenso Seltenes wie die Drachenjade um ihren Hals. Jedenfalls konnte sie sich nicht erinnern, wann der Vater ihr das letzte Mal so einen Kuss gegeben hatte.

Als sie am folgenden Vormittag in einem traumhaften Kleid aus cremefarbener Seide am Arm ihres Vaters durch die blumengeschmückte Kirche schritt, fing sie kurz den Blick ihres Onkels auf. Er starrte auf ihre Kette und riss die Augen auf. Ihr war, als verwandele sich sein breites Grinsen jäh in Erschrecken und Fassungslosigkeit. Was keinen Sinn ergab, und dann verlor sich dieser flüchtige Gedanke auch schon wieder, denn im nächsten Moment stand sie an der Seite von Jordan, der sie glücklich ansah.

Als Harriet als frisch verheiratete Frau mit ihrem Ehemann aus der Kirche trat, wurde sie von einem wahren Gewitter dumpf puffender Magnesiumblitze empfangen. Nicht nur die lokale *Napa Gazette* hatte einen Reporter und einen Fotografen geschickt, sondern auch sämtliche großen Zeitungen aus San Francisco waren vertreten. In diesen traurigen Zeiten waren die Leser mehr denn je an High-Society-Klatsch interessiert und besonders empfänglich für romantische Geschichten aus einer vorgeblich noch heilen Welt.

Keine zwei Stunden später wurde Harriet auf *Seven Oaks*, dem Landgut von Jordans verwitweter Tange Agnes, zufällig Zeugin einer heftigen Auseinandersetzung zwischen ihrem Vater und ihrem Onkel. Sie hatte das Bedürfnis gehabt, all den gut gemeinten Reiseempfehlungen und Glückwünschen im Haus für eine Weile zu entgehen, und war auf die hintere Terrasse getreten, von wo aus man zu den Weinbergen blickte. Erst einen Augenblick später bemerkte sie die beiden Männer im Schatten einer der sieben Lebenseichen, die dem Landgut seinen Namen gegeben hatten. Wie Gardesoldaten, die hier oben auf der sanften Anhöhe für wohltuenden

Schatten sorgten, umstanden die alten Bäume mit den mächtigen Kronen das Haus mit den großen Sprossenfenstern, den flaschengrünen Fensterläden und der umlaufenden Terrasse unter einem weit vorgezogenen Dach.

Streit zwischen den ungleichen Brüdern war nichts Neues für Harriet, doch diese Auseinandersetzung schien, der wütenden Mimik ihres Onkels nach, besonders ernst zu sein. Und dann hörte sie, wie er den Vater anfuhr.

»… die Jadekette, verdammt noch mal!«

Sie stutzte, unsicher, ob sie richtig gehört hatte. Lautes Gelächter drang durch die offen stehenden Terrassentüren nach draußen, deshalb verstand sie nicht, was ihr Vater darauf antwortete.

»… mit meinem Blut gezahlt … all die Jahre … kein Recht …«, schnappte sie aus dem Mund des Onkels noch auf.

Dann hatte ihr Vater sie entdeckt. »Halt endlich den Mund!«, herrschte er seinen Bruder an und winkte ihr zu, als wolle er ihr zu verstehen geben, dass der Streit nichts zu bedeuten habe.

Henry fuhr herum und sah nun ebenfalls zu ihr herüber. Sein Blick war stechend. Er zischte seinem Bruder noch etwas zu, dann stürmte er davon, das Gesicht rot vor Wut, die Hände zu Fäusten geballt.

Bevor Harriet dazu kam, ihren Vater zu fragen, ob tatsächlich die Jadekette der Grund des Streits gewesen sei, erschien Jordan an ihrer Seite und legte den Arm um sie. »Es wird Zeit, dass wir uns für die Reise umziehen. Und dann müssen wir noch gemeinsam die Runde machen und uns verabschieden. Gleich ist es überstanden, Harriet«, sagte er und zog sie mit sich zurück ins Haus.

Eine halbe Stunde später befanden sie sich auf dem Weg nach Oakland, wo der *Overland Limited* mit seinen luxuriösen Pullman-Waggons bereitstand, um sie zur Ostküste zu bringen. Das Wissen, dass sie dort, im Zug, ihre Hochzeitsnacht verbringen würde, mit Jordan, hatte etwas Unwirkliches. Und wenn der

Gedanke daran sie auch nicht mit Angst oder Abscheu erfüllte, so war sie doch nicht frei von Unruhe. Was sie am meisten fürchtete, war, dass ihre erste gemeinsame Nacht für sie beide unangenehm werden und für die nächsten Monate, ja womöglich für den Rest ihrer Ehe, den Grundton ihrer Beziehung prägen könnte. Diese Sorge ließ wenig Raum für andere Grübeleien, und so versanken die beiden seltsamen Geschehnisse, die mit der Jadekette in Verbindung zu stehen schienen, in den Tiefen ihrer Erinnerung.

Zu Harriets großer Erleichterung machten sie schon kurz nach dem Einchecken im Speisewaggon die Bekanntschaft eines ungefähr gleichaltrigen Paares aus San José, das nach Chicago reiste und mit dem sie sich auf Anhieb verstanden. So verbrachten sie einen vergnüglichen Abend, während sich die Dunkelheit über das Land senkte und der Zug mit stählerner Kraft immer weiter in die Bergketten der Rocky Mountains vordrang.

Um Mitternacht ein letzter Drink im Salonwagen, ein beschwingter Gute-Nacht-Gruß, und dann trennte man sich für den Rest der Nacht.

»Es war ein schöner, aber auch anstrengender Tag, nicht wahr?«, sagte Jordan, als sie in ihrem luxuriös ausgestatteten Abteil zum ersten Mal wirklich allein waren.

Harriets Blick ging zu den schon gemachten Betten. Die Überdecken aus feinstem Damast waren aufgeschlagen, die Kissen kunstvoll drapiert. Sie spürte ihr Herz schlagen und atmete unwillkürlich tief durch.

»Du wirst sehr müde sein. Schlaf gut«, sagte er und zog einen zweiten Abteilschlüssel hervor. »Falls du etwas brauchst, ich bin gleich nebenan und werde nicht hinter mir abschließen.« Er beugte sich zu ihr und gab ihr einen zärtlichen Kuss auf die Wange. »Und vergiss nicht, alles wird gut.« Dann schloss er die Verbindungstür zum Nachbarabteil auf.

Verständnislos sah sie ihn an. »Ja, aber …«

Er schenkte ihr ein liebevolles Lächeln. »Ich habe noch ein zweites Abteil gebucht. Es ist vielleicht besser, nichts zu überstürzen. Lassen wir uns Zeit, uns aneinander zu gewöhnen und Vertrauen zueinander zu fassen. Dann ergibt sich alles andere ganz von selbst. Außerdem bist du schwanger, und darauf müssen wir Rücksicht nehmen. Also sorg dich nicht, und jetzt schlaf gut.« Er gab ihr noch einen zweiten Kuss auf die Wange und verschwand im angrenzenden Abteil. Leise zog er die Tür hinter sich zu.

Harriet empfand Erleichterung, doch je länger sie darüber nachdachte, desto mehr schämte sie sich. Sie machte sich fertig für die Nacht. Dann saß sie minutenlang in ihrem Batistnachthemd auf der Bettkante und starrte auf die Mahagonitür, die sie von ihrem Ehemann trennte.

Schließlich gab sie sich einen Ruck, erhob sich und klopfte leise an die Tür.

»Komm herein, es ist offen.«

Sie machte die Tür auf und blieb kurz im Durchgang stehen. Nur ein schwaches Nachtlicht brannte über der Tür zum Gang. Bekleidet mit einem Pyjama aus grauer Seide und die Arme hinter dem Kopf verschränkt, lag Jordan auf dem Bett. Nun setzte er sich hastig auf. Ihr Anblick nahm ihm den Atem.

Das Licht der Tiffany-Lampe, die Harriet in ihrem Abteil hatte brennen lassen, machte ihr zartes Gewand so gut wie durchsichtig.

»Harriet, du musst nicht glauben …«, begann er mit belegter Stimme und hatte Mühe, den Blick von ihr zu wenden.

Schnell trat sie so nahe zu ihm, dass ihre Beine seine Knie berührten, und legte ihm zwei Finger auf die Lippen. »Kein Wort mehr, Jordan, ich bin deine Frau. Nicht nur auf dem Papier, sondern in jeder Beziehung«, sagte sie leise, aber entschieden. »Und Schwangerschaft ist keine Krankheit. Außerdem bin ich jetzt noch ganz ansehnlich – hoffe ich zumindest. Also lass uns erwachsen und wirklich Mann und Frau sein. Und jetzt küss mich, so wie du mich in der Kirche geküsst hat. Es darf auch ruhig noch etwas mehr Leidenschaft darin liegen.« Und dann streifte sie sich das Nachthemd von den Schultern.

»Oh, Harriet!« Qual und Erlösung zugleich lagen in dem Ausruf, und sanft wie eine Feder legten sich seine Hände auf ihren nackten Körper.

Jordan ließ sich von seinem Begehren nicht zu stürmischer Leidenschaft verleiten. Er nahm sich Zeit, liebkoste sie mit Lippen und Händen und war so behutsam, als fürchtete er, sie zu zerbrechen. Erst als er spürte, dass ihr Atem unter seinen Zärtlichkeiten schneller ging, drang er langsam in sie ein und fand ihren Schoß mehr als bereit. Nichts war ihm wichtiger in dieser Nacht, als ihr so viel Lust wie möglich zu verschaffen. Er zeigte ihr wahrhaftig, wie sehr er sie liebte.

Hinterher lagen sie lange schweigend Arm in Arm. Dann spürte Jordan ein schwaches Zucken durch ihren Körper gehen. Er strich ihr zärtlich über das Gesicht, und seine Fingerkuppen stießen auf Tränen.

»Du weinst ja!«, stieß er hervor und wollte sich aufrichten. »Habe ich dich …?«

Harriet hielt ihn zurück. »Nein, du warst unendlich lieb und zärtlich … und es war schön, wie du mich geliebt hast«, versicherte sie, und in der Tat hatte sie in seinen Armen herrlich lustvolle Momente erlebt, in denen der schwindelerregende Rausch sie gepackt und fast weggespült hätte. Viel hatte nicht gefehlt, um sie über die letzte Schwelle und in den seligen Taumel des Orgasmus zu katapultieren, wie es ihr mit Frank so oft vergönnt gewesen war.

»Aber warum weinst du dann?«

»Weil ich jetzt weiß, dass mit uns beiden alles gut wird, genau wie du gesagt hast«, erklärte sie. »Aber mehr noch, weil ich dich und deine Liebe nicht verdient habe. Und jetzt halt mich fest und lass uns schlafen.«

Jordan fiel bald in einen tiefen, ruhigen Schlaf, während Harriet noch lange wach an seiner Seite lag, dem monotonen Rattern lauschte und in die Dunkelheit starrte, als halte sich dort die Antwort auf die Frage verborgen, die ihr keine Ruhe ließ.

Sie glaubte wirklich, dass Jordan und sie eine gute Ehe haben würden. Sie würde ihn mit der Zeit noch mehr lieb gewinnen, und wenn sie einander erst richtig erkundet hatten und miteinander vertraut waren, würde auch ihr Liebesleben erfüllend sein. In all diesen Dingen war sie zuversichtlich. Aber das hieß noch lange nicht, dass ihre Liebe zu Frank, dieses brennende Feuer in ihrem Herzen, deshalb erkaltete. Was, wenn sie nie über diese Liebe hinwegkam? Wie lebte man sein Leben mit einer unerfüllten Liebe?

EPILOG

JUNI 1910

Der Santa Ana wehte schon seit den Morgenstunden, fegte von den kahlen San Fernando Mountains herab ins Tal. Der heiße Wind, der einem die Kehle austrocknete, kam aus der roten Mojave-Wüste. Er wirbelte Staub auf und trieb Steppenläufer aus totem Gesträuch vor sich her. Die Landschaft war karg, der Baumbestand spärlich. Hier und da behaupteten sich ein paar Sykomoren und Zypressen, und vereinzelt ragten Agaven und fast mannshohe Kakteen aus dem verdorrten Gras. Ansonsten wuchs hier nur Chaparral. Flecken dieser niedrigen Hartlaubgehölze überzogen die sonnengebackene graubraune Erde mit einem dornigen Flickenteppich.

Schweiß rann Frank Maynard von der Stirn in die Augen, und er blinzelte ins grelle Mittagslicht. Klatschnass klebte ihm das sonnengebleichte Haar am Kopf. Es war ähnlich stumpf, zottelig und von Staub bedeckt wie das Gras. Dasselbe galt für den dunkelblonden Vollbart, den er sich seit einigen Monaten stehen ließ, weil ihm egal war, wie er aussah. Er sehnte sich nach einem eiskalten Drink. Wobei er sich mittlerweile auch mit einem großen Schluck Wasser zufriedengegeben hätte. Aber seine verbeulte Feldflasche hatte er längst geleert, und das schon vor gut einer Stunde. Seitdem war er auf keine noch so kleine Ortschaft gestoßen, wo er hätte haltmachen und seinen Durst stillen können. Nichts als diese öde Landschaft, in der sich alle paar Meilen abseits der Straße die bescheidenen Wohn- und Wirtschaftsgebäude einer armseligen Farmen oder Ranch unter dem hohen Himmel duckten.

Die Luft über der Straße flirrte glasig. Obwohl, von einer Straße konnte eigentlich keine Rede sein. Bestenfalls handelte es sich um eine sandige Piste, um Fahrspuren von Pferdegespannen und wohl auch einigen Automobilen, die so etwas wie eine Wegmarkierung in den gebackenen Dreck dieser gottverlassenen Landschaft gegraben hatten. Zahlreiche Schlaglöcher, Querrillen und steinige Abschnitte machten die Fahrt zu einer mühsamen Rüttelpartie, die nicht nur ihm auf dem harten Sitz zusetzte, sondern auch seinem schwarzen Maxwell-Lieferwagen, dem er in den vergangenen vier Jahren und sechs Wochen viele Tausend Meilen Strapazen zugemutet hatte. Und das ließ der Wagen ihn in letzter Zeit mit häufigen Pannen spüren.

Die Piste stieg an, führte hinauf zu einer kahlen, von Canyons zerfurchten Bergkette. Er passierte ein verwittertes Holzschild am rechten Pistenrand. Es trug den kaum noch lesbaren Hinweis: *Cahuenga Pass 7 Meilen*. Und für den ganz Begriffsstutzigen wies ein verblasster Pfeil auf die Berge, zu denen hin die Piste anstieg. Als gäbe es an dieser Stelle eine Kreuzung mit noch anderen Pisten!

Frank schaltete herunter. Zumindest versuchte er es. Aber das Getriebe verweigerte ähnlich störrisch den Dienst wie am Morgen. Es krachte und knirschte, als wolle es ihm losgebrochene Zahnräder um die Ohren schleudern. Das aufheulende Kreischen ging ihm durch Mark und Bein.

»Verdammt, nicht schon wieder!«, fluchte er. Mit Motorschaden hier im Nirgendwo liegen zu bleiben, und das auch noch an seinem dreißigsten Geburtstag, hatte ihm gerade noch gefehlt!

Er trat mehrmals die schwergängige Kupplung, ruckte am Schaltknüppel und hämmerte den Gang schließlich ins Getriebe. Aber der Motor klang alles andere als gesund, und plötzlich war eine trockene Kehle Franks geringste Sorge. Im ersten Gang kroch er hinauf in die Berge. Kein Gefährt kam ihm entgegen, keines zeigte sich hinter ihm, nirgendwo eine Menschenseele.

Na wunderbar! Mein erster Tag in Kalifornien, und die Karre droht unter mir zu verrecken!, dachte er grimmig. So hatte er sich seine Rückkehr nicht vorgestellt. Was hatte ihn bloß dazu getrieben, wieder nach Westen zu ziehen?

Seit er San Francisco verlassen hatte, lebte Frank Maynard in seinem Lieferwagen. Er hatte sich eine herunterklappbare Pritsche in den Frachtraum bauen lassen, besaß einen Klappstuhl, eine Petroleumlampe, einen Spirituskocher sowie eine Pfanne, einen Wasserkessel und zwei Töpfe. Dazu kamen ein wenig Besteck und zwei Eimer zum Wasserholen und Waschen. Das war im Großen und Ganzen sein Hausrat.

Auf seinen ziellosen Wanderungen war er bis hoch nach Wyoming und in die Dakotas gekommen, lange hatte er sich auch in Colorado, New Mexico und Arizona aufgehalten. Die großen Städte hatte er konsequent gemieden, selbst um die kleinen hatte er einen Bogen gemacht, oder er war, ohne anzuhalten, durchgefahren. Er begnügte sich mit den Provinznestern, in die noch kein Nickelodeon den Siegeszug des Stummfilms getragen hatte, und davon gab es zu seinem Glück landauf, landab noch unzählige. Ihm reichte ein ans Stromnetz angeschlossenes Wirtshaus, die Versammlungshalle des örtlichen Leichenbestatters oder der Gemeindesaal, um seine alten Filme zu zeigen. Meist war die Neugier größer als die Abneigung gegen Fremde. Und wenn sich auf diese Weise auch kein Vermögen verdienen ließ, so kam im Laufe der Jahre bei seiner asketischen Lebensweise doch einiges zusammen. Abgesehen von den ersten anderthalb Jahren, in denen er versucht hatte, den unerträglichen Schmerz und die Schuld im Alkohol zu ertränken. Gerade noch rechtzeitig hatte er begriffen, dass die Erlösung nicht in der Selbstzerstörung lag. Es waren bittere Jahre gewesen, aber er hatte eingesehen, dass er – wenn er weiterleben wollte, und das wollte er – lernen musste, *mit* der Schuld und *mit* dem Schmerz zu leben. Der Weg zu dieser Erkenntnis war steinig gewesen, und die Mühsal, Tag für Tag danach zu handeln, war noch längst nicht vorbei.

Aber es gab Fortschritte. Mittlerweile konnte eine ganze Woche verstreichen, ohne dass er von grässlichen Albträumen heimgesucht wurde und schweißnass aus dem Schlaf auffuhr, vor seinem geistigen Auge das Bild, wie Florence, die er nie hätte heiraten dürfen, in seinen Armen verblutete – und mit ihr das ungeborene Kind starb. Das war ihm während der ersten Jahre fast jede Nacht widerfahren. Er wusste, dass die Schuld ihn sein Leben lang begleiten würde, mal erdrückend, mal weniger quälend. Gnädiges Vergessen würde es jedenfalls nicht geben. Und das galt auch für Harriet, die Liebe seines Lebens, die er so sträflich verspielt hatte. Wie hätte er die Liebe zu ihr vergessen können? Das war, als wollte man sich einreden, man könne vergessen, dass man einen Arm oder das Augenlicht verloren hatte.

Als der Wagen plötzlich beschleunigte und der Motor in dem viel zu niedrigen Gang aufheulte, schreckte Frank aus seinen Gedanken auf. Er war über den Cahuenga Pass hinweg, und es ging auf der anderen Seite der Bergkette hinab in ein weites Tal. Wenige Meilen voraus zeichnete sich eine Ansammlung weit verstreuter Häuser ab, und sogar zwei bescheidene Kirchturmspitzen machte er aus.

Er versuchte, einen höheren Gang einzulegen, doch ohne Erfolg. Das Getriebe widersetzte sich allen Schaltversuchen, sodass ihm nichts anderes übrig blieb, als im ersten Gang weiterzufahren und zu hoffen, dass die Bremsen nicht versagten. Es roch gefährlich nach verbrannten Bremsklötzen, als er endlich in die Ortschaft rollte. Auch der Kühler schien kurz davor, ihm den Dienst aufzukündigen, quollen doch schon Schwaden von Wasserdampf unter der Haube hervor.

Endlose Zitrus- und Orangenhaine sowie andere Obstplantagen reihten sich aneinander. Einige bescheidene, eher vernachlässigt wirkende Farmbetriebe lagen staubig in der Mittagssonne. Hier und da tauchte auch ein halbwegs ansehnliches Wohnhaus auf, aber sie lagen verstreut wie ein willkürlich hingeworfener Haufen Bauklötze.

Auffallend waren die vielen Pfeffer- und Feigenbäume zu beiden Seiten der sandigen Straße, die in den Ort führte. Sogar ein paar Palmen mit müde herabhängenden Wedeln entdeckte er. Im Großen und Ganzen machte die Ortschaft einen ähnlich verschlafenen und trostlosen Eindruck wie zahllose andere Ansiedlungen, deren Gründer einst eine großartige Zukunft vorhergesehen hatten, nur um mit den Jahren zu der Erkenntnis zu gelangen, dass sie einer Illusion aufgesessen waren und die Zukunft sich andernorts niedergelassen hatte.

Zu seiner großen Erleichterung entdeckte er kurz hinter dem Ortseingang eine Tankstelle. Genau genommen handelte es sich um eine einsame Zapfsäule vor einem Wellblechschuppen, der sichtlich neueren Datums war. Er stand im Schatten eines großen scheunenartigen Gebäudes aus verwittertem Holz, dessen Wände eine unübersehbare Neigung in Richtung des hier vorherrschenden Windes vorwiesen. Über dem Doppeltor der Scheune stand in gerade noch entzifferbarer weißer Schrift: *McGregor's Livery Stable,* und darunter in frischer Farbe der Zusatz: *& Automobile Garage.*

»Vielleicht gibt es ja doch einen gnädigen Gott!«, murmelte Frank dankbar und lenkte den qualmenden Lieferwagen vor den Wellblechschuppen. Das weit offen stehende Tor gab den Blick auf einen Ford mit aufgeklappter Motorhaube frei. Davor stand ein Mann, mit dem Rücken zur Straße, und beugte sich über die Maschine. Indessen gab Franks Maxwell ein letztes Kreischen von sich und erstarb, als wüsste der Motor, dass er sich nicht weiter zu quälen brauchte.

Frank stieß einen schweren Seufzer aus, hievte sich mit steifen

Gliedern aus der Fahrerkabine und schob sich den staubigen schwarzen Filzhut in den Nacken.

Der Mann, eine schlaksige Erscheinung in einem ölverschmierten dunkelblauen Overall, unter dem die nackte Brust hervorschaute, trat von dem Ford zurück und kam ohne Eile aus dem Schuppen ins Freie. Er wischte sich die Hände an einem Lappen ab und warf einen interessierten Blick auf den noch immer qualmenden und nach verbrannten Bremsklötzen stinkenden Lieferwagen. Er hatte krauses dunkelrotes Haar, und sein Gesicht, in dem aufmerksame Augen lagen, war gesprenkelt von einem Meer von Sommersprossen.

Frank schätzte ihn auf höchstens Anfang zwanzig. Links war in die Overall-Brust der Name *Scott McGregor* eingestickt, wenn auch nicht gerade von geübter Hand. Die unterschiedlich großen Buchstaben und die leicht schiefe Anordnung derselben legten die Vermutung nahe, dass er selbst zu Nadel und Faden gegriffen hatte. Was keineswegs gegen ihn sprach, wie Frank fand.

»Klingt schwer nach 'nem letzten Röcheln, Mister«, sagte er spöttisch, aber mit einem fröhlichen Blitzen in den Augen, als freue er sich schon darauf, dem Maxwell neues Leben einzuhauchen. Er stopfte den Öllappen in seine Gesäßtasche und holte einen Tabakbeutel hervor.

Frank nickte. »Ich fürchte, das Getriebe ist endgültig hin, von den Bremsklötzen ganz zu schweigen. Und der Kühler dürfte zum letzten Mal geschweißt worden sein. Kriegen Sie das wieder hin, Mister McGregor? Verstehen Sie genug von diesen Benzinmotoren?« Er klopfte auf die heiße Haube seines Maxwell.

»So viel wie mein Vater von Pferden und Hufeisen, und darin macht ihm auch heute noch keiner was vor«, gab Scott McGregor zurück, deutete mit dem Kopf in Richtung der Scheune und öffnete den Tabakbeutel. Hier bahnte sich ein gutes Geschäft an, und das ließ sich am besten bei einer Zigarette bereden.

»Das freut mich zu hören«, sagte Frank und stellte sich dem jungen Mann vor.

»Wird aber 'ne Weile dauern, wenn das Getriebe rausmuss und Sie auch noch 'nen neuen Kühler brauchen, Mister Maynard. Da muss ich erst mal sehen, welche Teile ich brauche, und die dann ordern. Und von selbst setzt sich das alles auch nicht zusammen. Also mit 'ner Woche werden Sie mindestens rechnen müssen.«

Frank seufzte. »Ist mir schon klar. Also gut, dann machen Sie mal. Brauchen Sie eine Anzahlung?«

Scott schüttelte den Kopf. »Wagen und Schlüssel reichen mir.«

»Gut, dann hoffe ich, Sie können bald loslegen.« Frank schaute sich suchend um. »Und wo finde ich hier eine anständige Unterkunft?«

»Wir haben ein richtig feines Hotel, wenn Sie über das nötige Kleingeld verfügen«, sagte Scott McGregor. »Ist gar nicht weit von hier. Nur die Straße runter bis zur Kreuzung da unten am Hydranten«, er deutete die Landstraße hinunter, »und dann ein Stück nach rechts. Da sehen Sie es schon.«

Franks Gesicht hellte sich auf. »Das ist die erste gute Nachricht des Tages!«, sagte er und beschloss spontan, sich erst gar nicht nach einer preiswerteren Unterkunft zu erkundigen. Wann hatte er sich das letzte Mal den Luxus eines Hotelbetts erlaubt? Das war eine halbe Ewigkeit her. Auch war die Aussicht auf eine gut sortierte Hotelbar, in der eiskalte Drinks serviert wurden, viel zu verlockend, als dass er der Versuchung hätte widerstehen können.

Er legte ein paar frische Hemden, Wäsche und was er sonst brauchte in die bauchige Reisetasche aus abgewetztem Rindsleder. Auch seine wichtigsten Filmdosen packte er ein. Dann zog er den Holzkoffer mit der Pathé-Kamera, seinem wertvollsten Besitz, unter der Pritsche hervor und machte sich auf den Weg zum Hotel.

Doch dann blieb er noch einmal stehen. »Was ich Sie noch fragen wollte«, sagte er und drehte sich zu dem Mechaniker um.

»Wie heißt eigentlich dieses …« Das Wort »Kaff« konnte er sich gerade noch verkneifen. »… äh, dieses Dorf?«

Scott grinste breit. »Dorf? Mann, wir haben hier bald siebenhundert Einwohner! Wenn wir weiter so wachsen, sind wir im nächsten – spätestens im übernächsten – Jahrtausend 'ne richtige Metropole!«, verkündete er selbstironisch.

Frank lachte. »Und wie heißt diese zukünftige Metropole?«

Scott zog ein Streichholz hervor, riss es am Leder seines Stiefels an und zündete sich die Selbstgedrehte an. »Haben Sie nicht die vielen prächtigen *holly trees* gesehen, die Stechpalmen, die hier überall wachsen?«, fragte er paffend. »Die haben nämlich unserem Ort seinen Namen gegeben.«

Frank runzelte die Stirn, versuchte sich zu erinnern, schaute sich um. »*Holly trees?*« Er schüttelte den Kopf. »Bisher habe ich keinen einzigen zu Gesicht bekommen.«

Scott McGregor nickte mit einem schiefen Grinsen. »Werden Sie auch nicht. Trotzdem haben unsere weitblickenden Gründungväter den Ort danach benannt!«, rief er ihm zu und schnippte das Streichholz in den Dreck des Vorplatzes. »Sie sind im wunderschönen Hollywood gestrandet, Mister Maynard!«

ENDE

Neugierig auf die Fortsetzung der Caldwell-Saga?

Kate O'Hara

TAL DER ILLUSIONEN

Roman

Ein verschlafenes, staubig-heißes Nest in den Hügeln Kaliforniens wird 1911 als idealer Ort für die Produktion billiger »nickel movies« entdeckt. Der Name des Kaffs: Hollywood …
Der zweite Teil der opulenten Familiensaga erzählt die Geschichte der Reederfamilie weiter. Im Mittelpunkt steht neben Harriet Caldwell auch ihr Geliebter, Frank Maynard, der aus einfachsten Verhältnissen stammt. Als einer der Ersten hat Frank den richtigen Riecher und steigt in der noch jungen Filmindustrie schnell zum Studioboss auf. Doch ist es ihm der Erfolg wirklich wert, seine Liebe zu Harriet zu opfern?

In »Tal der Illusionen« verknüpft Kate O'Hara das dramatische Schicksal der Reederfamilie Caldwell im Kalifornien der Jahre 1898 bis 1926 mit dem Aufstieg Hollywoods zum Zentrum der Filmindustrie. Die große Liebe zwischen Harriet und Frank wird auf eine harte Probe gestellt.